KB124704

열등의 계보

* 이 도서의 국립중앙도서관 출판예정도서목록(CIP)은 서지정보유통지원시스템 홈페이지
(http://seoji.nl.go.kr)와 국가자료공동목록시스템(http://www.nl.go.kr/kolisnet)에서
이용하실 수 있습니다.
(CIP제어번호: CIP2015025592)

열등의 계보

1판 1쇄 인쇄 2015년 10월 2일
1판 1쇄 발행 2015년 10월 9일

지은이 · 홍준성
펴낸이 · 주연선
책임편집 · 백다흠
편집 · 이진희 심하은 강건모 이경란 오가진 윤이든 강승현
디자인 · 이승욱 김서영 권예진
마케팅 · 장병수 김한밀 정재은 김진영
관리 · 김두만 유효정 신민영

(주)은행나무

121-839 서울특별시 마포구 양화로11길 54
전화 · 02)3143-0651~3 | 팩스 · 02)3143-0654
신고번호 · 제 1997-000168호(1997. 12. 12)
www.ehbook.co.kr
ehbook@ehbook.co.kr

잘못된 책은 바꿔드립니다.

ISBN 978-89-5660-940-9 03810

제3회 한경 청년신춘문예 당선작

홍준성

장편소설

열등의
계보

은행나무

1
하와이

우리는 우리의 인생을 사는가?

어허 — 독자들이여, 이것은 참으로 어려운 질문이니, 수많은 철학자들이 온갖 테제와 분석과 논리 들을 뽑아냈지만 아직도 제대로 된 정답이 내려지지 않은 질문인바, 막걸리 서너 잔에 이야기보따리를 쏟아낼 나에게 이 질문에 대한 답을 요구하는 것은 너무 가혹한 처사일 것이다. 난 그저 막걸리에 얼큰하게 취해 알딸딸한 혓바닥으로 한바탕 넘실넘실거리는 이야기 가닥을 하나 뽑아낼까 하니, 이 이야기는 장차 사대의 계보를 타고 수십 년을 돌고 돌았던 질문에 대한 것이며, 동시에 개천의 용만 바라보는 어머니와, 뒷집 신가네 길수의 장가와, 유구한 전통을 자랑하는 김녕 김씨 가문과, 일등 시민과, 제 땅마지기 하나 없는 가난과, 백인 감독관과, 오지랖이 넓었던 오반장과, 하와이 특급 서씨와, 중절모에 회색 양장을 입고 담배를 태우던 유계장과, 부산 바닥을 휘어잡았던 애국 청년회와, 포화 속의 이데올로기와, 총탄 위의 절대정신과, 시체 위의 시대정신과, 다리 병신 아비 너머의 우상과, 돈, 돈, 돈…… 돈, 돈, 도온ㅡ, 자본주의의 야릇한 속삭임과, 어머니 위에 헐떡이던 등 근육과, 그 끝을 알 수 없는 심연과, 서교감의 목소리와, 박씨의 기호와, 전교 일등을 찾는 아이들 위에 시샘 어린 시선과, 그리고 이 모든 역사와 세계의 우선순위들에 대한 이야기이다.

자 그대, 이제 잔을 채웠으면 귀를 쫑긋 세워보시게나ㅡ 하하하.

●

김무(金無)씨에 대한 최초의 ㅡ그리고 동시에 거의 유일무이하다시피한 단 하나의 기록은, 희한하게도 하와이 입국 관리국의 기록 보관소 가장 맨 밑층인 지하 삼층 오른쪽 맨 구석 자리에 위치한 방에서 찾아볼 수 있다. 그 방은 폐기를 기다리는 공문서들을 모아놓은, 전기나 제대로 들어오는지 의심되는 어두침침하고 오래된 그런 부류의 방으로 욕정에 불타는 입국 관리국 내의 청춘 남녀 직원 둘이 사내 열애를 즐기려는 순간들에 한 번씩 열릴 뿐, 그 외 시간엔 어둠과 몇 줌의 먼지 그리고 땅바닥에 떨어진 말라붙은 콘돔과 함께 케케묵은 세월들을 가득 머금은 채 굳게 닫혀 있기만 하였다. 이 방 안의 한구석엔 할리우드판 제2차 세계대전 영화에서나 나올 법한 디자인의 철제 캐비닛이 하나 있는데, 그 캐비닛의 네 번째 칸 팻말 안엔 '1930s'라는 숫자가 적힌 종이가 끼워져 있고, 바로 그 칸에 김무씨에 대한 입국 기록서가 꽂혀 있다.

그 갱지는 입국 기록서라고 말하기에 초라할 만큼 정보가 부족한데, 어느 정도냐면 기껏해야 이름/나이/국적/성별 그리고 입국한 날짜가 전부이다. 조선 땅에서, 아니 그 시절엔 조선이란 나라가 아예 없었으니 식민지 땅이라고 불러야겠는데, 어찌됐든 고향에서 무슨 일을 했으며 그 주소가 어딘지 그리고 왜 하와이로 왔는지에 대한 내용 일체는 적혀 있지 않고, 딱히 관심도 없었는지 따로 묻는 칸도 없다. 대신에 서류의 세 번째 장에 그의 직업 분류에서 'laborer(노동자)' 칸에 브이 체크가 되어 있을 뿐인데, 이는 마치 고향에서 뭘 했든 하와이에 와서는 육체노동을 해야 한다는 말을 암시하고 있는 듯하다. ─뒤에서 계속 말하겠지만, 실제로 김무씨는 손가락 벗겨지도록 사탕수수밭에서 피땀을 빼다 인생을 마치게 된다. 그리고 입국 기록서에 대한 말이 나온 김에 덧붙이지만, 생각해보면 그에 대한 유일한 공식 기록이 본국도 아닌, 저 머나먼 해외 땅인 하와이 입국 관리국의 기록 보관소에 꽂혀 있다는 사실 자체가, 김무씨가 살다 간 천구백삼십 년대라는 시간대가 조선인들에게 어떤 시간대였는지를 어느 시적 은유보다 잘 함축해주고 있는 것이 아니겠는가? 그 모진 풍파 속에서도 김무씨는 애국심이었는지 아니면 단순히 영어나 일본어를 몰라서인지는 몰라도, 공문서에서 'name'이라고 적힌 칸에 투박한 글씨체로 한글과 한자를 병용하여 '김무(金無)'라고 적어놨다.

아─ 물론, 비단 유달리 풍파가 거셌던 이 시기 말고도, 거의 모든 시대의 사람들에게 스스로의 인생을 물어보면, 마치 자기가 나온 부대가 조선 팔도에 다시없을 지옥 같은 부대였다고 고래고래 소리를 지르는 남정네들의 전형적인 군대 얘기 레퍼토리처럼, 세상에 사연 없는 사람이 어디 있겠냐만은, 응응, 그래도 멀리서 봤을 때 구구절절 이유를 붙일 것 없이 잘났든 못났든 본디 인간의 삶은 인생무상으로 귀결되는바, 어쩌면 이미 죽어 그 육신이 온데간데없이 단백질 덩어리로 혹은 물고기밥으로 태평양에 뿌려진 김무씨의 일생은, 이제 그 존재의 편린을 오로지 캐비닛 갱지 안의 잉크 몇 가닥으로밖에 만나볼 수 없다는 점에서 몸소 인간의 삶이란 게 어떤 것인지를 증명해주고 있는 것인지도 모른다.

어허— 허무한지고.

하지만, 그래도 눈 끔뻑할 때마다 몇십 년씩 흘러가는 것만 같은 무상하기 짝이 없는 인생사 속에서, 그 구구절절 갖다붙이는 사족(蛇足)이라도 없으면 이 허망한 적막을 누가 버틸 수 있으리오? 또 게다가, 기원전이나 기원후나 인간의 관심은 별다를 바가 없음을 증명해주는 위대한 인류사적 텍스트인 『소녀경(素女經)』에서도 몇천 년을 산다던 팽조(彭祖)역시— 하도 심심하니까 양생술(養生術)이니 나발이니 하는 것을 지어다가 남자가 너무 자주 손장난을 쳐선 안 된다느니 하는 하릴없는 소릴 떠드는 판국에, 여하튼 이리저리하여 주위가 갑자기 너무 조용해지면 '내가 뭐 잘못했나?' 하고 괜스레 뒤통수를 긁적이거나, 문득 자기 오른쪽 네 번째 갈비뼈가 제자리에 있는지 궁금해서 만져보거나, 갑자기 왼쪽 종아리에 벌레가 기어올라오는 것 같은 간지럼을 느끼거나, 혹은 열심히 주위를 둘러보며, 또 모를 죄책감을 느끼는 평범한 인간이라면, 그 뚫린 입으로 뭐라도 지껄여 저 아득한 무(無)와 아등바등하는 것이 자연스러운 인간된 삶의 자세이지 않겠는가?

그가 하와이에 온 것은 천구백삼십삼 년 일월 칠일이었다.

●

김무씨의 동네, 봉기마을은 무봉산(無鳳山) 아래 법륜골을 경계로 서쪽에 영계천이 있으며, 가회면의 행정 및 교통의 중심지로 점촌, 샛터, 장터 등 세 개 마을로 형성되어 있는, 한마디로 김녕(金寧) 땅바닥에서 이름깨나 알아주는 동네였다. 예전부터 옹기를 만들어 팔아 상당한 부촌이라고 소문이 났으나, 일제가 도기 공장에서 찍어낸 그릇에 상대가 안 되었던지라 옹기종기 모여 망해버렸고, 김무씨가 스무 살이 되어서 혼처를 알아볼 나이가 될 때쯤 옹기 터라고 알려진 곳은 마을 사람들이 고추 말릴 때나 한 번씩 쓸 뿐, 사실상 방치된 폐허가 되어버렸다.

김무씨의 집안은 김녕을 본관으로 시조 김은열(金殷說)의 이십일대 세손이니 뭐니 하는 김녕 김씨 충의공파 집안이었는데, 김녕에서 태어나서 한평생 눌러 살고 있는 것은 확실했으나, 그 집안이 진짜 양반 집안인지는 의문이었다. 여기엔 몇 가지 이유가 있었는데, 웬일인고 하니, 첫째로 구한말에 하도 양반네 족보 사겠다고 뛰어다니던 조선조 오백 년의 한 맺힌 상놈들이 많았던 관계로, 얼마 지나지 않아서 조선 팔도에 양반 아닌 놈이 없게 돼버렸는데 ― 이게 어느 정도인고 하니, 길가다 어깨라도 부딪쳐서 시비가 붙을 때면 다짜고짜 멱살을 붙잡고 '이 양반아, 저 양반아' 하는 꼬락서니가 심심찮게 펼쳐질 정도였다. 하지만 그렇다고 '나는 족보 산 상놈이오'라며 말하고 다닐 상놈은 조선 팔도에 아무도 없었으니, 아무도 묻지 않는데 뉘들 대답을 하겠으리오? 그리하여 김무씨의 집안은 어찌됐든 족보상으로는 유구한 전통을 자랑하는 양반 집안일 수 있었다.

하지만 진짜 문제는 두 번째 이유였는데, 그건 김무씨의 집안이 무슨 일 년 삼백육십오 일이 보릿고개인 것처럼 가난한 소작농 집안이었다는 것이다. 그러니까 이게 아무리 몰락 양반 출신이라 둘러댄다 해도 너무, 너무, 너무 찢어지게 빈궁한 수준이었다, 이 말이지. 마치 그것은 딱 보기에, 남들 다 양반 족보를 사니까 뱁새가 황새를 따라가면 가랑이가 찢어진다는 옛말도 잊은 채, 자기네들도 주위 세태 따라 족보 세탁을 한답

13

시고 무리하게 전답(田畓) 잡아 돈 빌리다 밑도 끝도 없이 가난해진, 뭐 그런 조선 상놈의 전형적이면서도 안타까운 말로를 상상하게 만드는, 대충 그런 냄새가 풀풀 풍기는 그림이었다.

아 물론, 조상 대대로 김녕에서 땅 부쳐먹던 집안이었던 만큼 그들이 처음부터 가난한 소작농은 아니었는데, 천구백십사 년인지 천구백십오 년인지 할 즈음에 일본 놈들이 토지 조사 사업이라는 걸 가지고 조상 대대로 이어져오던 땅마지기를 다 빼앗아가면서 김무네는 졸지에 소작농으로 전락해버렸던 것. 토지조사사업은 신고제였는데, 군청에서 따로 나와 뭐라고 알려준 적도 없었고, 마을에서 신고를 한 것은 이장이랑 그놈이랑 붙어먹던 이씨네뿐이었으며, 이장이 군청의 일본 놈들이랑 줄이 이어져 있다는 것은 봉기마을의 공공연한 비밀이었다. 있는 대로 열이 뻗친 김무씨의 부친은 낫을 들고 연신 이장네 대문을 찍어대며 이장을 불러댔고, 그랬더니 나오라던 이장은 안 나오고 경찰서에서 헌병들이 오더니 부친을 잡아다가 유치장에서 몽둥이찜질을 해댔다. 그길로 김무씨의 부친은 몸져눕더니, 시름시름 앓다가 열흘 만에 세상을 하직해버렸다.

이때 임종 직전의 김무씨의 부친이 떨리는 입술로 이런 말을 내뱉었다 전한다.

─이, 이, 씨벌…… 쪽바리 육시랄 노무 새끼들…… 크으씨, 인생무상 이어라……

부친은 자신이 읊은 '인생무상'이 이제부터 지긋지긋하게 쭈─욱 이어질 김가네의 가풍이 될 거란 걸 짐작이나 했을까?

각설하고, 여하튼 부친은 하직(下直)했고, 이런 이유에서 위대한 김녕 김씨 충무공파의 둘째로 태어난 김무씨에게 주어진 중요한 임무는, 부친을 대신하여 족보 세탁 의혹과 지나친 가난에 맞서 반복 세뇌를 통해 본

14

인들이 양반임을 사람들에게 끊임없이 주지시키는 일이었다. 물론, 부친은 그런 유언을 단 한마디도 하지 않았지만, 무슨 이유에서인지 김무씨는 그것이 "육시랄 노무 새끼들"로부터 아버지의 명예와 가문을 지키는 것이라 생각했다. 허나, 말이 그렇다는 것이지, 그렇다고 실제로 주위 사람들이 김무씨에게 '당신네들 진짜 양반집안이오?' 하고 물어보는 경우는 거의 없었는데—클클, 하긴 자기네들도 켕기지 아니하겠는가!—아이러니하게도 족보를 가지고 김무씨를 괴롭힌 것은 툭하면 기어오르는 다섯 살 터울의 막내였다. 하도 굶어서 늘 누렇게 붕 뜬 얼굴로 세상과 가정, 그리고 늘 깍두기만 올라오는 밥상에 대한 불만을 뇌까리던 막내는 종종 '요새는 개나 소나 다 양반'이라면서, 그래서 '똥꾸녕 찢어지게 가난한 우리도 양반인 것'이라고 김무씨를 몰아세웠고, 그럴 때마다 김무씨의 유일한 논리는 잔뜩 부라린 눈과 목청뿐이었다.

—들어봐라, 서야. 그런 근본 없이 족보 매입이나 한 잡놈이랑 우리 집안은 다른 기야. 에헴, 우리로 말하자면 경상남도 김녕을 본관으로, 어이? 시조 김은열의 구 세손 김녕군 김시흥(金時興)을 시작으로, 어이? 그, 그 고려 시대에 평장사, 병부상서, 판도판서 등등 고려 시대를 주름잡았고, 조선조에 와서도 판서만 해도 세 명이나 배출한 명문 정승 집안이다 이기야. 어? 알겄나? 어이?

—행님예, 우리가 그 대단한 집안 자손이문, 관공서에서 글자깨나 쓰는, 뭐, 그런 때깔 나는 인생을 살아야 되는 게 아닙니꺼? 근데, 우린 이기 뭐이요? 제 땅뙈기 하나 없으갖고 도지(賭地)나 매는 판국이니, 이런 마당에 그런 족보가 다 뭡니꺼?

—어허, 이기 큰일 날 소릴 하네. 마, 그라믄 니는 우리가 조상도 없는 근본 없는 쌍노무 새끼란 말이가? 어? 그런 기야? 사람은 모름지기 자기

근본을 알아야 되는 기야. 어? 어? 알긋나? 어? 어허 — 이노무 새끼 와 대답이 없노? 으이?

그렇게 김무씨는 기어코 막내로부터 "알겠십니더"라는 대답을 억척스럽게 받아내곤 했다.

●

그런 김무씨의 일생이 바뀐 것은 늦더위가 유달리 기승을 부리던 천구백삼십이 년 구월의, 그래, 어느 시인 말마따나 타는 저녁놀이 구름에 달 가듯 가던 그런 어느 저녁날이었다. 일찍부터 일제는 양조장을 대폭 정비한다는 구실로 주세령(酒稅令)이란 걸 발표해 세금을 거둘 수 있는 강제적인 술 시장을 만들어냈는데, 하기야 땔감에도 세금을 매기는 판국에 이는 그리 놀랄 일도 아니었다. 성서에서도 신이 둘째 날에 물을 만들어놨더니 후일 그 신의 아들놈인 예수가 술을 포도주로 바꿔 먹었듯이, 원래 인간의 인생이란 게 술 없이 살기 참 힘든 것인지라, 그래, 오죽하면 해골 물 마시고 한바탕 구역질한 원효 대사님도 술에 취해 길거리에서 춤을 추며, 그 양반 참 중놈 아니랄까봐 술버릇도 목탁 소리 나게 "나무관—세음보살"을 외치면서 그런 술주정 같은 설법으로 동네방네 중생들을 구원하고자 하지 않으셨던가? 그렇게 깨친 사람도 술을 마시는 판국에, 일제 헌병 놈들 밑에서 눈을 내리깔면서 살아야만 했던 조선인들에게 술 없는 삶이 가당키나 했을까? 그리하여 일제가 가정에서 소비하는 술에 대해서는 소위 '자가용 면허' 같은 걸 내주었는데, 그 수가 무려 삼십칠만 건이었으니, 가히 이 시절은 어느 소설가 말마따나 '술 권하는 사회'가 확실하였다.

 아무튼 그리하여 그 면허란 걸 가진 삼십칠만의 술집 가운데서도 김무씨네 동네인 봉기마을의 '봉기주막'도 포함됐던지라, 봉기마을도 위에서 인용한 시인 시구 따라 '남도 삼백 리 술 익는 마을' 중의 하나일 수 있었는데, 여하튼 그날 저녁은 김무씨 모친이 막내는 집에 재워두고 둘이서 주막에서 술을 마시자고 한 날이었다. 아침에 일 나가기 전에 모친이 오늘 저녁에 봉기주막에 가자고 한 말에 보리밥도 모자란 판국에 무슨 놈의 술이냐는 말이 목구멍 앞까지 올라왔지만, 아마도 이제 자신이 스물하나이니 '혼처'에 대한 얘기를 꺼내려는 건가 싶어 아무 말 없이 알겠다고 했다. 모친은 중요한 얘기를 할 때마다 봉기주막에 가곤 했는데, 예전에 큰집이 만세운동 하다 풍비박산 난 얘기도 봉기주막에서 꺼냈었고, 일전엔 맏형 학봉이 고등보통학교에 붙었으니 서울로 올려보내야겠다는 말도 봉기주막에 꺼냈다.

 김무씨는 그날따라 논에 피 뽑는 게 즐거웠는데, 드디어 꿈에 그리던 장가를 가게 되었구나 하는 생각에 절로 노동요가 흥얼거려졌다. 그런 김무씨를 보고 지나가던 마름 놈은 김무씨에게 서울 갔다던 형이 헌병이라도 됐느냐면서 왜 그렇게 기분이 좋냐고 물어봤고, 김무씨는 평소에 아니꼬웠던 마름 놈 얼굴도 그날따라 생글생글하게 보였던 관계로 "그냥 그런 좋은 일이 있습니다"라고 말하면서 헤벌쭉 웃어주었다.

 하지만 으레 이런 부류의 일들이 다 그러하듯, 낮의 희극 같은 행복은 밤의 비극을 위한 전주곡인 법, 논일을 끝내고 봉기주막에서 누룩 냄새를 맡으며 모친으로부터 들은 얘기는 낮에 김무씨가 생각했던 것과 전혀 다른 얘기였다. 술상도 나오기 전에 모친은 다짜고짜 김무씨의 손을 잡고 말하길,

—무야. 참말로 니한테 미안하데이. 근데, 근데, 이노마야, 느그 아버지 죽은 뒤로 풍비박산 난 집안을 다시 일으키야 하지 않겠나? 언제까지 이 렇게 살 끼고? 근데, 천만다행으로 하늘이 무심하지 않아갖꼬, 우리 집안 에도 수재를 하나 내려줬다잉. 니도 알재? 김녕 바닥에서 알아주는 천재, 개천에서 난 용, 너그 맏형, 우리 학봉이 말이다. 그러니께 니가 눈 한번 더 꾹 깜아줘야것다.

라고 하니, 이 얘기를 들은 김무씨가 뒤통수가 얼얼해지는지라, 재작년 에 자신의 맏형이자 김녕 바닥에서 수재로 이름난 개천의 용 학봉을 서 울에 있는 고등보통학교에 보내겠다고, 자신이 옥이야 금이야 하고 기르 던 흑염소 세 마릴 죄다 팔아야만 했던 일이 떠올랐다.

—엄니, 그게 뭔 말이오? 재작년 내 염소 새끼까지 팔아서 행님 품삯 에 보태주지 않았소?

—그기야, 재작년 일이고. 느그 형님 좀 있으면 대학 간다는데, 그 돈 은 우얀단 말이가?

—아니, 그 돈을 와 내한테서 찾소?

김무씨는 자신의 손을 잡은 모친의 손을 뿌리치면서 돌아앉았다.

—무야, 무야, 가족끼리 그라는 게 아이다.

—에이씨, 뭔 놈의 가족입니꺼? 행님은 가족이고, 내, 내, 내는 뭐, 가 족도 아이가? 그라고, 이제 팔 것도 읎다. 우리 집이 전답이 있기를 하나, 아니면 염소가 있기를 하나? 와? 행님 출셋길에 집이라도 팔라요?

그때 마침 술상이 나왔고, 모친은 가만히 김모씨에게 막걸리를 한 사 발 따라주었다. 그리고 다시 지그시 목소리를 가다듬으며 말하길,

—무야, 흥분하지 마라. 함 생각을 해봐라. 느그 행님이 나중에 잘돼갖 고, 저—기 높은 자리에서 한자리하믄, 우리 집안도 그길로 한양 기왓집

에 사는 기라. 그라면 그때 가서 너그 행님이 니 뒤도 봐주고, 그러면 니도 좋고 내도 좋은 거 아이가? 그라고, 느그 행님, 모르나? 김녕 바닥에서 알아주는 천재, 개천에서 난 용 아이가. 막말로 개천에서 용 났는데, 우짤 끼고? 뭐, 개천에서 먹이나 감게 나둘 끼가? 으잉?

캬, 이 말에 김무씨가 눈깔이 뒤집히니, 모친이 따라준 막걸리를 꿀떡꿀떡 한 사발에 다 비워버리며, 사발을 '쾅—!' 하고 젓가락이 땅바닥에 다 떨어지도록 술상에 세게 내려놓았다.

─아니이이이! 행님이 개천에서 난 용이든 이무기든 미꾸라지든 나발이든, 그게 도대체 내랑 뭔 상관이란 말이오? 그라고 엄니가 막말 막말 하니까, 내도 막말 좀 해보자면, 그렇게 행님 뒷바라지하면 내 인생은 어케 되는데? 으잉? 뒷집 신가네 길수는 결혼해갖고 날마다 재미 보고 사는데, 어? 내는? 내는 뭐, 고자요? 내는 엄니 아들 아니오? 내도 장가들고 재미도 보고 애새끼도 가져봐야 할 기 아니오? 으찌 어릴 때부터 그러드만, 지금까지도 입만 열면 행님, 행님, 행님. 와 행님 소리밖에 안 하요? 내는 엄니한테 뭐요?

하고 그동안 둘째로 쌓여 있던 울분을 폭발하니, 모친은 눈물을 한가득 머금으며 자신이 인생을 잘못 살았다며, 둘째 너한테 신경을 좀 더 썼어야 했는데 자신이 부덕해가지고 잘되지 못했다며, 그리고 부친이 돌아가신 다음부터 세상살이 정신이 없어 둘째 네가 무슨 생각하고 사는지 당최 가늠할 짬이 없었다며, 그리하여 결국 세상 만고 자기가 죽일 년이라는 것으로 귀결되는 온갖 하소연들을 토로하기 시작했다. 술판에서 친구도 아니고, 모친이 가슴을 치며 이렇게까지 통곡하니 김무씨는 억울하면서도, 또 한편으론 죄송한 마음이 스멀스멀 피어오르는지라, 그건 바로 인간된 삶의 인지상정이었다.

김무씨는 모친에게 막걸리를 따라주며,

—엄니, 그만 우소. 내가 잘못했소…… 근데, 하…… 내가 그렇다고 행님을 돕기 싫다는 말은 아니고, 뭐 어찌 도우란 말이오? 아까도 말했지만 전답도 없고 염소도 없고, 그렇다고 우리가 팔아치울 딸년이 있소? 우리 삼형제 가진 게 몸뚱어리뿐인데, 뭐 어찌 행님을 도우란 말이오?

라고 말하니, 모친은 그제야 땅이 꺼지라고 울먹이며 쉬던 한숨을 거두고, 언제 혀 콱 깨물고 죽는 거 말고는 다른 선택지가 없는 인생이라고 하소연하던 사람이었냐는 듯, 얼굴색까지 바뀌며 다시 김무씨의 손을 잡고 말똥말똥한 눈으로 이렇게 말했다.

—하, 하와이에 품삯이 그리 쎄다고 카더라.

●

그날 봉기주막에서 김무씨는 한바탕 술판을 뒤엎고 씩씩거리며 걸어나갔다고 한다. 그는 그날 집에도 들어가지 않았는데, 그렇다고 여인숙에서 잔 건 아니고— 이 시절 시골 깡촌에 여인숙이 있기는 했겠는가?— 또 그렇다고 주머니에…… 땡전 한 푼 없는 관계로, 폐허된 옹기 공장 터로 터벅터벅 걸어갔다. 날도 여름이고 술도 들어갔겠다, 김무씨는 적절한 자리에 슥슥 먼지를 털고 드러누웠다. 그는 술주정 비스무리하게 '내도 김녕 김씨 충무공파 이십일대손……'이라면서 뭐라뭐라 중얼거리다가 이내 곯아떨어졌다.

그날 그는 꿈을 꿨다.

김무씨는 구름 한가득인 하늘 위에서 자신을 부르는 소리에 잠에서 깼다. 구름 위에 누워 있었는데, 자신을 부르는 소리가 들려오는 쪽으로 고개를 돌리니 열댓 명의 알록달록한 관복을 입은 사람들이 서 있었다. 그중 한가운데 흰 수염을 드리운 사람은 손에 도끼를 쥐고 있었는데, 그 도끼에는 시뻘건 핏물이 떨어지고 있었다. 김무씨가 혼비백산하여 이게 무슨 귀신의 장난인지 몰라 그저 입만 벌벌 떨고 있으니, 가운데 도끼를 든 남자가 도끼로 김무씨를 가리키며 소리쳤다.

─이노─옴! 내가 누군질 아느냐? 나는 고려 때 묘청(妙淸)의 난을 진압하면서 세운 공적으로 명종 때 김녕군으로 봉해진 김시흥이다. 이 도끼에서 떨어지는 피가 바로 그 묘청과 묘청이네 도당들의 피다. 아느냐?

김무씨는 넙죽 엎드린 채 벌벌 떨리는 입에서 '아이고, 아이고' 하는 소리만 연거푸 내뱉을 뿐, 달리 다른 말이 나오질 않았다. 그러자 김시흥의 뒤를 이어서 옆에 줄지어 서 있던 사람들도 차례로 자기소개를 읊기 시작하는데, 하나같이 속 깊은 곳에서 울리는 가래 끓는 목소리였다. 누구는 평장사 김향(金珦)이라 했고, 누구는 병부상서 김정병(金挺丙), 누구는 판도판서 김광저(金光儲), 그리고 차례로 판서 김익생(金益生), 김윤달(金潤達), 김문기(金文起)가 소개되었다. 모두 김무씨가 족보를 읊을 때마다 등장하던 인물들인지라, 김무씨는 조상님들이 자신을 찾아왔음을 깨닫고는 바닥에 고개를 푹푹 찍으며 사시나무 떨듯 바들바들거렸다. 김무씨가 얼마나 덜덜거리면서 시간을 보냈는지는 잘 모르겠으나, 그러다 보니 조상신들의 자기소개가 끝났고, 도끼를 든 김시흥이 엎드린 김무씨 앞으로 다가왔다.

─고개를 들라.

김무씨는 닥닥 부딪히는 잇소리를 내며 천천히 고개를 들었다. 눈시울이 토끼눈이었다.

─이놈아. 네놈도 잘 알다시피 우리 집안이 유구한 전통을 자랑하는 김녕 김씨 집안인지라, 정승, 판서, 참판이 배출된 명문가이다. 헌데, 모진 세상 풍파를 잘못 만나, 세상이 어지러울 때 관직에 나가는 것이 유학자의 도리가 아니기에 수재를 점지해주지 않았었는데, 그 시기가 너무 오래 지나 가문에 낫 놓고 기역 자도 모르는 졸렬한 놈들만 배출되는 수난기가 이어졌다. 이를 천상계에서 지켜보던 옥황상제께서 안타까이 여겨 김녕 바닥에서 알아주는 천재, 개천에서 난 용을 한 마리 우리 가문에 넣어줬는데, 그놈 창창한 앞날을 네놈이 가로막고 있어! 그걸 아느냐 모르느냐?

─어이구, 조상님, 그, 그기……

김무씨가 뭐라 변명을 하려고 하자 이상하게도 혓바닥이 딱 굳어버려 말이 나오질 않았다. 그러자 이때 김시흥이 노발대발하면서 들고 있던 도끼로 김무씨의 머리맡을 찍어버리며, 한바탕 노호(怒號)를 뿜어댔다.

─이노오오오옴! 네놈이 실성을 했구나! 내 지금이라도 우리 가문의 앞날을 가로막는 이 거머리 새끼를 하나 쳐 죽어야겠다! 어? 이놈아! 오늘이 네 제삿날이다!

─아이고 조상님, 아이고 조상님……

그러다 김무씨는 고꾸라지고 말았다.

허공을 향해 두손 싹싹 빌며 일어났을 때는 김시흥을 비롯한 조상신들의 모습은 이미 시야에서 사라지고 없었다. 등허리는 땀으로 흥건하게 젖어 있었고, 김무씨는 이마의 식은땀을 닦으며 폐허가 된 옹기 공장을 허겁지겁 뛰쳐나왔다. 하지만 논길을 가로질러 뛰어가는 와중에도 김시흥의 도끼에서 떨어지던 시뻘건 묘청이의 핏방울이 생생하였고, 또한 그 노한 눈매는 아무리 용한 무당을 불러다 빌어보아도 별 소용이 없을 것 같았다. 그길로 김무씬 곧장 집으로 가 모친에게 자신이 하와이에 가겠다고 했다.

●

시월에 추수를 대충 갈무리한 김무씨는 가족과 마을 사람들이랑 작별하고 하와이로 가는 배편을 타기 위해 부산으로 향했다. 당시만 해도 전차가 보급되니 마니 해도 학교 입학시험을 치거나 혹은 장사꾼이 아닌 이상 자기네 마을을 떠나 다른 도회지로 나가는 경우가 드물었는데, 김무씨도 여기서 예외가 아니었던지 이십일 년 인생 처음으로 봉기마을 바깥으로 나가보게 되었다.

봉기마을에서 김맬 때부터 오가는 사람들을 통해 김녕 바닥에 그렇게 일본인이 많다는 말은 들었지만, 김무씨는 배를 타기 위해 부산으로 가면 갈수록 정말 일본인이 많다는 생각을 하게 되었다. 길가에 자전거를 타고 가는 사람 중에도 일본인이 있었고, 김무씨의 부친을 앗아간 경찰서 앞에 눈을 잔뜩 부라린 채 서 있는 헌병 놈도 일본인이었으며, 하다못해 농민들 중에서 민망하게시리 고추만 살짝 가린 훈도시만 입고 밭을 가는 놈도 일본인이었다. 바야흐로 김녕—부산 바닥이 왜놈 판이 된 것이었다. 당시 조선인 중에 안 그런 사람이 어디 있었겠느냐마는, 김무씨는 이를 심히 달갑게 여기지 않는 사람이었다. 헌데, 그 이유가 사뭇 특이하여, 김무씨가 일본인을 싫어한 것은 일본 놈들이 자기네들을 일등 신민이라 부르고 조선인들은 이등 신민이라고 부르는 것에 강한 불만을 느꼈기 때문이었다. 아니 왜 일전엔 국가 사업이다 뭐다 해서 산미 증식 계획한다고 세금으로 온갖 쌀이란 쌀은 다 내놔라 해서 내줬더니, 그리고 또 남면북양이다 뭐다 해서 남쪽에 면화만 주야장천 심으라기에 심어줬더니, 그런 식으로 하라는 걸 다 해줬는데도 조선인이 일본 제국 앞에 이등 신민이란 게 말이나 되는 소리냐는 것이었다. 의무만 일등 신민인 건가? 게다가 위대한 김녕 김씨 집안에서 '이등'은 인정할 수 없는 숫자였다. 또 자기도 '둘째'는 별로였고.

물론 김무씨가 이런 식으로 말을 뱉으면, 그중에 꼭 일본 헌병 앞에서 꾹꾹 눌러 담았던 애국심을 터뜨리는 사람이 있었는데, 그 사람 왈, 아니 말을 그딴 식으로 하면 일본 애들이 우리 민족을 일등 신민으로 취급해주면 일본 놈이 돼도 괜찮다, 뭐 이런 말이냐고 울분에 찬 반문을 내놓곤 했다. 그러면 김무씨는 말꼬리를 흐리면서 '이기, 지 말은 그런 게 아인데…… 이 말을 그리 그윽─단적으로 이해해써는 안 되는데이……' 하고 자리를 훌쩍 뜨곤 했다. 혼자 걸으면서 김무씨는 자기가 매국노인지 반문해봤지만, 스스로 질문을 몇 개 던져보기도 전에, 사실은 주위 사람들이 본인이 상놈 출신이라고 여기기에 본인의 말을 업신여겨서 그런 면박을 준거라는 식으로 상념을 마무리하곤 했다. 꿈에 조상신도 나타난 판국에, 이 이상으로 본인이 양반 출신이라는 걸 인정해주는 증거는 없었고, 그저 본인이 위대한 김녕 김씨 집안의 이십일대손이라는 걸 제대로 몰라주는 주위 세태가 답답할 따름이었다.

시월 중순 즈음 부산에 도착했을 때 김무씨는 빼곡히 늘어선 다다미 집에 전차, 그리고 온갖 서양식 건물들을 보면서 이런 게 도시인가 하는 놀라움에 빠졌지만, 곧 익숙하게 되었다. 여기서 얘기를 하나 좀 첨언하자면, 김무씨는 원래 도시가 주는 놀라움에 익숙해져버릴 만큼 부산에 오래 눌러앉을 계획이 아니었는데, 당초 고향을 떠날 때 중계비를 지불

한 소개인의 말로는 시월 말에 곧바로 배를 타고 하와이로 떠날 것이었기 때문이다. 하지만 예나 지금이나 도시 놈들은 세상 물정 모르는 시골 놈들한테 구라 뺑으로 등쳐 먹는 게 일상인바, 중개비를 지불받은 소개인은 김녕 바닥에서 하와이로 가겠다고 긁어모은 장정들을 부산 바닥에 던져놓고는 홀연히 사라져버렸다. 그때부터 김무씨는 양장에 헌팅캡을 눌러쓴 놈들을 안 믿게 되었다.

그렇게 갑자기 낙동강 오리알 된 장정들은, 눈물나는 작별 인사까지 찐하게 한 마당에 다시 고향집으로 돌아갈 순 없었고, 옹기종기 모여서 하와이로 가는 배편과 중개인을 다시 찾아 나서야만 했는데, 바로 그때 시기적절하게 '긴또'라는 일본인이 유창한 조선어를 구사하며 나타났다. 긴또는 중개비로 무려 백 원을 요구했다. 그렇담, 당시 백 원이 얼마의 돈인가? 그 시절 건구 도공부 숙련 직공이 하루 일 원 오십 전, 한 달에 사십오 원의 임금을 받았으니, 아무런 기술도 없는 김무씨가 갈 수 있는 곳은 부산 부두 바닥의 단순노동직뿐이었던바, 먹고 자는 거 다 빼고 하루하루 뼈가 부서지도록 품을 팔아도 한 달에 십 원 이상 모으기가 어려웠다. 따라서 긴또가 요구한 백 원은 김무씨에게 너무 부담스러운 금액이었는데, 그렇다고 집으로 돌아가기엔 다시 조상신이 나타날까 오금이 저렸다. 하지만 그런 애로 사항이 꽃피던 순간에도 긴또는 기가 막힌 해결책을 제시해줬는데, 선불로 오십 원만 내고 나머지는 하와이에서 번 돈으로 변제하라는 제안을 줬던 것이다. 이때 순진한 김무씨는 쪽바리 놈들이 다 죽일 놈인 줄 알았는데, 이 긴또라는 일본인은 꽤나 쓸 만한 인간이라고 생각했다. 안타깝게도 그때 김무씨는 자신을 등쳐먹은 소개인이 사라진 빈자릴 긴또가 귀신같이 알아채고 나타났다는 것에 대한, 그러니까 그 타이밍이 너무 지나치게 적절하지 않은가에 대해, 의심을

25

해볼 생각을 하지 못했다. 김무씨가 소개인과 긴또가 한통속이라는 사실을 안 것은 좀 더 시간이 지난 뒤의 일이다.

어찌됐든 김무씨는 선불 착수금 오십 원을 벌기 위해 부산 부둣가로 나갔다. 일꾼을 구하는 수요가 많았기에 빨리 부둣가에서 일자리를 구할 수는 있었지만, 석탄이나 생선부터 시작해서 자질구레한 일본인들 짐들까지 옮기는 일은 허리가 나갈 만큼 험한 일이었다. 게다가 십이월의 부산포 바닷바람은 칼바람이었다. 김무씨가 입을 수 있는 옷이란 옷은 다 껴입고 일터로 나가도 바람이 옷을 뚫고 들어오기 일쑤였는데, 그렇게 겨우 두어 달을 일했을 뿐인데도 김무씨의 몸은 만신창이가 되어버렸다. 이렇게 인생이 고달프면 비슷한 인생끼리 모여서 하소연을 터놓기 마련, 어깨에 든 피멍에 앓는 소리를 내던 김무씨에게 말을 건 것은 숙소에서 같은 다다미방을 쓰는 일꾼이었던 염씨였다.

─마, 김군 괜찮나?

─어이구 행님요, 마, 뒤질 것 같구먼요. 씨팔, 이러다 하와이 가기 전에 부둣가 바닥에서 뒈져버리는 게 아닌지 모르겄네요. 아오 야야야……

염씨는 홀짝이던 화주(火酒)를 내려놓고 한동안 앓는 소리를 내던 김무씨의 시퍼런 어깨를 바라보았다. 그러다 무슨 결심이 섰는지, 술을 김무씨에게 권하면서 이렇게 말했다.

─자네 말이 맞다이. 이카다가 하와이에 가기 전에 부두판 요서 갈매기밥이 될 판이다. 그래서 하는 말인데, 우리 한번 크게 당겨봐야 하지 않것나?

─예? 크게?

─그래, 크게. 사실은 내 오늘 부둣가에서 일하다가 배불뚝이 십장 놈이 어떤 쪽바리 놈이랑 하는 얘길 엿들었는디, 니 그, 서면에 경마장 알

제? 그기 그 경마장에 대한 얘기였다.

경마장이라는 말에 김무씨는 손에 든 술도 잊은 채 눈이 휘둥그레져서 '그래갖꼬요?'라며 말을 보챘다. 염씨는 침을 꿀딱 삼키고 이렇게 말했다.

—그기 뭐냐면, 그 배불뚝이 십장 놈이랑 노가리 까던 쪽바리 놈이 아무래도 경마장에 줄을 대고 있는 것 같아. 얘기를 들어보니, 이번에는 삼 번 말이라고 하드만.

—삼 번 마아알? 뭡니까 행님, 뭐, 이게 뭐라 해야 하노…… 이기 그, 일종의 조작?

—그래! 경마 판이 원래 다 짜고 치는 조작 판인기라.

염씨가 무릎을 탁 쳤다.

—그거 확실한 기요?

—으이. 내가 오늘 똑똑히 들었다카이.

그 순간 김무씨는 어깨의 통증을 잊었다.

●

그다음 날 김무씨는 아프다는 핑계로 일도 빠진 채 염씨와 함께 평생 갈 일 없을 거라 여겼던 서면경마장으로 향했다. 으레 도박판이 다 그러하듯, 경마장에도 자신만은 행운의 여신에게 선택받을 거라고 믿는 낙천적인 사람들이 내뿜는 들뜸과 일말의 종교적인 분위기로 가득 메워져 있었는데, 이 안에서 김무씨는 자신은 도무지 그 뜻을 알 수 없는 의뭉스러운 신의 계시가 아닌 '확실한 정보'가 있다는 것에 기대를 느끼면서도, 동시에 결코 마음속에서 지워지지 않는 불안감을 느끼고 있었다. 과연 염씨의 말이 맞는 걸까? 경마장에 오는 길에 벌써 다섯 번이나 정보가 확실한 것인지 물었기에, 더 이상 물어볼 수가 없었지만, 그래도 김무씨는 뭔가 불안했다. 하지만, 그러면서도 만일 정보가 확실했을 때 얻게 될 일확천금에 대한 기대로 충만한 것 역시 사실이었다. 그것은 처음 느껴보는 전율이었다. 긴가민가하던 김무씨는 염씨가 자신의 전 재산인 십팔 원을 삼 번 말에 거는 것을 보고, 에라 모르겠다며 자신도 전 재산 이십일 원을 같이 삼 번 말에 걸어버렸다.

김무씨와 염씨는 관중석에 앉아서 경기 시작 전의 열기를 만끽하고 있었는데, 확실한 정보이니 활짝 빛나는 결말이 우릴 기다릴 것이라는 둥의 얘기를 하면서 어떻게든 스스로의 불안을 쓸어내리려고 노력하고 있었고, 그러다가 나중에 아예 이미 경마로 한밑천 두둑이 잡았다고 생각하면서 앞으로 이 많은 돈으로 뭘 할지 상상하며 김칫국의 김칫국을 마시기 시작했다. 하지만 아무리 김칫국을 마셔대도 막상 경기가 시작하는 신호가 '땅—!' 하고 울리자 심장이 터져버릴 것만 같은 긴장감이 엄습하는바, 온몸에 털이 곤두섰고, 손발과 이마에서 땀이 비 오듯 쏟아져 내렸으며, 주먹을 꽉 쥔 손의 손톱이 손등을 뚫고 나올 것만 같은 그런 긴장감 속에서 말들이 달리는 장면을 쳐다보았다. 눈만 크게 뜬 채로, 숨도 안 쉬었기 때문에 김무씨와 염씨는 다른 들뜬 관객들과 달리 아무런 소리도 지르지 못했다.

총 일곱 마리의 말이 치고 나가 달리기 시작해서, 두 바퀴를 돌 때쯤 선두 다툼을 하던 일 번 말과 오 번 말이 충돌하면서 고꾸라졌고, 그 혼란을 틈타 삼 번 말과 사 번 말이 발군의 실력으로 앞서나갔다. 그렇게 다섯 바퀴째까지 오직 삼 번 말과 사 번 말이 엎치락뒤치락하면서 순위

경쟁을 펼쳤고, 이때쯤에 염씨는 경기를 보는 걸 포기하고 눈을 꾹 감은 채 손목의 염주만 굴리며 불경을 외워댔다. 마지막 바퀴에 돌입했을 때 김무씨는 도저히 앉아 있을 수 없었는데, 그는 소리는 지르지 못하고 그저 눈과 입을 크게 벌리며 벌떡 일어서서 경기를 지켜보고 있었다.

아~ 삼 번 말, 삼 번 말, 삼 번 말! 뒤에서 바짝 사 번 말이 쫓아오고 있⋯⋯!

중계석에서 확성기에 대고 뭐라고 시끄럽게 떠들던 말은, 적어도 김무씨의 귓가에선 멍한 소리로 들려오기 시작했다. 그러다 김무씨의 시선에서 경마는 모든 소리가 사라진 하나의 슬로 모션 동작으로 흘러가기 시작했는데, 마치 세상이 멈춘 것만 같은 풍경이 펼쳐졌다. 그리고 김무씨는 생각했다. 아니 왜 마지막 바퀴인데도 삼 번 말과 사 번 말이 엎치락뒤치락하는 거지? 이쯤이면 각본대로 삼 번 말이 좀 더 앞서나가야 하는 거잖아? 사 번 말은 당연히 삼 번 말과 짜고 달리는 거겠지? 너무 박진감이 없으면 조작한 게 티가 나잖아? 안 그래? 근데, 너무 박진감 넘치잖아? 이러다 각본대로 잘 안 돼서 사 번 말이 이겨버리면 어쩌려고? 그 뒷감당을 누가 하려고? 이제 양보하겠지? 그래 이쯤부터 양보해야 되잖아? 그래야 되잖아? 어? 왜 양보를 안 하지? 어? 어? ⋯⋯어?

아~ 마지막 젖 먹던 힘까지 짜낸 사 번 말의 역전입니다!

몇 초 뒤에 확성기에서 소리가 터지고, 곧 확성기 소리를 뒤엎는 함성이 관객석에서부터 터져나왔다. 경기 내내 입만 벌린 채 아무 말도 하지 못하던 김무씨는, 경기에 끝난 뒤에야 소리를 질렀다. 그것은 비명이었다.

인생무상, 그것은 김가네의 가풍이었다.

도대체 어찌된 일인가? 우선 염씨에게 얘기를 흘린 그 부둣가 배불뚝이 십장이랑 일본 놈의 대화가 거짓말은 아니었다. 아니, 거짓말이 아닌데 왜 김무씨는 뒤통수를 맞았단 말인가? 어허― 성급한 독자들이여, 으레 세상일이라는 게 아무리 사소해 보이는 일이라도 자세히 들여다보면 온갖 삼라만상의 인과 사슬이 얽혀 있는 법일지어니, 경마장 다그닥거리는 말굽 소리 이면에 깔린 진실은 꽤나 복잡한 것이었다.

고로 심호흡을 한번 깊게 하고 진실을 향해 긴 우회로로 돌아가보자.

당시 서면경마장은 일제 강점기 이후 일본에서 답도 없는 인생을 살던 싸구려 낭인들이 흘러들어와 만든 이른바 '켄시 코파'라는 깡패조직이 점거하고 있었는데, '켄시코'라는 말이 일본어로 호랑이를 뜻하든 말든 주위 사람들은 이들을 두고 '개노무 새끼'라고 통일해서 명칭하고 있었다. 원래 식민지 사업이란 게 단순히 헌병들 데리고 밀어버리면 그만인 굵직굵직한 사업만 있는 게 아니라, 극장부터 시작해서 자질구레한 요릿집까지 잔손깨나 들어가는 작업이 즐비한 사업인지라, 총독부 입장에서도 그때그때 활용할 수 있는 깡패 같은 이른바 암흑가의 친구들이 필요했다. 천팔백구십오 년에도 이리저리 걸림돌이던 명성황후를 낭인들 칼에 처리하지 않았던가? 원래 더러운 일이란 게 자기 손에 피 묻히는 방향보다는 남의 손에 칼 쥐여주는 쪽으로 진행되는 게 인간사의 생리인바, 총독부도 딱히 다를 바가 없었다.

그렇다고 조선 판에서 일본 놈 깡패노무 새끼들이 많아지는 때가 언제인가? 여기에 대해 이리저리 말이 많은데, 보통 만세운동 전후로 낭인들이 많이 유입되기 시작했다고 보는 게 정설이다. 이게 어찌된 일인고 하니, 하도 만세운동이 조선 팔도 어디 빠지는 데 없이 거족적으로 벌어지다 보니 헌병 병력으로 이걸 다 땜질하기가 어려웠는데, 그래서 본국에서 골칫덩어리가 되는 깡패노무 새끼들을 조선으로 대거 '수출'하기로 결정했던 것이다. 이 깡패놈들은 조선에 상륙하자마자 조선 팔도를 자기 집 안마당처럼 싸돌아다니면서 유흥 시설과 고리대금업 그리고 여자 장사까지 손대면서 세력을 확장했는데, 뒤를 총독부가 봐주고 있었으니 거칠 게 없었다. 총독부에선 이 암세포 같은 놈들의 사업을 눈감아줬고, 그 대가로 이들에게 괴롭혀야 할 명단을 주었다. 여기엔 저 멀리 청산리나 간도에서 독립운동 하는 아비를 둔 가족들도 있었고, 만세운동 때 유독 눈에 띄어서 헌병대 메모에 이름이 적힌 사람들, 그리고 별 마음에 안 드는 글을 적는 신문사 기자들까지 포함된 아주 다채로운 구성을 자랑했다. 깡패 놈들은 이들을 불시로 방문해 괜시리 문을 두드리며 빌리지도 않은 돈을 갚으라고 행패를 부렸고, 신고를 받은 일본 순사 놈들은 당연히 느긋하게 점심 먹고 이쑤시개로 이까지 파면서 느릿느릿 출동하기 일쑤였다.

그리고 당연히 켄시코파도 그 많고 많은 조선 팔도의 일본 깡패노무 새끼들 중에 하나였다. 하지만 깡패 사회에서도 처음부터 이무기로 태어나는 인간은 드문바, 켄시코파도 처음엔 동네 양아치들이 몇 명 모여 다니면서 바닥에 침이나 찍찍 뱉는 게 전부인 애매모호한 패거리에 불과했는데, 그것은 기실 이놈들이 외상 술값 떼먹고 옷을 훌러덩 벗어서 어깨에 문신을 보여주는 것 말고는 딱히 본국에서 익혀온 깡패 기술이랄 게 없었기 때문이다. 하긴 본국에서 잘나가는 깡패였으면 뭣하러 조선 판에서 깡패 길의 활로를 찾으려 했겠는가? 천구백이십 년대의 조선은 어설프게 일본을 재현하려는 아류(亞流)였고, 거기서 활개 치던 깡패놈들도 죄다 본국의 아류였다.

　그러다 이놈들이 부산 바닥에서 크게 뜬 것은 켄시코파가 결성된 지한 일 년 반쯤 지나가던 시점이었는데, 천구백이십일 년 구월 부산의 부둣가에서 노동자 오천여 명이 총파업을 일으키는 사건이 벌어졌다. 부둣가에서 일본 노동자와 비교해서 부당한 취급을 받거나, 혹은 무슨 만성질환도 아니고 툭하면 체불되는 임금 문제, 그리고 손에 채찍만 안 들었지 무슨 지들이 이집트에서 피라미드 짓는 노예들 등짝을 때리며 닦달하던 노예 감독관도 아니고 하루가 멀다 하고 입에서 '빠가야로(바보)'를외치면서 온갖 인격 모독과 주먹질을 일삼던 일본 놈 감독관들에 대해쌓였던 온갖 분노들이 폭발했던 것이다. 이들이 일을 멈추니 부둣가도멈췄다. 부둣가에서 선착이 안 되니까 기름통이니 석탄이니 하는 것들일체가 부두에 묶여서 오도 가도 못하는 상황이 벌어졌고, 부산 바닥에주유가 멈춰 자동차가 못 다니니, 부산지방법원 일본 법관까지 자전거를타고 출근하는 진풍경이 펼쳐지기도 했다. 다급해진 일본 순사가 아무리곤봉으로 머리를 치고 유치장에 잡아 가둬도 오천여 명이 넘는 부둣가일꾼들은 뚝심으로 대동단결하니, 어쩔 바를 모르고 발만 동동 구르고있었다. 유치장 최대 인원은 스무 명이 고작이었다.

　이게 참 생각해보면 일본 순사 쪽에서도 답이 없는 게, 위대한 자본주의 사회에서 단순히 일이 하기 싫어서, 본인이 일을 안 하겠다는데 이걸두고 어찌 왈가왈부를 하겠는가? 오천여 명의 부둣가 일꾼들은 자본주의가 허용해주는 수많은 자유들 중 하나인 이른바 '굶어 죽을 자유'를 거족적으로 뭉쳐서 행사하고 있었고, 이들의 죽기 살기의 부라린 눈동자에잔뜩 주눅든 다른 일꾼들은 감히 부산 부둣가에서 일할 생각을 하지 못하고 있었다. 이때 한참 고생한 부산 경찰서의 이치로 경감이 머리를 굴리길, 부산 바다에 굴러다니는 일본 낭인들을 데려다가 시위 해산에 써 먹어야겠다는 아이디어를 떠올렸다. 그렇게 바야흐로 요릿집에서 술값이나 떼먹던 동네 양아치 같은 켄시코파에서 정식 깡패의 정도(正道)로 나아갈 기회가 주어졌던 것이다.

이 이후 파업 노동자와 켄시코파의 주먹 다툼이 하루가 멀다 하고 부산 부둣가를 뒤덮었으니, 그것은 일종의 춘추 전국 시대였다. 아, 물론 이 아이디어를 떠올린 이치로 경감이 이 생각을 너무 늦게 했던 관계로, 부산 부두에서 자본을 굴리던 일본의 본사에선 이미 온갖 천문학적 손해가 발생하고 있는 마당에 일본인의 자존심이건 나발이건 이 사태를 최대한 빨리 진정시키기 위해서 조선인 노동자들의 요구를 들어주는 쪽으로 백기를 들었다. 자본은 민족의식보다 우월했다. 아무튼, 그리하여 큰 소동을 일으켰던 부산 부둣가 노동자 총파업은 성공적으로 마무리됐고, 노동자들은 의기양양한 발걸음으로 다시 부둣가로 나갔다. 하지만 단순히 공식적으로 일이 끝났다고 모든 일이 끝나는 것은 아니니, 본디 인간의 모든 일이란 게 공식적인 일보다는 비(非)공식적인 일의 끝이 진정한 일의 끝인바, 부둣가 노동자 조선인들에게 한 방 먹은 이치로 경감에겐 분노와 수치의 나날이 이어졌다. 그래서 그가 이렇게 시위하는 사람들을 사회주의 빨갱이로 싸잡아 몰아서 수감시키는 이른바 '치안유지법'이란 걸 천구백이십오 년에 제정하는 데 힘을 보태기 위해 총독실까지 친히 혈서를 써서 보내 그 필요성을 부르짖었다는 말과, 그리고 여기에 감명을 받은 다카키 마사오란 자가 이를 벤치마킹했다는 소문이 있었으나, 그런 건 믿거나 말거나 한 낭설이고, 여기서 확실한 것은 이치로 경감이 켄시코파의 뒤를 밀어주면서 파업에 참여했던 노동자들을 괴롭히기에 두 손 걷어붙이고 나섰다는 것이다.

이치로 경감이 힘을 쓰니 켄시코파는 자기 휘하에 요정집도 두어 개 손에 넣을 수 있게 되었고, 조직원도 계속 불어났으며, 그럴 때마다 이들의 행패에 신음하는 부둣가 노동자들의 한숨은 깊어만 갔다. 하지만 이들이 누군가? 그 험한 부둣가에서 온갖 짐들을 둘러메고 다니는 부산 싸나이 마초들이 아닌가? 켄시코파랑 순사 놈들이랑 붙어먹는다는 걸 눈치챈 노동자들은, 일종의 자경단을 만들고자 자기네들 안에서 주먹으로 사람깨나 친다는 사람들을 모아 조직을 만들고자 했으니, 이른바 '부산부둣가청년회'를 결성하기에 이르렀다. 그리하여 바람 잘 날 없는 부둣가에선 부산부둣가청년회와 켄시코파의 한바탕 초한전이 벌어지게 된다.

자자, 이쯤에서 다시 김무씨의 얘기로 돌아와서, 왜 김무씨는 경마장에서 전 재산을 잃게 되었는가?

그것은 이 초한전이 벌어지는 거대한 흐름들 중 일부였다. 원래 서면 경마장을 주름잡으며 이따금씩 조작 경기로 수익을 올리던 것은 켄시코파였으나, 이런 자금의 흐름을 눈치챈 부산부둣가청년회에서 경마장을 손에 넣기로 작전을 짰다. 이들은 김무씨가 배팅을 했던 바로 그날의 경기에서 삼 번 말이 이기는 것으로 판이 조작되었다는 정보를 입수, 경기 전날 사 번 말 경마 기수의 집을 찾아가 우락부락한 이두박근 삼두박근을 보여주며 '거절할 수 없는 제안'을 하게 된다. 그렇게 사 번 말 경마 기수는 부둣가에서 물고기밥이 되기도 싫고, 그리고 또 평소에 아니꼽던 켄시코파에 대항해서 한바탕 애국이라도 하자는 신념으로 죽자 사자 말을 몰았던 것이다. 아, 이 꼬이고 꼬인 인생사에서 김무씨는 참말로 재수가 없는 사람이 돼버린 것이었다.

하지만 모든 걸 잃은 사람에게 '참말로 재수가 없었다. 안됐네' 따위의 말은 전혀 위로가 되지 않는 법. 눈이 뒤집힌 김무씨는 부둣가에서 사시미 칼을 하나 가져다가 다짜고짜 삼 번 말이 이길 것이라는 말을 염씨에게 흘린 배불뚝이 십장을 찾아갔다. 그것은 부전자전이었다.

눈깔이 뒤집혀서 눈에 검은자는 안 보이고 시뻘건 핏줄이랑 흰자만 있는 사람의 눈을 본 적이 있는가? 게다가 거기에 도깨비처럼 뻘겋게 달아오른 얼굴에 식식거리면서, 한 손에 사시미 칼을 들고 '나도 내가 뭘 할지 모르겠다'는 듯이 다가오는 사람의 걸음을 본 적이 있는가? 적어도 이날의 배불뚝이 십장은 이런 장면을 처음 보는 것이었는데, 그래서 '경마장, 우예 된 일이고!' 하고 다짜고짜 고함을 지르며 다가오는 김무씨를 보며 오금을 저렸고, 그가 할 수 있는 건 그저 이렇게 두 팔을 뻗어 양껏 흔들면서 돼지 멱따는 소리를 내며 애걸하는 것뿐이었다.

—어이, 김씨! 그런 게 아니어라! 진정하고 내 말을 좀 들어보랑께! 어어아, 가까이 오지 말고, 거기 멈춰 서, 조, 좀 그 칼 좀! 칼을 좀 내려놓으랑께! 이래갖고 내가 무슨 말을 하겠노!

—개소리하지 마시고, 우예 된 일인지 제대로 해명을 하소. 못하면 오늘 내도 죽고 십장님도 죽는 기여! 어—어!

—아이고, 아이고! 내도 거기서 돈을 크게 잃었다니께! 아이고, 김씨요, 내도 피해자요, 으이? 그니께 사시미 좀 내려놓고, 대화로 합시데이, 대화로……!

—내는 대화고 나발이고 모르것으니까, 퍼뜩 진실을 고하소!

그렇게 김무씨는 배불뚝이 십장으로부터 자세한 일의 내막을 들을 수 있었다. 김무씨는 그 부산부둣가청년회의 오야붕이 누군지 물었고, 배불뚝이 십장은 유대식이라고 말했으며, 다시 김무씨는 그 사람의 주소를 물었고, 배불뚝이 십장은 그건 잘 모르겠다고 대답했으며, 그러자 김무

35

씨는 김시홍이 도끼를 자기 머리맡에 찍었던 것처럼 사시미 칼을 들고 배불뚝이 십장의 머리맡을 찍었고, 그러자 배불뚝이 십장은 오줌을 지리면서 주소를 불렀다. 그곳은 구봉산 밑자락 어딘가였다.

김무씨는 사시미 칼을 허리춤에 꽂은 채로 부둣가를 떠났다. 이제 이 판사판이었다.

●

유대식이가 누구냐? 그로 말하자면 그 이름만 대도 부산 부두 바닥에서 누구 하나 모르는 사람이 없을 정도로 유명한 부둣가의 자랑이자, 무쇠 같은 왼팔로 팔씨름에서 져본 역사가 없는 황소 같은 기력에, 술을 마시면 무조건 한입에 털어먹어야만 하는 성격, 게다가 의리파이기도 한, 그러니까 한마디로 사나이다움의 결정체 같은 사나이였다. 그는 부산부둣가청년회의 창립자이자 오야붕으로서 부둣가의 모든 질서를 움직이는 세력의 중심이었는데, 그렇다고 켄시코파들처럼 깡패노무 새끼는 아니었고, 그래도 아직은 민족적 정(情)이 잔뜩 남아 있는 훈훈한 향토민 같은 존재였다. 허나 사람이라는 게 다 그러하듯, 일단 한번 권력과 돈에 맛을 들이면 점차 가장 뜨거운 피를 뿜어내야 할 심장부터 얼어붙어가는바, 유대식도 비슷한 전철을 밟으며 민족이니 해방이니 하는 문제들은 죄다 뒤로 미루고, 오로지 부산포 바닥의 이권 다툼에 뛰어들고자 이리저리 눈알을 굴리기 시작하고 있었다.

자자, 그래서 정리하자면 부산부둣가청년회 오야붕 유대식이란 자는 김무씨가 사시미 칼 하나로 어찌할 수 있는 인물이 아니었다는, 대충 뭐 그런 말인데, 이런 사실을 누구보다 잘 알았기에 염씨는 김무씨를 열심히 만류하였다.

— 김군아, 아니, 이케 사시미 칼만 가지고 무작정 쳐들어간다고 무슨 해결책이 있나? 으이? 일단 좀 차분하게 마음을 가라앉히고 생각을 좀 해보자꼬. 으이?

— 그 차분한 마음 행님 혼자 가지소. 내는 그리는 못하겠으요.

— 아이야, 니 이르다 유대식이한테 칼 맞고 죽는다잉. 그걸 와 모르노? 김군! 어잉?

김무씨는 염씨의 만류를 무시하고 배불뚝이 십장이 가르쳐준 구봉산 밑자락으로 뚜벅뚜벅 걸어갔다. 한 두어 시간 걸어가다 보니 구봉산 밑자락의 마을에 도착할 수 있었는데, 그쪽 동네 사람 두어 명을 붙잡고 유대식의 집을 물어보니, 과연 이 동네의 유명 인사인지라 곧장 그 주소지를 파악할 수 있었다. 그렇게 물어물어 김무씨가 찾아간 유대식의 집은 으리으리한 집은 아니었으나, 그래도 일본식 이층 다다미 집에 그 주위를 기와로 지붕을 댄 번듯한 집이었다.

— 아이고 결국 이까지 와부렀네! 김군아! 니 진짜 우짤라고 그라노!

구봉산 밑자락까지 계속 김무씨를 만류하며 쫄래쫄래 쫓아온 염씨는, 문 앞에서 사뭇 비장한 표정을 짓는 김무씨를 보며 강하게 팔뚝을 잡으며 그냥 돌아갈 것을 말했지만, 이미 경마장에서 사 번 말이 일등으로 들어가던 시점부터 눈깔이 뒤집혀 인생 이판사판으로 흘러가기 시작한 김무씨에게 이런 만류 따위는 통하질 않았다. 김무씨는 자신을 잡은 염씨의 손을 뿌리치며 허리춤에 꽂은 사시미 칼을 뽑아들었다. 그리고 그 칼로 염씨를 가리키며,

— 행님, 정신 단디 차리소. 안에서 한바탕 소리가 나면, 그때 들어오는

기요. 알갓소, 모르갓소?

라고 말하니, 염씨가 마지막으로

　—김군아, 니 진짜 와 이라노? 으잉? 우짤라고 그라노!

　이렇게 만류했으나, 역시나 김무씨는 귓등으로 넘기고, 그길로 사시미 칼을 입에 물더니 펄쩍 뛰어 담을 넘어가버렸다.

　김무씨가 날렵한 몸짓으로 안뜰을 지나 안방으로 보이는 문을 박차고 들어가니, 거기엔 멜빵바지를 입은 남자아이 하나가 책을 보고 있었다. 으레 대부분의 사람들이 다 그러하듯 백주대낮에 누군지도 모르는 사람이, 그것도 시뻘겋게 충혈된 눈으로 한 손엔 사시미 칼을 반짝이며 안방에 난입하면 자기도 모르게 비명도 안 나오고 그저 입만 크게 벌리며 '허어억' 하는 숨 잡아먹는 소리만 낼 뿐인데, 그래서 이 남자아이도 읽던 책을 떨어뜨리고 놀란 토끼눈으로 김무씨를 쳐다보기만 하였다. 떨어뜨린 책은 낭만주의적 정서로 철철 넘치던 동인지 『백조(白潮)』였는데, 아니 이 구하기 힘든 책자가 조선 팔도를 빙글빙글 돌아 어떻게 이 집 책상머리 위에 있게 된 건진 잘 모르겠지만, 어찌됐든 이 상황과 대비되어 마치 사시미 칼 앞에서 낭만주의의 진실이란 게 뭔지 알려주는 것 같아 묘한 웃음을 선사해주고 있었다. 아, 물론 이 웃음은 독자들의 몫이지, 일촉즉발의 상황에 놓인 김무씨와 남자아이에게는 그런 것일랑 눈에 들어오지 않았고, 오로지 그들 서로의 눈에 들어오는 것은 잔뜩 독이 오른 눈과 겁먹는 사슴 같은 눈망울뿐이었다.

　—느그 아부지 어딧노!

　씩씩거리던 김무씨는 흥분한 와중에도 이 남자애가 유대식의 아들이라는 것을 귀신같이 알아차리고 다짜고짜 다가가서 사시미 칼을 든 손으론 아이를 위협하고 다른 손으론 남자아이의 멱살을 잡았다. 비로소 그때야 남자아이는 큰 소리로 비명을 질렀고, 이 비명 소리에 난리가 났다고 생각한 유대식의 당숙이 대번에 안방으로 뛰어들어왔다. 김무씨는 반사적으로 아이의 목에 사시미 칼을 들이대며 인질극을 시작했다.

—뭣, 뭣, 뭐꼬! 니 누구야!

—그, 그건 알 것 없고, 당신이 유대식이야?

—이 미친놈이! 내는 유대식이 삼촌 되는 사람이다! 니 켄시코파가 보냈나? 어이? 그런 기가? 이 비겁한 노무 쪽바리 새끼들!

—뭐, 뭐라카노! 삼촌이랑은 일없고, 유대식이 불러와라! 유대식이!

흥분한 김무씨가 칼끝으로 남자아이의 목을 콕콕 찔러대니 거기서 난 작은 상처에서 핏물이 흘러내렸다. 삼촌이 봤을 때 백주대낮에 웬 미친 놈이 조카의 목에 칼을 들이대고 한바탕 인질극을 벌이고 있으니 일단 유대식을 데려오는 것이 상책이라고 생각했다. 난리가 난 마당에 뒤쫓아 안방으로 들어온 유대식의 마누라는 그 자리에서 혼절했고, 발만 동동 구르던 삼촌은 김무씨를 향해 '대식이 불러올 테니, 요요 가만 있으라!' 하고는 맨발로 집을 뛰쳐나가 동네 부산부둣가청년회의 요릿집 겸 사무실로 달려갔다. 거기엔 경마장에서 한바탕 장난을 친 걸 눈치챈 켄시코 파가 보복을 하러 올 것을 우려해 만반의 준비를 해둔 부산부둣가청년회 장정들이 잔뜩 눈을 부라리고 결집해 있었다. 헐레벌떡 들어온 유대식의 삼촌이 알려온 급보에 유대식은 눈깔이 뒤집혔는데,

—뭐, 뭐, 뭐라? 이 미친 비겁한 노무 새끼들이 내 아들을? 으아아아아! 하고 괴성을 지르면서 집으로 달려갔고, 조직원들도 우르르 오야붕을 쫓아 달려갔다. 이때 유대식의 집밖에서 초조하게 서성이던 염씨가 저기 멀리서 흙먼지가 뭉게뭉게 피어오르는 것을 봤고, 곧 그것이 부산부둣가 청년회 전체가 달려오는 것임을 알아챘다. 그 필두에 서 있던 유대식은

무쇠 같은 왼팔을 걷어붙이며 곧장 대문을 박차고 집으로 들어갔고, 곧 안방에서 기다리던 김무씨와 대치하게 되었다. 염씨는 조직원들 틈에 끼어서 어영부영 집 안으로 들어갔지만, 거기서 만난 경악스러운 상황 앞에선 아무런 말도 하지 못했다.

　—너이 씨벌놈아! 니놈들은 쌈질에 대한 기본적인 도리도 없는 것이여? 지금 내 아새끼 붙잡고 뭐하는 짓이야!

　과연 호걸 같은 사내는 자기 아들이 적진에 사로잡혀도 목소리가 우렁찼다. 유대식의 호통에 김무씨는 순간적으로 기세에 압도당했지만, 생각해보면 자기도 이판사판인지라 다시 눈을 잔뜩 부라리고 말했다.

　—니가 유대식이가? 오, 오해하지 마라! 내는 켄시코판지 켄치코판지 하는 쪽바리가 아니데이. 내, 내는 돈을 받으러 왔다! 돈! 내 돈 내놔라, 내 돈!

　그러자 조직원 하나가 불쑥 이렇게 말하니,

　—이 미친놈이, 여기가 은행이가? 와 돈을 우리한테서 찾는데! 언제 우리한테 돈 맡겼나? 어이!

　모여 있던 부산부둣가청년회 조직원들이 우후죽순으로 맞는 말이라며 소리를 지르는바, 김무씨는 당황하여 칼끝으로 잡고 있던 유대식 아들놈을 다시 쿡쿡 찔러댔고, 그러자 아이가 '아야야' 소리를 내며 눈물을 쏟아냈다. 이에 호걸 같았던 유대식도 막상 자기 아들 목에서 피가 줄줄 흐르는 광경을 보니 뚝심 같은 마음이 다 녹아내려버렸다. 유대식은 '조요요요요용!' 하며 소리를 질렀고, 곧바로 주위는 쥐죽은듯 조용해졌다. 그렇게 몇 초간 김무씨가 숨을 고르는 동안 유대식과의 대치 관계에서 침묵이 흘렀고, 이내 김무씨가 다시 입을 열었다.

　—내는 어제 니놈들이 경마장에 장난치는 바람에 전 재산을 꼴아박은

사람이다. 그니께 내는 내 돈을 돌려받아야겠으…… 빠, 빨리 배, 배, 백 원을 내놔라! 그 백 원만 내놓으면 느 아들도 무탈하고 내도 무탈하고 니도 무탈할 테니. 어이? 그니께 빨리 백 원을 내놔라, 이기야!

●

그날, 김무씨는 일생에 다시없을 미친 짓으로 결국 유대식으로부터 백 원을 받아내는 데 성공했다. 하지만 돈을 성공적으로 받아낸 직후 빼곡 히 부산부둣가청년회로 둘러싸인 유대식의 집에서 어떻게 빠져나갈 것 인가에 대한 문제에 맞닥뜨리게 됐는데, 너무 일촉즉발의 극단적인 상 황인지라 머리가 퍼뜩 돌지 않아서 '씨—팔 좆됐다' 하고 자포자기하려 는 순간, 청년회 무리 속에서 엉거주춤하게 눈치나 보던 염씨가 뛰쳐나 와 자동차를 가져오라고 요구하면서 기적같이 돌파구를 찾아냈다. 그것 은 요새 할리우드 영화처럼 인질극을 벌이면서 헬기나 제트 비행기를 요구하는 인질범들의 행동 패턴에 대한 조선판 선취(先取)였고, 이 한 편 의 영화 같은 인질극은 트럭을 타고 구봉산 밑자락을 빠져나가는 것으 로 결말을 맺을 수 있었다. 물론 폼 나는 검은색 승용차가 아니라 덜컹거 리는 트럭이라서 조금 모양새가 빠지기는 했지만, 그럼에도 이는 성공적 인 인질극이었다.

트럭이 구봉산에서 멀어지자마자 김무씨와 염씨는 긴또를 찾아갔다.

김무씨는 숨도 안 쉬고 남포로 달려가, 거기에 있는 긴또의 사무실에 노크도 안 하고 열고 들어가, 사무실에서 손톱을 깎던 긴또에게 달려가, 화들짝 놀란 긴또의 얼굴에 대고 다짜고짜 이렇게 소리쳤다.

─기, 긴또상! 하와이로 가는 배편이 언제요! 어이?

─아니, 이 싸람들이 만났으면 인사부터 해야지, 갑자기 헐레벌떡 이게 뭔 일이오? 하와이는 당신네들 돈만 가져오면 당장 오늘이라도 보내주지!

─도, 돈 여기 있소! 지금 좀 보내주소!

그리고 허리춤에서 유대식에게 받은 백 원을 허겁지겁 꺼내놨다. 긴또는 오랜 사업 경험상 이런 식으로 돈을 가져오는 사람들 중에 제대로 된 방식으로 돈을 마련해서 오는 사람이 드물다는 것을 대번에 눈치챘지만, 구태여 물어보진 않았다. 그런 얘길 구구절절 들어본다고 해서 받을 돈 안 받을 것도 아니었고, 어차피 하와이에 떨어뜨려놓으면 부산에서 생기는 일이랑 자신이랑 아무 상관없었기 때문이다. 근데, 그렇다고 당장 오늘 하와이로 가는 배가 있는 것은 아니었고, 하와이로 떠나는 배는 삼 일 뒤에나 부산포에 들어왔다. 여기서 긴또는 사업 수완을 십분 발휘해 배가 오는 삼 일 동안 안전하게 숨겨주는 대가로 십 원을 더 요구했고, 바가지 같은 가격이었지만 잔뜩 눈알을 부라리고 있을 유대식이 손에 잡히는 날에는 그날로 부산 앞바다 물고기밥이 될 처지에 놓여 있었던 김무씨와 염씨는 더운밥 찬밥 가릴 처지가 아니었다.

그들이 무사히 조선 땅을 떠난 것은 칼바람이 몰아치던 천구백삼십 년의 십이월 중순 즈음이었다.

●

김무씨와 염씨는 배에서 객실에 앉지 못했고 짐칸 안에서 짐들이랑 짐짝처럼 실려 하와이에 갔다. 긴또는 바로 옆이 보일러실이라서 따뜻할 것이라고 했지만, 막상 짐칸에 쭈그리고 앉아 있으니 그런 건 쥐뿔도 없었고, 그래서 김무씨와 염씨는 필사적으로 서로 부둥켜안은 채 담요 두어 장만으로 거의 한 달 밤낮을 같이 보내야만 했다. 이따금씩 위에서 긴또가 몰래 식사랑 궐련을 보내주는 순간을 제외하고는 흔들리는 어두운 짐칸에 둘이서 있어야만 하는 시간이 이어졌다.

그래도 한 공간 안에서 두 인간이 오랫동안 있다 보면 이런저런 얘길 하지 않고는 못 배기는바, 김무씨는 경마장에서 전 재산을 날린 일과 이어서 유대식네에서의 인질극을 맛깔나게 회상하며 한바탕 청춘활극이라도 벌인 것처럼 호탕하게 웃어댔고, 염씨는 옆에서 추임새를 넣어댔다. 그렇게 풀리기 시작된 얘기로 평소에 재수 없게 굴었던 배불뚝이 십장 놈이 사시미 칼에 오줌을 지렸던 얘기부터, 그놈 엉덩이가 묵직한 걸 보니 사실 오줌을 지리면서 똥도 같이 지렸던 것 같다는 둥, 사실 처음부터 인질극은 벌일 생각은 없었다는 둥, 입에 칼을 물고 담을 넘을 땐 사시미 칼로 유대식을 제압하고 백 원을 뜯어내려고 했다는 둥, 그러다 막상 유대식의 그 무쇠 같은 왼팔을 보니 일대일로 싸우지 않아서 다행이라고 생각했다는 둥의 온갖 얘기들이 꽃을 피웠다.

그러다 얘기가 한 많은 인생사 넋풀이로 넘어갔으니, 대충 김무씨보다 열 살 위였던 염씨는 평안도 운산의 노다지 광산에서 날품팔이로 뛴 것을 시작으로 한양, 이북 안 가본 광산이 없을 만큼 발품을 팔며 다녔던 썰, 그러다 광부들 폐병에 특효약이라 알려진 도라지 말린 가루를 팔면서 약장수로 업종을 변경했던 썰, 그 장사가 꽤나 잘돼서 주막집 딸년이랑 혼사까지 치렀던 썰, 하지만 인생사 새옹지마인지라 토끼 같은 자식새끼 하나 보기도 전에 호열자로 아내를 떠나보냈어야만 했던 썰 등등, 그 격동기의 파도를 타고 출렁거렸던 기구한 자신의 서른두 해 인생사를 꺼내놓았다. 아, 이 얘기를 도저히 눈물 없이 들을 수 없었던지라, 궐련을 끔벅이며 두 뺨에 흐르는 눈물을 닦던 김무씨도 이내 자신의 얘기를 풀어놓았다. 염씨는 김무씨의 부친이 경찰서에 끌려가 곤봉 찜질을 당해 몸져누워 끙끙 앓다가 돌아가시기 직전을 말하는 대목에서, 아버지의 유언인 "쪽바리 육시랄 노무 새끼들……"을 같이 중얼거려주었다.

김무씨의 얘기가 다 끝나고 염씨는 벽에 기대고 쭈그리고 앉아 궐련을 한 대 피워 물었다.

—김군 자네도 참 역사가 기구하구마잉.

—아입니더. 행님만 하갓습니까. 참말로 고생 많으셨습니더.

—아이다. 하와이 가는 놈들 중에 인생살이 기구하지 않은 놈이 어디 있겠노?

염씨는 반쯤 피운 궐련을 김무씨에게 넘겨주었다.

—김군아. 근데, 이기 뭐, 그냥 하는 소리지만서도, 양반 그기, 의미가 있나?

김무씨는 받은 궐련을 한번 깊게 빨다 뱉더니, 그대로 쭉 내민 입에서 미간을 찌푸리며 '나 참 어이없는 소리를 하시네' 하는 표정으로 염씨를 쳐다보았다.

—아니, 행님. 그게 무슨 말이오? 그러면 뭐, 상놈이랑 양반이랑 다 같은 놈이다, 이거요?

—에헤이, 김군아, 내 말이 그 말이 아니다 아이가. 내가 소싯적부터 광산 바닥에서 일한 거 말해줬제? 그 광산 바닥이 어떻냐면, 이기 완전 욕망의 도가니인 기라. 원래 광산 바닥이란 그 생리가 금맥을 향한 인간의 시—뻘건 욕망이거든. 내가 그서 인간 군상의 삼라만상을 다 봤는데,

보니께 금 앞에 양반, 상놈, 천방지축마골피고 나발이고 다 의미가 없으요. 알긋나?

—어허, 이 행님 큰일 날 소릴 하시네. 행님 좀 들어보소. 우리 집안이 경상남도 김녕을 본관으로, 어이? 시조 김은열의 구 세손 김녕군 김시흥을 시작으로, 어이? 그, 그 고려 시대에 평장사, 병부상서, 판도판서 등등 고려 시대를 주름잡았고, 조선조에 와서도 판서만 해도 세 명이나 배출한 명문 정승 집안이다 이깁니다. 이게 우예 의미가 없는 거란고요? 해, 행님 뭐 근본도 없으요?

김무씨는 갑자기 욱했는지 말이 조금씩 거칠게 나오기 시작했다.

—에헤이 동상, 또 내 말을 잘못 듣네. 내 말이 그 말이 아이다 아이가. 근본이 없다는 말이 아니라……

—뭐가 아이오. 혹시 지금 내 형편이 추리해갖고, 뭐, 뭐, 그지새끼만키로 다니갖고 뭐, 뭐, 그래서 그렇게 생각하는 기요? 그라믄 그건 크나큰 오해인 기라. 이래 보여도 저는 경상남도 김녕을 본관으로, 어이? 시조 김은……

—야야, 아따 참, 김군아. 말 와 그리 듣노? 니가 상놈이란 말이 아니라, 그니께 내 말은 시대가 바뀌갖고 이제 돈이 오야다 이기야. 으이? 오야, 오야.

염씨는 엄지를 치켜세웠고, 김무씨는 손가락이 데이기 직전까지 빤 궐련을 손가락을 튕겨 바닥에 버렸다. 그리고 자리를 털고 일어나더니,

—행님, 그래도 내는 그런 거 잘 모르갓소. 이제 마, 내 피곤해서 잠 좀 자야겠으요. 먼저 좀 눕것습니더.

하고는 혼자 자러 가버렸다.

●

여기서 잠깐 사탕수수랑 하와이에 대한 얘기로 방향을 틀어보자.

시대를 막론하고 단맛을 좋아하는 인간들의 입맛 따라 설탕같이 단게 돈이 되었던 관계로, 미국에서 지들끼리 치고받은 남북 전쟁이 끝난 다음 하와이의 백인 농장주들은 너도나도 사탕수수를 심기 시작했다. 근데 사탕수수란 게 심어만 놓으면 뭐, 때 되면 알아서 수확하기 쉽게 열매가 툭툭 떨어져주는 작물이 아닌지라, 수확기가 오면 일일이 사람들이 마체테(machete)라고 하는 몸체가 휜 넓적한 칼로 땅에서 아주 가까운 사탕수수 마디마디를 일일이 베어내야만 했다. 또한 그 크기가 알맞은 것도 아닌지라 보통 수확기에 이른 사탕수수는 어른 키를 훌쩍 넘어가는 게 보통이었고, 그 큰 사탕수수를 잘라서 옮길 때에도 그 특유의 버석거리는 거친 잎들과 단단한 대 앞에 손 가죽이 벗겨져나가기 일쑤였다. 게다가 이런 일을 뙤약볕 아래에서 해야만 했으니, 이런 고된 노동을 누가 하고 싶어했겠으리요?

그래서 예로부터 이런 거친 노동은 노예들의 것이었으니, 미국에서 노예 해방이 이뤄지기 전까지, 아니 좀 더 정확히는 해방이 이루어진 이후에도 오랫동안 흑인들은 사탕수수밭에서 일생을 보내야만 했다. 작열하는 '하얀' 태양 아래서 '하얀' 설탕을 만들다가 갑자기 앞이 '하얘'지는 일사병으로 쓰러지기라도 하는 날이면, 검은 흑인 노예들은 '하얀' 천사를 만날 수 있었는데, 그때마다 노예들은 생각하길 도대체 누가 '하얀'색을 '선(善)'이고 검은 색을 '악(惡)'이라고 정한 건가 하고 '하얀' 천사에게 물어보았다. 아무래도 천사 자기도 지 색깔이 '하얀'색이었던지라 이 질문에 켕기는 구석이 있었나 본지, 쓸데없는 소리는 그만하고 빨리 아버지가 기다리는 천국에서 평온한 안식에 들자고 말했다. 그렇게 체념한 흑인 노예들은 눈을 감으며 한 많은 인생살이를 끝마치곤 했는데, 어허—이런 죽음들은 단맛 좋아하는 브라만 놈들 배에 기름칠 해주는 데 자기 인생을 통째로 갖다바쳐야만 했던 인도의 수드라들을 시작으로, 코란경과 함께 단맛을 퍼뜨렸던 아랍인 아래의 노예들, 땅을 빼앗긴 아메리카 신대륙의 인디언들, 그리고 고향을 떠난 아프리카의 흑인 노예들로 이어지는 전 인종과 시대를 관통하며 유구한 역사를 자랑하는 설탕 잔혹사의 일부였다. 아직도 설탕이 달콤하신가?

각설하고, 여하튼 이십 세기에 이르러 바야흐로 조선인들도 이 잔혹사에서 자기 배역을 맡을 수 있는 기회를 갖게 됐는데, 당연한 말이지만 그렇다고 가지려고 가진 건 아니었고, 그저 못난 나라에 태어난 죄로 조선인들이 '이민'이란 딱지를 달고 여러 나라 사탕수수 농장으로 팔려나갔기 때문이었다. 그 나라들 중에서 넘버원이 바로 미국령 하와이이니, 구한말인 천구백이 년 십일월 고종이 노동 이민을 허락함으로써 시작된 한인 노동자 이민의 최초 정착지가 바로 하와이였다. 하와이 농장주들은 조선의 항구 도시 거리마다 하와이의 풍물, 작업 내용, 미국 달러 임금 지급 등의 광고 포스터를 붙이고 노동자를 모집했고, 여기 한 달 임금으로 제시된 십육 달러는 당시 조선인 한 달 임금의 예닐곱 배는 거뜬히 되는 금액이었으니, 이 광고는 당시 대기근으로 가난과 굶주림에 시달리던 조선인들에게는 일확천금의 기회로 여겨졌다. 그렇게 최초로 하와이 사탕수수밭에 일하러 갔던 노동자 백이십 명은 인천 제물포항에서 미국선 켈릭호를 타고 천구백삼 년 일월 십삼일, 남태평양 호놀룰루 알로하타워 항구에 도착했다. 이것이 바로 하와이 한인들의 이민 역사 출발이었다.

하지만 이미 위에서 말했듯 척박한 땅에서 뜨거운 뙤약볕과 함께 사탕수수밭에서 일하는 것은 엄청 고된 노동인바, 게다가 대기근과 망국의 목전에 떠밀려 강제 이주나 다름없이 진행된 하와이 이민 생활이 조선인들에게 달갑게 다가올 리가 없었다. 물론, 같은 시간 지구 반대편 유럽에선 노동자들끼리 모여 자기네들은 잃을 게 쇠사슬밖에 없으니 뭉쳐서 싸우자고 해서 얻어낸 노동자들의 권리들이 몇몇 있었으나, 이 '노동자'라는 말에 백인 아닌 인종은 포함되지 아니했던 관계로 조선인들은 뭔지도 모를 꼬부랑 영어로 적힌 계약서에 손도장을 찍었다는 이유 하나만으로 하루에 열 시간 넘게 사탕수수밭에서 나뒹굴어야만 했다. 그렇게 태평양 한가운데 떠 있는 어덟 개의 보석 같은 하와이는, 적어도 조선인들에겐 졸지에 지옥이 되었다. 허허, 본래 겉으로 아름다워 보이는 것들이 다 그러할지어니!

김무씨는 넘실거리는 배를 타고 바로 그런 땅으로 향하고 있었다.

●

배 안에서 새해를 맞이한 김무씨는 천구백삼십삼 년 일월 칠일 하와이 땅에 발을 내디딜 수 있었다. 근데, 사실 여기엔 몇 가지 내막이 있었는데, 그중 하나는 원래 법대로라면 김무씨는 불법적으로 하와이에 밀입국한 것이 된다. 이게 웬일인고 하니, 근 삼십 년 전인 천구백오 년에, 그러니까 아직 나라가 경술국치를 당하기 전이었던 이 시기에 대한제국의 외교권을 가져간 일본 놈들이 조선인들에게 이민 금지령을 내렸던 것이다. 그 이유에는 해외로 나갔을 때 통제가 어렵다는 둥, 혹은 이미 해외로 이민을 가 있는 일본인들의 영향력을 지켜주기 위해서라는 둥의 여러 가지 이유가 작용했고, 여하튼 그러다 천구백육 년엔 아예 출국 자체가 금지되기에 이르렀다. 실제로 천구백칠 년이 됐을 땐 일 년 반 동안 어떤 새로운 조선인도 하와이에 도착하지 못했다. 게다가 천구백이십사 년에는 무슨 존슨-리드법(Johnson-Reed Act)이라고 해서 미국 내에서도 일본인에 관한 입국이 전면적으로 불가능하게 되는 규정을 핵심 골자로 하는 법령이 제정되었으니, 나라가 망해 일본인으로 분류되었던 조선인들은 졸지에 일제에 의해서나 미제에 의해서나 이러나저러나 국경 바깥으로 나가기 위한 방도가 죄다 막혀버렸던 것이다.

허나 긴또와 김무씨 그리고 염씨가 하와이에 온 것은 적어도 서류상으론 합법이었다. 아니, 그렇다면 어떻게 일본인인 긴또는 하와이에 올 수 있으며, 그리고 김무씨와 염씨도 데려올 수 있었는가? 이건 전적으로 긴또가 머리를 아주 국제적으로 돌린 덕분에 가능한 일이었는데, 이는 긴또의 국제적인 인생과 무관하지 않았다. 본디 고향이 러시아령 사할린이었던 긴또는 부친 모친 둘 다 일본계였던 관계로 일본어와 러시아어를 둘 다 익혔고, 젊어서는 러시아의 블라디보스토크와 조선을 오고가는 무역으로 짭짤한 수익을 올리고 있었으나, 천구백사 년에 러일 전쟁이 시작되면서 사업을 접어야만 했고, 그래서 그 길로 부산으로 내려와 하와이 불법 이민 알선 시장에 뛰어들었던 것이었다. 그리하여 긴또는 동양인이지만 서류상으로 러시아인이요, 김무씨와 염씨도 모두 긴또와 같은 사할린 출신 러시아인으로 분류되었다. 옛날이나 지금이나 불법과 합법은 종이 한 장 차이인데, 지금이 딱 그 짝이었다. 그리고 혹시 모를 사태에 대해선, 긴또가 사전에 하와이 입국 관리국에 찔러넣은 뒷돈으로 대비가 될 수 있었다. 돈이면 다 되는 세상, 이 얼마나 위대한 자본주의인가?

하와이 입국 관리소를 나오면서 뒷돈 받아먹은 양키가 김무씨를 향해 이렇게 인사말을 던졌다.

—알로하, 궤쎄키야—!

여기서 물론 '궤쎄키야'는 '개새끼야'라는 욕설이 아니라 '안녕하세요'라는 러시아 인사말이다. 하지만 러시아 말을 알지도, 아니 태어나서 아예 들어본 적조차 없었을 김무씨에겐, 왜 갑자기 처음 보는 양키 놈이 언제 봤다고 자기한테 '개새끼야'라고 욕을 하는진 모르겠지만, 왠지 외국인한테 말 거는 건 무서운 일이니 그냥 무시하고 제 갈 길 가자고 마음을 먹었다. 참고로 김무씨는 죽는 그날까지 '궤쎄키야'라는 말의 정체를 알지 못했는데, 그저 조선말 욕설을 배운 농장주들이 조선어와 영어를 섞어가며 '개새끼들아, shake a leg(빨리빨리 시작해라)!'라고 말할 때마다, 그때 본 입국 관리국의 양키 놈이 자신이 동양인이라는 이유만으로 욕을 한 것이 틀림없다며 툴툴거렸다.

긴또는 입국 관리소를 나와서 버스를 타고 '알로하 농장'이란 곳으로 김무씨와 염씨를 데려갔다. 농장주 집 뒤로 펼쳐진 광활한 사탕수수밭이 김무씨의 눈앞에 펼쳐졌는데, 그때까지만 하더라도 김무씨는 자신의 눈앞에 어떤 일들이 펼쳐질지 가늠도 하지 못하고 있었다. 버스에서 내린 긴또는 농장주의 집인 듯 보이는 곳으로 걸어가서 문에 노크를 했고, 곧 머리가 벗겨진 깡마른 백인이 나왔다. 나중에 사탕수수밭 동료 일꾼들을 통해서 알게 된 사실이지만, 그의 이름은 '엡스'라고 했다. 일꾼들 사이에서 '씹새끼'로 통했다. 그는 적절한 휴식이 일의 능률을 더욱 올린다는 단순한 사실을 모르는 인간이었다.

긴또는 언제 영어를 익혔는지, 살짝 부족한 영어에 온갖 제스처를 섞어가며 엡스와 대화를 하기 시작했다. 흥미로운 건 자세히 들어보면 긴또의 말은 약간의 영어와 러시아 말과 일본 말과 그리고 조선 말이 조금씩 섞인 제5의 요상한 언어였다는 것인데, 더 이상한 건 엡스가 이 말을 그럭저럭 이해했다는 것이었다. 둘은 얘기가 잘 끝났는지, 서로 무슨 서류에 지장을 찍더니 작별 인사를 했다. 그리고 긴또는 이 모든 장면을 멀리서 우두커니 지켜보고 있던 김무씨와 염씨에게 다가왔다.

—히히, 말이 잘됐어. 오늘부터 이 농장에서 일하면 돼.

—아이구, 고맙십니더.

김무씨는 긴또에게 구십 도 인사를 하면서, 역시나 이 일본인은 착하고 믿을 만한 일본인이라고 생각했다. 고개 숙인 김무씨의 뒤통수를 보면서 긴또는 음흉한 미소를 지었는데, 이후 김무씨는 긴또가 돈을 받으러 찾아올 때마다 이 표정을 보게 될 줄이나 알았을까? 긴또는 자신은 일이 있으니 다시 조선으로 간다고 했고, 두어 달쯤 뒤에 다시 하와이에 오겠노라고 말했다. 그때 김무씨는 퍼뜩 생각난 게 있어서, 항상 품에 지녔던 꾸깃꾸깃한 종이 한 장을 긴또의 손에 쥐여주었다.

—이, 이기, 우리 집 주소요. 긴또상은 여기 주소를 알 테니, 우리 집에 내가 여기 무사히 도착했다고 소식 좀 전해주이소. 우리 엄니, 내가 죽었는지 살았는지도 모를 기요. 부탁 좀 합니데이.

—으이…… 쯧. 알았으. 내 전해주리다.

김무씨는 다시 한 번 구십 도 인사를 했다.

●

살다 보면 그런 기분이 들 때가 있다. 저기까지만 걸어가면 되는 줄 알았는데, 막상 거기에 도착하니 꿈에 그리던 평온이니 안식이니 하는 것들이 하나도 없어 허탈하고 막 짜증 나는 기분. 이건 마치 대단한 경치가 펼쳐질 줄 알고 산에 올라갔는데 막상 정상에 올라가니 별게 없고, 양복 입고 회사 다니면 폼 날 줄 알았는데 막상 입사하니 야근에 야근이 겹쳐 그저 얼른 퇴근해 잠옷을 입고 싶었고, 그리고 친구가 하도 예쁘다고 해서 머리에 젤까지 바르고 커피집에 나갔더니 웬 오랑캐가 앉아 있는 걸 봤을 때의 기분. 모르긴 몰라도 김무씨의 기분이 딱 그 짝이었다. 애새끼 목에 칼까지 들이대면서 건너온 하와이건만, 뭔가 대단한 파라다이스는 고사하고 오히려 부둣가 바닥보다 더 고된 노동이 김무씨를 기다리고 있었다. 김무씨보다 큰 사탕수수는 마체테 칼로 아무리 내리쳐도 잘 잘라지지 않았고, 또 아무리 잘라도 밭은 끝도 없었다. 게다가 땡볕에서 왼팔 오른팔을 바꿔가며 칼을 휘둘러도 일이 끝날 때쯤이면 양팔이 너덜너덜해져, 날마다 근육통에 시달려야만 했다. 그렇다고 귀국할 수는 없는 노릇, 하고 싶어도 어떻게 출국 소속을 밟는지 모르는 노릇, 그걸 한다 하더라도 뱃삯도 없는 노릇, 이러나저러나 김무씨는 '세상 좆겉다' 하고 사탕수수밭에서 칼이나 휘두르고 앉아 있어야 하는 판국이었다.

그런 김무씨에게 선뜻 손을 내민 건 오반장이었다.

—야야. 그라고 휘두르면 안 된당께. 이 봐라, 이 봐라, 이라고 아래에서 위로, 짧은 곡선으로, 허리랑 어깨의 힘으로, 싸게 싸게 한 방에 '탁!' 하고 쳐야 되는 거라. 니 처럼 그라고 동작이 커선 안 돼에. 니 무슨 검무(劍舞)추냐? 으잉? 칼춤이가? 니가 무슨 무당이여?

—이, 이기……제가 얼마 안 되갖고 요령이 없으갖고……

—워매, 아따 잠깐, 말을 좀 들어보니, 이거 이거 경상도 아니여?

—맞씹니더. 경상도 김녕에서 왔십니더.

52

—으흐, 김녕? 그 그 부산 쪽이다냐?

　—아, 예.

　—야, 반갑고마이. 나도 포구 출신이어라. 그, 뭐, 서로 반대편에 붙어 있기는 하지만, 내는 목포에서 왔고 니는 부산에서 온 그지. 근디, 니 전라도 목포라고 들어는 봤냐?

　—이기, 제가 지리에 좀 어두워갖고……

　—어허, 이눔이 촌놈이구만. 뭐뭐, 그런 건 됐고, 사실 내 자형(姉兄)이 부산 사람이었는데, 이 멀리 태평양 땅에서 부산 사람보니까 허벌나게 반갑네. 아따, 내는 오경식이라고 혀.

　오반장은 김무씨에게 악수를 청했고, 그렇게 김무씨는 오반장을 만나게 된다.

　오경식. 이 친구 이름보다 그가 알로하 농장에서 통칭 '오반장'으로 통한다는 게 중요한 점이었는데, 기실 농장에 반장이라는 직책이 따로 있는 것은 아니었고, 농장에서 일하는 조선인들이 뽑은 일종의 대표 같은 사람이었다. 오반장은 목포에서 천구백사 년에 하와이로 넘어왔는데, 이는 정식적인 방법으론 거의 이민 끝물을 타고 하와이로 온 것이었다. 그는 곧장 특유의 넉살과 오지랖으로 사람들과 어우러졌고, 틈틈이 어깨너머로 영어도 좀 익힌지라 무슨 일이 있을 때마다 농장 주인 엡스와 이런저런 얘기를 할 수 있는 자리에 올라가게 되었다.

　김무씨에게 손 가죽이 다 벗겨지는 것만 같은 사탕수수 농장에서의 노동을 버틸 수 있게 해준 건 태평양 저 멀리에 있는 가족도 아니었고, 이따금씩 꿈에 나타나 으름장 놓는 조상신도 아니었다. 몸이 멀어지면 마음도 멀어진다고, 그를 버틸 수 있게 해준 건 가까이에 있던 오반장을 비롯한 농장 식구들이었다. 물론 입만 열면 '옐로 몽키'라며 조선인들을 비하하던 백인 감독관들과는 도저히 친해질 수 없었지만, 그들의 비인격적인 처사에도 이를 꽉 다물고 참을 수 있었던 원동력 역시 그때마다 동료들의 격려와 뒷담화 덕분이었다. 그중에서도 오반장은 자기네 자형이 부산 사람이라며 김무씨를 더욱 챙겨주었는데, 얼추 그 둘의 연배 차이가 스무 살쯤 났으니 어떻게 보면 이 둘은 아버지 아들 관계처럼 보이기도 하였다. 어쩌면 오반장은 김무씨를 정말 자기 아들처럼 생각했던 건지도 모르겠다.

김무씨가 알로하 농장에 온 지 열흘쯤 지났을 때, 그러니까 벗겨진 손바닥에 군살이 올라올때 쯤, 일종의 환영식 같은 행사가 열렸다. 행사라고 해봐야 다들 없는 살림이다 보니 닭을 서너 마리 잡아 고아 먹는 정도였지만 그래도 금주령 시기 때 몰래 쟁여놓은 위스키 같은 양술까지 꺼내놓아 나름대로 구색을 갖춘 엄연한 환영식이었다. 오반장의 사회를 따라 김무씨와 염씨가 돌아가며 자기소개를 했고, 곧 이른바 신고식 시간을 가졌다. 일꾼들 중에서 조선에서 지금 제일 유행하는 노래를 불러보라고 했고, 김무씨가 노래에는 젬병이라고 말하자 노래도 부를 줄 모르는 놈이라며 야유가 쏟아졌다. 오반장은 웃으면서 노래를 부를 줄 모르면 춤이라도 춰야 하지 않겠느냐며 야자나무를 깎아 만든 장구를 치기 시작했고, 곧바로 일꾼들의 입소리로 장단이 갖춰지니 머뭇거리던 김무씨는 에라 모르겠다, 하고 양팔을 머리 위로 올려 덩실덩실 춤을 추기 시작했다. 그러자 앉아 있던 다른 일꾼들도 덩달아 일어나 노래를 부르며 한바탕 춤사위들을 던지기 시작했고, 그 웃음소리가 알로하 농장을 가득 메웠다. 나중에 오반장은 김무씨에게 예전에 자기 자형이 노래패 출신인지라 소싯적에 어깨너머로 장구를 배울 수 있었다고 말해줬다. 그는 사연도 많고 재주도 많은 사람이었다.

타향살이이이이, 몇 해던가아아……

그렇게 춤사위가 한창이던 때에 누가 큰 소리로 당대 라디오에서 히트곡이었던 고복수의 〈타향살이〉를 부르기 시작했고, 너나할 것 없이 춤을 멈추더니 한 맺힌 목소리로 〈타향살이〉를 떼창하기 시작했다. 타향살이 몇 해던가, 손꼽아 헤어보니, 고향 떠난 십여 년에, 청춘만 늙—어…… 그렇게 즐거웠던 환영식은 구슬픈 노랫가락으로 파장했다.

●

타향살이를 떼창하면서 느꼈던 김무씨의 가슴속에서 꿈틀거리던 민족적인 무언가는, 지난 한 달 동안 사탕수수밭에서 미친 듯이 구른 뒤, 임금을 받는 날 산산조각 나버렸다. 원래 십육 달러를 받아야 하는 월급이었지만 어찌된 일인지 김무씨에겐 겨우 팔 달러만 지급이 되었던 것이다. 이게 어찌된 영문인지 엡스한테 물어보려 해도 영어를 모르니 어찌할 수가 있는가? 그래서 김무씨는 오반장에게 자신이 한 달치 임금을 제대로 받지 못한 것 같다고 말했는데, 이 말을 들은 오반장은 엡스가 그럴 리가 없다고—'씹새끼' 같은 놈이긴 하지만 돈을 떼먹진 않는다고—도리어 김무씨에게 어찌된 일인지 자초지종을 물어봤다. 김무씨는 그동안 잘해준 오반장에 대한 정감이 쌓인바, 경마장에서 돈 날리고 눈깔이 뒤집혀 사시미 칼을 가지고 한바탕 소동을 벌인 것에 대한 얘기만 쏙 빼놓고 이때까지 있었던 일들을 차근차근 들려주었다. 얘기를 듣던 오반장은 '긴또'에 대한 얘기가 나오자 혀를 차면서 말하길,

—야야, 니가 그 일본 놈한테 잘못 걸린 것 같은디. 니 혹시 무슨 서류

에 지장 같은 거 찍었어라?

이에 김무씨가 생각을 해보니 하와이로 배 타기 전에 꼬부랑 글씨로 적힌, 그러니까 아마도 영어로 적힌 문서 한 장에 지장을 찍었던 기억이 났다. 당시 김무씨는 유대식에게 쫓기는 관계로 자신이 서명하는 문서가 뭔지에 대한 생각을 할 여유가 없었는데, 긴또는 그것이 입국 신청을 위한 문서라고만 설명해줬고, 김무씨는 큰 의심 없이 그 문서에 지장을 찍어주었다.

— 야야, 그러면 우짜냐! 시방, 그기 뭔지도 모르고 지장을 꾹 찍어줬단 말이여?

그랬다. 김무씨는 모를 문서에 지장을 찍어줬다. 오반장은 김무씨에게 그런 식으로 찍은 문서들 중에서 터무니없는 이자율의 고리대금업 각서가 많다고 했고, 자신이 아는 사람들 중에서도 하와이까지 와서 빚만 갚다가 자살한 사람들이 꽤나 있다고 했다. 이 말을 들으니 김무씨는 눈앞이 아득해지는바, 긴또가 절대 그럴 사람이 아니라는 둥의 말을 오반장에게 거듭해봤지만, 그러면서도 뭔가 찜찜한 기분을 감출 수가 없었다. 그리고 이 찜찜한 기분의 정체는 약 두어 달이 지난 뒤에 하와이로 찾아온 긴또에 의해 현실이 되었다. 긴또는 직접 알로하 농장으로 엡스를 찾아와 원래 김무씨가 마저 받아야 할 십육 달러를 받았고, 김무씨는 돈을 챙겨들고 농장을 유유히 나가는 긴또를 불러 세웠다.

— 저, 저기. 이기 무슨 일이오? 와 그쪽이 내 돈을 받아 갑니까?

긴또는 일찍이 김무씨가 고맙다고 구십 도 인사를 할 때 지어 보였던 비열한 표정을 지으며 바닥에 침을 퉤— 하고 뱉었다.

— 들으라, 이 조센징아. 니 하와이 올 때 내한테 줄 백 원 중에 오십 원만 선불금으로 주고, 나머지 오십 원은 하와이 와서 벌어다 준다고 했

제? 바로 그 돈 가져가는 기라. 뭐가 문제고?

　김무씨, 말을 들어보니 맞는 말 같으면서도 기가 막히는지라,

　―아니이, 그, 그 돈을 갚아야 해도, 일단은 그그는 내 돈인데……
라고 말하니, 긴또는 비열한 표정에 왼쪽으로만 입꼬리가 올라가며 이렇
게 이죽거렸다.

　―야아! 이놈아 웃기는 자식일세. 그게 우예 니 돈이고? 내 돈이지!
으이?

　―그라몬 오십 원만 갚으면 되는 깁니꺼?

　―뭐어? 오십 원? 에라이, 이 날강도 같은 조센징아. 말 같은 소리를
해라. 니가 원래 내한테 갚아야 할 돈 오십 원에, 저때 하와이 오기 전에
삼 일 동안 숨겨준 값으로 십 원 떼면, 종합적으로다가 니가 갚아야 할
원금이 육십 원인 것이고, 그리고 여기에 다달이 갚아야 할 이자꺼지 치
야 될 기 아이가! 으이?

　―뭐라꼬요? 이자아아?

　―그래 인마. 남의 돈을 빌리는 기면 당연히 이자 붙는 거 아이가? 저
번에 배에서 사인도 했고. 으이? 설마 기억 안 나는 건 아니제? 뭐, 기억
안 나도 괜찮다. 그럴 때를 대비해서 서류란 게 있는 거거든.

　김무씨는 진작부터 뭔가 일이 이상하게 돌아간다는 생각은 하고 있었
지만, 막상 오반장이 말했던 고리대금에 대한 문제가 현실로 다가오자
더욱 다급해졌다. 그리고 남자가 다급하다는 것은 생각이 짧아지고 목소
리가 무작정 커진다는 것을 의미했다.

　―그라몬, 그 이자가 얼마요? 어이?

　―일단 이번 이자는 이기지.

　긴또는 주머니에서 김무씨의 십육 달러를 뽑아 흔들었다.

—그게 뭔 개소리요!

—뭐어? 개소리이?

김무씨가 언성을 높이며 십육 달러를 가로채려는 순간, 긴또는 날렵하게 돌려차기를 날렸다. 전광석화 같은 날렵함에 허가 찔린 김무씨는 그대로 날아가 자빠졌고, 옆구리를 잡고 낑낑거리며 숨을 제대로 쉬지 못하였다. 긴또는 십육 달러를 다시 주머니에 집어넣고 김무씨에게 걸어갔다. 아래에서 위로 올려다본 긴또의 얼굴은 뒤의 태양빛에 비추어 어둡게 그을려, 흡사 악귀의 얼굴을 연상케 하였다.

—개소리라 하몬, 내가 하는 말이 멍멍 개소리인 것이고, 그러면 내가 개새끼가 된다, 뭐 이런 결론 아니겠나? 으이? 내가 개가? 그런 쌍말을 하면 안 되지. 암 안 되고말고. 이 무식한 조센징아, 사할린 속담에 이런 말이 있다. '남의 돈에는 이빨이 달려 있다.' 한 일 년 착실히 갚으면 꼬라지 봐서 대충 원금 탕감해줄 테니까, 허튼수작 부리지 말고 부지런히 일해라잉. 어이?

그리고 긴또는 다시 바닥에 침을 퉤— 하고 뱉더니 뒤돌아서 자기 갈 길을 걸어가려고 했다. 근데, 그때 마침 일 교대를 끝내고 곧장 염씨가 달려왔고, 염씨가 큰 소리로 '긴—또!' 하고 부르자 긴또가 발걸음을 멈추고 뒤돌아섰다.

—이번엔 또 뭐꼬? 아아, 니 친구네. 마, 내는 했던 말 반복하는 기 취미가 아이다. 아그야. 느그 친구한테 내가 해준 말 똑띠 해라. 근데, 니는 와 자꾸 쏘아보노? 뭐? 쏘아보면 뭐? 한바탕할래? 어이?

긴또가 발차기 포즈를 취하니, 원래 염씨는 애초에 쌈질을 할 수 있는 인물이 못 되었던지라, 씩씩거리며 쳐다보던 눈을 천천히 땅 아래로 내리깔았다. 긴또는 이죽거리면서 "멍청한 조센징들……"이라고 중얼거리고는 다시 뒤돌아서 제 갈 길을 걸어갔다.

—우예 됐노? 으이?

염씨 역시도 김무씨처럼 받아야 할 임금이 반만 들어왔었는데, 김무씨의 설명을 들은 염씨는 원통함에 입에서 "어허……" 하는 끝도 없는 한숨소리를 낼 뿐이었다.

—행님 우얍니꺼. 수, 순사한테 신고라고 해뿔까요?

—우리 형편에 무슨 놈의 순사고. 우리 불법으로 밀항해서 하와이 왔다고 동네방네 소문낼 일 있나? 그라고 이미 우리가 그 종이에 지장을 찍어부렀다 아이가…… 이제 다 합법인 기라. 하, 그때 그기에 지장 찍는 게 아니었는데, 아이고, 우야노……

—그라면 우짭니까? 그냥 일 년 내도록, 아니 그 일 년이 이 년이 될지 삼 년이 될지도 모르는 판국에……

—아이구마, 모르갔다. 참말로 모르갔다.

그렇다. 정말로 답이 없었다. 욱신거리는 갈비뼈를 붙잡고 쓰러진 김무씨는 두 달간 사탕수수 농장에서 한번 박힌 손의 굳은살이 다시 벗겨져 두 손이 피칠갑이 되도록 일해서 번, 그 피붙이 같은 돈 십육 달러가, 어이구, 조선에서 하와이까지 배 타고 오는 거 말고는 아무런 수고도 하지 않았을 긴또에게 고스란히 빼앗겼으니, 이게 너무 원통하여 말없이 눈물만 줄줄 흘러나올 것 같았다.

인생무상, 그것은 김가네의 가풍이었다.

긴또가 발로 찬 갈비뼈가 부러지기라도 했는지, 김무씨의 갈비뼈 통증은 오래갔다. 오반장은 자기 자형이 군의관이었는데 소싯적에 그 밑에서 의술을 배웠다고 말하면서, 갈비뼈가 부러진 것은 나무를 대지도 못하니 적어도 한 달간 뼈가 저절로 붙을 때까지 몸조심하는 수밖에 없다고 조언해주었다. 과연 그 조언이 옳았으니, 사탕수수밭에서 고된 노동에 시달리던 김무씨의 갈비뼈가 붙은 것은 한 달보다 시간이 더 지난 두 달이나 흐른 뒤였다. 그동안 김무씨는 팔을 올리거나 휘두를 때마다 갈비뼈에 통증을 느껴야만 했고, 손바닥과 달리 갈비뼈에는 딱히 굳은살이랄게 붙지 않는다는 사실을 이때 깨달았다.

　　김무씨는 긴또가 가져가는 이자를 제외하고 남은 돈의 반을 꼬박꼬박 고향으로 붙였다. 그리고 남은 사 달러로 살아갔는데, 그 사정을 안 조선인들이 십시일반으로 도와줬기를 망정이지, 원래대로라면 한 달도 채 못 지나서 영양실조로 인한 과로사로 진작 세상을 떴을 운명이었다. 나중에 오반장으로부터 들어서 알게 된 사실이지만, 대충 자리가 잡히기 전인 이민 초기에는 그런 일들이 비일비재였다고 했다. 천구백삼십 년대란 시간대는 조선에겐 뭣 같은 시간대였지만, 하와이의 김무씨에겐 천만다행으로 꼬박꼬박 하루 두 끼를 얻어먹을 수 있는 운 좋은 시간대였다. 아, 물론 아주 공짜는 아니었고, 유일한 조건은 한인 선교회에 나가는 것이었다. 매주 일요일 김무씨는 교회에 앉아 긴또가 탄 배가 좌초해서 물고기밥이 되게 해달라고 빌기도 했다. 참고로 나중에 하느님은 김무씨의 이런 소원을 이상한 방식으로 들어주게 되신다. 아멘.

　　시간은 빨리 흘러갔고, 긴또는 두어 달이나 서너 달 간격으로 하와이를 오가며 이자를 꼬박꼬박 가져갔으며, 그놈이 이따금씩 가져오는 편지에는 김녕 바닥에서 알아주는 천재, 개천에서 난 용 학봉이 성공적으로 경성제국대학에 들어갔다고 했다. 도대체 학봉이 언제 성공해서 자기 뒤를 봐주는 날이 올까 하는 생각이 들었지만, 그러면서도 한편으론 자신이 경상남도 김녕을 본관으로 시조 김은열의 구 세손 김녕군 김시흥으로 시작해서 고려 시대에 평장사, 병부상서, 판도판서 등등 고려 시대를 주름잡았고, 조선조에 와서도 판서만 해도 세 명이나 배출한 명문 정승 집안인 김녕 김씨 충의공파의 대들보 같은 역할을 하고 있다는 생각에 마음이 늠름하였다. 하지만, 어찌된 일인지 조상신들이 종종 꿈에 나와 묘청의 피가 묻은 도끼를 휘두르니, 그때마다 김무씨는 식은땀을 줄줄 흘리며 잠에서 깼는데, 악몽에도 딱히 군은살이란 게 붙지 않는다는 걸 이때 깨달았다.

그러다 시간은 구월이 되었고, 김무씨에겐 여차저차하여 하와이에서 맞는 첫 번째 추석이 다가왔다. 오반장은 김무씨가 서쪽 바다를 보며 〈타향살이〉나 읊조릴 슬픈 시간들을 보내는 것이 안타까워 아들 같은 김무씨를 집에 초대했고, 김무씨는 남의 집에 빈손으로 가기 뭐해서 시장에서 조기라도 한 마리 사서 가려고 했으나, 어찌된 일인지 하와이 바다에는 조기가 잡히질 않아 별수 없이 방어를 몇 마리 사가기로 했다. 오반장은 김무씨 외에도 하와이에 가족이 없어 홀로 추석을 보내는 일꾼들을 집으로 초대했고, 그 수가 사십여 명에 이르니, 오반장네 집은 이들이 각자 가져온 음식들로 풍성했으며, 아침엔 이들이 마당에 한 줄로 늘어서서 합동 차례를 올리는 진풍경이 펼쳐졌다.

그리고 김무씨는 오반장의 젊은 아내 서씨를 만나게 되었다.

여기서 서씨라는 여인네의 기구한 인생을 좀 간략하게 말해드릴 필요가 있겠다. 어찌하여 이 처자는 머나먼 타향 땅까지 흘러들어왔는가? 그녀는 오반장의 동향 사람으로 목포 출신이었다. 아비는 어부요, 어미는 낮엔 남새밭에서 소일하고 저녁에는 삯바느질하는 전형적인 조선 여인네였는데, 어촌에 과부가 많다는 옛말처럼 어느 날 거센 바람에 배가 뒤집혀 지아비가 허망하게 세상을 뜨고, 남은 여인네 혼자 바늘 하나에 의지해 살아가기엔 당시 세상 풍파가 너무 거셌다. 게다가 그 슬하에 딸 셋에 아들 하나를 두었으니, 이 여인네 혼자 어찌 이 사 남매를 데리고 세상을 살아야 했을꼬? 이때 서씨네 모친이 선택한 방법은 아주 고전적인 방법으로, 일단 집안에 입을 줄여야 하니 딸들을 줄줄이 시집보내는 일이었다. 허나 딸 셋 중에 맏딸이었던 서씨는 땅딸막한 키에 얼굴도 찐빵처럼 넙데데했다는 점에서 목포 청년들이 좀처럼 데려가려 하지 않았고, 어허, 그러니 예법에 맏딸이 시집을 못 갔는데 어찌 그 아래 동생들이 시집을 갈 수 있겠으리오? 그렇게 발만 동동 구르다 서씨네 모친이 떠올린 방법이 바로 이른바 '사진 결혼'이었다.

　　그렇담 '사진 결혼'이란 무엇인가? 이 당시 하와이 이주민들에게 살가죽을 벌겋게 달아오르게 만드는 땡볕과 사병 막사처럼 생긴 판잣집에서 담요 한 장으로 잠을 청해야만 했던 고단한 잠자리, 그리고 일상이 되어버린 인종 차별과 함께 겪게 된 또 하나의 문제는, 바로 인간의 가장 본질적인 부분이라고 할 수 있는 남녀 문제였다. 오반장이 이 시기를 회상하길, 하와이 조선인들 중에 남녀 비율이 거의 십 대 일이었으니, 이 지독한 성비(性比)불균형 덕분에 나이가 찼는데도 당장 결혼 못한 노총각이 백여 명이 넘었다. 남자라는 동물이 세상살이가 아무리 고되어도 발가락에 문지방 넘어갈 힘만 있으면 여자랑 한바탕하려고 달려드는 동물인바, 가뜩이나 타향살이로 외로운 하와이의 밤은 농장일꾼 막사마다 사나이들의 구슬픈 수음으로 수놓아졌다. 으허허어─ 찍.

그래서 나중에 나오게 된 것이 이른바 '사진 결혼'이었다. 당시 상황에서 직접 본국에 가서 선을 볼 처지는 못 되었으므로 사진만 보내 신부를 하와이로 불러들이는 방식이 유일했는데, 이 시기 하와이 한인연표를 보면 천구백십 년 십이월 이일 '사진 신부' 일 호인 최사라(당시 이십삼 세)가 호놀룰루에 도착해 하와이 국민회 총회장이던 노총각 이내수(당시 삼십팔세)와 결혼한 것을 시작으로 천오십육 명의 처녀가 남편을 찾아서 하와이로 가게 되었다고 한다. 어허, 하지만 일 호 부부의 나이 차이가 열다섯 살이나 났으니, 이 사진 결혼의 문제가 바로 그것이었다. 오늘날도 그렇지만 사진이란 게 참 묘한 것인지라, 사진 찍은 인간은 세월 따라 늙지만 사진 속의 그 인간은 그때 그 시절 변치 않는 것이니, 조선 땅에 자기네 처자를 찾으러 사진을 보내는 남정네들은 기왕이면 자기가 젊은 날 잘나갈 때의 사진을 보냈다. 그리고 그 사진만 믿고 머나먼 이국땅 하와이까지 온 젊은 처자들은, 막상 하와이에 오고 보니 사진으로 봤던 임은 온데간데없고 웬 노땅이 헤벌쭉 웃으며 입국 관리소에서 두 손을 흔들고 있으니, 이거 원 사기 아닌 사기를 당한 격이었다.

이게 얼마나 심각했느냐? 이 무슨 재취 자리 들어가는 것도 아니고, 이들 중에선 심지어 나이가 서른 살 이상 차이 나는 경우도 있었는데, 나이차가 너무 많이 나니까 개중에는 아예 자기 남편을 아버지라 부르는 신부들도 있었을 정도였다. 하지만 이렇게 건너온 사진 신부들도 하나같이 없는 살림에 떠밀려 하와이 땅으로 온 처자들이었기에, 그저 체념하고 하와이에서 살림살이를 꾸리는 경우가 대부분이었다. 서씨도 이런 수많은 사진 신부들 중에 하나였으니, 서씨가 처음 오반장을 봤을 때 열일곱이요, 오반장이 마흔이 넘어갈 듯한 나이였다.

하지만 어찌된 일인지 오반장과 서씨 사이에서는 삼 년이 넘어가도록 아이가 없었는데, 으레 이런 일이 있을 때마다 피해자가 되는 것은 여자인 경우가 많았으나, 사진 결혼에서만큼은 이런 오랜 전통이 적용되질 아니했으니, 그것은 두 부부의 나이차가 너무 많이 나기 때문이었다. 그래서 결혼하지 못한 총각들은 삼삼오오 모여 음담패설을 꽃피우니, 기실 오반장이 밤마다 물건이 서질 않는 것이라는 둥, 혹은 그 물이 맹물이라서 아이가 들어서질 않는다는 둥의 얘기들이 오갔다. 그것은 머나먼 타향살이, 사탕수수밭에서 방황하는 이들에게 먼저 손길을 뻗어준 오반장에 대한 은혜를 잊은 발정난 승냥이들의 처사였다. 아니, 어쩌면 그것은 머나먼 하와이 땅에서 어느 정도 자리잡고, 게다가 사택에 마누라까지 마련한, 그리하여 추석 같은 명절이면 불쌍한 동포들을 위해 시혜까지 베풀 수 있는 일종의 하와이 특급의 성공한 인생을 사는 오반장에 대한 시기 질투일지도 몰랐다. 그리고 그 발정난 총각들 중에는 무리의 주위에 주뼛주뼛 서 있다가, 마치 추임새처럼 몇 마디씩 말을 던지곤 했던 김무씨가 포함되어 있었다.

어허— 옛말에 머리 검은 짐승은 거두는 게 아니라고 했던가?

●

오반장의 사택은 하와이 일본계 이민자들이 만든 다다미 집으로, 원래 집주인이 샌프란시스코로 떠날 때 오반장에게 팔고 떠난 것이었다. 처음에 집을 지을 때 자본금이 부족했는지 아니면 집 짓는 기술이 부족했는지, 집은 이층집이 아니라 일층 집이었는데, 그래도 오반장은 하와이 땅에서 사택을 가지고 있는 몇 안 되는 성공한 조선인들 중 하나였다. 김무씨는 오반장의 다다미 집에 들어오니 일전에 부산 부둣가에서 일할 때 잠시 거주했던 다다미 집이 생각나, 잠깐의 추억에 잠길 수 있었다. 하지만 그 추억은 말 그대로 잠깐이었을 뿐이니, 이는 상을 차렸으니 밥을 먹으러 오라고 말하는 서씨의 얼굴을 봤기 때문이었다. 아니, 좀 더 정확히는 서씨도 김무씨의 얼굴을 봐 서로 눈이 딱 마주쳤다. 고전적인 수사를 좀 쓰자면, 순간 이 둘의 눈빛이 번쩍였달까? 비록 땅딸막한 키에 찐빵처럼 넙데데한 얼굴이었으나 뭘 해도 싱그러운 스무 살의 처자였던 서씨와, 고향에서부터 장가갈 날만 기다리다 머나먼 타향살이를 하게 된 기구한 인생의 스물두 살 혈기왕성한 청년 김무씨가 그렇게 첫 대면을 했던 것이다.

—여어, 우리 무야 왔냐? 아이구 손에 든 건 뭣이다냐? 이런 뭣한다고! 그냥 몸만 오라니께!

하지만 그 순간도 잠시, 김무씨를 발견한 오반장이 달갑게 맞이하며 다가왔다.

—아닙니더. 남에 집에 오는데 어찌 빈손으로 오겠습니꺼.

—어허, 이 싸람, 왜 이렇게 서운한 소리를 한다냐? 우리가 어찌 남이여. 허허허. 근디 손에 든 건 뭐여? 어, 이거 방어 아녀?

오반장은 김무씨의 손에 든 비닐봉지를 열어보면서 화색이 돌았다.

—우리 자형이 예전에 인천 횟집에서 일을 좀 했는디. 그래서 소싯적에 어깨너머로 회 뜨는 걸 좀 배웠어라. 동상, 기달리보그라.

65

오반장은 방어를 들고 부엌으로 들어갔다. 김무씨는 도대체 오반장이 말하는 그 자형이란 사람이 뭐하는 사람인지 궁금했지만, 서씨가 다가와,

　—식사하러 오셔요.

라고 말하는 바람에, 그런 상념들이 다 사라져버렸다. 물론 서씨는 그 한 마디만 하고 부엌으로 냉큼 사라져버렸으나, 김무씨는 그런 서씨의 사라지는 뒷모습이 눈앞에서 슬로모션처럼 느껴졌다. 아, 마치 경마장에서 전 재산을 날리던 바로 그때처럼.

●

그날 오반장의 집에선 여러 행사들이 열렸다. 차례를 지내고 밥상머리에 앉아 이런저런 얘기들을 꽃피우다가, 오반장이 준비한 윷놀이 행사를 벌였다. 누가 윷놀이는 설날 때 하는 놀이가 아니냐고 되물었지만, 그러거나 말거나 오반장의 마당에서 재미있는 윷 한판이 벌어졌다. 윷놀이가 끝난 다음에는 근처 해변 백사장으로 가서 씨름판이 벌어졌고, 여기서 김녕 농민 출신으로 굵은 잔뼈에, 두어 달이나마 부산 부둣가에서 온갖 짐들을 둘러메고 다녔던 김무씨가 스물두 살 청년 기백으로 우승하였다. 기실 처음에 김무씨는 여기서 괜히 힘을 쓸 생각이 없었으나, 따라 나온 서씨가 지켜보고 있다는 생각에 괜히 힘자랑이 하고 싶어 형동생도 잊고 만나는 상대마다 "으라차차—!" 하면서 땅바닥에 들입다 박아버렸다. 그렇게 공식적으로 알로하 농장배 하와이 장사가 탄생했으니, 한동안 김무씨는 '김장사'로 통하게 되었다.

　씨름 경기가 끝난 다음에 일꾼들이 장작을 가져와서 해변에 모닥불을

피웠고, 낮에 만든 이런저런 음식들을 들고 나와 해변에서 술판이 벌어졌다. 이날만큼은 농장 주인 엡스도 일꾼들을 내버려두었는데, 이는 추석이 조선인들의 연례행사 중 하나라는 사실을 알고 있었기 때문이다. 뭐, 오반장이 엡스에게 이 사실을 이해시키고 설득해내는 데 거의 사 년여의 시간이 걸리긴 했지만.

그날 오반장과 김무씨는 술을 많이 마셨다. 물론 술을 마시면서도 김무씨는 마음속에서 낮에 서씨와 마주친 그 짧은 순간의 강렬한 눈빛을 잊지 못했고, 오반장이 술에 취해 혀 꼬부라진 목소리로 뭐라 말할 때마다 연신 그 내용도 잘 모르면서 "아, 예예, 맞는 말입니다"라고 대꾸해주고 있었다. 남정네들의 머릿속이 다 그렇듯, 김무씨의 머릿속에는 본 적도 없는 서씨의 풍만한 가슴이 둥실둥실 떠다니는 상상의 나래가 펼쳐졌고, 그러다가 문득 고향 동네 신가네 길수의 얼굴이 떠올랐는데, 그건 결혼한 뒤로 날마다 재미보고 사느라 짓고 다녔던 세상만사가 다 만족스럽다는 표정이었다. 하지만 상상의 나래를 너무 오랫동안 펼치고 있으면 마주하고 있는 사람이 눈치를 채는 법, 술에 취해 자기 자형 얘기를 줄줄 늘어놓던 오반장은 김무씨가 자기 얘기를 듣고 있지 않다는 걸 알고 김무씨의 어깨를 툭 쳤다.

—어이, 동상! 뭔 생각을 그리한다냐. 으이? 내 말 듣고 있었소?

—아, 예예, 듣고 있었십니더.

오반장은 김무씨의 얼굴을 보며 웃음을 지었다.

—에헤이, 이 싸람이 그짓말을 그라고 몬하여라? 으잉? 동상 무슨 생각했어라?

김무씨는 쑥스러워져서 "죄송합니더, 잠시 딴생각을……"이라고 말하며 술잔을 비웠다.

—아니여, 아니여. 그랄 수도 있지. 이기 내가 입방정이라, 너무 내 얘기만 했구만. 동상 얘기 좀 해보소. 아따 저번에 들어보니 동상 인생도 허벌라게 기구하더마잉.

— 아입니더. 요 있는 사람들 중에 안 그런 사람이 어디 있갓습니까……

—하기야 그건 그르지. 그래도 자기 얘길 터놓고 싶은 게 싸람 심리 아니어라?

오반장은 빙그레 웃음을 지으면서 술잔에 술을 채웠다.

—아, 그, 뭐야? 일전에 얘기할 때, 뭐 대학 댕긴다던 행님 뒷바라지 한다고 하와이로 왔었다고 했웃나?

—아 예, 그랬심더.

—그 행님은 대학은 우째 됐어라? 대학은 잘 갓디?

—아아, 예. 경성제국대학에 갓십니더. 조선 바닥에서 제—일로 좋은 대학이랍니더. 그, 뭐아 일등 신민 아새끼들도 다 그 다니고요.

일등 신민이라는 말에 오반장의 오른쪽 눈썹가닥이 올라갔다.

—일등 신민? 그기 뭐다냐?

—일본 아들이 자기네는 일등 신민이고, 우리맨치로 조선인들은 이등 신민이라고 부르지 않십니꺼. 근데, 이제 우리 행님이 일등 신민들 다니는 경성제국대학에 들어갔으니, 이제 우리 김녕 김씨 충무공파가……

—에헤이, 동상 말이 좀 이상하구마잉. 하와이 바닥이 '자'와이 바닥이라 불리는 거맨치로 하와이에서도 일본 새끼들이 드글드글한데, 그놈 아들 하는 꼬라질 보면 영판 꼴시럽더랑께라. 내 그래서 조선에 있을 때도 그랬는디, 요 와서도 일본 새끼들을 참 싫어하구마잉. 근디, 동상이 그리 말하면, 뭐, 일본 아들이 동상 행님을 일등 신민으로 취급해주면 뭐, 일

본 새끼들이랑 같은 일등 신민이니까 이리 업신당하는 작금의 현실이 다 패안타, 뭐 이런 말이었어라?

술기운 때문인가? 김무씨가 자신의 말을 듣지 않고 딴생각을 해서 약간 기분이 상해서인가? 아니면 목포에 있을 때 일본인과 엮였던 악연이 갑자기 떠올랐기 때문이었을까? 그도 아니면 하와이에서 종종 있었을—그 자세한 사연은 잘 모르지만서도—일본 이민자들과의 다툼 때문에 생긴 뿌리 깊은 반감 때문이었을까? 아무튼 간에 오반장은 대뜸 김무씨에게 화를 내고 말았다. 김무씨는 말꼬리를 흐리면서,

—오반장님, 이기, 지 말은 그런 게 아인데…… 이 말을 그리 극—단적으로 이해해써는 안 되는데이……

하고 눈을 내리깔았다. 하지만 그렇다고 속마음까지 미안한 것은 아니었고, 김무씨는 속으로 오반장이 자기네 형님이 경성제국대학에 간 것을 괜히 질투하는, 그러니까 좀 더 나아가서 생각해보자면 곧 자신이 이등 신민에서 일등 신민이 될 것이라는 점에 대한 시기심을 느끼기 때문이라고 생각했다. 우리 행님이 높은 자리에 오르면 이 지긋지긋한 하와이 바닥을 떠서 금의환향할 것이란 말이여! 김무씨의 머릿속에선 오반장에 대한 반발감이 꿈틀거렸고, 조선에 있을 때도 이와 비슷하게 자기가 매국노라고 몰렸던 상황에서 으레 떠올렸던 결론인, 오반장이 잘살기 때문에 못 사는 자기가 상노무 자식이라고 생각해서 자기 생각을 업신여기는 것이라고 생각했다. 그렇게 졸지에 상놈일지도 모른다는 남들의 의심스러운 시선에 대한 콤플렉스가 다시 깨어나고, 오반장이 아버지가 유언에서 말했던 "육시랄 노무 새끼들" 중 하나가 바로 오반장 같은 인간이라는 생각이, 그동안 오반장이 하와이에 와서 자신에게 잘해준 추억들을 비집고 들어왔다. 그리고 거기엔 오반장의 성공에 대한 질

투심과 시기심, 그리고 일꾼들과 몰래 음담패설을 나누면서 꽃피운 서씨에 대한 욕정이 덕지덕지 엉겨붙었다. 분노의 마음에 기름이 뿌려졌고, 이런 사실을 아는지 모르는지 오반장은 거기에 덥석 성냥불을 하나 던졌다.

　―어이, 그라고 말이여. 막말로 동상 인생은 다 뭣이여? 으이? 가족과 가문을 위한다는 그 어마무시한 대의명분은 잘 알겠지라. 근디, 이기 다 까놓고 말해보면, 이기 이기, 너그 행님 따까리 인생 아니여?

　따까리 인생.

　기름통에 불이 붙어 폭발해버렸다. 김무씨는 자신의 잔에 있던 술을 오반장에게 뿌리고 벌떡 일어나 나가버렸다. 뒤에서 뭐라 뭐라 하는 소리가 들리기는 했지만 김무씨는 뒤도 돌아보지 않고 잰걸음으로 오반장의 집을 나와 도로를 미친 듯이 달리기 시작했다. 하와이 여름 밤공기라고 가득 마셔대면 심장의 울분이 좀 뚫릴 수 있었을까? 안타깝게도 숨이 턱에 찰 때까지 달려봐도 가슴속의 울분은 그대로였다. 어느덧 김무씨는 절벽 앞까지 와 있었다. 달빛에 빛나는 절벽 아래 철썩이는 파도를 보면서 김무씨는 고향땅을 나오기 전에 모친과 함께한 봉기주막에서의 술상을 기억해냈다. 그때도 김무씨는 모친에게 자기 인생은 도대체 뭐냐면서 열심히 항변했고, 모친은 가문이 살면 김무씨의 인생도 펴는 것이라고 말했다. 그리고 그날 밤 폐허가 된 옹기 공장에서 꿨던 꿈에 나타난 조상신들이 김무씨의 현재를 결정해버렸다. 가문, 위대한 김녕 김씨 충무공파…… 자신은 진정 경상남도 김녕을 본관으로 시조 김은열의 구 세손 김녕군 김시흥으로 시작해서 고려 시대에 평장사, 병부상서, 판도판서 등등 고려 시대를 주름잡았고, 조선조에 와서도 판서만 해도 세 명이나 배출한 명문 정승 집안인 김녕 김씨 충의공파의 대들보 같은 존재였을까? 정말? 그건 김무씨에게 무슨 의미였을까? 김무씨는 도대체가 자기도 모를 울분의 근원을 뇌까리며 굵은 눈물을 흘렸다.

●

그날 김무씨의 꿈에 조상신이 나타났다. 벌써 몇 번째 보는 도끼였지만, 묘청과 그 도당들의 목을 벤 핏물이 뚝뚝 떨어지는 도끼는 언제 봐도 공포스러웠다. 하지만 하루하루 사탕수수 농장에서 뼈빠지게 일한 돈을 착실히 고향집으로 부치고 있는 삶을 살면서도, 또한 그러면서 술 한번 입에 안 대고 일하고 자고 일하고 자고 일하고 자고의 삶을 반복하고 있는 자신에게, 게다가 일상에서 가장 달콤한 휴식의 시간이 되어야 할 꿈나라에서까지 이토록 조상신들이 자주 나타나는 건 너무 억울한 처사라는 생각이 들었다. 하지만 그러거나 말거나 김시홍을 필두로 한 김녕 김씨의 조상신들은 뻔질나게 김무씨를 방문했으니, 그날도 김무씨는 영문도 모르고 도끼를 휘두르는 김시홍을 피해 이 구름 저 구름을 넘나들며 도망다니다 잠에서 깨야만 했다. 아직 한밤중이었고, 등은 식은땀 범벅이었다.

으휴 씨팔, 진짜……

김무씨는 다시 잠자리에 누워 잠을 청했다. 그런데 그날은 좀 이상했던 것이, 보통 잠을 깼다가 자면 다시 꿈을 꾸진 않았었는데, 그날은 무슨 마(魔)가 낀 건지 다시 꿈을 꿔버렸다. 꿈에서 다시 나타난 김시홍은 도끼를 들이밀면서 왜 다 끝나지도 않았는데 자기 마음대로 잠에서 깼냐면서 뭐라 뭐라 소리를 질렀고, 이내 다시 도끼를 들고 김무씨를 쫓아오기 시작했다. 한동안 죽자 사자 도망 다니던 김무씨는 뭔가 이상해서 뛰던 걸음을 멈췄다. 도망가던 김무씨가 갑자기 걸음을 멈추니 도끼를 들고 쫓아오던 김시홍도 뭐가 이상했는지,

─왜 갑자기 멈추느냐?

하고 물어봤다. 꿈에서도 뜀박질을 하면 숨이 차는 것인지 김무씨는 거친 숨을 내쉬면서 이렇게 말했다.

─잠깐, 잠깐, 헉, 헉, 아니이…… 이런 법이, 헉, 헉, 이런 법이 어디 있습니꺼? 아까도 잠에서 깼는데 와 또 꿈에서 쫓아옵니꺼? 하루에 한 번만 하면 안 됩니꺼? 헉헉, 조상님, 지도 좀 먹고살아야 하지 않겠습니꺼?

─이기 뭐라카노? 니 미칫나?

─조, 조상님, 싸람 사는 게 다 역. 지. 사. 지. 아니것습니까? 입장 바꿔갖고, 조상님이 지금 저라면 우짜겠습니까? 그 짝이 난데없이 꿈에서 나타나가, 다짜고짜 도끼로 호통을 쳐갖고 고향땅 떠나서 저 머나면 태평양까지 건넜는데, 그랬는데도 하와이까지 쫓아와갖고 이리 괴롭히면 우짜란 말입니까? 뭐, 뭐, 하라는 대로 다 했는데, 이제 뭘 더 우짜란 말입니까! 으이? 이래가꼰 내는 마 더 이상 몬살겠십니더!

조상신이 꿈에 나타난 뒤 최초로 김무씨는 '버럭─!' 하고 조상신에게 대들었다. 이 말을 들으니 아주 틀린 말도 아닌지라, 김시홍이가 들고 있던 도끼를 내려놓으니, 그제야 김무씨는 제자리에 주저앉아 한없이 서러운 울음을 터뜨렸다. 그러자 조상신들 중에 판서 김익생이 다가와 김무씨의 등을 토닥여주었다. 그렇게 한동안 말없이 서 있던 김시홍은 김무씨의 울음이 진정되자 다시 입을 열었다. 이번엔 화가 좀 누그러진 표정이었다.

─마. 내 봐라.

김무씨는 붉어진 눈시울로 김시흥을 쳐다봤다.

―니는 와 내가 니를 쫓아다닌다고 생각하노?

―제 말이 그 말입니다. 도대체가 모르겠습니더…… 저한테 와 그랍니까? 제가 무슨 나쁜 짓을 저지른 것도 아이고, 혹시 마, 요새 제가 예배당 가서 그렇습니까? 그, 그, 예수한테 기도한다고? 아이고, 조상님, 만일 그것 때문에 노하신 거면, 그건 참말로 오해라요. 거기 가서 예배당에 앉아 있어야만이, 으이? 그래야만이 밥을 먹을 수 있다, 이겁니다. 그러니께 그 부분은 조상님이 좀 이해를 해주셔야 하는 부분이지예. 예?

―어허이, 이 무식한 노무 새끼. 그게 아닌 기라. 다시 생각해봐라. 와 내가 니를 미친 놈맨키로 맨날 도끼들고 쫓아다닌다고 생각하노? 으이?

―허 참, 불교 선문답도 이것보단 쉽겠습니더. 참말로 모르갓으요.

김무씨의 이 체념에 김시흥은 다시 험상궂은 표정을 지으며 도끼를 집어들었다.

―안 되겠다, 니는 이 도끼에 맞아 죽어야겠다!

도끼를 들고 달려오는 김시흥을 본 김무씨는 '에이 ― 씨!'를 뱉으며 다시 벌떡 일어나 구름 위를 달리기 시작했다.

●

그 주 일요일, 김무씨는 한인 선교회에 가서 긴또와 오반장, 그리고 김시흥을 제발 좀 죽여달라고 기도했다. 근데, 기도를 하다 보니까 이미 김시흥은 죽은 사람인지라, 고민하다가 목각 예수의 얼굴을 보면서 그자가 자기 꿈에 못 나타나도록 십자가에 못을 좀 박아달라는 내용으로 기도 내용을 수정했다. 예수는 목수 출신이라고 했다.

김무씨의 기도에 담긴 순수함이 하느님을 감동시킨 것일까? 성경 마태복음을 보면 포도밭에서 한 시간 일한 사람이랑 열두 시간 일한 사람이랑 임금을 똑같이 쳐주는데—하와이 사탕수수 농장에서 그런 짓을 했다간 칼부림이 나겠지만—지엄하신 하느님의 법도는 인간이 이해할 수 없는 경지의 것인바, 한인 선교회에서 십 년 내도록 조국 해방을 기도하던 조선인들의 기도는 귓등으로 듣던 하느님은, 교회에 나간 지 서너 달 된 어린 양인 김무씨의 기도를 들어주기로 결심하신다. 아, 과연 신앙심은 양(量)이 아니라 질(質)이었던 것이다.

천구백삼십삼 년 추석이 끝나고 찾아온 시월의 어느 날, 오반장은 갑자기 사고사를 당하게 된다. 아니 왜 갑자기 마른하늘에 난데없이 날벼락이 쳤는가? 그 속사정은 대략 이러했다. 사탕수수 농장에서 베어낸 수수는 스무 개에서 서른 개 단위로 묶인 채 창고에 차곡차곡 쌓아 올려진다. 헌데, 여기서 마체테 칼로 잘라낸 사탕수수는 그 끝이 마치 죽창처럼 뾰족했으니, 간혹 일꾼들이 여기에 긁혀서 상처를 입곤 했다. 오반장 인생 마지막 날이었던 운명의 그날도 농장 창고엔 이렇게 쌓아 올려진 사탕수수 더미가 가득 있었는데, 농장이 이층집 크기인지라, 이층 위로 수확한 사탕수수를 올리는 작업이 진행되고 있었다. 여기서 오반장은 평소엔 감독처럼 아래에서 작업을 진두지휘하는 감독 역할을 하곤 했는데, 어쩌된 일인지 이날은 힘을 쓰고 싶었는지 사다리에 올라가 직접 수확한 사탕수수를 이층으로 옮기고 있었다. 아, 그렇다! 본디 옛말에 사람이 갑자기 바뀌면 그건 죽을 때가 다 되었다는 뜻인바, 이날 오반장의 변덕은 명을 재촉하는 일이 되어버렸다.

사고는 오반장이 위로 옮기던 사탕수수 더미에 묶인 끈이 풀리면서

시작되었다. 누가 사탕수수 더미의 끈을 느슨하게 묶었는가? 그건 나도
모르고 당신도 모르고 그 주위에서 모든 장면을 목격한 일꾼들도 모를
노릇이지만, 어찌됐든 확실한 건 그날 사탕수수 더미 중 하나가 느슨하
게 묶인 건 사실이고, 하필 그 끈이 오반장이 그 사탕수수 더미를 이층으
로 올리려는 찰나에 풀려버렸다는 것 역시 사실이다. 당황한 오반장은
균형을 잃고 사다리에서 떨어졌고, 그가 떨어진 자리로 죽창처럼 뾰족
한 사탕수수가 떨어져 박혔다. 모든 일이 너무 순식간에 벌어진 것이라
소리를 지를 틈조차 없었다. 오반장의 배때기에 사탕수수 네 개가 박혔
고, 그 자리에 피가 분수처럼 솟구쳤다. 주위 일꾼들이 오반장 배에 꽂힌
사탕수수들을 빼지도 못한 채 우왕좌왕하는 사이 오반장은 마지막 짧은
말을 던지고 죽어버렸다.

"우리 자형이 목포 바닥에서 장의사였는디, 소싯적에⋯⋯"

갑오년에 동학도들 피비린내가 자욱한 시대에 태어나, 단지 격동기에
태어났다는 이유 하나만으로 사십 평생을 온갖 세상 풍파에 시달리며
살아온 오반장은, 머나먼 태평양 너머의 타향 하와이에 와서야 비로소
자리잡은 생활을 할 수 있었지만, 아하, 인생무상인바 토끼 같은 자식새
끼 하나 가져보지 못한 채 기구한 생애를 마쳤다. 그리고 도대체 그의 자
형이 뭐 하는 사람이었는지에 대한 얘기도 영영 묻혀버렸다.

혀 혀, 형니이임 ─! 아이고 형니임! 이래는 몬 갑니더! 이래는 몬 가
요!

김무씨는 오반장의 장례식에서 누구보다 구슬피 울었다고 전한다. 어
쩌면 그것은 자신이 저주를 했기 때문에 진짜 오반장이 죽어버린지도
모른다는 것에 대한 깊은 죄책감이었을 것이요, 혹은 타향살이에서 선뜻
먼저 손을 건네준 오반장의 은혜를 시기 질투와 뒷담화로 갚은 스스로

의 못난 인생에 대한 반성의 울음이었을지도 모른다. 그것이 바로 인간된 삶의 인지상정이었다.

아 참, 그리고 김무씨는 그다음부터 밥을 굶었으면 굶었지, 절대 한인 선교회에 나가지도 않았다.

●

월명사(月明師)의 향가 자락처럼 삶과 죽음의 길이 바로 이 순간순간들에 있음에, 오반장은 갑작스러운 죽음을 맞이했고, 그 이후부터 김무씨의 인생은 자신이 전혀 예상하지 못한 국면으로 흘러가기 시작했다. 졸지에 과부가 된 스무 살의 청상과부 서씨는 승냥이 같은 하와이 노총각들의 표적이 되었고, 노총각들은 이제 야자숲에서 몰래 손장난치는 안타까운 생활을 끝낼 수 있을지도 모른다는 기대에 부풀었다. 게다가 서씨는 오반장으로부터 물려받은 사택까지 가진 성공한 하와이 특급의 여인네가 아니던가? 생물학적으로 보나 자본주의적으로 보나 서씨는 완벽한 신붓감이었다.

이 시기 김무씨는 꿈에서 조상신을 만날 기회가 거의 없었는데, 왜냐하면 밤마다 서씨 생각으로 밤잠을 제대로 이루지 못해 꿈 자체를 꾸지 않았기 때문이다. 그렇게 오른손으로 아랫도리를 꼼지락거리길 몇 날며칠, 그러다 결단이 선, 아니 좀 더 정확히 표현하자면 눈깔이 뒤집힌 김무씨는 한때 사시미 칼을 입에 물고 담을 넘었던 것처럼 서씨네 집 창문을 넘어갔다. 그렇게 서씨가 잠자고 있는 안방으로 들어간 김무씨는 달빛에 비쳐 아롱아롱 보이는 서씨의 얼굴을 쳐다보다가, 침을 한번 크게 꿀떡 삼킨 뒤 조심스럽게 서씨의 팔을 흔들었다.

—혀, 형수. 형수…… 일어나보소.

그러자 놀라 깬 서씨가 대번에 눈을 뜨고 일어나 소리를 지르려는데, 김무씨는 순간 당황하여 그녀의 입을 막았다. 그리고 남은 한 손 검지를 치켜세워 자신의 입에 대고 "쉬이—잇!" 하였다. 서씨가 좀 진정된 듯하자 김무씨는 막았던 서씨의 입에서 손을 떼고 조심스럽게 두 걸음 뒤로 물러나 무릎을 꿇고 고개를 푹 숙였다.

—형수요. 내 형수 생각에 날마다 가슴이 답답해가지고 밤잠을 이루지 못하요.

답답한 건 가슴이 아니라 아랫도리겠지.

—김씨. 그렇다고 이렇게 야밤에 도둑놈맨치로 기어들어오면 우짜고라……

—그기 사람된 도리인 건 저도 알겠습니다만, 그기…… 그기 잘 안 됩니더, 형수요. 형수요, 형수요…… 사, 사랑합니데이.

김녕 바닥을 나온 뒤로부터 거칠 것 없는 저돌적인 인생을 살았던 김무씨는, 그 저돌성이 인생 내력이라도 된 듯 사랑 고백마저 야밤에 달빛이 하늘거리는 서씨의 안방에서 저돌적으로 내던졌다. 그것은 투박함이 가진 매력이었을까, 아니면 인생 꽃필 시기에 졸지에 청상과부가 된 여인네의 심란한 마음 때문이었을까? 어쩌면 진정한 진실은 그 순간에 서씨가 떠올린 지난 추석날 김무씨와 처음 눈이 마주쳤던 순간과 씨름판에서 일꾼들 틈 사이로 본 김무씨의 울긋불긋한 등 근육, 그리고 이 모든 것들이 수심이 깊어만 가는 가을밤과 겹치면서 발생시킨 아랫도리의 간질간질한 신체적 신호였을지도 모르겠다. 다짜고짜 사랑 고백을 받은 서씨는 한동안 달빛에 비친 김무씨의 얼굴을 바라보더니 이내 이불 한쪽을 들어올리면서 입고 있던 속옷 저고리의 고름을 풀었고, 김무씨는 대번에 서씨의 품에 달려가 안겼다. 그리고 아랫도리의 불방망이를 꺼내 도끼 찍듯 서씨를 움켜쥐었다. 그것은 오반장이 장례를 치른 지 채 한 달도 지나지 않은 시점에서였다.

어허— 옛말에 머리 검은 짐승은 거두는 게 아니라고 했던가?

●

그렇게 김무씨를 아들처럼 대해주던 아버지 같은 오반장의 아내는 김무씨의 것이 되었다. 알로하 농장의 일꾼들은 역시 선수 칠 용기가 있는 자가 미인을 차지한다는 옛말을 곱씹으며 다시 야자숲으로 들어가 수음을 해야만 했다. 김무씨는 이제 한 이불 덮고 자는 사이가 된바, 서씨에게 경마장에서 돈 날리고 눈깔이 뒤집혀 사시미 칼을 가지고 한바탕 소동을 벌인 것에 대한 얘기만 쏙 빼놓고 이때까지 있었던 일들을 차근차근 들려주었다. 김무씨만큼이나 가난하고 거센 시대의 파도 앞에 휩쓸린 인생을 살았던 서씨는 김무씨를 깊이 이해해주었고, 게다가 서씨가 오반장으로부터 물려받은 유산으로 김무씨의 빚을 다 갚아버렸다. 김무씨는 내친김에 염씨의 빚도 같이 갚고 싶었지만 서씨의 반대로 그 부분은 좌절되었고, 대신 임금을 받을 때마다 자기 임금의 얼마를 뚝 떼어서 염씨의 손에 쥐여주는 것으로 의리를 지키고자 하였다.

이후 김무씨는 서씨의 새 남편이 된 것을 넘어서 아예 오반장 그 자체가 되려는 듯한 행보를 보여주게 되는데, 틈틈이 어깨너머로 영어를 익힌 김무씨는 농장 주인 엡스와 얘기를 텄고, 게다가 넉살 좋은 웃음을 지으면서 오지랖을 넓히기 시작했다. 김무씨는 비단 여기에 그치지 않고 이따금씩 불법 이민으로나 혹은 다른 농장에서 쫓겨나서 알로하 농장으로 들어오는 신입들에게 있지도 않은 자신의 자형의 얘기를 하면서 선뜻 따스한 손을 내밀기까지 했다. 오반장을 기억하는 이들은 김무씨가 오반장의 혼에 씌워버린 것이라고 말하고 다녔다. 하지만 김무씨는 오반장과 달리 금방 아이를 가짐으로써 자신이 오반장이면서 동시에 오반장과는 다른 인간임을 알렸는데, 이때부터 사람들은 김무씨를 김장사에서 김반장으로 고쳐 부르기 시작하였다. 어쩌면 일꾼들의 음담패설처럼 정말 오반장의 물건은 밤마다 서지 않았을는지도 모르겠다. 혹은 그 물이 맹물이거나.

자고로 옛말에 남자는 여자를 잘 만나야 한다고 했던가? 곧장 김무씨는 서씨를 따라 성공한 하와이 특급의 인생에 도달하게 되었다. 그는 전에 붙이던 돈의 세 배를 가족들에게 꼬박꼬박 붙일 수 있었고, 이따금씩 보내오는 가족들의 편지에는 김녕 바닥에서 알아주는 천재, 개천에서 난 용 학봉이 대학에서 알아주는 천재로 소문이 났다는 소식이 들려왔다. 모친은 조금만 더 기다리면 학봉이 출세하여 김무씨의 인생을 금빛으로 만들어줄 것이라고 했지만, 이 시점에서 김무씨는, 아니 김반장은 딱히 그런 것이 필요가 없다고 생각했다. 이제 김반장은 자신이 진정 경상남도 김녕을 본관으로 시조 김은열의 구 세손 김녕군 김시흥으로 시작해서 고려 시대에 평장사, 병부상서, 판도판서 등등 고려 시대를 주름잡았고, 조선조에 와서도 판서만 해도 세 명이나 배출한 명문 정승 집안인 김녕 김씨 충의공파의 대들보 같은 존재임을 의심하지 않았다.

허나 인생 만사 다 제 뜻대로 풀리는 것은 아닌바, 김반장은 일주일에 두어 번씩은 꼭 조상신이 나오는 꿈에 시달려야만 했다. 조선 땅에서 어깨너머로 무당짓을 배웠다는 여인네까지 불러다 굿을 했지만, 당최 김시홍은 김반장을 놓아줄 생각을 하지 않았다. 하도 꿈속에서 구름 위를 뛰어다닌 김반장은 이제 꿈속에서 축지법을 쓰며 다니는 경지에 이르렀으니, 도끼를 든 김시홍이 이놈 도망가는 솜씨가 날로 일취월장하여 발군이로구나 하고 감탄사를 던지는 진풍경이 벌어지기도 하였다. 그리고 이즈음 되어서 김반장은 문득 꿈에서 김시홍이 들고 나타나는 도끼가, 그 묘청과 그 도당들을 쓸어낸 것이라는 그 도끼가 유독 눈에 들어온다는 것을 깨달을 수 있었다. 하지만, 그럼에도 도대체 왜 김시홍을 비롯한 조상신들이 자꾸 꿈에 나타는지, 그리고 그 꿈에서 왜 김시홍이 도끼를 들고 자신을 죽이려고 쫓아오는지에 대한 이유를 밝혀낼 수가 없었다.

천구백삼십사 년 구월 초닷샛날 서씨가 출산을 했고, 아들이 태어나, 그 이름을 성진이라 지었다.

●

한참 동안 답답하게 막히던 것들이 어느 순간 갑자기 뚫리면서 파죽지세로 세월을 물밀듯 밀고 가는 게 인생이던가? 허나 인생을 물에 비유한다면, 상류에서 폭포수처럼 쏟아지던 물살이 하류에 도달할 즈음 점차 고요하고 깊어지는 것 역시 물의 특성, 인생 역시 그와 같아서 콸콸콸 쏟아지던 김반장의 인생은 하와이 특급으로 정점을 찍더니, 그다음엔 여지없이 하류를 향해 내려가기 시작했다. 아, 물론 그렇다고 그의 인생이 술, 여자, 도박, 경마, 마작, 미두(米豆), 화투, 히로뽕 등등으로 얼룩지기 시작했다는 의미는 아니고, 단지 인생이 안정 궤도에 오름에 따라 나름대로 살아온 인생을 반성하며 깊어지는 단계에 도달하기 시작했다는 의미였다. 하지만 으레 이런 일들이 다 그러하듯, 이 순간은 의도치 않게 김반장의 인생에 불쑥 끼어들게 되었으니.

그 성숙은 독립운동 기금을 모은다는 정씨를 만나면서 시작되었다.

그렇다면 지금부터, 잠깐 등장하는 엑스트라라고 생각했지만 언젠가 다시 만날 일이 있을 정씨란 인간에 대한 짧은 얘기를 해보자. 이 당시 정씨는 해외에 나오면 누구나 애국자가 된다는 미풍양속에 따라 투철한 애국지사가 된 하와이의 수많은 청장년들 중 하나였는데, 좀 더 구체적으론 알로하농장한인독립기금회의 중책으로 활동하고 있는 인물이었다. 이 알로하농장한인독립기금회는 이 당시에 짧게 생겼다가 없어지곤 했던 수많은 조선인 단체들 중 하나였는데, 안타깝게도 겨우 삼 회만 정기 모임을 하고 해체되어버렸던 관계로 공식적인 기록을 찾아볼 순 없다. 어허— 근데 여기서 독자들은 내가 띄어쓰기를 할 줄 모른다는 오해를 해선 안 된다. 알로하농장한인독립기금회 사람들은 진짜 자기네들의 이름을 알로하농장한인독립기금회라고 띄어쓰기 하나 하지 않고 지었으며, 그래서 이 단체를 소개할 때도 숨 한 번 안 쉬고 알로하농장한인독립기금회라 발음하였다. 근데, 이런 얘기일랑은 다 곁가지고, 아무튼 그래서 핵심은 알로하농장한인독립기금회의 중책이었던 정씨가 알로하농장에서 힘깨나 쓴다는 김반장을 찾아가 독립 기금을 받고자 했다는 사실이었다. 알로하 농장의 일꾼들은 일전에 김반장이 오반장과의 말씨름에서 나눈 일등 신민과 이등 신민에 대한 얘기를 기억했고, 김반장은 독립 기금 같은 걸 낼 사람이 아니라고 말했지만, 애국심으로 똘똘 뭉친 정씨는 조선인으로 한번 태어났으면 죽을 때까지 좋든 싫든 조선인이라며 기필코 김반장을 설득해내겠다고 떠들고 다녔다.

—김반장님. 조국의 독립과 민족의 안녕을 위해 독립 기금을 좀 투척 해주십시오.

정씨는 서울 출신이었다.

—독립 기금? 얼마면 되갓소?

어젯밤, 설득을 위해 한껏 국제적인 분위기까지 엮어 민족의 해방이 기필코 성취될 것이라는 스펙터클 대하드라마적 논리를 준비해간 정씨는, 선뜻 독립 기금을 내겠다는 김반장의 말에 잠깐 입을 멍하게 벌리고 있을 수밖에 없었다. 이내 김반장의 손을 덥석 잡으면서 "독립된 조국은 당신의 노고를 잊지 않을 겁니다!"라고 사뭇 웅변조의 어조로 감사함을 표했다. 그런데 왜 김반장은 독립 기금에 선뜻 돈을 투척하겠다고 한 것일까? DNA에 각인된 조선인으로서의 민족혼이 뒤늦게 깨어나기라도 한 것인가? 어쩌면 그것은 일등 신민이니 이등 신민이니 하는 등수 논쟁의 무의미함을 직감적으로나마 느꼈던 탓인지도 모르겠다. 어찌됐든 애국을 하겠다고 나선 김반장은 서씨 몰래 농장 안에 숨겨둔 비자금을 탈탈 털어 정씨의 손에 넘겨주었고, 그저께 밤에도 조상신에게 시달려 제대로 잠을 못 잔 듯 흐리멍덩한 눈을 비볐다.

—근데, 그 돈을 어디 씁니꺼?

김반장은 돈을 주머니에 쑤셔넣던 정씨에게 물었다.

—도산(島山) 선생님이 말하셨듯, 조국 해방의 진실한 힘은 점진적 수양을 통해 굳건해진 정신과 실력에 온다고 하였습니다. 이 돈은 조국의 독립 역량을 강화하기 위한 학교 설립에 들어갈 것입니다.

—학교예?

—예.

—그라몬 그서 가르치는 독립 역량이란 게 뭐요?

정씨는 준비해온 설득 논리를 써먹을 순간이 왔다고 생각, 품에서 책자 하나를 꺼냈다. 그것은 겉표지엔 왼쪽 상단에 세로로 '朝鮮史硏究草'란 한문이 적힌 책자였다. 김반장은 문맹이었지만, 다행히도 정씨는 이 한자를 읽어주었다.

— 조선사연구초. 이 책으로 말하자면 천구백이십사 년에 단재(丹齋) 선생님께서 발표하신 책으로, 해방을 위한 민족의식이란 게 무엇인지를 역사적으로 설명하신 명저입니다.

— 아예…… 지가 까막눈이라 그런데, 그래갖고 그 책에서 독립 역량이란 게 뭐라고 설명합니꺼?

정씨는 심호흡을 한 번 했다.

— 그것은 아(我)와 비아(非我)의 투쟁! 우리 조선은 석가가 들어오면 조선의 석가가 되지 않고 석가의 조선이 되며, 공자가 들어오면 조선의 공자가 되지 않고 공자의 조선이 되며, 주희가 들어와도 조선의 주희가 되지 않고 주희의 조선이 되려 합니다. 그리하여 도덕과 주희를 위하는 조선은 있고 조선을 위하는 도덕과 주희는 없으니, 오호통재라, 이것이 조선의 특색입니까? 이는 노예의 특색입니다. 이 책에서 단재 선생께선 조선의 도덕과 조선의 주희를 위해 통곡하고 있습니다.

정씨는 평소에 웅변 연습이라도 하는 모양인지, 현란한 손짓까지 구사해가며 웅변조로 한바탕 짧은 연설을 읊었고, 아(我)가 뭔지도 모르니 비아(非我)를 알 리가 없는 까막눈 김반장은 석가니, 공자니, 주희니, 뭔지 모르겠지만 뭔가 대단한 성현들이라는 것만을 대충 지레짐작할 수 있기에, 그저 "어허 좋은 말씀입니더" 하고 붕어같이 입만 뻥끗뻥끗할 뿐이었다. 이에 뭔가 대단한 계몽주의자라도 된 듯한 기분에 취한 정씨는 신나게 김반장이 알아듣지도 못할 말들을 떠들었고, 나중엔 아예 김반장이 문맹이라는 사실도 잊었는지 책자까지 펴서 손가락으로 한 글자 한 글자를 짚으며 열성을 냈다.

─……그래서, 여기 이쪽을 보면 조(朝), 선(朝), 역(歷), 사(史), 상(上), 일(一), 천(千), 년(年), 래(來), 제(第), 일(一), 대(大), 사(事), 건(件), 이게 바로 '묘청의 난'입니다. 이는 조선사를 뒤바꿔놓은 가장 핵심적인 사건으로, 낭가(郎家), 불가(佛家) 사상과 김부식 등 문벌 귀족들의 사대적 유가 사상과의 대결이었으며, 여기서 묘청이 김부식에게 패함으로서 해서 한 국사가 사대주의로 기울고 민족이 쇠하는 근본적 계기가 되었던 것입니다. 알겠습니까?

모를 소리들을 들으며 유식에 기가 질려 있던 김반장은 '묘청'이라는 말에 귀가 번뜩였다.

─예? 묘, 묘, 뭐요? 묘청요?

─예, 바로 묘청의 난입니다. 단재 선생께서는 이를 조선 역사상 일천 년 내 제1대 사건이라고 했습니다. 이때 묘청의 '서경천도운동'이 성공했더라면, 민족의 자주적 기상이 이어졌을 터인데……

─지식인 슨생! 그것 좀 자세히 말해보이소!

정씨는 묘청의 난에 대해서 아는 대로 설명해주었다. 사건의 개요는 대략 이러했으니, 고려 때인 천백이십육 년 인종 사 년에 서경 출신의 승려 묘청이 인종을 방문하게 된다. 당시 고려는 천백이십육 년 이자겸(李資謙)의 난 이후 국내외 정세가 극도로 불안했고, 안으로는 이자겸의 난으로 궁전이 불타 정치 기강이 해이해졌고, 밖으로는 여진족의 외교적인 압력이 거세지던 위기 상황이었다. 이에 묘청은 인종에게 고하길, 풍수지리설에 의거하여 작금의 고려가 어려운 것은 고려의 수도인 개경(開京)의 지덕(地德)이 쇠약하기 때문이라고 주장하였다. 따라서 그의 결론은 나라를 중흥하고 국운을 융성하게 하려면 지덕이 왕성한 '서경(西京)'으로 수도를 옮겨야 한다는 이른바 '서경천도설'로 귀결되었다! 당시 풍수지리설이 크게 성행하고 있어서 그는 인종의 총애와 함께 백수한(白壽翰) 정지상(鄭知常) 등 많은 사람들의 지지를 받았고, 그래서 서경에 뚝딱뚝딱 건물까지 올라가기에 이르렀으나, 예나 지금이나 갑자기 천도가 이뤄지면 수도에 땅 사놓은 사람들이 손해를 보는바, 곧 격렬한 반대에 부딪혔다.

그러다가 당시 정치적 상황과 이런저런 자질구레한 일들이 얽이면서 '서경천도운동'은 좌절될 위기에 봉착했고, 그러다 결국 서경 쪽에서 들고일어남으로써 '묘청의 난'이 발생하였다. 기실 난(亂)이라고 하는 게 성공하면 혁명이 되는 것이고 실패하면 난이 되는 것, 이름에서 알 수 있듯이 묘청의 항거는 정부군의 진압에 의해 실패하고 말았다. 여기서 서경천도운동의 열렬한 반대자이자 정부군의 총사령관이 바로 김부식이었는데, 김부식은 오로지 중국만을 섬기는 열렬한 사대주의자였다. 그리고 바로 이 점에서 단재 신채호는 묘청의 난이 끝난 뒤로 조선사의 역사가 자신의 주체성이 결여된 사대주의의 역사로 흘러가버렸다고 주장했던 것이다.

이 모든 걸 안 김반장은 순간 정신이 아찔해졌다. 경상남도 김녕을 본관으로 시조 김은열의 구 세손 김녕군 김시홍으로 시작해서 고려 시대에 평장사, 병부상서, 판도판서 등등 고려 시대를 주름잡았고, 조선조에 와서도 판서만 해도 세 명이나 배출한 명문 정승 집안인 김녕 김씨 충의공파임을 자부해왔던 김반장은, 자신의 시조 김시홍이 김부식을 따라 묘청의 난을 진압한 공으로 김녕군(金寧君)에 봉해졌고, 이것이 바로 가문의 시작이었음을 알게 된 것이었다. 김시홍은 그저께도 묘청과 그의 도당들의 시뻘건 피가 묻은 도끼를 들고 꿈에 나타났었다.

니는 와 내가 니를 쫓아다닌다고 생각하노?

●

그날부터 김반장의 꿈에는 김시흥이 나타나지 않았다. 대신에 묘청과 그의 도당들의 시뻘건 피가 묻은 도끼만 공중에 떠서 김반장을 쫓아다 녔다. 천구백삼십오 년에 부산경찰서, 밀양경찰서, 그리고 종로경찰서까 지 조선 팔도의 경찰서란 경찰서엔 모두 폭탄을 투척할 것만 같았던 의 열단의 단장 약산(若山) 김원봉이 우사(尤史) 선생과 손을 잡고 민족혁명 당을 창당할 때도, 천구백삼십육년에 동북항일연군이 저 멀리 만주에서 활약할 때도, 천구백삼십칠 년에 조선인들이 '우리는 황국 신민이다'로 시작해서 '우리 황국 신민은 인고 단련 힘을 길러 황도를 선양하련다'로 끝나는 악명 높은 '황국신민서사'를 외워야만 할 때도, 천구백삼십팔 년 에 국가 총동원령으로 제사 때 쓰는 놋그릇까지 녹여 포탄을 만들겠다 던 일제의 광기가 시작되었을 때도, 그 모든 때에도 김반장은 꿈에서 도 끼에 쫓겼다. 그렇게 한 사 년을 시름시름 시달리던 김반장은 문득 자신 이 무서워하는 것이 도끼가 아니라 그 도끼에 묻은 묘청의 피가 아닐까 하는 생각을 가졌다.

일상은 계속해서 흘러갔다. 그는 사탕수수 농장에서 일을 했고, 엡스 와의 협상에서 사탕수수 수확량을 그대로 유지하는 조건으로 종래의 열 시간 노동을 여덟 시간으로 줄이는 데 성공했으며, 하루 꼬박 챙겨 세 끼 먹으며 밤에는 부지런히 마누라랑 밤일을 했다. 아들 성진은 이따금씩 밤에 울어대는 것을 제외하고는 별 문제없이 컸고, 김반장은 여전히 도끼 꿈에 시달렸다. 이 이외에는 딱히 적을 게 없다. 이 시기엔 아무런 사건도 없으니 아무것도 기억할 게 없었다.

아, 아, 생각해보니 꼭 그렇진 않군. 경상남도 김녕을 본관으로 시조 김은열의 구 세손 김녕군 김시흥로 시작해서 고려 시대에 평장사, 병부상서, 판도판서 등등 고려 시대를 주름잡았고, 조선조에 와서도 판서만 해도 세 명이나 배출한 명문 정승 집안인 김녕 김씨 충의공파의 명실상부한 대들보인 김반장은, 이런 안정된 생활에도 불구하고 알 수 없는 허탈감을 숨길 수가 없었다. 누구는 그것이 나라 잃은 민족의 허탈함이라고 했고, 누구는 고향에 대한 향수병이라고 했으며, 또 누구는 그냥 배가 불러서 그런 거라고 했다. 김반장은 그런 허탈감이 들 때마다 염씨와 함께 술을 마셨으며, 같이 예전에 정씨에게 들었던 '석가가 들어오면 조선의 석가가 되지 않고 석가의 조선이 되며, 공자가 들어오면 조선의 공자가 되지 않고 공자의 조선이 되며, 주희가 들어와도 조선의 주희가 되지 않고 주희의 조선이 된다'라는 말을 같이 곱씹어보았다. 취한 염씨는 더 늦기 전에 사진 결혼을 하고 싶다고 했다.

이런 일상을 뒤바꾼 것은 근 반년 만에 고향에서 올라온 편지 한 통이었다. 그것은 천구백사십 년이 끝나가던 십이월의 어느 겨울날이었다.

●

얄궂은 요지경 같은 세상사는 절대 인간을 기다려주지 않는 법이고, 불행은 본디 한꺼번에 오는 법. 너무 뜸하다 싶었던 모친에 대한 편지는 근 반년 만에 도착했는데, 그것은 모친도 아니고 그렇다고 김녕 바닥에서 알아주는 천재, 개천에서 난 용 학봉이 쓴 것도 아니었다. 그 편지는 바로 결혼한 뒤로 날마다 재미보고 사느라 세상만사가 다 만족스러운 표정을 지으며 살던 고향 마을 신가네 길수였다. 그리고 까막눈인 김반장을 대신해서 글을 읽어주던 정씨는 편지의 내용이 너무도 충격적인지라, 김무야 니 머나먼 타향 하와이에서 잘 지내나? 니가 나를 기억하는지는 모르겠지만, 나는 니 이웃집 살던 신가네 길수다. 오늘 내가 이렇게 편지를 띄운 것은 다름아니라…… 라는 부분까지만 읽고 낭독을 잠시 멈췄을 정도였다.

　—김반장님……

　—아따 와 그랍니까? 우, 우리 엄니한테 무슨 일이라도 생겼소? 어이?

　김반장의 말은 맞는 말이었지만, 다만 그것은 편지에 적힌 비극의 한 부분이었을 뿐, 전체적인 내용은 아니었다. 정씨가 마저 읽은 부분은 대략 이러했는데, 천구백사십 년 봄에 김녕 바닥에서 알아주는 천재, 개천에서 난 용 학봉과 그의 막내동생이 서대문형무소로 끌려가 모진 고문을 이겨내지 못하고 시체가 되어 나왔다는 소식이었다. 내막을 알아보니 김녕 바닥에서 알아주는 천재, 개천에서 난 용 학봉은 대학에서 사회주의를 배웠고 천구백삼십삼 년 경성부에서 조직된 이현상, 이재유, 김삼룡을 주축으로 한 사회주의 단체였던 '경성트로이카'에 들어갔다. 조직원이 백육십 명이 넘는 활동가로 이루어진 경성트로이카는 반제국주의운동, 학생운동, 노동조합운동, 독서회, 농민운동 등등 하여간 조선 바닥에서 일본 놈들이 싫어하는 운동이란 운동은 죄다 진행하고자 했는데, 천구백삼십사 년 일월에 대대적인 탄압으로 많은 활동가들이 수감되었다. 이는 부산 부둣가에서 이를 갈았던 이치로 경감의 혈서가 지지했던 치안유지법의 쾌거였다.

여기서 주동자인 이현상은 붙잡혀 일 년여에 걸친 재판 끝에 징역 사 년형을 언도받고 천구백삼십팔 년에야 출옥했는데, 이때 불굴의 정신으로 남은 활동가들을 결집하여 만든 단체가 바로 '경성콤그룹'이었다. 천구백삼십사 년의 대대적인 체포 때 그저 명부에 이름만 등록된 조직원일 뿐 별다른 활동 행적이 없어서 살아남은 김녕 바닥에서 알아주는 천재, 개천에서 난 용 학봉은 이현상이 출소할 때까지 몰래 마르크시즘 서적들을 탐독하여 시대의 울분을 곱씹으며 지내왔고, 곧바로 이 경성콤 그룹에 뛰어들었다. 이 시대에 똑똑하다는 것은 곧 명을 재촉하는 일이었을까? 허나 여기서 겹친 또 하나의 문제는 중일 전쟁과 천구백삼십구 년의 국민징용령이 잘 알려주듯 대대적인 전시 체제를 강화하던 일제가 이런 조직들을 극단적인 조치로 탄압하고 있었다는 점이었는데, 아니나 다를까 천구백사십 년 이현상이 가장 먼저 체포되더니, 나머지 인원도 줄줄 구슬 꿰듯 잡혀 들어갔다. 당연히 여기엔 김녕 바닥에서 알아주는 천재, 개천에서 난 용 학봉도 포함되어 있었다.

그들이 갇힌 서대문형무소는 고문으로 악명 높은 곳이었다. 과연 소문대로 고문은 끔찍했다. 물을 잔뜩 먹이고 배를 밟고, 천장에 거꾸로 매달아 몽둥이찜질을 하고, 서지도 앉지도 못하는 독방에 가죽으로 된 구속복을 입혀 가두고, 관에 산 채로 넣고 물을 붓고, 의자에 묶어놓고 펄펄 끓는 뜨거운 물을 붓고, 고춧가루 탄 물을 붓고, 손톱 사이를 바늘로 찌르고, 못 박힌 상자 안에 가두고 흔들고, 강제로 석탄을 먹이고, 인두로 가슴을 지지고, 그리고 전기 고문을 했다.

간수들은 다른 회원의 이름을 대라고 고문을 했지만, 이상하게도 이름을 대든 말든 고문은 계속되었다. 그들의 목적은 사회주의의 씨를 말리는 것이자, 고문 그 자체였다. 김녕 바닥에서 알아주는 천재, 개천에서 난 용 학봉은 그렇게 한 달쯤 고문을 견디다 옥사(獄死)했다. 그의 막내동생도 가족이라는 이유만으로 붙잡혀 모진 고문을 받다 따라 죽었다. 형무소 밖에서 노심초사하던 모친은 두 아들의 사망 소식에 한 번 나자빠지고, 시신을 수습하러 형무소 앞에 가서 다시 한 번 또 나자빠졌다. 관뚜껑을 열어보니 목불인견(目不忍見)이요, 모친은 사람 몰골이 아닌 자식들의 시체 앞에 혼절했다가, 그길로 화병으로 누워 시름시름 앓더니 열흘 만에 세상을 하직해버렸다. 부부는 닮는다 했던가?

이 모든 것은 김반장이 편지를 받아보기 반년 전에 일어난 일들이었다. 정씨의 낭독이 채 끝나기도 전에 김반장은 다리에 힘이 풀렸다.

●

그날부터 김반장은 말수가 줄었다. 그는 전날 갔었던 절벽에 가 자주 웅크리고 앉아 자신이 살아온 삶을 생각했다. 토지 조사 사업으로 집안이 발칵 뒤집힌 것도 모르고 동네 아이들과 개구리 잡으러 다니다 집에 갔더니 부친이 경찰서에 잡혀갔다는 얘기를 들은 일, 그리고 얼마 있지 않아 경찰서에서 나온 부친이 곤봉에 맞아 반병신이 되어 드러누웠던 일, 그러다 화병으로 시름시름 앓던 부친이 열흘 만에 세상을 하직하면서 졸지에 상을 당한 일, 그 와중에도 집에서 한 놈은 공부를 해야 한다면서 장손 학봉은 보통학교에 가면서 정작 자신은 학교는 고사하고 서당 문턱도 밟아보지 못했던 일, 그러다 공부를 너무 잘한 맏형이 김녕 바닥에서 알아주는 천재, 개천에서 난 용으로 이름이 난 일, 그날로부터 자기는 '김무'에서 '학봉의 동생'으로 이름이 바뀐 일, 모친이 봉기주막에서 큰집이 만세운동으로 풍비박산 났다는 얘기를 해준 일, 그러니 독립운동의 '독' 자도 꺼내지 말라고 신신당부한 일, 학봉이 서울에 있는 고등보통학교에 간다고 아끼던 염소 새끼를 다 팔아야만 했던 일, 애지중지 키운 염소 새끼 말똥말똥한 눈망울이 자꾸 눈앞에 어른거려 시장에서 집에 돌아오는 길에 논두렁에서 몰래 눈물을 훔친 일, 염소 판 지 얼마 되지도 않은 것 같은데 김녕 바닥에서 알아주는 천재, 개천에서 난 용 학봉이 대학에 가야 한다고 졸지에 하와이행 배를 타줘야겠다던 모친의 말을 들은 일, 서운함, 배신감, 외로움, 술상을 뒤엎은 일, 옹기 공장 옛터에서 누워 자다가 조상신이 나타났던 일, 부산으로 향하던 길, 도회지, 사기, 부둣가에서 불던 칼바람, 다다미방을 같이 쓰면서 염씨와 친해진 일, 그리고 그 염씨가 가져온 경마장 정보를 믿고 경마에 전 재산을 걸었다 쫄딱 망한 일, 눈이 뒤집혀 사시미 칼을 들고 배불뚝이 십장 놈을 찾아간 일, 그렇게 듣게 된 사 번 말의 내막, 이판사판, 그 이름만 대도 부산 부두 바닥에서 누구 모르는 사람이 없을 정도로 유명한 부둣가의 자랑이자, 무쇠 같은 왼팔로 팔씨름에서 져본 역사가 없는 황소 같은 기력에, 술을 마시면 무조건 한입에 털어먹어야만 하는 성격, 게다가 여기에 의리파이기도 한, 그러니까 한마디로 사나이다움의 결정체 같은 사나이 유대식, 그리고 그 아들의 목에 사시미 칼을 들이대서 받아낸 백 원, 덜컹거리는 트럭을 타고 탈출한 영화 같았던 인질극, 추웠던 배 안에서 염씨와 나눈 시대정신 자본주의, 입국 관리소에서 들은 "알로하, 궤쎄키야—!", 알로하 농장에 들어갔던 일, 땡볕 아래에서의 매일같이 열 시간씩 강행된 사탕수수 농장에서 고된 노동, 오반장을 만나 힘을 얻었지만 곧 긴또의 고리대금업에 다시 앞이 깜깜해졌던 일, 매달 고향에 부쳤던 돈, 경성제국 대학에 들어갔다던 가문의 자랑 김녕 바닥에서 알아주는 천재, 개천에서

91

난 용 학봉, 어느 날부터 느껴진 오반장에 대한 시기심과 질투심, 한밤중 야자숲에서의 수음, 거기서 염씨를 만났다 멋쩍게 웃었던 일, 생각보다 고추가 크다던 염씨의 농담, 추석, 서씨와의 순간적이나마 강렬했던 눈빛 교환, 씨름판에서 김장사가 되었던 일, 자신의 우람한 등판을 보는 서씨의 눈길, 그리고 그날 오반장이 술김에 던진,

따까리 인생.

니는 와 내가 니를 쫓아다닌다고 생각하노?

김반장은 생각하고 또 생각했다. 따까리 인생이란 말과 밤마다 묘청을 찍은 핏물이 뚝뚝 떨어지는 도끼를 들고 나타난 김시홍이 던졌던 물음. 이 말들은 겨우 삼십 년 남짓 달려왔을 뿐인데도 정말 너무 많은 일들이 일어난 것만 같은 김반장의 인생살이를 꿰뚫으며 관통하는, 마치 인생에 있어서 전환점이 되는 것만 같은 중요한 말처럼 느껴졌지만, 이때까지 김반장은 당최 이 근원적인 허탈함을 알 수가 없었다. 아니 좀 더 정확히는 알기를 거부했다고 말하는 게 정확한 표현일까?

경상남도 김녕을 본관으로 시조 김은열의 구 세손 김녕군 김시홍으로 시작해서 고려 시대에 평장사, 병부상서, 판도판서 등등 고려 시대를 주름잡았고, 조선조에 와서도 판서만 해도 세 명이나 배출한 명문 정승 집안인 김녕 김씨 충의공파의 명실상부한 대들보라는 직책은 도대체 김반장에게 무엇이었는가? 신은 김반장에게, 마치 모든 역사의 흥망성쇠가 말해주듯 역사 속의 모든 것은 언젠가는 망하기 마련이라는 엄숙한 역사의 법칙처럼, 김녕 김씨 충의공파도 그 법칙으로부터 자유로울 수 없다는 말을 해주려고 했던 걸까? 자신이 대들보로 떠받치고자 했던 김녕 바닥에서 알아주는 천재, 개천에서 난 용 학봉도 허망하게 죽고, 막내도, 모친도, 모두 죽어 사라져버렸다.

인생무상, 그것은 김가네의 가풍이었다.

큰집도 만세운동으로 진작에 풍비박산 나 그 생사도 제대로 모르는 판국에 이제 김녕 김씨 충의공파는, 김반장 자신뿐이었다. 도대체 김반장은 이제 뭘 떠받쳐야 한단 말인가? 이따금씩 생활을 뚫고 들어와 염씨와 술을 마시며 달래곤 했던 허탈감이, 그 허탈감이 지독한 허무가 되어 김반장을 엄습했다. 김반장은 절벽 아래 철썩이는 파도를 보며 생각을 해보았지만, 더 이상의 진전이 없었다. 그 답이란 저 아래 철썩이는 파도처럼 답을 구하자마자 바위에 부딪혀 물방울로 산산조각 나버리는, 바로 그러한 것인가? 김반장은 알 수 없는 생각의 파편들을 붙잡고 눈을 꾹 감은 채 굵은 눈물방울을 흘렸다. 그리고 상념은 김반장을 다시 그가 살아온 인생의 기억들로 몰고 갔다. 갑작스러운 오반장의 죽음은 과연 충격이었다. 예수에게 한 기도가 정말로 이뤄질지 누가 알았던가? 몇 날 며칠 죽으라고 기도했던 긴또는 멀쩡히 살아 있는데, 그저 한 번 죽여달라고 기도한 오반장이 죽어버리다니, 그 죄책감은 너무 극심했다. 하지만 어미 새와 같이 따뜻하던 서씨의 품 아래에서 그런 죄책감은 용광로에 쇠가 녹듯 사라져버렸다. 그녀의 젖가슴을 더듬으며 촉촉하고 따뜻한 몸속에 머무는 동안 김반장은 잠시나마 삶을 잊을 수 있었다.

조금 지난 얘기지만 기실 김반장은 서씨를 그렇게 사랑하지는 않았다. 서씨의 땅딸막한 키에 찐빵처럼 넙데데한 얼굴은 조선 땅에서 목포 청년들이 좀처럼 데려가지 않으려고 했던 충분한 사유였고, 이는 남정네 눈깔이 다 거기서 거기라는 거룩한 진리에 의거하여 하와이의 남정네들에게도 마찬가지로 적용되었다. 다만, 하와이에는 워낙에 여자가 부족했으니, 여기서 김반장이 서씨에 대해 느낀 것은 사랑이라기보다는 욕정에 더 가까웠던 것이라 말하는 게 맞을 것이다. 허나, 김반장에게는 비단 그런 이유만 있는 것은 아니었는데, 왠지는 모르겠지만 서씨를 품에 안을 때면 느낄 수 있었던 마치 자신이 오반장이 된 것만 같은 기분을 만끽하고 싶었던 탓이었다. 그리고 김반장은 이불 안에서만이 아니라 이불 밖에서도 오반장이 되려고 했고, 그렇게 김무씨는 김반장이 되었다. 오반장이 김반장인 것인가, 아니면 김반장이 오반장인 것인가? 어쩌면 그것은 또 하나의 따까리 인생에 불과했을까?

니는 와 내가 니를 쫓아다닌다고 생각하노?

●

그즈음 되어 김반장이 꾸는 꿈의 내용이 바뀌었다. 이젠 꿈에 오반장이 나왔다. 열 보 정도 떨어진 자리에서 오반장은 피가 뚝뚝 떨어지는 도끼를 들고 가만히 서서 김반장을 바라보았다. 그 표정은 슬픔도, 분노도, 환희도 없는, 그저 무심한 무표정이었다. 김반장은 왠지 도끼에서 떨어지는 피가 묘청과 그의 도당들의 피라는 사실을 알 수 있었다. 꿈은 기묘했다. 오반장은 도끼를 든 채 다가오지도 어떤 말을 하지도 않았고, 이는 김반장도 마찬가지였다. 꿈속에서 김반장은 도무지 입이 떨어지질 않았다.

●

천구백사십일 년 십이월 칠일 오전 일곱 시 오십오 분, 일요일 아침의 평온에 잠들어 있던 하와이 오하우 섬 진주만에 자리잡은 미 해군 기지

94

는 일본 제국의 공습을 받았다. 태평양 전쟁의 시작이었다. 문제는 이 진주만 공습 때 서씨가 행방불명 돼버렸다는 것이다. 김반장이 방어를 사겠다고 시장에 가던 서씨에게 손을 흔드는 걸 본 게 사람들이 기억하는 서씨의 마지막 모습이었다. 물론, 시장에 나갔던 서씨가 어떻게 폭격이 벌어지던 미 해군 기지 근처까지 갔는지에 대해선 알려져 있지 않다. 기실 그녀가 미 해군 기지 근처를 갔는지도 확실치 않은데, 그저 딱히 이유도 없는데 갑자기 그녀가 사라져버렸으니, 하늘에서 포탄이 빗물처럼 내리던 난리통에 그녀가 포탄에 맞아 산산조각 나 그 시신도 찾을 수 없는 것이라는 결론이 내려졌던 것이다. 그건 가장 그럴싸한 추측이었다. 일부 호사가들은 그녀가 진주만 공습과 관련하여 일본 제국의 연락책이었다는 음모론을 제기하기도 했지만 그런 구라 뻥이야 큰 사건에 늘 뒤따르던 것들이었고, 어찌됐든 사진 결혼까지 하면서 저 멀리 하와이 땅에서 타향살이를 해야만 했던 기구한 인생을 살았던 서씨는, 그렇게 갑자기 죽어버렸다. 그건 어느 날 갑자기 죽어버린 오반장을 떠올리게 하는 죽음이었다. 부부는 닮는다 했던가?

포탄을 미 항공모함에 떨어뜨리기 바빴던 관계로 일본군은 사탕수수밭을 공습하진 않았는데, 그것은 아무리 급해도 사탕수수를 가지고는 군사 작전을 할 수 없기 때문에 그 전략적 가치가 낮았기 때문이다. 다만 미군의 반격에 날개깃이 손상된 일본군 전투기 하나가 전열을 이탈해서 알로하 농장의 사탕수수밭 한구석에 떨어지는 사고가 벌어졌는데, 다행히 아무도 사탕수수밭에 있지 않아서 인명 피해는 없었다. 농장주 엡스는 폭격이 쏟아지는 마당에도 일을 시킬 정도로 '씹새끼'는 아니었다.

서씨의 장례식엔 옛 오반장을 알던 사람들과 지금 김반장의 지시를 따르는 알로하 농장의 일꾼들이 대거 참석했다. 졸지에 상주가 된 김반장은, 연이어서 갑작스러운 일들이 발생하다 보니 이제 갑작스러운 일들이 갑작스럽게 느껴지지도 않는지, 그저 체념한 표정으로 손님들을 맞으며 상을 치렀다. 염씨는 발인까지 자리를 지켰고, 사람들은 김반장이 갑자기 폭삭 늙어버린 것만 같다고 수군거렸다. 장례식이 삼 일차에 접어들던 어느 오후, 김반장은 밖에 나가 궐련을 입에 물고 있었는데, 갑자기 아들 성진이 다가와 엄니가 어디 있냐고 물어봤다. 이제 막 일곱 살이 되어 엄마를 찾는 아들 성진을, 김반장은 넋이 나간 표정으로 바라보아야만 했다. 장례식 이후 성진은 꽤나 오랫동안 서씨를 찾아다녔다고 전한다.

2

오발탄

성진에 대한 최초의 공식적인 기록은 놀랍게도 서울 용산구 용산동, 옛 육군 본부 자리에 들어선 전쟁기념관에서 찾아볼 수 있다. 이 전쟁기념관은 호국 자료의 수집·보존·전시, 전쟁의 교훈과 호국 정신 배양, 그리고 선열들의 호국 위훈 추모를 목적으로 지어진 것으로, 천구백구십년 구월 착공해 천구백구십삼 년 십이월 완공하고, 천구백구십사년 유월 십일 개관했다. 그 규모도 으리으리하여 연건평 이만오천 평에 지하 이층, 지상 사층 규모이며, 호국추모실·전쟁역사실·한국전쟁실·해외파병실·국군발전실·대형장비실 등 총 여섯개 전시실로 구성된 설비를 자랑하였다. 특히 본관으로 들어갈 때 양옆으로 보이는 수십여 개의 굵은 기둥들은 마치 조국을 위해 헌신한 용사들이 가는 명예의 전당 같은 걸 떠올리는 구석이 있어, 가슴 벅찬 경외감을 가져다주기도 하였다. 아, 물론 이 경외감에는 무엇이 사람으로 하여금 자살과도 같은 전쟁터로 뛰어들게 만드는지, 그 전쟁에서 무슨 추악한 짓들이 벌어지는지, 그리고 그 수라도(修羅道)를 빠져나온 뒤의 삶이란 게 무엇인지에 대한 얘기들 일체가 빠져 있다는 게 함정이긴 했지만, 하긴 뭐, 애국가가 나올 때마다 알 수 없는 낭만에 울컥하는 사람들에게 그런 시시껄렁한 얘기가 다 무슨 소용이겠는가?

자 자, 다시 성진에 대한 얘기에 집중하자. 성진에 대한 기록은 이 으리으리한 전쟁기념관의 지상 삼층 기록보관실에 쌓인 수많은 문서 더미 상자 중 하나에 들어 있었다. 원래대로라면 국가보훈처로 기록들이 넘어가서 국가유공자에 대한 분류 심사가 진행되어야 하겠지만, 여기 남은 기록들은 그렇지 못한 사람들의 명단을 모아놓은 것이었다. 이렇게 쌓인 기록 상자만 십여 개가 넘으니 얼추 오천여 명도 넘는 사람들이 국가유공자에서 누락되었다는 소리인데, 어찌하여 이런 일이 벌어졌는가? 여기에 대한 얘기들은 하나같이 기구하면서도 참 비참한 사연들이 즐비하니, 가령 해방 전후 호적 등록이 제대로 되지 않은 걸인들의 경우가 그러하다고 말할 수 있겠다. 한국전쟁 난리통에 당장 나라가 망할 판이라 카빈총을 들고 군인들이 이놈이고 저놈이고 보이는 대로 잡다 전쟁터로 내보내니, 만만하게 길가에 누워 있는 거지새끼들인지라 이들이 총구에 떠밀려 울며 겨자 먹기 식으로 징집되곤 했는데, 바로 이들이 전쟁터에서 전사하는 날이면 호적이고 나발이고 등록된 게 하나도 없는 사람들이기 때문에 도대체가 누구에게 보상을 해줘야 할지 막막해지는 것이었다. 그런 이들이 바로 이 전쟁기념관 기록보관실 어두컴컴한 상자들 속에 담겨져 있었으니, 길에서 살다 간 구슬픈 인생들의 한(恨)을 누가 알아줄까?

성진도 그런 이들 중의 하나였다. 헌데, 그래서 성진이 전쟁통에 죽었다는 말인가? 아— 독자들이여 과도한 확대 해석을 삼가시라. 나는 전쟁에 참여한 기록에 성진이 적혀 있었다고 했지, 전사 통지서에 성진의 이

름이 적혀 있었다는 말일랑은 한 적이 없다. 투박한 타자기로 갱지에 내
려쳐진 성진에 대한 기록은 다음의 두 가지뿐이다.

　천구백오십 년. 칠월. 십이일. 김(金) 성진 입대.
　천구백오십 년. 십이월. 이십이일. 상병으로 두 계급 특진. (추천: 중위
임찬휘)

　이외에 전사를 했다는 기록이나, 행방불명에 대한 기록은 존재하지 않
는다. 남한의 전쟁기념관에 있으니 아마도 남한을 위해 싸운 것 같은데,
왜 남은 기록이 없는 것인가? 전쟁터에서 갑자기 왜 증발하기로 한 것인
가, 아니면 월북이라도 했단 말인가? 아니, 아무리 월북을 해도 월북을
했다는 기록이 남을 터, 이 자리에선 당최 성진의 기록이 갑자기 왜 누락
되어버렸는지에 대한 이유를 가늠해볼 수 없다. 게다가 우리가 아는 성
진은 저 멀리 머나먼 이국땅 하와이에서 태어난, 어머니의 장례식에서
어머니를 찾던 불쌍한 어린이가 아니었던가? 도대체 어찌하여 성진은 해
방된 조선 땅으로 귀국하게 된 것이며, 또 어찌하여 전쟁에 휘말리게 된
것인가? 이제부터 그 기구한 인생살이를 한번 추적해들어가 볼까 한다.

●

　성진은 천구백삼십사 년 구월 초닷샛날 하와이에서 태어났다. 그가 기
억하는 어린 시절은 천구백사십일 년의 쿵쾅거리던 진주만 공습으로부
터 시작됐다. 그는 걸어다닐 수 있을 때부터 야자나무 주위에서 꿈틀거

리는 게나 도마뱀 혹은 이국적인 곤충들을 잡고 놀았는데, 어느 날인가는 하늘 위로 빨간색 일장기 마크가 찍힌 비행기들 수십 대가 지나갔다. 그것은 정확히 천구백사십일 년 십이월 칠일 오전 일곱 시 오십오 분 일요일 아침의 일로, 비행기가 날아가고 얼마 되지 않아 저 멀리 서쪽으로 천지를 흔드는 폭격의 굉음이 울려 퍼졌고, 곧이어 하늘은 칠흑 같은 검은 연기 구름으로 뒤덮였다. 성진은 한동안 야자숲 언덕 너머로 말없이 이 장면들을 지켜보았는데, 그러던 중 부친 김반장이 야자숲으로 달려와 "도대체 여기서 뭐하고 있는 거여!"라고 외치더니 성진을 둘러메고 부리나케 집으로 뛰어들어갔다.

그다음 성진의 머릿속에서 이어지는 기억은 좀 단편적이다. 저녁 즈음 공습이 멎었고, 모친 서씨는 밤이 늦도록 집에 돌아오지 않았다. 김반장은 성진에게 절대 집 밖으로 나가지 말라고 신신당부하고는 몇 날 며칠을 서씨를 찾아 밖으로 뛰어다녔다. 김반장의 표정이 워낙 심각하여 성진은 엄니가 어디 있냐는 말을 꺼낼 수가 없었다. 또 만일 그런 말을 했다간 엄니가 돌아오지 않는다는 게 진짜가 되어버릴지도 모른다는 생각도 들었고. 그렇게 한 달여가 흘렀는데, 이때의 기억은 흐릿하여 잘 생각나진 않지만, 말없이 탁자에 앉아 벽을 보던 부친의 모습이 떠올랐다. 그러던 어느 날 밖에서 야자나무를 기웃거리며 놀다 들어오니 집에 알로하 농장네 사람들이 가득 모여 있었다. 그 한가운데 부친 김반장이 고개를 축 늘어뜨리고 있었고, 그다음 날은 모친 서씨의 장례식으로 시작되었다. 사람들은 서씨가 사진 결혼할 때 가져온 사진 위에 향을 피우고 절을 했다. 장례식이 삼 일째 되는 날 성진은 용기를 내어 김반장에게 엄니가 어디 있냐고 물어봤고 김반장은 멍한 표정으로 말없이 성진을 쳐다보기만 할 뿐이었다. 한동안 성진은 서씨를 찾아다녔고, 또한 그럴 때마다 보였던 부친의 그 어두컴컴한 눈동자를 잊을 수가 없었다.

하지만 시간은 흐르고 죽은자는 언젠가 잊히는 법. 장례식 이후 반년이 지날 때쯤 성진의 머릿속에서 서씨는 거의 다 잊혔고, 그는 사탕수수 농장을 가로지르며 일하는 일꾼들 사이를 뛰어다니면서 노는 일상을 만끽하고 있었다. 사람들은 미군이 태평양 전쟁의 전투에서 이길 때마다 환호성을 지르며 일제가 무너질 날이 얼마 남지 않았다고 기뻐했고, 강제 징용령이다 정신대다 뭐다 해서 일제 최후의 발악이 시작되었지만, 이미 기울어진 전세를 뒤집기엔 역부족이었다. 하지만 이렇게 급박하게 돌아가는 국제 정세에도 성진이 야자숲에서 벌레를 잡으며 노는 일상은 계속되었고, 또한 성진이 탁자에 말없이 앉아 벽을 바라보는 김반장의 어두운 눈동자를 바라보는 일상도 계속되었다. 이따금씩 집에 돌아왔을 때 김반장이 없었던 적도 있었는데, 그럴 때마다 성진은 알로하 농장의 끝자락에 있는 절벽으로 가서 부친을 불러왔다.

어이, 왔나? 아부지 요서 생각 좀 했다. 그랴, 근데 밥은 무긋나?

●

열 살쯤 되었을 때 김반장은 성진을 한인 선교회에서 운영하는 미션 스쿨에 보냈다. 예수 믿는 목사한테 배우는 게 좀 찜찜하긴 했지만, 그래도 아들놈까지 까막눈 인생을 살게 할 순 없었다. 하지만 안타깝게도 성진은 언어에 별 재능이 없었던 모양인지, 한글만 겨우 배웠을 뿐 영어는 알파벳 철자를 적다가 한 H쯤 적었을 때 연필을 던지고 밖으로 뛰쳐나가기 일쑤였다. 게다가 이 시기 성진에게 일순위는 영어가 아니라 여인이었는데, 그 대상은 목사 셈슨의 외동딸 올리비아였다. 올리바아는 전형적인 백인 소녀로, 성진과 동갑이었는데 하와이 기후 때문에 살짝 햇빛에 그을린 피부에 약간의 주근깨, 그리고 무엇보다 파란색 눈동자가 인상적인 여자아이였다. 어려서부터 부친인 셈슨 목사를 따라 미션 스쿨을 다녀서 그런지 그녀는 떠듬떠듬 한국말을 알아들었고, 또한 기본적인 말을 구사할 수도 있었다.

언제부터 성진은 올리비아를 마음에 두기 시작했을까? 어릴 때부터 백인들에게 무시당하던 같은 조선인들을 보며 살아온 성진은, 당연히 백인에 대한 이미지가 좋지 않았다. 길에서 마주치는 백인들은 자신을 향해 옐로 몽키라며 두 눈을 쭉 찢으며 놀려대곤 했는데, 심한 경우에는 조약돌을 던지기도 했다. 걸어다니는 게 조약돌에 맞을 일인가? 성진은 도망가면서 자신의 뒤에서 들려오는 알아들을 수 없는 이국말의 이죽거림을 들어야만 했고, 그래서 늘 야자숲에서 혼자 놀거나 아니면 같은 조선인들이 모여 있는 사탕수수밭으로 달려가 시간을 보내야만 했다.

하지만 성진은 올리비아가 싫지 않았다. 자신을 만날 때마다 "성진이 방가, 워"라면서 떠듬떠듬 조선말로 인사를 해주는 올리비아가 고마웠고, 또한 남녀칠세부동석이라는 김반장과 달리 올리비아의 아버지 셈슨은 자신의 딸과 성진이 같이 어울리는 것을 허용해주었다. 올리비아와 미션 스쿨 놀이터를 뛰어다니며 성진은 문득 자신의 피부 색깔이 백인처럼 새하얗으면 좋겠다고 생각했다. 헌데 여기서 이런 마음을 눈치챈 것은 올리비아가 아닌 옆집에 살던 같은 한인 태구였다.

—성진아. 니, 니 올리비아 좋아하제?

미간이 좀 넓고 눈이 아래로 처져 있어 꼭 잉어를 닮았던 옆집 허가네 아들 태구는, 그 생김새 때문에 미국 아이들에게 잉어란 뜻의 영어 단

어인 '칼프(carp)!'라는 놀림을 받으며 쫓겨다니곤 했다. 성진은 이 장면을 보고 예전에 옐로 몽키라며 조약돌을 맞으며 도망가야만 했던 아픈 추억을 떠올렸는데, 한번은 동변상련의 울분이 가득 담긴 주먹으로 미국 아이를 때려눕히면서 태구를 구해준 적이 있었다. 물론 그날 성진이 때려눕힌 미국 아이의 부모가 알로하 농장에 찾아왔던 관계로 김반장이 뛰쳐나와 연신 고개를 조아리면서 "쏘리, 아임 소 쏘리"를 말하며 빌어야만 했고, 또 집에 들어가서는 종아리에 회초리를 맞으면서 절대 피부색이 하얀 백인을 건드려선 안 된다는 으름장을 들어야만 했지만 말이다. 그것은 일종의 통과의례 같은 것으로, 성진과 태구는 그날부터 친구가 되었다.

　—뭐, 뭐라카노!

　—이기 봐라, 니 얼굴에 다 쓰여 있다. 내. 는. 올. 리. 비. 아. 를. 좋. 아. 합. 니. 더. 으이?

　성진은 얼굴이 빨개지면서 극구 부인했으나, 태구가 수업 시간마다 올리비아를 흘끔흘끔 쳐다보는 성진의 모습을 봤다는 등 놀이터에서 놀 때 은근슬쩍 올리비아네 편이 되려고 가위바위보를 늦게 내는 걸 목격했다는 등의 상세한 근거를 들이밀자, 결국엔 자신이 올리비아를 좋아한다는 사실을 인정할 수밖에 없었다. 그것은 귀납적 증명이었다.

　—하기야, 내도 이해한다. 올리비아가 이쁘고 착하긴 허지. 하, 내도 올리비아 좋아하는데.

　여기서 태구의 입에서 나온 고백은 충격적이었다. 태구도 올리비아를 좋아했다니! 하지만 성진은 다시 생각해보니 미션 스쿨에 다니는 한인 남자애들 중에 도대체 올리비아를 좋아하지 않는 남자애가 한 놈도 없을 것이라는 생각이 들었다. 아마도 곧 수음을 배울 나이가 도래하면, 이들은 불끈거리는 아랫도리를 붙잡고 밤이면 밤마다 야자숲으로 기어들어갈 터였다. 태구는 조금 노심초사하는 성진의 표정을 보더니 빙그레 웃으면서 이렇게 말했다.

─마, 근데 내는 칭구의 여자한테 관심이 읎는 사람이다. 내가 포기할 테니까, 니 한번 잘해보라잉. 내가 팍팍 밀어줄게! 어이?

친구를 칭구라 발음하는 성진의 친구 태구의 우정이란 바로 이런 것이었다. 다만, 그것은 정작 떡 줄 사람은 생각도 하지 않는데, 남정네들끼리 모여서 자기가 여자를 가지겠느니 마느니 하는 쓰잘머리 없는 언변에 지나지 않았으니, 이 모든 올리비아에 대한 풋풋한 추억은 성진이 올리비아에게 "사, 사랑합니데이"라고 말한 투박한 고백이 실패하면서 다 끝나버렸다. 올리비아는 서씨가 아니었다. 성진은 미션 스쿨이 끝나고 올리비아가 있는 교회 앞에까지 가서 고백을 했는데, 이날 성진이 해야 했던 청소 당번을 태구가 대신해주었다. 나중에 야자숲에서 훌쩍이고 있는 성진을 보고 대충 일이 어떻게 끝났는지 알아챈 태구는 성진의 등을 토닥토닥해주었고, 성진은 이 일을 절대 비밀로 해달라고 부탁했다. 먼 훗날 태구는 전쟁터에서 담배를 태우며 이때의 일을 회상하며 이렇게 말하곤 했다.

─허허, 씨팔 성진이 니가 그때 하와이에서 참말로 질질 짰었지. 근데, 그 올리비아 걔가 좀 반반하긴 했어.

●

김반장에 대한 성진의 기억은 그다지 많지 않았다. 그건 부친이었던 김반장이 평일이면 묵묵히 사탕수수밭에서 일을 했고 그 외의 시간엔 딱히 친구들을 만나 술 마시는 일도 없는 말수가 적은 사람이었으며, 게다가 집에 들어와서는 탁자에 앉아 벽을 멍하게 쳐다보거나 혹은 절벽으로 나가서 바위에 부딪혀 철썩이는 파도를 바라보는 일로 시간을 보내던 사람이었기 때문이다. 한마디로 김반장은 성진의 기억 안에서 특징적인 일이란 걸 벌인 적이 없는 아비였다. 그래서인지 김반장이 평소와 다른 일을 딱 두 번 한 적 있었는데, 성진은 이 일을 생생히 기억할 수 있었다. 그중 하나는 친구인 염씨를 불러서 집에서 술을 마실 때였다. 성진은 이부자리에 돌아누워 눈을 뜬 채로 부엌에서 들려오는 김반장과 염씨의 대화에 귀를 기울였다.

─김군. 요새도 그 꿈을 꾸는감?

─예, 행님. 계속 나타나고만요.

─조선 땅에서부터 붙어다녔으니, 몇 년이나 된 기여? 한 십 년 됐어라?

─세아려보진 않았는데, 세아려보니까 그 마이 됐네요. 어허, 십 년이라. 가문도 다 망한 판국에 참 십 년 같은 일입니다.

─에헤이, 김군 말이 또 와 그런가? 김녕 김씨가 와 망해? 이렇게 여기 김군도 있고, 저기 김군 떡두꺼비 같은 아들놈도 있구마잉.

─……그건 그렇지만 서도, 허허. 행님, 이기 좀 그릏네요. 이기 좀 그래요……

─그런 말일랑 아예 하질 말어. 뭐 좋은 말이라고 그런 말을 하노?

그러다 한동안 침묵이 이어졌다. 목으로 술이 꿀떡꿀떡 넘어가는 소리와 술잔이 몇 번 부딪히는 소리가 들릴 뿐, 둘은 대화를 나누지 않았다. 얼마나 지났을까? 성냥이 켜지는 소리가 들렸고, 성진은 아마도 궐련을 피우고 있는가 보다 하고 지레잠작을 했다. 침묵을 깬 건 김반장이었다.

―근데요, 행님. 이기 요새 꿈이 좀 이상합니다.

　―와? 저번에 무슨 오반장이 도끼를 들고 나온다 하더만? 이번엔 뭐, 누꼬?

　―그기, 그런 기 아니라, 맨날 쳐다만 보던 오반장이 이제는 지한테 한 발자국씩 걸어옵니다.

　―뭐? 그기 뭔소리고?

　―이기…… 저한테 두 보쯤 되는 거리까지 걸어와갖고, 도끼를 저한 테 내밉니다. 그라고…… 그라고…… 지한테 죽여달라고 부탁합니다.

　―아이고, 아이고. 그 무슨 흉몽이고.

　―진작부터 흉몽인진 알았지만서도, 이번에 꾸는 꿈은 참말로 기구하네요. 참말로 기구해요. 안사람도 죽은 판국에 뒤에 와서 이기 다 뭔 일인지……

　―야야, 그라몬 이기 니가 서씨랑 그거 한 거 때문에 나타난 건 아닌 것 같다. 안 그렇나? 니 말맨치로 나타날 끼면 니가 서씨랑 동침한 그 순간부터 나타나야 정상이지, 뒤늦게 이게 다 뭔일이고? 뭔가 다른 이유가 있는 거 아이가?

　―하…… 잘 모르겠습니더. 넋들이 뭘 바라는지, 지는 도대체가 모르 갓으요.

　―김군, 근데, 그다음은 우째 되노? 오반장이 니한테 도끼를 준다메?

　―아아…… 제가 망설이니까, 오반장이 다시 도끼를 거두더니, 자기 손으로 자기 목을 찍습니다. 그라고 그기서 쏟구친 피를 제가 뒤집어쓰 고 꿈에서 깨어납니다.

　말이 끊겼고, 다시 술잔이 탁자에 올려졌다 내려졌다 하는 소리가 들려왔다. 아마도 궐련이라도 한 대 깊게 흡입했다 뱉는 것일까?

—근데…… 그 피가 오반장의 피인지, 아니면 제 피인지 잘 모르겠십 니더.

●

천구백사십오 년 팔월 육일자 뉴스에는 일본 히로시마에 원자폭탄이란 게 떨어졌고, 삼 일 후에는 나가사키에 하나 더 떨어졌다. 거대한 검은 버섯구름을 만들어내는 이 폭탄은 폭발과 함께 약 십이 킬로미터 이내에 있던 건물들을 쓸어버리는 폭발력과 돌풍에, 삼만 도가 넘는 높은 온도의 열광선을 뿜어내 이를 맞은 사람들은 고통을 느낄 새도 없이 마치 정말 물이 증발하듯 사라져버리게 만들었다. 게다가 폭탄이 터진 후에도 흘러나오는 방사능이란 것은 이것에 직접적으로 노출된 사람들을 사 일 이내에 피를 토하게 만들 정도로 강력하고 해로운 것이었으며, 간접적으로 쬔 사람도 조금씩 온몸을 갉아먹으며 온갖 이름 모를 질병에 시달리며 죽게 만들었다. 이런 이유로 원자탄은 순식간에 히로시마에서 십육만 명, 나가사키에서 칠만사천 명의 피해자를 남기는 전대미문의 참상을 일으켰으며, 일본은 무조건 항복을 했다. 태평양 전쟁이 끝난 것이다. 훗날 이 역사를 배운 성진은 누가 착한 놈이고 나쁜 놈인지 알 수 없었다.

팔월 십오일엔 꿈에 그리던 조국이 광복을 맞이하게 되었다. 그날은 일요일도 아니었는데, 농장은 조선인들의 만세 소리에 작업이 중단되었다. 그것은 일제 강점기 삼십오 년간 쌓인 울분의 폭발이었다. 하지만, 성진에게 이날은 조국이 광복된 축복 같은 날이라기보다는, 부친 김반장

최후의 날로 기억되는, 그런 슬픈 날이었다. 다들 환희에 들뜬 광복의 그 날 저녁에도 김반장은 혼자 탁자에 앉아 벽을 바라보고 있었다. 그 시선 은 한 줌의 달빛도 맺히지 않는 칠흑 같은 눈동자였고, 성진은 그런 부친 을 멀찍이서 바라보고 있었다. 그때 정씨가 문을 열고 들어왔다. 헉헉거 리면서 뛰어온 정씨는 큰일이 났다며, 염씨가 긴또라는 일본인에게 흠씬 얻어맞고 막사에 누워 있다고 했다. 하지만 이상하게도 김반장은 그 소 식에 놀라는 기색이 없었다. 정씨가 계속 뭐라 뭐라 떠드는 와중에도 김 반장은 그저 말없이 벽을 쳐다볼 뿐이었다. 그러다 천천히 고개를 돌려 자신을 바라보는 성진을 쳐다보았다. 그것은 서씨의 장례식에서 봤던 바 로 그 눈동자였다.

성진은 이 장면이 매우 느릿느릿 흘러갔던 것으로 기억했다. 비록 잠 시였지만 말없는 아비의 시선은 마치 시간을 멈추게 만드는 것만 같았 다. 김반장은 일어나서 주방 서랍을 열더니 예전에 오반장이 방어회를 썰던 사시미 칼을 꺼내들었다. 그는 그것을 허리춤에 꽂고는 성진에게 다가와 머리에 손을 얹었다.

—성진아.

—네, 아부지.

그러고는 김반장은 잠시 동안 아무 말 없이 아들 성진을 바라보더니, 이윽고 숨을 한 번 크게 들이쉬었다가 내쉬며 이를 꼭 다문 채 미소를 지었다.

—니는 꼭 묘청이 되그래이.

그것은 성진이 아버지와 나눈 마지막 대화였다.

잠을 자고 일어난 다음 날 김반장은 이부자리에 없었다. 일요일이라 사탕수수 농장 일도 쉬는 마당에 예수가 싫다고 교회도 나가지 않았던

김반장은, 딱히 오갈 데가 없는 사람이었는지라 성진은 아버지의 부재가
의아했다. 이상한 느낌에 성진은 김반장이 자주 가던 절벽으로 달려가
봤지만 거기엔 피 묻은 풀들과 그 위에 가지런히 놓인 아버지의 신발이
있을 뿐 아버지는 없었다. 본능적으로 성진은 절벽 아래를 내려다보았지
만 바위에 부딪혀 깨지는 거친 파도만이 보일 뿐, 어디에도 아버지는 보
이지 않았다. 사탕수수 농장으로 가봐도 아버지의 모습은 찾을 수 없었
다. 성진은 불안한 마음으로 집에 돌아왔는데, 집에는 알로하 농장네 사
람들이 가득 모여 있었다. 그리고 그 한가운데 얼굴이 퍼렇게 통통 부운
염씨가 고개를 축 늘어뜨리고 있었다. 성진은 일전에도 이와 비슷한 경
험을 한 적이 있었다. 그것은 모친 서씨의 장례식 때였다. 염씨는 성진에
게 다가와 울먹이는 목소리로 김반장이, 김반장이…… 하며 말을 잇지
못했다.

●

긴또는 천구백사십일 년 태평양 전쟁이 터지면서 하와이로 조선인들
을 밀입국시키는 일을 할 수 없게 되었다. 하와이는 미국령이었고, 본격
적인 전시 체제에 돌입하면서 조선의 모든 항구가 차단되었으며, 중국
이나 사할린을 통해서 넘어가려고 해도 태평양 바다 전체가 전쟁터였기
때문에 쉽지 않았다. 일전에도 천구백사 년에 러일 전쟁이 터지면서 러
시아의 블라디보스토크와 조선을 오가는 무역을 접어야만 했던 긴또였
다. 대일본 제국은 번번이 그의 사업에 재를 뿌렸다.
긴또는 국제적인 사람이었기에, 태평양 전쟁이 기본적으로 미친 짓이

란 걸 대번에 간파했다. 또한 그렇다는 것은 곧 일본이 패망한다는 것이기에 조선이 해방되는 것도 시간문제임을 뜻하기도 했다. 딱히 번듯한 생활을 한 것도 아니고 고리대금업과 밀입국 주선을 주업으로 삼았던 일본인이 해방 이후 조선 땅에 남아 있으려는 건, 일종의 자살을 하는 한 가지 방법이었기에 긴또는 미련 없이 하와이행을 선택했다. 일본엔 딱히 연고도 없었고, 또한 까딱 잘못하다간 징집되어 태평양 이름 모를 섬에서 옥쇄(玉碎)작전이다 뭐다 해서 개죽음을 당할 위험이 너무 컸다.

문제는 긴또가 탔던 배가 일본군 전투기에 습격을 받게 되었던 것이다.

긴또는 기적적으로 구명정에 올라타 목숨을 건질 수 있었지만, 배 안에 실어놨던 짐들이 모두 바닷속으로 가라앉아버렸다. 그는 조선 땅을 나오기 전에 그동안 모아놨던 돈들을 모두 금괴로 바꿨는데, 전쟁통에는 화폐를 믿을 수가 없기 때문이었다. 헌데 그 금괴들이 모두 바닷속 깊은 곳으로 가라앉아버렸던 것이다. 긴또는 빈털터리로 하와이 땅에 발을 댔고, 믿을 건 채권뿐이었다. 하지만 기실 이마저도 불안한 것이었는데, 왜냐하면 그동안 모아놓은 채권들의 대부분이 배가 가라앉으면서 물속으로 다 사라져버렸기 때문이었다. 남은 것은 그가 혹시 몰라서 지갑 안에 넣어두었던 서너 장의 채권뿐이었다. 옛날로 따지자면 노비 문서가 불타 없어진 것이랑 마찬가지였는데, 따라서 긴또는 본인이 채권을 가지고 있다는 거짓말을 해서 채권자들로부터 이자를 받아내야만 했다.

일, 이 년이면 끝날 줄 알았던 태평양 전쟁은 긴또의 예상과 달리 너무 오랫동안 지속되었다. 일본 제국은 전세가 기울었음에도 좀처럼 항복하지 않았고, 물자가 끊겨 병사들이 태평양 섬에서 굶어죽든 말든 그저 옥쇄를 요구하였다. 그것은 지독한 광기였다. 긴또가 하와이에 온 지 삼 년여가 넘어갈 때쯤 그동안 꼬박꼬박 이자를 내던 조선인들 중에는 채권을 보여달라고 요구하는 사람이 나타났다. 그동안 불법 이민자 신분이라서 움직이지 못하던 조선인들이었지만, 곧 일본이 패망할 것 같은 분위기에 불법 이민으로 신고를 당하면 조선 땅으로 귀국하면 그만이었기에 더 이상 눈치를 볼 필요가 없었기 때문이다. 긴또는 당황했고, 그 조선인 일꾼들 중에는 염씨도 포함되어 있었다. 긴또는 가짜 채권을 위조하여 급한 불을 껐다. 하지만 급한 행색엔 급한 티가 나는 법, 이를 본 조선인들은 긴또를 만나고 온 다음에 자기네들끼리 모였다.

근데 예전에 서명했던 종이랑 종이 재질이 좀 다른 것 같지 않소?

그러게. 좀 흐물흐물한 종이였던 것 같은데, 아까 보여준 건 빳빳하네.

그러게 말이유. 꼭 새 종이맨치로.

그라고 안에 적힌 글자도 좀 달라진 것 같으예. 그, 그 꼬부랑 뭐, 아라사* 말이었어라?

항구에 보면 러시아 사람들이 있는 것 같더만. 그 코쟁이들한테 좀 물어보면 안 되겠소?

아, 그럴까요?

쇠뿔도 단 김에 뽑는다고, 마, 갑시더!

그렇게 긴또의 사기 행각은 천구백사십사 년 언저리에 들통 나고 말았다. 하지만 안타깝게도 염씨는 긴또로부터 해방될 수 없었다. 왜냐하면 구명정에 올라타면서 긴또가 유일하게 지갑 속에 넣어두었던 서너 장의 채권 중에 하나가 바로 염씨의 채권이었기 때문이었다. 돈이 돈을 낳는 위대한 자본주의의 원리에 따라 긴또는 땡볕에 일 한 번 하지 않고

---

* '러시아'의 음역어.

돈을 받아 챙길 수 있었고, 염씨는 십 년 전에 빌린 돈 오십 원에 이자가 붙고 또 그 이자에 이자가 붙으면서 수없이 불어난 이자로 이제 원금의 열 배도 넘는 돈을 갚았지만, 당최 빚은 다 청산될 기미가 보이질 않았다. 성서에서 하느님은 너희가 너희 가운데서 가난하게 사는 나의 백성에게 돈을 꾸어주었으면 너희는 그에게 빚쟁이처럼 재촉해서도 안 되고 이자를 받아도 안 된다며 고리대금업을 금지했으나, 하느님이 그렇게 말하거나 말거나 긴또는 그리스도교인도 아니었고, 또한 하느님의 민족이라는 유대인들부터가 발 벗고 나서서 고리대금업자가 된 역사 앞에 하느님의 말일랑 씨나 먹혀들었겠는가?

허나 염씨는 더 이상 이렇게 살 수가 없었다. 그는 십 년째 빚을 갚고 있었고, 그 빚 또한 처음부터 임금에서 제하여졌기 때문에 돈을 빼돌릴 수도 없었다. 처음에 착실히 돈을 갚으면 원금을 탕감해주겠다던 긴또의 약속은 당연히 지켜지지 않았고, 몇 번이고 항의를 하려고 했던 마음은 그랬다가 긴또가 입국 관리소에 신고라도 하는 날에는 이 모든 게 다 끝나버릴 것만 같은 생각에 참고 또 참아야만 했다. 그랬던 마음이 천구백사십사 년에 긴또가 잡고 있던 채권자들이 대거 해방되면서 다시 풀려났다. 날을 벼르던 염씨는 천구백사십오 년 해방과 때를 같이하여 사시미 칼을 들고 긴또를 찾아갔다. 이판사판이었다. 그것은 오랜 친구에게 배운 것이었다.

―내는 이제 돈 못 갚는다! 벌써 십 년이나 갚았다! 이기 사람이 할 짓이가!

―나 참, 이런 미친놈이!

염씨는 사시미 칼을 들고 있었지만 애초에 쌈질을 할 수 있는 인물이 못 되었던지라, 긴또에게 사시미 칼을 들이밀 때도 손을 바들바들 떨고 있었다. 이에 험한 인생살이 범죄 바닥에서 산전수전 다 겪은 긴또는 대번에 날렵하게 돌려차기를 날려 염씨의 손에 든 사시미 칼을 멀리 날려버렸고, 이어서 전광석화 같은 발차기를 한 방 더 날리니, 그 날렵함에 염씨는 미처 피할 틈도 없이 그대로 날아가 자빠졌다. 염씨는 옆구리를 잡고 낑낑거리며 숨을 제대로 쉬지 못하였고, 긴또는 다시 바닥에 침을 퉤— 하고 뱉더니 쓰러진 염씨를 향해 걸어왔다. 아래에서 위로 올려다본 긴또의 얼굴은 뒤의 전깃불의 역광으로 인해 흡사 악귀의 얼굴을 연상케 하였다. 긴또는 이죽거리면서 '멍청한 새끼'라고 말하고는 복날에 개 패듯 염씨를 사정없이 짓밟기 시작했다. 그렇게 반쯤 죽어서 밖에 내던져진 염씨는 기어서 길가까지 갔고 때마침 근처를 지나가던 조선인들에게 발견되어 일꾼 막사로 옮겨졌다. 그리고 이 와중에 정씨가 이를 목격하여 김반장에게 일을 전한 것이었다.

●

　한데 왜 김반장은 염씨를 돕고자 했던 것일까? 그것은 염씨에 대한 우정에서였을까, 아니면 가족들을 일본인의 손에 의해 잃었다는 복수심에서였을까? 하지만 김반장의 아무런 초점도 보이지 않는 까만 눈동자는 이 모든 추측들이 진실이 아님을 말해주고 있었다. 장례식에서 누군가는 애초부터 김반장이 죽으러 간 것이나 진배가 없으니, 그것은 일종의 자살이라고 말했다. 허나 죽은 자는 말이 없다고, 사건에 대한 직접적인 당사자의 말은 남아 있지 않다. 단지 출동한 하와이 경찰이 작성한 조서에는 김반장이 긴또의 신체 어딘가를 사시미 칼로 쑤셨고, 그로 인해 긴또가 틀림없이 죽었을 것이라고 적어놨다. 아니, 이게 무슨 이상한 말인가? '죽었다'가 아니라 '틀림없이 죽었을 것'이라니? 그것은 이 사건의 기묘함을 알려주는 대표적인 대목이었다. 공식적으로 이 사건은 시체가 없었다.

단지 긴또의 집에 뿌려진 피의 양으로 보아서 이미 성인 남자의 삼십 퍼센트 이상의 혈액이 흘러나온바, 이는 과다출혈로 인한 사망의 기준치이었기에 긴또가 사망한 것이라고 봤던 것이다. 또한 현장에 출동한 하와이 경찰은 긴또의 집에 술병이 나뒹굴고 있는 것으로 보아서 긴또가 술에 취한 상태에서 김반장의 칼에 맞은 것이라고 했고, 근처 땅이 파헤쳐지지 않은 것으로 보아서는 김반장이 사체를 들고 어디론가 이동했음을 뜻한다고 발표하였다. 하지만 그래서 어디로 갔는가? 참고로 경찰은 끝까지 이를 밝혀낼 수 없었다.

정씨는 김반장이 사시미 칼을 가지고 집을 나갔음을 함구했고, 또한 김반장이 긴또의 집에 들어가는 것을 본 조선인 목격자들도 입을 닫았기에 사건은 미해결로 종결되었다. 예나 지금이나 경찰은 불법 외국인 노동자의 인생에 큰 관심이 없는 법이다. 헌데, 그렇다면 김반장은 어떻게 되었는가? 그는 공식적으론 하와이에 존재하지도 않는 사람이었기 때문에, 비공식적으로 말하자면 그는 '행방불명'되었다. 하지만 하와이의 조선인들은 모두 김반장이 자살했다는 것을 알고 있었다. 염씨의 증언에 따르자면, 김반장은 긴또의 목에 일격을 가한 후 꿈틀거리는 긴또의 시체를 뒤로하고 일꾼 막사에 누워 있는 자신을 찾아왔다고 했다. 염씨는 마치 꿈결에 들리는 말처럼 들었지만, 그것은 분명히 김반장이었다고 했다.

행님, 제 아들노무 새낄 잘 부탁합니데이.

염씨가 부은 눈을 슬며시 떴을 땐 이미 김반장이 사라지고 없었다. 그때 그는 그것이 마치 꿈처럼 느껴졌던지라 다시 눈을 감고 잠을 청했지만, 지금 다시 생각해보면 꿈이 아니었던 것 같다고 주장했다. 그리고 사람들은 곧 김반장이 자주 가던 절벽에 남아 있는 김반장의 신발 두 짝과 피 묻은 풀들을 발견했다. 원주민들의 배까지 빌려서 바다를 뒤졌지만, 그 아래에서 긴또의 시체도, 김반장의 시체도 찾을 수 없었다. 그저 긴또가 평소에 쓰던 모자 하나를 발견했을 뿐이었다. 사람들은 그 무거운 시체를 둘러메고 혹은 질질 끌면서 이 절벽까지 온 사실도 궁금하거니와, 어차피 죽은 사람을 왜 굳이 절벽 아래로 떨어뜨렸는지에 대한 이유도 궁금하였다. 허나 당사자가 세상을 뜬 마당에 그런 궁금증을 풀 길은 영원히 요원해졌고, 그렇게 그것은 오직 하느님만 아시는 것이 되어버렸다.

성진은 장례식이 끝난 뒤에도 오랫동안 아버지가 인생을 끝마친 절벽에서 시간을 보냈다. 그러다 그는 풀잎들 사이에서 피다 만 궐련 하나를 찾아냈다. 그는 그것이 아버지가 마지막 순간에 피고 버린 일종의 유품이란 걸 직감했다. 짧았다면 짧았고 길었다면 긴 인생을 살았던 김반장은, 긴또의 시체를 절벽 저 아래로 떨어뜨리고 궐련을 피우며 무슨 생각을 했을까? 또 파도에 넘실대며 사라지던 긴또의 시체를 보며 무슨 생각을 했을까? 여기에 대한 증언도, 기록도 없다. 그저 확실한 것은 궐련을 반쯤 피웠을 때 김반장이 주섬주섬 신발을 벗어놓고는 저 절벽 아래로 떨어져 사라져버렸다는 것이다. 그렇게 그의 육신은 온데간데없이 단백질 덩어리로 혹은 물고기밥으로 태평양에 뿌려져, 이제 그 존재의 편린을 오로지 하와이 입국 관리국 기록 보관소의 어느 캐비넷 안 갱지 위에 잉크로 적힌 몇 줄으로밖에 만나볼 수밖에 없게 되었다. 김반장은, 아니 김무씨는 그렇게 기구하면서 허탈했던 인생을 마쳤다.

인생무상, 그것은 김가네의 가풍이었다.

그렇게 겨우 열한 살에 성진은 졸지에 천애고아가 되었다. 염씨는 처음부터 끝까지 상주 노릇을 하면서 김반장의 장례식을 도왔다. 장례식이 다 끝나갈 때 즈음해서 염씨는 성진에게 조선 땅으로 같이 가지 않겠느냐고 물었고, 앞으로가 막막했던 성진은 그러겠다고 했다. 염씨는 성진이 하와이 땅에서 알고 지내는 유일한 어른이었다.

　염씨는 김반장 소유의 재산을 처분했다. 살아생전에 김무씨가 장롱에 모아놓은 달러와 사택을 판 돈을 합쳐보니 꽤나 묵직한 돈 뭉텅이가 되었다. 정보에 밝은 정씨는 염씨에게 해방된 조국에선 일제가 간 자리에 미군정이 들어섰는데, 양키 놈들이 정치를 개판으로 하는지 시세가 오락가락하여 조선 돈을 믿을 수 없게 되어버렸다는 소식을 알려줬다. 염씨는 하와이 시장에서 김반장의 돈으로 궐련, 아니 이제 주로 '담배'라고 불리게 될 것을 잔뜩 구매했다. 그는 그것을 조국으로 가져가 되팔아 시세차익을 남길 것이라고 했다. 정씨가 왜 하필 담배인지 물었더니 염씨 왈, 본디 남자란 것들은 세상이 좋아지면 좋다고 담배를 피우고, 반대로 뭣 같아지면 뭣 같다고 담배를 피우니 동물들이니, 예로부터 담배 사업이란 망하려야 망할 수가 없는 사업이라고 말했다. 곧 이 예상은 적중하게 된다.

　하와이 땅을 뜨기 전에 언제 한번 성진은 염씨에게 이렇게 물어본 적이 있었다.

　―고맙십니더, 염씨 아재. 근데, 와 조선으로 돌아갑니꺼? 가족도 읎다 안 했습니꺼?

　몇 번 눈을 껌벅이던 염씨는 하늘을 보며 이렇게 말했었다.

―그기, 이기 다 늙으면 옛날 추억으로 먹고사는 긴데, 아재는, 여기 하와이엔 별 추억이 읎다.

　―아…… 아, 그라고 또 궁금한 긴데, 와 그렇게 절 도와주십니꺼?

　하늘을 보던 염씨의 시선은 성진에게로 내려왔다. 눈망울이 조금 떨리는 것 같기도 했다.

　―내가 너그 아부지한테 신세를 많이 졌거든.

●

　성진은 하와이에 출생 등록이 되지 않은 아이였다. 성진이 태어났을 때 서씨는 김무씨가 불법 이주민 출신이라는 사실에, 혹시나 출생 신고가 긁어 부스럼이 될까 봐 아예 관공서랑 연관된 일들 일체와 상종하지 않으려고 했기 때문이었다. 따라서 성진은 아이러니하게도 하와이에서 태어나 자랐지만, 정작 공문서상으론 존재하지 않는 사람이었다. 염씨는 하와이를 뜨기 전에 괜히 이 부분에서 발목이 잡혀 시간이 지체될까 봐 그냥 밀항을 선택했다. 그는 선원에게 달러를 몇 장 찔러주고 담배 상자들과 함께 짐칸에 몸을 실었다. 이때 그는 이렇게 말했다고 전해진다. 씨팔! 웃기는 세상사, 올 때도 짐칸이었는데, 갈 때도 짐칸이구만.

　―칭구야, 여기 주먹밥 무그봐라!

　끼니때가 되면 승객 칸에 있던 허가네 아들 태구가 내려와 조촐한 식사를 가져다주었다. 태구네는 부산에 고향집이 있다고 했다.

　―마, 밥만 가져오면 우짜노. 뭐, 뭐 먹다가 목말라 디지라고? 물도 가온나!

염씨가 태구에게 장난스럽게 화를 냈다. 태구는 매번 물을 가져오는 걸 깜박깜박하곤 했는데, 그때마다 물을 가지러 부리나케 뛰어나가곤 했다. 항해는 어디를 경유해서 가는지 조선 땅으로 가는 데 한 열흘이나 걸렸던 것 같은데, 그동안 성진은 보통 태구랑 짐칸을 뛰어다니면서 놀거나 아니면 미션 스쿨에서 받아온 성경을 뒤적거리다 잠이 들었다. 성진은 아직 출애굽기도 다 넘어가지 못하고 있었는데, 기실 한 서너 줄만 읽다 보면 절로 잠이 줄줄 쏟아졌기 때문이다. 아무래도 그 속도론 성경을 다 읽는 데 아무리 작게 잡아도 오십 년은 걸릴 듯싶었다. 성진은 살아생전에 아버지가 교회에 나가지 않았던 것이, 아마도 너무 졸려서 그랬던 것이 아닐까 하고 생각해봤다.

염씨와는 긴 대화를 나누진 않았다. 간혹 조선 땅에 가서 할 일들에 대한 얘기들을 몇 마디 나누거나, 혹은 일제 강점기나 하와이 농장하에서의 애환들을 몇 마디 나눴을 뿐이었다. 그런 대화들 중에서 염씨는 성진을 배려하려 했는지 웬만하면 부친 김무씨에 대한 얘기를 꺼내지 않았다. 허나 으레 모든 법칙에 예외가 있듯이 딱 한 번 김무씨에 대한 얘기를 꺼낸 적이 있었는데, 그 짧은 대화는 대략 이러했다.

—성진아. 근데, 너그 아부지가 평소에 니한테 했던 말 같은 건 없나? 이를테면 그, 그 뭐, 그 고향 얘기라던지. 으잉?

—고향예? 아니요. 그런 얘기는 잘 안 하셨습니다.

생각해보면 잘 안 한 게 아니라, 성진이 글자를 배울 무렵부터 김무씨는 아예 고향에 대한 얘기를 아들에게 해주지 않았다. 생각해보면 정씨도 성진에게 아버지한테 고향 같은 걸 물어보면 안 된다는 말을 했었다.

—그래? 사람 참…… 마, 그라몬 니는 니가 누 집 자식인지 모르것네?

—누구 집 자식이라뇨? 이기 뭔 말 입니꺼?

—에헤이, 이노마 자식 자기 근본을 모르구마잉. 너그 아부지가 하늘에서 보면 참 방방 뛰시갓어. 니는 말이여, 내가 이걸 너그 아부지한테 하도 많이 들어갓고 이제 다 외워부렸는디, 마 니는 김녕 김씨 충의공파인 것이여. 알건?

—음…… 염씨 아재요, 그란데, 그 김녕 김씨라는 게, 그기 어디에서 중요한 겁니꺼?

염씨는 곧바로 뭐라고 말하려고 했지만, 그냥 입만 벌렸다가 다시 닫았다. 그러곤 헛웃음을 짓더니 품에서 담배를 꺼내 물고, 한번 빨았다가 연기를 뱉어냈다.

—허허, 그러게 말이여. 양반 그기, 무슨 의미가 있다고……

●

해방된 조국은 기쁨도 잠시, 곧 혼돈 정국으로 접어들었다. 일본 다음으로 조선 땅에 대한 바통을 넘겨받은 미군정은 조선의 상황에 대해서 무지했고, 그 틈으로 일제 강점기 때 친일파로 한자리했던 놈들이나 어지러운 판국에 한탕해보려는 똥파리들이 모여들었다. 상황이 이렇다 보니 관공서부터 민가까지 제대로 굴러가는 게 없었는데, 이 시대를 살았던 민중의 삶을 좀 열거해보자면, 차 한번 타려면 종일을 기다려야 하는 정거장, 전보 한 장 제대로 안 전해주는 우체국, 돈 주어야 이기는 재판, 불이 들어오는 날보다 안 들어오는 날이 많은 전깃불, 돈 내라고 날아오는 많은 세무서의 고지서, 주는 것은 없고 가져가기만 하는 면사무소, 그리고 백성은 굶주리고 있는데 배급 못 주고 텅텅 빈 배급소가 일상인 생활 속에서 춥고 배고픈 삶을 살아가야만 했다.* 해방의 뜨거운 여름도 잠시, 한반도엔 겨울이 빨리 찾아왔다.

게다가 염씨와 성진이 부산에 당도하고 보니, 해방 뒤에 북녘으론 소련군이 밀려오고 남녘으론 미군이 밀려왔던 관계로 한반도의 허리를 양분하려는 움직임마저 보이고 있었다. 부산으로는 끊임없이 사람들이 도착했는데, 모두 해외 동포들이 귀국하는 것이라고 했다. 나중에 신문을 보고 알게 된 사실이지만, 이때 재일 동포 백오십만 명, 재만 동포 육십만 명 그리고 중국에서도 십만여 명이 가난한 조국의 품으로 돌아왔다고 했다. 매일 자그마치 사천여 명의 피난민들이 북한에서 남한으로 밀어닥쳤다. 이에 지리상의 거점이 되거나 길이 모이는 지점은 늘 사람들로 붐비니, 부산도 예외가 아니었던지라 부산포는 날마다 당도하는 해외 동포들로 바글바글했다. 이 수많은 인파들 중에 염씨와 성진이 끼어 있었다.

—히야, 근 십 년 만인데 어찌 여긴 변한 게 없누. 근데, 진짜 사람이 바글바글 끓구만, 끓어. 성진아! 아지씨 안 놓치게 정신 똑디 차리라!

염씨는 용두산 동쪽 옛 왜관들이 즐비했던 동광동으로 향했다. 동광동으론 부산포에서 들어오는 재일 동포들과 부산역으로 내려오는 재만 동포들이 모여 연신 북새통을 이루었다. 성진에게 염씨는 모름지기 사람들이 모이는 곳에서 장사판이 되는 것이라고 했다. 적당한 곳에 짐을 푼 염씨는 왕년에 광산에서 갈고닦은 장사 솜씨를 발휘하기 시작했다. 근처 상가를 돌아다니면서 거래를 텄고, 원래 유통되는 외산 담배보다 싼값으로 미국산 담배를 팔기로 하였다. 다행히도 곧 미국산 담배가 나돈다는

---

* 강준만, 《영혼이라도 팔아 취직하고 싶다》, 개마고원, 2010, 12~13쪽(한원영, 《한국 현대 신문연재 소설연구 하(下)》, 국학자료원, 1999, 713쪽), 참조 인용.

소문이 퍼졌고, 게다가 그 가격이 국산 담배와 비슷하였기 때문에 해외에서 해외 담배 맛에 익숙해진 사람들은 염씨의 미국산 담배를 즐겨 찾았다. 시쳇말로 쪽바리 놈들 담배보단 차라리 코쟁이 담배를 피우는 게 낫다면서, 흡연으로 애국하자는 말을 농으로 던지는 사람이 있을 정도였다.

사업은 나날이 번창했다. 신문에서 "엄동(嚴冬) 전의 구호책 없나?"라든지 "물 먹고 사나?" 식의 멘트들을 뽑아내며 이미 백만여 명에 이른 실업 문제에 대한 대책을 호소하는 상황에서, 정말 염씨의 말처럼 남정네들은 세상이 뭣 같이 흘러가면 바로 그런 이유에서 담배를 사서 피웠다. 원래 부족하던 일자리였는 데다가 여기에 해외 동포들까지 대거 귀국을 해버리니, 실업 문제는 걷잡을 수 없는 쪽으로 흘러가기 시작했고, 그렇게 해방된 대한민국은 다시 실업의 족쇄에 묶이게 되었다. 하지만 경제가 꼴아박는 것과 반비례하여 증가하는 것이 담배 장사이니, 신문에서 암담한 기사를 적어내면 적어낼수록 사업은 더욱 확장되었다. 사업을 시작한 지 이 년쯤 지났을 때는 동광동에 있는 왜관 건물 하나를 고쳐 점포를 차렸을 정도였다.

게다가 실업 정국은 새로운 사업을 만들어내기도 했다. 실업자들도 사람은 만나야 했는데, 그것은 단순히 인간이기 때문에 인간이 인간을 만나는 게 당연하기도 했지만, 동시에 일자리를 구하기 위해서라도 사람을 많이 만나야만 했다. 덕분에 조선 팔도 사람들이 모이는 거리마다 만남의 장소가 더욱 필요해졌는데, 수요가 공급을 만든다는 보이지 않는 손의 법칙에 따라 바야흐로 다방의 시대가 개막되었다. 헌데, 남자들이 다방에서 커피만 마시는가? 이치가 그렇지 않으니, 이 시대 커피의 친구가 바로 담배였다. 염씨는 빠릿빠릿한 사업 감각으로 주위 다방에 도매가로 담배를 공급했다. 이 사업이 너무 커지는 바람에 소학교 다니던 성진과 태구는 학교가 파하자마자 곧바로 점포로 달려와 다방으로 담배를 넣으려 뛰어다녀야만 했을 정도였다.

하지만 인생사 새옹지마, 올라가면 내려와야 하는 법. 문제는 이런 염씨의 사업이 너무 유명해져버렸다는 것이었다. 문제는 천구백사십칠 년 칠월의 어느 여름날에 터졌다. 이날 염씨는 사업차 만남이 있어 근처 다방에 간다고 점포를 비운 상태였고, 태구는 담배 배달을 나갔기 때문에 성진이 혼자 점포를 지키고 있었다. 그때 동네 아이들이 심장이 터져라 달려와 점포로 들이닥쳤다.

─서, 성진이 행님! 큰일났으예!

평소에도 별 시답지도 않은 일로 큰일 났다며 자질구레한 일들을 떠들곤 했던 아이들이었기 때문에, 성진은 "또 뭐꼬?" 하면서 냉수 한 사발을 아이들에게 내밀었다. 냉수를 꿀떡꿀떡 삼킨 아이는 입을 닦으며 이렇게 말했다.

─저어기, 매실다방에서 태구 행님이 모르는 아저씨들한테 뚜드리 맞고 있으예.

얘기를 듣고 놀란 성진은 앉아 있던 의자에서 벌떡 일어나며,

─야이 새끼야, 그걸 냉수까지 꿀떡꿀떡 마시면서 천천히 말하면 우짜노!

라고 말하고는 아이들에게 점포를 좀 봐달라는 말만 던지고 매실다방으로 부리나케 달려갔다. 하지만 매실다방에 도착했을 때 다방엔 태구가 없었고, 대신에 다방 직원이 태구가 담배 배달을 왔을 때 낯선 사내들이 태구를 잡아다 다방 밖으로 데려갔다는 말을 흘려주었다. 태구가 다방에 출입하는 것을 미리 알고 기다렸던 것이다! 성진은 밖으로 나와 "태─구야!"라고 외치며 주변을 뛰어다녔고, 다행히도 매실다방 건물 뒤쪽 골목

에 누워 있는 태구를 발견할 수 있었다. 태구는 온몸이 발자국투성이었다.

　—태, 태구야!

성진은 달려가서 태구를 일으켜 벽에 기대 뉘였다. 태구는 입에 고인 핏물을 뱉으며 말했다.

　—성지이 왔나? 야아, 미안하데이. 담, 담배를 다 뺏깃뿟다……

　—지금 담배가 문제가! 니 괘안나?

　—마, 니는 지금 이게 괘안은 얼굴로 보이나? 헤헤.

태구는 멋쩍은 웃음을 지으며 농을 던지다, 터진 입술이 따가워 '아아' 하는 신음 소릴 냈다. 성진은 태구를 부축하며 일으켜 세웠다.

　—어떤 개노무 새끼들이 그랬노? 어이?

　—그건 나도 잘 모르겠다. 씨팔, 내가 매실다방에 담배 넣는 거 알고 기다린 것 같더라…… 사장한테 전하라고, 담부터 요서 담배 팔다 걸리면 죽잇뿐다고 그라더라.

　—뭐 그런 미친놈들이 다 있노. 사람 이래 만들고…… 태구야, 일단 점포로 가서 염씨 아재한테 말하자.

태구는 말없이 고개를 끄덕였다. 태구를 부축한 채 절뚝이며 걸어가는 길가엔 사람들이 즐비했다. 우익 청년 단체로 보이는 사람들이 "소련에 맞서 조국의 미래는 리승만 박사에게 있다"라고 빨간 붓글씨로 적은 팻말을 들고 지나가고 있었고, 그 사이로 누런 러닝을 입은 신문 소년이 신문을 들고 뛰어가며 "몽양(夢陽) 선생 암살이요!"라고 외치고 있었다. 성진은 정신없는 와중에도 이 수많은 사람들 틈 사이로 누군가가 자기네들을 지켜보고만 있을 것 같다는 생각에 계속해서 주변을 두리번거리며 걸어갔다.

점포에 다 와갈 즈음 갑자기 태구가 이렇게 말했다.

─칭구야, 근데 내는 이렇게 생각한다, 내가 먼저 주터져서 다행이라고. 그라면 이제 니는 뭐, 좀 대비 같은 걸 할 수 있지 않겠나? 헤헤.

친구를 칭구라 발음하는 성진의 친구 태구의 우정이란 바로 이런 것이었다.

●

도대체 누가 태구를 습격한 것인가? 그것은 아무런 상관도 없는 놈들의 습격이 아니었다. 불가에서는 옷깃만 스쳐도 인연이라고 하지 않던가? 바로 여기서 이전에 끊어졌다고 생각했던 인연의 사슬이 다시 걸리게 되는데, 태구를 습격한 것은 바로 부산부둣가청년회였다. 아, 아니, 좀더 정확히는 신(新)부산부둣가청년회라고 표현해야 맞을까나?

독자들은, 한때 김무씨가 사시미 칼을 입에 물고 담을 넘어갔던, 그리고 한바탕 인질극을 벌이면서 김무씨와 대치했던 유대식을 기억하는가? 유대식이가 누구냐? 그로 말하자면 그 이름만 대도 부산 부두 바다에서 누구 모르는 사람이 없을 정도로 유명한 부둣가의 자랑이자, 무쇠 같은 왼팔로 팔씨름에서 져본 역사가 없는 황소 같은 기력에, 술을 마시면 무조건 한입에 털어먹어야만 하는 성격, 게다가 여기에 의리파이기도 한, 그러니까 한마디로 사나이다움의 결정체 같은 사나이였다. 하지만 그런 사람도 거대한 세상사의 소용돌이 속에서 제아무리 대단한 개인이라고 해도 여지없이 휩쓸릴 수밖에 없는 모래알 같은 존재인바, 부산 부둣가를 휘어잡고 다니던 유대식은 일본 제국에 휘어잡히게 되었다. 그것은 천구백삼십구 년 국민 징용령이었다.

그에 대한 공식적인 기록은 미B-29기가 도쿄를 공습할 때 불타버렸다. 다만 일본 야마구치 현 우베 시 니시키와의 한 황량한 해안에 가보면 자연석으로 만든 삼 미터 높이 정도의 비석 하나가 서 있는 것을 볼 수 있는데, 그 비의 이름이 '장생탄광 순난(殉難)자의 비'이다. 이 비에는 소화 십칠 년(천구백사십이 년) 이월 삼일 아침, 바다에 있는 피아*의 물이 갑자기 멈췄고 이때 백팔십삼 명의 탄광 안에 있던 남자들이 수몰되어버렸다고 적혀 있다. 그다음엔 무슨 '영원히 잠들라 평안히 잠들라 탄광의 남자들이여' 따위의 희생자의 명복을 비는 글귀가 굵은 글씨로 적혀져 있지만, 안타깝게도 정작 그 잠든 희생자들의 이름은 적혀 있지 않았다. 그 수가 너무 많아서 일까, 아니면 그 이름조차 모르는 것일까? 아무튼 확실한 것은 유대식이 광복된 후에도 고향땅으로 돌아오지 않았다는 것이다. 지금도 그의 소식은 아무도 모른다.

그렇게 부산부둣가청년회의 오야봉 유대식도 행방불명됐고, 다른 조직원들도 징용이다 징병이다 해서 이러저리 흩어져버렸다. 하지만 이는 라이벌 조직에 있었던 켄시코파도 피해갈 수 없는 시대적 수순이었으니, 당장 병력이 급했던 일본 제국은 자신들이 암암리에 관리하던 낭인 깡패들조차 모조리 징병해서 태평양섬 구석구석에 뿌리는 조치를 취하게 되었던 것이다. 이것은 어떤 의미에서의 인과응보였다. 그저 들려오는 소문에 의하면 오키나와가 함락될 때 주민들을 비롯한 군인들이 대거 자살을 기도했는데, 이때 켄시코파의 대장도 같이 유명을 달리했다고 전한다. 하지만 그러거나 말거나 이제 와서 이런 것들이 다 무슨 소용이

---

* 송풍구 및 배수구 역할을 하는 관.

리오? 역사는 이미 흘러갔고, 여기에 휩쓸려 켄시코파도 사라졌다.

하지만 산 사람은 산 사람이니, 어찌됐든 인생을 계속해서 살아가야 하지 않겠는가? 다행히도 유대식이 징용으로 끌려가 연락이 끊긴 후, 유대식의 처는 현명한 처신을 해 살아남을 수 있었다. 천구백사십일 년에 태평양 전쟁이 발발하자, 이대로 가만히 있다가는 일본 놈들이 자신의 마지막 남은 외동아들마저 데려갈 것 같아 대번에 가산을 정리하고는 금정산 자락에 있던 범어사로 들어가버렸던 것이다. 그렇게 해서 해방 이후까지 살아남은 외동아들이 누구냐? 그가 바로 예전에 김무씨가 사시미 칼을 목에 들이대며 인질극을 벌였던 바로 그 멜빵바지를 입은 채 낭만주의적 정서로 철철 넘치던 동인지 『백조(白潮)』를 읽던 소년이었다.

이 소년의 인생은 김무씨로 인해 백팔 십도, 아니 삼백육십 도쯤 바뀌게 되었다. 원래 이 소년은 여러 문학 동인지들을 읽으며 청운 같은 감수성으로 꿈에 부푼 문학도였지만, 김무씨의 사시미 칼이 목덜미를 콕콕 찌르는 경험을 하고서부터는 책은 집어던지고 운동에만 치중하게 되었다. 그것은 방어기제였다. 소학교 일본 선생으로부터 가라데를 배우다가 그 가라데촙으로 일본애들을 때려눕히는 바람에 학교에서 쫓겨난 이후로는 복싱을 배웠고, 범어사에 들어가서는 스님들로부터 택견을 전수받게 되었다. 그리하여 종합 무술인이 된 소년은, 아니 이쯤부터는 소년이 아니라 청년이 된 유대식의 아들은 해방된 조국의 부둣가로 나오게 되었다. 그 시절 세상은 한없이 혼란했고, 부둣가는 무림(武林)이었다.

일제가 사라진 공백기에 부둣가 선착장과 서면경마장 그리고 각종 요릿집이나 요정집을 비롯한 유흥 시설에 대한 자릿세를 가지고 대대적인 전쟁이 벌어졌다. 바야흐로 다시 도래한 부산 부둣가의 춘추 전국 시대였다. 그리고 여기서 무쇠 같은 왼팔의 무공(武功)을 사용하는 무림의 강호(强豪)가 나타나 온갖 〈용쟁호투〉와 〈정무문〉 그리고 〈사망유희〉를 찍어대니, 혜성같이 나타난 이 사내는 자신이 지난날 부산 부둣가를 휘어잡았던 유대식의 아들이라고 밝혔다. 즉, 왕의 귀환이었다. 이에 전쟁통에 흩어졌던 부산부둣가청년회 사람들이 다시 삼삼오오 모여드니, 신부산부둣가청년회가 결성되기에 이르렀다. 하지만 곧 유대식의 아들은 어떤 조직을 크게 휘두르려면 단순히 주먹뿐만 아니라 돈이 있어야 한다는 사실을 깨닫게 됐는데, 그것은 옛날에 아비인 유대식이 그토록 켄시코파로부터 서면경마장을 뺏어오려는 주된 이유이기도 했다.

당시 서울에선 주먹 바람이 이념 대립을 타고 오락가락했는데, 장군의 아들 김두한은 '민주청년동맹'이란 걸 만들어서 우익편에 섰고, 좌익편에는 한때 김두한의 친구이자 따까리였던 정진용이 '조선청년전위대'란 걸 만들어 섰다. 이외에도 이름만 들어도 알 만한 낭만파 주먹 시대의 걸출한 주먹들이 뒤엉키니, 이화룡과 정팔과 시라소니 등의 얘기들이 전설과도 같은 무용담으로 전해졌다. 이런 주먹싸움에 부산도 예외가 아닌지라, 정치적 색깔을 등에 업고 실업자 신세를 전전하던 부산 청년들이 삼삼오오 모여 청년 단체를 결성하였다. 하지만 인생을 좀 살아본 사람이라면 이런 이념이니 낭만이니 하는 것들이 다 구라 뻥이라는 사실을 다들 알고 있을 것이다. 특히나 자본주의사회에서 이념은 다 돈을 위한 치장일 뿐, 진실은 청년 단체에 모인 청년들이 그저 일과 쌀에 굶주려 있던 대한의 불쌍한 건아들일 뿐이라는 것이었다. 실제로 전(全) 산업 남성 노동자의 하루 평균 임금이 육십일 원이었던 것에 비해 천구백사십육 년 팔월 조선노동조합전국평의회 조합원에 대한 대한 노총의 테러에 가담한 청년 테러 단원이 하루 삼백에서 오백 원 정도를 받고 동원되었다고 하니, 정치 깡패 짓은 울분에 넘치는 실업자 청년들에게 구미가 당기는 직업이었다.*

　머리가 아주 돌은 아니었던 유대식의 아들은, 이런 시대의 흐름을 정확히 간파했다. 그는 '대한독립촉성전국청년총동맹'이란 곳을 찾아갔다. 이 길기도 긴 '대한독립촉성전국청년총동맹'이란 이름은 예전에 봤던 '알로하농장한인독립기금회'와 달리 공식적으로 역사에 기록된 단체였는데, 물론 그렇다고 '대한독립촉성전국청년총동맹' 사람들이 자신의 이름을 호명할 때 띄어쓰기 한 번 하지 않고 쭈―욱 발음했는지는 의문이다. 근데, 이런 얘기 일랑은 다 곁가지고, 아무튼 그래서 핵심은 유대식의 아들이 이 단체를 찾아갔다는 것인데, 이 단체는 바로 이승만 계열의 청년회였다. 여기선 반대 진영에 대한 테러도 종종 자행되었는데, 뱃속을 들여다보면 내 테러는 애국심에 불타는 의거(義擧)요 저편의 테러는 때려죽일 반(反)민족 행위이니, 사리가 여기 이르면 가위 언어도단이건만 배고픈 사람들에게 그런 것 따위는 하나도 중요하지 않았다.** 중요한 건 오로지 누가 돈을 주느냐는 것이었다.

　그렇게 유대식의 아들은 부산부둣가청년회를 끌고 좌익 진영에 대한 몇 번의 테러를 성공시킴으로써 이승만 측근의 호감을 샀고, 내친김에 이름도 부산애국청년회로 개명했다. 그로부터 며칠 뒤 이발소에 앉아 면도를 하고 있는 이승만에게 그 측근이 다가와 말하니,

　―박사님, 부산애국청년회라고 아주 훌륭한 일들을 하는 청년들이 있습니다.

* 강준만, 《영혼이라도 팔아 취직하고 싶다》, 앞의 책, 15쪽(조순경 · 이숙진, 《냉전체제와 생산의 정치: 미군정기의 노동정책과 노동운동》, 이화여자대학교 출판부, 1995, 310쪽).
** 오기영, 〈실업자〉, 《진짜 무궁화:해방정성의 풍자와 기개》, 성균관대학교 출판부, 2002, 17쪽

―어허 ― 조국의 무궁한 영광을 위해 애국하는 그런 훌륭한 청년들에겐 그에 걸맞은 상을 줘야지요. 일제 놈들 남기고 간 보급품 중에 좀 쓸 만한 걸 좀 골라서 넘겨주세요.

라고 대꾸했고, 그렇게 유대식의 아들은 일제가 병력을 철수하면서 놓고 간 일제 담배가 쌓인 보급 창고 하나를 통째로 넘겨받게 되었다. 뿐만 아니라 화끈한 테러가 마음에 들었던지 후일 이승만의 측근은 유대식의 아들을 대한독립촉성전국청년총동맹의 중책으로 임명해 자기 옆에 두고자 하였다.

그때부터 사람들은 그를 '유계장'이라고 불렀다.

●

―어찌됐나?

회색 양복에 중절모를 쓴 유계장이 승용차 뒷자석에서 담배를 꺼내 입에 물었다. 바로 옆좌석에 앉아 있던 뭉치는 곧바로 불을 붙여주며 보고했다.

―잘 알아먹게 말해놨싶니다.

유계장은 담배를 한 대 깊게 빨았다 뱉더니 본인이 피운 담배를 쳐다봤다.

―그래? 잘했다. 근데, 쓰읍. 우리 니쁜 새끼들 담배보다 이, 이 양키 놈들 담배 맛이 좀 더 낫구만. 그 뭐랄까, 광활한 우랄 산맥의 기상이 느껴진달까? 니는 어찌 생각하노?

―행님, 아니 '계장님'이랑 같은 생각입니다.

—근데, 우랄은 러시아지 말입니더.

갑자기 앞좌석에서 운전사를 하던 멸치가 불쑥 대화에 끼어들었다. 유계장은 '나 참' 하는 소리를 내며 담배를 마저 뻑뻑 피웠고, 유계장이 담배를 다 피우는 동안 입바른 소리를 한 그 불쌍한 멸치는 뭉치에게 복날에 개 맞듯이 터졌고, 뭉치는 멸치에게 주먹을 한 대 날릴 때마다 "이, 버르장머리 없는 노무 새끼!"라고 외쳤고, 한 서너 대쯤 쥐어터지던 멸치의 입에서는 죄송하다며 자기가 잘못 안 것 같다고, 지금 다시 생각해보니 우랄 산맥은 미국에 있는 산맥이 확실하다며 울먹거렸다. 담배를 다 피운 유계장이 꽁초를 창문 너머로 버리며 "그만해라"라고 말했고, 그제야 뭉치는 양장에 단추를 잠그며 다시 차분한 자세로 의자에 앉았다. 운전대는 멸치의 코피로 엉망진창이 되어버렸다.

—그래도 어쩔 수 없는 기지. 우덜이 이 니뽄 담배를 팔아야, 바로 우덜 식구들이 먹고사니께 말이여. 그래, 다른 상회나 가게랑 다방에는 말을 다 해놨고?

—계속 하고 있습니더. 쫌만 기다려주시면, 퍼뜩 마무리짓겠십니더.

—그래, 이 담배만 다 팔아가지고, 그 돈으로 경마장만 돌리면, 이제 부산 바닥은 다 우리 끼야. 뭉치야, 아나 모르나?

—다 알지예, 행님. 열심히 하겠습니더!

뭉치가 넙죽 고개를 숙이자, 유계장은 어깨를 툭툭 쳐주며 속에서 두툼한 흰 봉투 한 장을 꺼내 뭉치에게 건네주었다.

—안에 좀 넣었다. 가서 동생들 밥 사주고, 또 니가 눈여겨봐둔 똘마이들 있으면 가서 양장이나 한 벌 사 입히라.

뭉치는 봉투를 받으며 다시 고개를 넙죽 숙여 인사를 했다.

—감사합니더, 행님! 추, 충성을 다하겠습니더!

—그래, 그래. 앞으로도 잘해보자이.

유계장이 손짓을 하자 뭉치는 자동차에서 내렸다. 그리고 창문 밖으로 다시 구십 도 인사를 하며 고개를 숙였다. 유계장은 밖으로 손을 흔들면서 코피를 닦던 멸치에게 중앙동으로 가자고 했다.

●

—니 누구한테 이리 뚜뜨리 맞았노!

염씨는 온몸이 발길질 자국에 입술이란 입술은 죄다 터진 태구의 얼굴을 보며 경악했다. 본디 쌈질을 할 수 있는 인물이 못 되었던지라 피를 본 염씨는 더욱 안절부절못하며 "도대체 이기 무슨 일이고, 무슨 일이고⋯⋯"를 반복하며 한숨을 내쉬기 바빴다. 염씨는 그 이후부터 점점 더 한숨 쉴 일이 많아졌는데, 하루가 다르게 거래를 텄던 상가들이 염씨와의 거래를 끊었고, 다방에서도 염씨를 만나려 하지 않았다. 점포엔 아직 팔아치워야 할 미국산 담배가 한가득인데, 물건이 있어도 팔 곳이 없어져버린 것이다. 그렇게 다달이 들어오던 수입이 반 토막 나더니 결국 그해 겨울엔 수입이 완전 끊겨버렸다. 간간이 성진과 태구가 부산역을 직접 뛰어다니며 파는, 한 끼 밥값 하기에도 애매한 담배 수익이 전부였을 뿐, 그 돈으로는 점포세를 감당할 수 없었다.

땅 파서 장사하는 것도 아니고, 천구백사십팔 년도에 들어가면서 점포세가 밀린 집주인은 염씨를 닦달하기 시작했고, 궁지에 몰린 염씨는 거래를 끊은 상가를 찾아가 거래를 좀 터달라고 하소연했다. 그러나 하소연에 돌아온 대답은 또 다른 하소연이었으니,

―염씨, 염씨가 날 좀 살려줘. 이쪽 담배를 파는 날에는 말도 안 되는 자릿세를 매기질 않나, 그렇다고 그 자릿세를 안 내면 깡패노무 새끼들이 들어와서 장사를 못하게 해.

―경찰은요?

―말 같지도 않은 소리 마. 자네도 알 거 다 알면서 왜 이러나? 다 같은 통밥이여. 그라고, 유계장은 리승만 박사 쪽에 연줄까지 있어. 쫌 있으면 정식으로 선거도 한다고 하더만, 그때 리승만 박사가 나랏님이 될 거란 소문이 많아. 그런데 어떻게 내가 자네 담배를 팔겠나? 으이? 좀 이해해주게.

―유계장? 그게 뭐요?

―에헤이, 이 싸람 부싼 바닥에서 장사하겠다는 사람치고 너무 귀가 어두운 거 아니여? 여기 바닥을 다 잡고 있는 게 부산애국청년회 아니여? 그기 오야가 유계장이여.

―부산애국청년회?

그 이름이 부산애국청년회가 아니라 예전처럼 부산부둣가청년회였다면 염씨의 최후가 좀 달라질 수 있었을까? 하지만 그 시기에 우후죽순처럼 생겨나고 사라지고를 반복하던 것이 청년회였던바, 염씨는 그 이름에서 과거 자신이 김무씨와 함께 덤볐던 그 부산부둣가청년회와의 연결고리를 연상해내지 못했다. 그저 염씨는 이대론 안 되겠다 싶어서 부신애국청년회를 직접 찾아가 담판을 지어야겠다고 생각했다. 사람들한테 물어보니 부산애국청년회의 사무실은 부산극장이라고 했다. 부산극장은 자갈치시장 윗동네에 있었다.

가운데가 볼록 나온 삼층짜리 근대식 건물 옥상에 빨간색으로 '부산극장'이라고 적힌 간판을 올려놓은 부산극장은, 천구백삼십사 년에 좌석수 천사백구십일 석으로 개관한 극장으로, 오랫동안 부산 최고의 개봉극장으로 군림했다. 하지만 당시 깡패들의 주된 수익원들 중 하나인 것이 영화 사업이었고, 아니 왜 주먹으로 유명한 김두한도 서울의 영화관인 우미관(優美館)을 주름잡지 않았던가? 깡패들끼리 걷는 길이 서로 비슷한 법이거늘, 유계장 역시도 왼주먹으로 부산을 평정하던 무렵의 고수이기 진작부터 영화관에 뛰어들었고, 결국 두 주먹으로 부산극장을 쟁취해냈다. 이때의 성취가 부산부둣가청년회를 다시 결집시키는 가장 큰 원동력이 되었었는데, 이후 부산을 평정하고서도 유계장은 그때의 순간을 추억하기 위하여 부산애국청년회의 사무실을 부산극장에 두었다.

하지만 염씨가 찾아갔을 때 유계장은 이월이나 삼월로 점쳐지는 남북한 총선거에서 이승만을 밀어주기 위하여 조직원들을 대동하고 서울로 올라간 상태였다. 그렇다면 부산극장엔 누가 있었는가? 거기엔 조직의 이인자 뭉치가 있었다. 평소에 앉지 못하던 유계장의 의자에 앉아 책상에 다리까지 꼬고 깡패 오야붕의 낭만을 즐기던 뭉치에게, 갑자기 조직원이 들어와 매표소에서 오야붕을 찾는 인간이 있다는 말을 알려왔다. 아니, 대낮부터 부산극장을 찾아와 부산에서 나는 새도 떨어뜨릴 부산애국청년회의 오야붕을 찾는다? 오야붕 분위기에 심취해 있던 뭉치는 그 괘씸한 놈을 단단히 손봐줘야겠다고 생각했다.

그 새끼 잡아다 올려보내!

정신 회로가 워낙에 단순했던 뭉치는 염씨가 사무실에 잡혀오자마자 염씨의 말은 들어볼 생각도 하지 않고 뺨을 세게 올렸다. 어찌나 세게 때렸는지 염씨는 짜—악! 소리와 함께 뭉치의 손이 휘두른 방향으로 날아갔다. 부산애국청년회를 개좆으로 보는 너 같은 새끼들은 좀 손을 봐줘야 해, 이런 씨팔, 오야붕이 뭐 너 같은 새끼들이 함 보자고 하면 볼 수 있는, 뭐 그런 강아지 새긴줄 아나, 씨팔, 어? 너 이 새끼를 내가 아주 그냥, 아주 그냥 본보기로다가…… 뭉치는 쓰러진 염씨에게 몸을 날려 드롭킥을 꽂았다. 염씨는 제대로 일어날 새도 없이 드롭킥에 맞고 날아가 벽에 부딪혔고, 뒤이어 날아오는 온갖 주먹과 발길질에서 목숨을 연명하고자 그저 웅크린 채 머리만 손으로 가리고 있었다. 그는 울먹이며, 이제 그만, 죄송함돠, 죄송함돠, 아, 악, 죄송함돠를 연신 외쳐댈 뿐이었다.

●

그날 염씨는 수레에 실려서 집으로 돌아왔다. 성진은 저녁때가 다 돼가는데 어디 갈 거란 말도 없이 나가 돌아오지 않는 염씨를 찾아 동광동을 돌아다니다가, 수레에 실려서 오는 염씨를 발견하게 되었다. 예전에 거래를 트고 지내던 어느 상회의 아들놈이 수레를 끌고 있었다. 안에는 너덜너덜해진 누더기같이 뻗어 있는 염씨가 있었고, 웃옷을 벗겨보니 멍 아닌 곳이 없는 데다가 얼굴엔 왼쪽 광대가 내려앉았고 그 아래로 이도 몇 개 나간 것 같았다. 성진은 너무 놀라 숨이 턱 막히니, 저번 년에 태구에 이어서 도대체 이게 무슨 날벼락인가 싶었다.

　—사람들한테 물어보니 상가랑 다방에 다시 거래를 트러 갔다 했는데, 이기 무슨 일입니꺼?

성진은 거의 울먹이는 목소리로 수레에 염씨를 태우고 온 아들놈에게 물었다.

—그기…… 내도 자세한 사정은 잘 모르겠고, 마, 내는 극장에서 영화 보고 나오는데 극장 앞에 사람들이 모여 있길래 가보니께, 염씨가 이래 널부러져 있드라……

—극장예?

—으이. 저기 자갈치 위에 부산극장.

—염씨 아재가 그기를 왜 갑니꺼?

—내 자세한 사정은 모르갓는데, 부산극장 앞에서 대낮에 사람이 그리 얻어터졌으면, 일이 뻔한 것 아니겠나?

—뻔하다고예? 좀 알아듣게 말해보이소.

—아, 이런 걸 니한테 말해도 되는 건지 모르갓네……

아들놈은 성진에게 부산애국청년회에서 담배 공급을 독점하려고 했다는 사실을 미주알고주알 풀어주었고, 비로소 그제야 태구가 왜 다방에서 끌려나와 얻어맞았는지, 그리고 왜 갑자기 상가나 다방에서 거래가 뚝 끊겨버렸는지를 알게 되었다. 그때 같이 염씨를 찾아나섰던 태구가 달려왔다.

—아이고 마, 이게 뭔일이고!

태구와 성진은 아들놈에게 수레를 넘겨받아 염씨를 집으로 데려갔다. 둘이서 낑낑대며 어깨와 다리를 붙잡고 염씨를 안방에 눕혔고, 곧이어 데운 물에 적신 수건으로 상처 부위를 조심스럽게 닦아냈다. 군데군데 성한 곳이 없었던 염씨는 상처에 물기가 닿을 때마다 신음 소리를 냈을 뿐, 제대로 말 한마디 못 꺼내고 있었다. 수건은 금세 피범벅이 되었다.

—이 씨팔 새끼들!

성진이 상처를 닦은 수건을 집어던지며 벌떡 일어섰다. 그리고 문을 열고 부엌으로 달려갔다.

―안마, 니 와 그라노?

문틈으로 태구가 걱정스러운 눈빛으로 성진이 나간 곳을 쳐다봤다. 성진은 손에 사시미 칼을 들고 나왔고, 문틈으로 그런 자신을 보며 놀라는 표정을 짓는 태구를 보면서 사시미 칼을 품 안에 감췄다.

―씨팔, 내가 오늘 무조건 결딴을 낸다. 무조건!

굳게 뜬 성진의 눈엔 눈물이 맺혀 있었고 눈물을 한번 훔친 성진은, 이제는 이판사판이라는 눈빛을 지었다. 그리고 태구가 벌떡 일어나 외친 "마, 니 돌았나?" 하는 고함 소리를 뒤로한 채 대문을 박차고 달려갔다. 고함 소리에 움찔한 염씨가 무의식중에 "으으, 미안합니데이, 함만 살려주이소"라고 중얼거렸고, 태구는 성진을 따라 나가지도 못한 채 다시 주저앉아 염씨의 이마에 송골송골 맺힌 땀을 닦아주었다.

그것은 부전자전이었다.

●

본디 일이라는 게 한번 꼬이기로 작정하면 아주 제대로 꼬여들어가는바, 한 달 전 정치 시위를 돕기 위해 서울로 올라간 유계장은 본격적인 시위에 돌입하기도 전에 미군정에서 정치 시위를 해산하려는 강경한 움직임에 맞닥뜨리게 되었다. 이에 이승만 박사가 산하 조직원들에게 일단 자중하라고 뜻을 전했고, 덕분에 유계장은 그냥 건달에서 딱히 할 일 없는 백수건달이 되어버렸다. 가뜩이나 서면경마장을 바라보며 돈을 모으던 때였기에 유계장은 하릴없이 서울에서 돈을 까먹고 앉아 있을 까닭이 없었고, 그래서 자신이 서울에 힘을 보태기보다는 부산에서 선거운동을 꾸리는 게 더 좋지 않겠느냐는 건의를 올렸다. 생각해보니, 아니 뭐, 선거는 서울만 하는 게 아니지 않던가? 이승만 박사의 측근은 그러는 게 더 좋겠다고 생각했고, 그렇게 유계장은 다시 부산으로 내려왔다. 헌데, 하필 부산에 도착한 시간대가 저녁 무렵이었다.

—행님, 어디로 갈까요?

—극장으로 가자. 뭉치 얼굴 함 보고 집에 들어가야것다.

서울에 같이 따라갔던 조직원들은 각자 집으로 해산했고, 유계장은 전보를 받고 대기하고 있던, 그때 괜히 우랄 산맥 얘기를 꺼냈다가 쌍코피가 터지도록 얻어터진, 바로 그 멸치가 몰고 와 대기하고 있던 자동차에 올라탔다. 유계장은 창문을 내리고는 담뱃갑에서 담배를 하나 뽑아 물었다. 전날 일제가 조선총독부 전매국에서 찍어낸 고급 담배였던 '마카오'였다. 한 입 깊게 뿜어내던 유계장은 인상을 찌푸렸다.

—쓰읍. 역시나 니뽄 새끼들 담배보다 그때 그 양키 놈들 담배맛이 좀 더 나았어. 마, 남은 거 니 피워라.

멸치는 유계장이 던진 담뱃갑을 받으면서 허겁지겁 고맙다고 했고, 그때 당황하여 핸들을 잘못 돌리는 바람에 자동차는 전신주에 박으려다가 가까스로 정상 차선으로 돌아올 수 있었다. 멸치는 놀란 가슴에 유계장에게 괜찮으시냐고 물었고, 유계장은 뒤통수를 후려치며 이렇게 말했다.

—야 이 새끼야, 운전을 어떻게 하는 거야!

—죄, 죄송합니다, 행님!

—아나, 씨팔 진짜. 이 새끼를 정말 어떻게 해야 하나……

유계장은 멸치의 뒷통수를 한 대 더 후려칠까 하다가 그냥 한숨을 내쉬며 다시 의자에 앉아 넥타이를 풀어 헤쳤다. 멸치가 모는 자동차가 드문드문 켜진 전신주 불빛들 아래서 보였다 말았다를 반복하면서 나아갔고, 곧 동광동을 지나 자갈치시장 쪽으로 접어들었다. 멀리 보이는 부산극장에선 이제 막 영화가 끝났는지 사람들이 우수수 나오고 있었다. 차가 멈추고 멸치가 뛰어나가 유계장이 있는 차 문을 열었고, 유계장은 멸치를 쏘아보며 차 밖으로 나왔다. 그때 부산극장에서 조직원들이 뛰어나와 사열을 했고, 극장을 나오던 사람들은 이를 흥미롭게 두리번거리며 뭔가 높은 사람이 왔는가 보다는 둥, 아니다 저 사람이 부산애국청년회의 오야라는 둥의 얘기들을 수군거렸다. 유계장은 뭉치에게 미국산 담배를 달라고 했고, 뭉치가 손짓하자 조직원들 중 하나가 한때 염씨가 팔았던 바로 그 담배를 꺼내 유계장에게 대령했다. 유계장이 그 담배를 물자 뭉치가 불을 붙이려는데, 헌데, 바로 그때 인파들을 헤치고 웬 소년 하나가 사시미 칼을 들고 뛰쳐나왔다!

　—야 이, 개새끼야아아아아!

　—뭐, 뭐야?

유계장은 귀신 같은 반사신경으로 칼을 들고 돌진하는 소년을 피했고, 소년은 다시 뒤돌아서 사나운 눈빛을 지으며 들고 있던 사시미 칼로 유계장을 겨냥했다.

전신주 뒤에 숨어서 부산극장을 지켜보고 있던 성진은 검은 자동차 한 대가 오는 것을 보고, 순간적으로 그것이 부산애국청년회의 오야봉인 유계장이 탄 차라는 것을 직감했다. 아니나 다를까 자동차가 도착하는 것에 맞춰서 부산극장에서 조직원들이 우르르 뛰쳐나와 사열을 했다. 성진은 속에 품은 사시미 칼을 꼭 잡은 채 영화가 끝나고 쏟아져나오는 인파들 사이에 몸을 숨겨가며 자동차 앞까지 접근했다. 그리고 유계장이

차에서 내려 담배를 한 대 입에 무는 순간에 맞춰 사시미 칼을 찌르기 자세로 곧추세운 채 기합을 넣으며 달려나갔다.

　—뭐야 씨팔! 이 미친 새끼가!

　하지만 한번 빗나간 일격으로 사실상 상황은 종료된 것이나 다름이 없었다. 부산애국청년회 조직원들이 구름처럼 유계장을 감쌌고, 또한 성진도 조직원들로 둘러싸였다. 퇴로가 차단된 채로 사방에서 조여오는 조직원들을 보며 성진은 허공에 사시미 칼을 휘두르며 다가오지 말라고 소리질렀다. 뭉치는 유계장에게 연신 "괜찮으십니꺼, 행님!"을 외쳐댔고, 유계장은 괜찮으니까 다시 담배에 불이나 붙이라고 했다.

　—쓰—읍. 역시 담배는 양키 놈들이 잘 만들어.

　—괜찮으십니꺼, 행님!

　—아냐, 괜찮다고 몇 번을 말해 인마. 근데 저 새긴 누구야? 공포의 쌍가마파 새끼들이 보낸 건가? 그 새끼들이 칼잡이로 저런 애새끼까지 다 쓰고, 이런 씨팔 진짜 그 새끼들도 갈 데까지 다 갔구만. 내일 애들 풀어서 싹 시마이 해삣라!

　—알겠십니더, 행님!

　유계장은 담배를 마저 피우면서 조직원들로 둘러사인 성진을 쳐다봤다. 순간 그 번뜩이는 사시미 칼과 이판사판이라는 성진의 눈빛에서 어릴 적 추억이라도 생각난 걸까? 유계장은 목에 난 작은 흉터 자국을 만지며 담배를 한번 깊게 빨고 뱉더니, 담배꽁초를 손가락으로 튕겨버리고는 성진에게로 다가갔다.

　—마, 비키봐라.

　—행님!

　—글쎄, 비키보라니까!

아버지를 닮아 목소리가 호걸같이 우렁찬 유계장의 목소리에 조직원들은 길을 텄다. 그리고 극도의 긴장 속에 이마에 땀방울이 송글송글 맺힌 채로 정신없이 사시미 칼을 휘두르던 성진은, 자신에게로 걸어오는 유계장에게 사시미 칼을 겨눴다. 하지만 딱 거기까지였다. 성진은 유계장의 압도적인 아우라 앞에 그저 사시미 칼을 쥔 채로 꼿꼿이 서 있을 뿐, 앞으로 달려갈 생각을 하지 못했다.

—마, 니 누가 보냈노? 쌍가마 새퀴들이 보냈나?

—뭐? 쌍가마? 내는 그른 거 모른다!

성진은 거친 호흡을 내쉬며 소리쳤다. 어느덧 사시미 칼을 든 손은 덜덜 떨리고 있었다.

—하, 이 새끼 봐라. 어린놈이, 니는 장유유서도 읎나? 이 새퀴가 글쎄 어른한테 반말이나 찍찍 뱉고, 세상 자—알 돌아가네.

—이, 씨팔, 어른이 어른 같아야 어른이지. 우리 염씨 아재 담배 장사 못하게 만드는 것도 모자라서, 이제 뚜드리 팼는 것도 어른이 할 짓입니꺼? 예?

성진은 분노했지만, 어느덧 말투가 높임말로 바뀌어 있었다. 유계장은 흥미롭다는 듯이 성진을 쳐다봤다.

—뭐어? 염씨 아재 담배 장사? 아아, 니가 그 양담배 파는 놈들이었나? 으이?

성진은 씩씩거리면서 말없이 유계장을 노려봤다. 유계장은 자초지종이 궁금해졌다.

—뭉치야. 이기 뭔 말이고? 염씨 아잰가 뭔가 하는 놈이 뚜드리 맞았다니? 내 읎는 동안 니 누구 팼나?

뭉치는 오늘 오전에 있었던 바로 그 일을 떠올리고는 머리를 긁적이며 이렇게 말했다.

　—행님요, 그기…… 버르장머리가 없는 놈이 좀 있어가지고……

　—으휴 새끼야, 말이나 좀 들어보고 패던가. 무식한 새끼맨키로 말보다 주먹이 먼저 나면 우짜노!

유계장은 그 자리에서 뭉치의 대가리를 두어 대 후려쳤고, 뭉치는 맞을 때마다 고개를 숙인 채 "행님, 죄송합니데이!"를 외쳤다.

　—아나, 씨팔 진짜. 오늘 이 새끼들이 단체로 다가 누구 엿 멕일라고 작정을 했나……

유계장은 이렇게 말하면서 멀리 자동차 앞에 서 있던 멸치를 쏘아봤다. 멸치는 곧바로 눈을 땅 밑으로 깔았다. 유계장은 한숨을 내쉬었다.

　—얘야, 그라믄 니 지금 니 혼자 온 기가? 그 뭐, 염씨 아잰가 하는 사람 뚜뜨리 맞았다고? 으이?

어느덧 성진의 눈에선 눈물 콧물이 떨어지고 있었는데, 성진은 눈물 콧물을 닦을 새도 없이 고개를 끄덕였다. 아마도 입을 열면 금방이라도 울음이 터져나올 것만 같았으리라. 세상살이에 아무리 뒹굴었다 해도, 그는 열네 살이었다.

　—고놈 참 당돌하네. 빡 돌면 뭐 칼 들고 사람 쫓아오는 건, 뭐, 영화 보고 배운 기가?

유계장은 부산극장을 바라보며 농을 던지듯 말했다. 유계장은 웃으면서 양복 속주머니에 손을 넣더니 지갑을 꺼내들었다. 그리고 거기서 지폐 몇 장을 꺼내 성진에게 내밀었다. 성진이 망설이자 유계장은 대범하게 앞으로 걸어왔고, 성진은 뒷걸음질쳤다.

　—오, 오지 마이소!

　—마, 이 시빨놈아. 안 잡아묵는다. 염씨 아잰가 뭔가 하는 사람이 니

143

아부지쯤 되는 사람 같은데, 이 돈으로 치료비 해라이. 모자라면 더 받으러 오고. 그라고, 내일 낮에 내가 사람 하나 보낼 테니께, 너그들이 파는 양키 담배 얘길 좀 다시 해보자. 어이? 마, 안 받나? 팔 떨어지겠다!

성진은 바들바들 떨리는 손으로 천천히 사시미 칼을 거두더니, 유계장에게 다가가 지폐를 받았다. 유계장은 멋쩍게 미소 지으며 바닥에 침을 퉤— 하고 뱉더니 "마, 가자!" 하고 우렁차게 말했다. 그러자 순식간에 유계장을 따라 조직원들이 부산극장 안으로 우르르 들어가버렸다. 모두가 사라진 부산극장 앞에서 성진은 다리에 힘이 풀린 듯, 사시미 칼을 떨어뜨리며 그 자리에 주저앉아버렸다.

―행님, 아새낀 와 살려췄습니꺼?

―아, 그냥. 억수로 옛날에 저그렇게 미친놈맨치로 사시미 칼 들고 온 새끼가 있었거든.

―옛날에도요?

―으이. 아주 그냥 인간이 지켜야 할 쵯쏘한의 상도덕도 없는 개노무 새끼였지. 다시 만나면 확 죽잇삐야 되는데…… 그런 새끼들은 세상에 살리두면 안 돼.

―예? 행님, 그라몬 그 아새낀 와 살려준 겁니꺼? 아까 말이랑……

―아, 새끼 피곤해 죽겠는데 자꾸 귀찮게 하네. 마, 니뽄 담배 맛이 좃같아서 그랬다! 됐나?

●

그해 겨울 이월엔 백범 김구 선생이 통일하면 살고 분열하면 죽는 것

144

은 고금의 철칙이니 자기의 생명을 연장하기 위하여 조국의 분열을 연장시키는 것은 전 민족을 사갱(死坑)에 넣는 극악 극흉의 위험한 일이라며, 통일된 조국을 위해 삼팔선을 베고 쓰러질지언정 구차한 안일을 위해 단독 정부를 세우는 데 협력하지 아니하겠다고 읍고(泣告)했다. 하지만 김구선생이 그러거나 말거나 남한에서만 총선거가 실시되었고 이승만 박사가 초대 대통령으로 당선되었다. 한 일 년 뒤에 김구 선생이 총에 맞았다는 기사가 헤드라인을 장식했다.

사월엔 제주에서 난리가 났다고 했지만, 성진에겐 북한에서 갑자기 송전을 중단하는 바람에 꺼져버린 전깃불이 더 큰 난리였다. 신문에서 하루가 멀다 하고 나라꼴이 개판이라고 소리를 질러댔고, 그럴수록 사람들은 담배를 찾았다. 부산애국청년회와 수익의 반을 나누는 날강도 같은 조건이긴 했지만, 어찌됐든 부산극장에서의 사건 이후 염씨네는 다시 상가들과 거래를 할 수 있게 되었다. 장사는 다시 정상 궤도에 올랐고, 병원 신세를 지던 염씨도 퇴원하고 다시 점포로 돌아왔으며, 그렇게 이리저리 다방을 들락거리던 일상이 다시 돌아왔다. 하지만 여기서 정작 일상으로 돌아오지 못한 사람은 바로 성진이었는데, 그는 평탄한 일상에 염증을 느끼기 시작했다. 그것은 오른손을 가지고 맞이하는 남정네들의 사춘기였다. 그렇다면 여기서 왜 하필 '오른손을 가지고'인가? 그것은 여러 가지 의미가 있는데, 보통 본격적으로 오른손으로 수음을 배울 나이라는 의미로 통용되었지만, 성진에게는 그보다는 오른손을 꽈ー악 쥔 주먹의 문제였다. 중학교에 간 성진은 하라는 공부는 안 하고 날마다 일제 강점기에 출판된 권투 교본을 뒤적거렸다.

학교가 파하고 성진과 태구는 점포로 가서 일을 봤다. 태구네 큰집에선 농지 개혁으로 농지를 받을 때까진 작은집 식구까지 입에 풀칠해주기가 어렵다 하여, 거의 반강제로 태구네를 쫓아냈다. 태구네 아버지는 일자리를 찾아 돌아다녔지만 청년들도 실직하는 마당에 중늙은이에겐 좀처럼 일이 주어지지 않았고, 따라서 태구네는 태구가 염씨네 점포에서 뛰어다니며 번 돈으로 어렵게 생계를 이어가야만 했다. 그해 가을 태구는 중학교를 그만뒀다.

농지 개혁법은 천구백사십구 년에 가서야 공포되었다. 신문은 경자유전(耕者有田)이라 하여 농사 짓는 사람이 땅을 가져야 한다고 말했고, 농지 개혁법이라고 하는 것은 토지를 지닌 지주들로부터 토지를 거둬 토지가 없는 농민들에게 나눠주는 법안이라고 했다. 태구는 겉만 번지르르한 소리라고 침을 퉤— 하고 뱉었다. 내용을 알아보니, 이 법안은 그냥 거둬서 무상으로 땅을 분배해주는 것이 아니라 유상 분배였다. 태구네 큰집은 끼니 걱정하는 집이었고, 땅을 분배받고도 돈을 마련하지 못해 결국 있던 농지를 되팔고 다시 소작농이 되었다. 자본주의는 태구네에게 그다지 친절하지 않았다.

●

성진은 부산극장 주위를 기웃거렸다. 그는 전날 사시미 칼을 가지고 유계장을 찾아갔던 일을 또렷이 기억했다. 중절모에 회색 양장을 입고 담배를 피우던 유계장의 모습, 우렁찬 목소리에 모든 조직원들이 복종하던 권력의 힘, 자신이 칼을 들고 있었음에도 여유롭게 다가와서 지폐를 건네던 그 자신감, 그리고 이 모든 장면들에서 느꼈던 알 수 없는 아우라와 위압감. 본디 남정네들이란 것은 강한 자가 암컷을 차지한다는 진화

론의 룰에 따라 강한 것을 숭상하도록 진화된 동물이었고, 성진 역시 남자였기에 이 무(武)의 세계에 깊이 감동한 바가 있었다. 부산애국청년회가 염씨와 친구인 태구를 두드려 팬 것은 화낼 만한 일이었지만, 유계장에 대한 선망 의식이 커질수록 그런 부분들은 모두 몰라서 벌어진, 한마디로 어쩔 수 없었던 일로 치부되었다. 그리고 어쨌거나 지금은 일상이 정상으로 돌아오지 않았던가?

그렇게 부산극장을 배회하기를 며칠, 결국 성진은 용기를 내어 부산극장 안의 부산애국청년회 사무실로 들어가 다짜고짜 큰 목소리로 인사를 하였다.

―안녕하십니꺼!

신문을 보거나 아령을 들며 소일하던 부산애국청년회 조직원들은 갑자기 들어와 큰 목소리로 인사를 하는 소년을 보면서 의아했다. 그중 하나가 대뜸 이렇게 물었다.

―니 뭐꼬?

그것은 자기 집에 모르는 사람이 들어왔을 때 사람이 보이는 기장 기본적인 반응이었다.

―지는 김성진이라고 합니더!

―아니, 니 이름 말고. 니가 뭐냐고? 누구 심부름왔나?

―그기 아니라…… 사실 여기에 입문하고 싶어서 왔십니더!

―뭐어? 입―무운?

사무실에 있던 조직원들은 모두 큰 소리로 웃었다. 맨 뒤쪽에서 만두를 먹고 있던 뭉치가 주위 조직원들에게 말했다.

―아그들아, 와 이리 소란스럽노? 뭐고?

―뭉치 행님, 이 시끼가 자길 조직원으로 받아들여달랍니더.

뭉치는 문 앞에 서 있던 성진을 힐끔 보더니 큰 소리로 웃음을 터뜨렸다. 그러자 주위에 있던 조직원들이 다시 한 번 따라서 웃었다. 조직원들은 눈칫밥이 일상이었다.

—마, 이기가 어딘 줄 아나? 부산애국'청년'회야, 청년회. 근데 니는 청년이 아이다 아이가? 으이? 대가리 피도 안 마른 게, 니 같은 놈을 어디쓰란 말이고? 이상한 소리 하지 말고 엄마 젖 좀 더 묵고 오그래이.

—지는 엄마가 읊십니더. 그라고, 어려도 자, 잘할 수 있습니더! 뭐든지 시켜만 주십시오!

성진이 막무가내로 나오니 뭉치가 일어나서 다가왔다. 그의 우락부락한 어깨에서 만들어진 그림자가 성진을 덮어버렸다.

—하, 이것 봐라. 이노마 가까이서 보니께, 저번에 사시미 칼 들고 쫓아온 그노마 아이가? 맞네. 그때 그 새끼네. 마, 잘 들으라. 내가 니 배포는 알아주겠다, 이기야. 근데, 다시 한 번 말하지만 여기는 부산애국청년회야, 청년회. 부산애국아새끼회가 아니라고. 으이? 그니께 좀 더 자라서 오그래이.

그러면서 뭉치는 미간을 잔뜩 모으며 위압적인 표정을 지어 보였다. 성진은 아무 말도 못했지만, 그래도 그 자리에서 움직이진 않았다. 이에 뭉치는 "이 새끼 말로 하면 안 되겠네"라는 멘트를 던지며 성진을 부산극장 바깥으로 내쫓기 위한 실력 행사에 들어가려고 했다. 하지만 인생에는 한 편의 소설 같은 순간들이 존재하는바, 성진에겐 그 순간이 바로 지금이었으니 때마침 유계장이 볼일을 마치고 사무실 안으로 문을 열고 들어왔다. 유계장을 본 뭉치를 비롯한 조직원들은 "행님 왔습니까!" 하고 일제히 구십 도 인사를 했고, 성진은 그런 유계장과 눈이 마주쳤다. 성진은 그런 걸 어디서 보고 배웠는지는 모르겠으나, 곧바로 유계장 앞에 무룷을 꿇었다.

—추, 충성을 다하겠십니더! 제발 지를 부산애국청년회에 받아주십시오!

유계장은 웃으면서 말했다.

—뭉치야, 이 뭐꼬?

—행님, 그게 말이지예⋯⋯

●

성진은 그날부터 부산애국청년회의 유일무이한 준(準)회원이 되었다. 일단 '등빨'이 좋아야 한다고 했다. 모름지기 남자는 등으로 말하는 동물이라는 게 유계장의 지론이었던바, 딱 부러진 어깨 밑으로 황소 등판같이 불쑥 솟은 등처럼 기선 제압에 좋은 것이 없다는 논리였다. 유계장은 등빨을 키우려면 크게 두 가지 조건이 필요하다고 했는데, 일단은 골격이 다 갖춰질 때까지 커야 하고, 둘째로는 잘 먹어야 한다고 했다. 헌데, 성진은 첫 번째 조건조차 갖춰지지 않았으니, 일단 열심히 밥을 먹으면서 골격과 몸집을 키우라고 조언해주었다. 하지만, 그렇다고 유계장이 성진을 집으로 돌려보내진 않았는데, 그 무대뽀 정신이 마음에 드니 일단 준회원을 시켜주겠다고 했던 것이었다.

—고맙십니데이! 충성을 하겠습니다!

—마, 충성은 나라에다 하는 기고. 버티기나 잘 버티봐라.

그때부터 성진은 부산애국청년회의 잡일 담당이 되었다. 담배부터 시작해서 각종 온갖 자질구레한 심부름을 도맡았고, 청소나 부산극장의 영사기를 돌리기 등의 잡일들을 하러 뛰어다녔다. 이는 마치 소림사에서 제자를 받을 때 본격적인 수련에 앞서서 온갖 빨래와 잡무들을 시키는 것과 같은 원리였는데, 뭐 그렇다고 부산애국청년회가 꼭 소림사인 것은 아니었지만, 그래도 성진에게는 소림사나 다름없는 곳이었다. 그는 군말 없이 뛰어다녔다. 평소에 어딜 그렇게 싸돌아다니냐는 염씨의 꾸중까지 불사하면서 지낸 지 넉 달여가 지났을 때, 유계장은 성진을 따로 불렀고, 성진에겐 드디어 첫 번째 임무가 주어졌다. 그것은 일종의 감시 임무였다.

—팔선녀에 가면 꽃님이라고 있다. 그짝에 사환으로 넣어줄 테니께, 꽃님이가 뭐 하는지 일거수일투족을 보고해라. 알겠나?

팔선녀는 부산 중앙동에 있는 유명한 요정(料亭)이었다. 일제 강점기 때부터 유명했던 곳으로 특히 부산지방법원이나 부산경찰청과 같이 부산의 관공서에 앉아 있던 일본 놈들이 자주 드나들던 곳으로 유명했다. 따라서 건물도 일식으로 지어졌을 뿐만 아니라, ㅁ형 건물의 안쪽에는 작은 정원도 갖춰져 있으니 고단한 조선인들 쥐어짜기 임무에 지친 관리들이 노닐기에 아주 안성맞춤인 장소였다. 그렇다면 왜 팔선녀인가? 이는 여기에 여자가 여덟 명밖에 없다는 소리가 아니라 미모와 춤과 노래와 지성을 겸비한 춘향이 같은 기녀들이 여덟 명이 있다는 말에서 팔선녀였는데, 과연 그러한지라 아무리 일본 순사라 할지라도 팔선녀를 마음대로 손댈 수는 없었다. 왜냐하면 그녀들은 자기들보다 더 높은 직급의 사람들과 노닐었으니까. 괜히 건드렸다가 신세 조지는 꼴이 날 수 있었으니, 모두 그저 술이나 홀짝이면서 입맛만 쩝쩝 다실 뿐이었다. 어허, 그림의 떡이라는 말이 이런 때를 두고 하던 말이었던가?

고위층과 노닐었던 관계로 팔선녀들은 모두 정신대니 뭐니 해서 난리통에 끌려가지 않고 팔선녀에 계속 머무를 수 있었지만, 해방이 되고서는 그런 생활도 갑자기 다 끝나버렸다. 성난 사람들은 쪽발이와 붙어먹던 년들이라면서 팔선녀에 돌팔매질을 하거나 온갖 욕설의 벽서를 붙이거나 했는데, 이 수난은 어느 날 금정산 자락에서 혜성처럼 나타난 유계장이 팔선녀를 접수할 때까지 계속되었다. 거의 반년간 문을 닫은 팔선녀는 천구백사십육 년 여름이 돼서야 영업을 개시했는데, 이 시기쯤 부산극장을 손아귀에 넣으며 부산 부둣가 바닥의 패자(覇者)로 군림한 유계장이 팔선녀의 기둥서방이 되었다. 아하, 과연 영웅호걸엔 미녀가 뒤따르는 것일까?

거기서 유달리 유계장의 마음에 든 것은 팔선녀들 중 막내였던 꽃님이란 처자였는데, 흰 피부에 붉은 볼 그리고 살살 웃는 미소가 영락없이 남정네들 애장간을 녹이는 미녀상이었으니, 유계장이 꽃님에게 휘말린 것도 이상할 게 없었다. 다만, 예나 지금이나 기생에게 사랑 고백을 한 양반집 자식네들 중에 진짜로 기생과 백년가약을 맺은 놈은 이몽룡이 하나밖에 없으니―게다가 이마저도 역사적 진실이 아닌 민간 설화가 아니었던가!―안타깝게도 유계장은 꽃님에게 이몽룡이 아니었다. 이 시기쯤 해서 유계장은 정식 처를 맞아들여서 혼인을 했는데, 얼마 지나지 않아서 떡두꺼비 같은 아들도 낳았다. 하지만 유계장은 꽃님을 잊을 수 없었으니 낮에는 그 처와 함께 있고 밤에는 팔선녀로 넘어가 꽃님이와 시간을 보냈다. 그것은 동서고금을 막론하고 권력이나 돈깨나 번다던 남정네들이 추구해왔던 유서 깊은 전통인 두 집 살림이었다.

―뭉치 행님, 근데 와 유계장님은 지한테 꽃님일 감시하란 겁니꺼?

―하, 이 어린노무 새끼. 핏줄은 정실(正室)에서만 나와야 하는 거……아이다, 마, 내가 지금 아랑 무슨 말을 하고 있노. 지금 니는 들어도 몰라.

151

원래 세상이 다 그른 기니까, 나중에 나이 묵으보면 다 알게 된다.

그랬다, 그것은 남정네들의 수많은 본성들 중 하나였다. 자기 핏줄은 정실에게서만 나와야 했다. 그것도 기왕이면 아들로. 정실이 아닌 여자에게 나온, 그러니까 혼외정사 간에 아이가 나오면 일이 복잡해졌다. 여기엔 수많은 이유들이 존재했는데, 가령 생물학적인 이유를 들자면, 본디 남성이란 여성의 난자가 한 개인 것과 달리 그 정자가 수십억 마리에 이르는 동물이니 생물학적으로 한 여성으로 만족하지 아니하는 정신머리를 가진 짐승이기도했지만, 그러면서 웃기게도 동시에 그 수많은 정자들 가운데 단 하나만이 난자에 들어가 자기 새끼가 된다는 점에서 최초로 들어간 그 정자 쪽으로 끊임없이 돌아오려 하는 가정 회귀적인 동물이기도 했다. 또 자본주의적 이유를 들자면 여자가 혼외자식을 가지고 협박하며 돈이라도 요구하는 날엔 한순간에 인생이 깜깜해지는 경우가 있을 수 있었다. 유계장은, 아마도 후자였다.

어찌됐든 그리하여 성진은 팔선녀의 사환이 된다.

●

요정은 저녁 일곱 시에 문을 열었고 거의 열두 시까지 계속되었다. 대개 부산에서 한 가닥 한다는 사람들이 술을 마시러 왔기 때문에 야간 통행금지 따위는 "아이고 고생한다!" 하고 손을 흔들면 가볍게 씹고 넘어갈 수 있었다. 팔선녀에서는 여러 가지 안주를 팔았다. 대개는 회였는데 참돔부터 시작해서 광어, 우럭, 농어, 그리고 문어숙회까지 그 종류가 십여 가지가 넘었고, 마시는 술들 역시 당시 사람들이 이상한 희석 소주나

담금술이나 홀짝이던 것과 달리 고급 정종부터 이상한 글자들이 적힌 외국산 술들이 구비되어 있었다. 사환이 된 성진은 이 방 저 방 돌아다니면서 술과 안주를 날랐고, 상을 치우면서 이따금씩 손님들이 남긴 횟감들을 주워 먹을 수도 있었다. 이때 성진은 여자들의 분내를 강하게 맡을 수 있었는데, 처음엔 썩 좋지 않았지만 누가 인간은 적응의 동물이라고 했던가? 성진은 야릇한 그 냄새에 곧 적응하게 되었다.

그리고 성진은 왜 팔선녀가 팔선녀인지를, 그리고 왜 유계장이 꽃님에게 빠졌는지를 알게 되었다. 그는 팔선녀가 진짜로 선녀같이 예쁘냐는 태구의 물음에 이렇게 답했다고 한다. 백문이 불여일견. 그것은 그가 중학교에서 배운 몇 안 되는 사자성어들 중 하나였다. 하지만 언제까지나 헤벌쭉하고 있을 수는 없는 법, 임무는 임무였던 관계로 성진은 날마다 힐끔거리며 꽃님의 일수거일투족을 감시했고 낮에는 부산극장으로 달려가서 유대식에게 이를 보고했다. 하지만 딱히 큰일은 없었는데, 사람들은 꽃님이 유계장의 여자임을 알았기에 그저 잠깐만 불러 점잖게만 놀다 갈 뿐, 치근덕대는 사람은 없었다. 일전에 배 타던 우선장이 꽃님에게 치근덕대다가 다음 날 유계장에게 코가 깨졌다는 얘기가 나돌고부터였을까? 사람들에게 꽃님은 마치 지갑에 아무리 돈이 많음에도 불구하고 그저 그림의 떡 같은 여자였다. 뭐, 하지만 상상의 영역까지 유계장이 어떻게 할 수 있는 것은 아닌바, 어찌됐든 꽃님은 예뻤고, 고로 밤이면 밤마다 혈기왕성한 성진의 수음 주제가 되었다.

아, 손수건이라도 하나 가질 수 있다면.

그렇게 소년의 사랑은 이상한 페티시즘으로 발전했다. 성진은 요정을 돌아다니면서 혹시나 훔쳐갈 꽃님의 물건이 있을까 두리번거렸고, 그러다가 결국 팔선녀들이 옷을 갈아입는 작은 방까지 기웃거리게 되었다.

성진의 목표는 기왕 이렇게 된 김에 물건보다는 옷을 갈아입는 장면을 훔쳐보자는 대담한 발상으로 전환되었고, 그렇게 불쑥 솟은 아랫도리를 붙잡은 채 작은 방의 장롱 안으로 숨어들었다. 그렇게 꽃님이 오기를 가만히 기다리고 있었는데, 아니나 다를까 여섯 시 즈음해서 꽃님이 출근해 옷을 갈아입으러 들어왔다. 성진은 살짝 열린 장롱문 틈으로 꽃님이 옷을 갈아입는 장면을 몰래 훔쳐보기 시작했다. 헌데, 그녀가 옷을 갈아입는 장면은 부산극장에서 본 애로영화와 좀 달랐다. 그녀가 웃옷을 벗고 저고리를 풀자 거기엔 배를 칭칭 동여맨 흰 붕대가 나타났다. 그리고 붕대가 다 풀린 그 자리엔 볼록 튀어나온 배가 있었고, 배를 서너 번 쓰다듬던 그녀는 이윽고 다시 붕대로 배를 감고는 게이샤 옷을 입기 시작했다.

불쑥 솟았던 성진의 아랫도리는 어느새 꺼져 있었다.

●

─뭉치 행님.

아침부터 뭉치가 사무실에서 만두를 꾸역꾸역 입에 넣고 씹고 있을 때였다. 성진이 머리를 긁적이며 뭉치 앞에 나타났다. 성진은 꽃님이 임신했다는 사실을 알고 나서도 곧바로 유계장을 찾아가지 않고 뭉치에게 갔던 것이다. 뭉치는 눈을 끔벅이며 성진의 얼굴을 쳐다봤고, 오른손을 올리면서 입에 먹는 것이 다 넘어갈 때까지 기다리라는 신호를 보냈다. 입에 있던 만두가 목구멍으로 넘어가자 성진은 다시 뭉치의 이름을 불렀다. 뭉치 행님.

―아 씨, 아침부터 다짜고짜 뭐고?

　―이기, 좀 그냥 궁금한긴데, 혹시 그 꽃님이가 계장님 애라도 배면 우째 되는 깁니꺼?

　―우예 되긴 인마, 애 떼야지.

　―애를 뗀다고요?

　뭉치를 별일 아니라는 듯이 고개를 끄덕였다. 아니 뭐 배라도 열어서 애를 꺼낸단 말이야? 성진은 머릿속에서 온갖 끔찍한 장면이 스쳐 지나가 저절로 비위가 안 좋아졌다.

　―어, 어떻게 애를 뗍니꺼?

　―그야 씨팔, 나도 모르지. 어찌됐든 뗀다. 와?

　뭉치는 이에 낀 만두피를 손톱으로 쑤시며 대꾸했다.

　―아닙니다. 그냥 궁금해갖꼬.

　―내도 그냥 어깨너머로 들은 말인데, 소금물을 막 묵으갖고 언덕에서 한 두어 번 구르면 애가 떼진다고 카더라.

　―아, 예에……

　그때 유계장이 똘마니 몇 명과 같이 출근했다. 뭉치를 비롯한 사무실에 미리 출근해 있던 모든 인원들이 일제히 자리에서 일어나 "안―녕하십니꺼!" 하고 우렁차게 인사를 했고, 여기엔 성진도 포함되어 있었다.

　―그래 그래, 다들 아침은 좀 무긋나? 어? 김성진이―! 일찍 왔네.

　―묵었습니다, 행님! 살펴봐줘서 감사합니데이.

　―아침 무긋냐고 물어봐준 것도 살펴봐준 기가? 이 시킨 밥 한끼만 사줘도 목숨까지 바치겠구마잉.

　유계장의 농담에 사무실에 있던 사람들이 '하하하' 하고 웃음을 터뜨렸다. 이곳에선 오야붕이 웃긴 얘기라고 생각하면 그것은 곧 세상에서 제일 웃긴 개그가 되었다.

　─그래, 성진아. 어제는 뭔 일 없었읏나?

　농담스레 던지면서도 유계장의 눈빛은 예리하게 빛났다. 성진은 순간적으로 유계장이 사시미 칼을 가지고 꽃님의 배를 가르는 장면이 떠올랐고, 그 갈라진 배 속에서 작년 복날에 염씨가 개를 잡으면서 배를 갈랐을 때 주르륵 나오던 내장들의 이미지가 겹쳐졌다. 또한 이어서 그 상태로 소금물을 잔뜩 먹은 꽃님이가 언덕에서 굴러 내려오며 배 안의 내장과 아이가 쏟아져내리는 끔찍한 장면이 성진의 머릿속을 수놓았다. 문득 성진은 오른쪽 발가락에 심한 가려움증을 느꼈다.

　─아무 일도 없었십니더, 헹님.

●

　도대체 왜 성진은 거짓말을 했는가? 그것은 말 한마디 붙여본 적 없으면서도 문틈 사이로 힐끔힐끔 쳐다보며 기억한 이미지들을 가지고 밤마다 이불을 뒤집어쓰고 오른손을 흔들어댄 수음의 연정(戀情) 때문이었을까? 어쩌면 그것은 사춘기에 시작되는 풋풋한 사랑의 감정이었을는지도 모르겠지만, 또한 그래서 기실 이런 부류의 주제가 중고등학교 백일장마다 오매불망 임을 그리는 절절한 손글씨로 수놓아졌지만, 안타깝게도 성진에게는 그런 낭만을 즐길 여유가 없었다. 그는 딱히 글 쓰는 법도 몰랐고, 나날이 꽃님의 배는 부풀어오를 터였다. 그러다 혹여 유계장과 꽃님이 동침이라도 하는 날엔 꽃님의 임신 사실이 탄로 날 터, 그 순간부터 성진의 조직 생활은 끝이었다.

부산애국청년회에서 가장 말단에 정식 조직원조차 아니었던 성진은 문득 자신이 사랑으로 인해 파멸하는 남자의 인생을 사는 것만 같은 기분을 느꼈다. 부산극장에선 그런 비슷한 스토리의 영화들이 몇 개 있었는데, 영화로 볼 땐 그런 주인공들의 삶이 아련하면서 멋있어 보였지만, 막상 현실에서 자신이 그 주인공이 되자 성진은 그저 안절부절못할 따름이었다. 게다가 심지어 꽃님은 성진의 이름조차 몰랐다. 아니, 그 존재는 알았을까?

　그날 팔선녀 요정에서 음식을 나르던 성진은 너무 심장이 쿵쾅거려서 손님들이 남긴 음식을 주워먹을 생각도 못했고, 심어지 손님들이 주는 팁에도 얼빠진 사람처럼 어버버거렸다. 성진은 복도에서 마주친 꽃님에게 목례도 제대로 하지 못했고, 밑으로 깐 눈알을 굴리며 그저 그녀의 배가 당장 임신한 것을 들킬 만큼 불룩 솟지 않았음을 확인할 따름이었다. 하지만 그것은 시간문제에 불과했다. 한 일주일에서 열흘 정도면 들통 나지 않을까? 아프다고 결근하는 날까지 합쳐서 아무리 숨겨본다 쳐도 한 달에 불과한 게 아닐까? 하루 이틀 삼 일 고뇌에 빠진 성진은, 결국 지금이라도 유계장에게 진실을 이실직고하는 것만이 살길이라는 생각을 하게 되었다. 하지만 그때 성진은 몰랐다. 이미 살길은 자기와 한참 멀어진 길이 되어버렸다는 것을.

●

　―성진아!

　요정에서 일을 마치고 밤늦게 돌아오는 야심한 새벽, 태구가 대문 앞에서 기다리고 있었다.

　―어? 태구야. 니 요서 뭐하노? 자정인데 집에 안 들어가도 되나?

　―괘안타, 아부지한테 말하고 나왔다.

　―야밤에 뭐고? 할 말 있으면 낮에 말하면 되지.

　―마, 니가 낮에 점포에 와야 말을 하든가 말든가 하지. 염씨 아재한테 물어보니께, 니 요새 요정 다니면서 사환한다메?

　―어, 그렇게 됐다.

　―그 뭐, 애국청년회에서 시키드나?

　―아이다. 내가 자진해서 하는 기다.

　―자진?

　태구가 입을 다물자, 성진은 도대체 자기가 요정집에서 뭔 일을 하고 있는지 생각해봤다. 솔직히 그런 걸 기대하고 부산애국청년회를 찾아간 것은 아니었다. 자기도 양복 한 벌 쫙 빼입고 중절모를 쓰고 돌아다니고 싶었다. 남자들의 뜨거운 의리와 어딘가 낭만적인 냄새를 풍기는 주먹꾼의 인생, 뭐 대충 그런 걸 만끽하며 살고 싶었다. 하지만 자기가 하는 건 임신한 여자애를 어쩌하니 마니 하는 일에 불과했으니, 심지어 그 일이 도리상으로도 뭔가 찜찜하기 짝이 없는 일이었다.

　―성진아, 내 사실 저번에 부산극장에 가가지고, 부산극장 앞에서 빗질하던 니를 봤다. 보니께 양복 입은 사람들 지나갈 때마다 "반갑심니더, 행님" 하고 연신을 고개를 숙여대드만. 내는 솔직히, 그기 닌 줄 모르겠더라.

　―야, 그런 기 아이다. 처음엔 다 따까리로 시작하는 기라. 인사하고 빗질하고, 뭐 뭐, 소림사에서도 처음엔 빨래하고 밥하고 그런단다 아이가.

　―그라몬 시간 지나면 뭐가 되는데?

158

—따까리에서 정식 조직원이 되지.

—그거 지나면 뭐가 되는데?

—정식 조직원에서 중책이 되지.

—그다음엔?

성진은 대답하지 못했다. 그다음은 뭔가? 지금 유계장의 자리에 오르기라도 한단 말인가? 그건 한 편의 역모고 반역이었으니, 감히 말단 준회원으로서 생각할 수 있는 것이 아니었다. 성진은 갑자기 짜증이 났다.

—마, 니 와 그라노? 갑자기 이상한 질문이나 찍찍 하고.

—성진아, 내 생각은 이렇다. 내는 니가 그 애국청년회에서 뭐가 되던 간에, 거기서의 니는 니가 아닌 것 같다. 애국청년회가 니가?

—그기 무슨……

—내는 이래 생각한다. 예전에 하와이에서부터 그랬지만, 그때 학교에서 애들이랑 뛰놀고 야자숲에서 벌레 잡고, 그리고 한국에 와서는 염씨 아재랑 밥 묵고 담배 나르고…… 그기 니라고 생각한다. 으이?

성진은 아무 말도 하지 못하고 우두커니 서 있기만 하였다. 그렇게 한이, 삼 분 침묵이 흘렀을까? 태구는 자리를 털고 일어나며 이렇게 말했다.

—이 말 할라고 기다릿다. 이제 집에 가봐야겠네. 근데, 이 칭구야. 니알제? 내는 진짜 니든 가짜 니든, 그래도 니 칭구로 남을 기다. 으이?

태구는 멋쩍은 미소를 지으며 성진의 어깨를 툭툭 치고는 희미한 전신주 불빛 아래 어두운 골목길 안으로 달려가 사라졌다. 친구를 칭구라 발음하는 성진의 친구 태구의 우정이란 바로 이런 것이었다.

비극은 항상 예상치 못한 방향에서 시작되는 법이다.

천구백사십구 년 여름이 다가올 즈음 하와이에서 담배를 보내오던 정씨가 미국 신문에 곧 미군 애들이 대한민국에서 나갈 것이라는 소식을 알려왔다. 아니나 다를까 그 소식을 받은 바로 다음 날 신문에선 "사월 미군철수 재개!"라는 기사가 떴다. 주한 미군은 원래 남한에서 단독 정부가 세워진 다음 달인 구월부터 감축을 추진했는데, 십일월에 여수 순천 사건으로 잠시 철수가 중단되었다가 천구백사십구 년 사월 다시 철수를 시작해 오월 이십팔일 오백여 명의 군사 고문단만 남기고 사만오천 명의 철수를 완료했다. 그렇다면 정씨가 이 소식을 왜 알려줬는가? 안보의 위협? 저 멀리 하와이 땅에서 조선의 안보를 걱정하는 건 그다지 공감되는 얘기는 아니었고, 핵심은 돈이었다.

기실 당대 미국산 담배의 유통은 염씨처럼 미국에 연줄이 있는 사람들이 국내에 들여오는 방식을 쓰거나, 혹은 일본과 한국에 상륙해 있던 미군 부대의 보급 창고에서 빼돌리는 방식이 사용되었는데, 여기서 미군 부대가 다 빠져버렸던 것이다. 수요는 그대로인 상태에서 공급이 줄었을 때 가격이 오르는 것은 시장의 법칙이었다. 염씨의 수익은 자그마치 세 배로 증가했고, 온갖 인플레이션과 넘실대는 환율로 혼란 정국이던 대한민국의 경제 속에서도 염씨의 장사 이윤 그래프는 하늘 높은 줄 모르고 쭉쭉 올라갔다. 하지만 인생사 새옹지마, 올라가면 내려와야 하는 법. 이번에도 문제가 된 것은 이런 염씨의 사업이 너무 유명해져버렸다는 것이었다.

어느 날 부산극장 사무실에서 장부를 처다보던 유계장은 무릎을 치며 말했다.

—야 이 씨, 이거 이거 염씨네가 대단허네. 양키 담배가 이게 효자가
될 줄 누가 알았겠어? 어이? 아주 복돼지야, 복돼지.

뭉치가 다가와 고개를 숙였다.

—축하합니데이, 행님. 이기 다방에 가서 사람들이 양키 담배만 찾았
더라고예.

—그래야지. 이기 물 건너 바다 건너온 메. 이. 드. 인. 미. 쿡. 아이가?
으이? 요새 사람들은 미국산이라면 꿈뻑 죽거든. 와— 그때 성진이 그노
마가 칼 들고 안 찾아왔으면 우얄 뻔했노?

—다 행님의 탁월한 식견입니데이.

—그래, 이 씨팔 탁월한 식견이 니 무식한 주먹질 땜에 다 좆되부럴
뻔했지.

유계장은 예전에 뭉치가 염씨를 손봐준 일을 회상하며 이죽거렸다. 그
러다 무슨 생각이 났는지 의자에 걸어놓은 양장 재킷을 걸쳐 입었다.

—행님, 어디가십니꺼?

—그 염씨라는 사람을 좀 만나볼라꼬. 이리 이윤을 가져다주는 복돼
진데, 함 생각해보니 이때까지 얼굴 한번 튼 적이 없네. 사람 인지상정이
그런 기 아닌 기라. 함 찾아가서 밥도 묵고 술도 묵고 좀 그래야겠다.

그때 멸치가 말했다.

—행님, 근데 오늘은 서의원이랑 선약이 있지 말입니더.

—서의원? 아, 뭐 그 양반이랑은 일곱 시부터 아홉 시까지 마시고, 그
다음에 염씨랑 아홉 시부터 끝까지 달리면 되지. 뭉치야, 나중에 애들 시
키갓고 아홉 시까지 시간 맞춰갖고 염씨 데리고 팔선녀로 오그라.

—알겠습니더, 행님!

그렇게 멸치의 말 덕분에 염씨의 인생이 대략 두 시간 정도 더 늘어났다.

●

비슷한 시간 요정 팔선녀에 있던 성진은 이제 결심이 섰으니 유계장에게 꽃님의 일을 알리려 하고 있었다. 그리고 때마침 유계장이 팔선녀에 온다는 소식이 들려왔다. 여섯 시에 부산애국청년회의 조직원 하나가 와서 삼 번 방에 유계장과 서의원이 일곱 시에 술자리를 가지니 참돔회를 깔아놓으라는 주문을 하고 갔다는 것이다. 성진은 이게 꽃님의 일을 유계장에게 말하라는 하늘의 계시라고 생각했다. 하지만 성진은 하늘의 계시를 오해하고 있었다.

계시는 출근한 꽃님이 첫 손님이 유계장이라는 사실을 알고선 심히 불안한 표정을 지은 것으로 시작됐다. 아마도 여자의 직감에 오늘 유계장을 만나면 자신이 임신했다는 사실이 들통나리라는 예감이 들었던 걸까? 꽃님은 옷을 갈아입으러 들어간 작은 방에서 오래도록 나오질 않았다. 혹시나 싶어서 작은 방 앞에서 기웃거리던 성진은 뭔가 느낌이 이상해서 작은 방 문을 살며시 열어다 보았다. 아뿔싸! 작은 방은 빈방이었고, 창문 하나가 열려 있었다. 성진은 곧바로 요정 밖으로 뛰쳐나가 거리를 두리번거렸다. 오가는 사람들 사이로 빨간 마후라를 휘날리며 바삐 뛰어가는 여자의 뒷모습이 눈에 확 들어왔다. 꽃님은 보호색 개념이 없었다.

성진은 꽃님을 쫓아 달려갔고, 꽃님은 성진이 뒤쫓아오는 줄도 모르고 택시를 잡아탔다. 성진은 급한 마음에 옆에 자전거를 타고 지나가는 사람을 밀어 넘어뜨리고는 그 자전거를 밟고 택시를 따라가기 시작했다.

아이 씨! 씨팔, 진짜!

하지만 차가 자전거에 따라잡히면 차가 아닌 법, 곧 차는 성진의 시야에서 멀어져갔다. 그러나 성진은 페달을 밟는 것을 멈추지 않았는데, 그것은 확신이 있기 때문이었다. 부산 바다를 휘어잡고 있는 유계장으로부터 벗어나기 위해서는 부산을 아예 떠야 하는바, 그런 도망자들이 갈 수 있는 곳은 부산역밖에 없었다. 게다가 택시가 사라진 방향도 부산역 쪽이었다. 그렇게 부산역을 향해 자전거를 밟은 지 얼마나 됐을까? 꽃님을 태우고 떠난 그 택시가 빈 차로 다시 성진에게 다가오고 있었다. 성진은 자전거에서 내려 차선 가운데 두 손을 벌리고 멈춰 섰다. 택시가 끽 하고 멈췄다.

—야 이 미친놈아! 뭐하는 짓이야!

—아저씨요! 아까 태운 처자, 어디 내렸소?

예상은 적중했다. 꽃님은 부산역에 내렸다. 성진은 다시 자전거를 타고 숨찬 것도 잊은 채 부산역으로 달려갔다. 그리고 부산역에 도착해서는 자전거를 내팽개치고 부산으로 뛰어들어갔다. 승강장 플랫폼을 뒤지길 몇 분, 마침내 성진은 자기를 쫓고 있는 줄도 모르고 의자에 앉아서 열차를 기다리고 있는 꽃님을 발견했다. 성진은 숨을 한번 고르고는, 꽃님을 향해 성큼성큼 다가갔다. 하지만, 꽃님을 열 발자국 정도 앞두고 성진은 발걸음을 멈출 수밖에 없었다. 도대체 꽃님을 붙잡아서 뭘 어쩔 것인가? 성진은 이미 자신의 손아귀에 있는 꽃님을 두고 고민에 빠졌다. 이미 유계장에게 넘기기로 결정을 했었지만, 또 막상 꽃님이 제 아기를 살리기 위해 필사적으로 도망가느라 상기된 볼을 보니 결심이 흔들렸던

것이다. 게다가 갑자기 오른쪽 발가락까지 간지러워졌다. 아, 씨팔, 무좀
인가?

●

　유계장은 요정에 와서 꽃님을 불렀다. 팔선녀 중 맏이는 임기응변으로
꽃님은 오늘 몸이 안 좋아 못 나왔다고 둘러대 위기를 넘겼다. 유계장은
입맛을 다시며 그럼 어쩔 수 없지, 라고 말하고는 꽃님이 빠진 칠선녀와
함께 서의원과의 술자리에 돌입했다. 술자리 내내 농지 개혁법으로 이승
만 박사의 지지율이 떨어졌다느니, 이대로 가다간 다음 선거 때 야당 놈
들한테 잡아먹힐 것이니, 아니 그러면 내가 이 무쇠 왼팔을 걸고 나서서
국회를 평정하겠느니 하는 말들이 농처럼 던져졌고, 그러다 취기가 오른
서의원은 기생들의 엉덩이를 더듬거리며 다시 국정을 논하였다. 유계장
은 당초 계획대로 일곱 시부터 아홉 시까지만 서의원과 술을 마셨다.
　유계장은 또 약속이 있다면서 서의원과의 술자리를 파했고, 술자리를
일찍 접는 대가로 팔선녀의 맏이와 끈적한 하룻밤을 서의원에게 선물해
주었다. 서의원은 웃으면서 대한민국에 자네 같은 일꾼들이 더 필요하
다며 헤벌쭉하고 웃음을 지었다. 유계장은 멀리 문밖에서 기생의 부축
을 받으며 손을 흔드는 서의원에게 손을 흔들면서 "이런 쪼다 새끼……"
라고 웃으며 중얼거렸다. 그 와중에 멸치가 옆에 와서 옆방에 염씨가 앉
아있다고 귀띔을 해주었다. 유계장은 알았다며 정원으로 나가 담배를 한
대 피웠다. 그건 염씨네가 파는 양담배였다. 유계장의 담배가 다 타들어
가는 동안 방 안의 염씨는 무슨 생각을 하고 있었을까? 그 담배가 타들

어가는 시간이 곧 자신에게 남은 마지막 시간이란 걸 짐작이나 하고 있었을까? 유계장은 다 피운 담뱃불을 발로 밟아 껐다.

—반갑습니더, 염씨—!

●

성진은 가려운 오른쪽 발가락을 꼼지락거리면서 우두커니 꽃님을 보고 서 있었다. 승강장엔 성진 말고도 열차를 기다리며 우두커니 서 있는 사람이 많았기 때문에, 꽃님은 그런 성진의 시선을 발견하지 못했다. 그녀는 그저 자신이 끊은 열차표를 꺼내 보고 있었는데, 성진은 그 앞을 지나가듯 걸어가면서 열차표를 슬쩍 쳐다봤다. 대구행이었다. 조금 있다가 빠—앙 하는 소리와 함께 열차가 들어왔고, 꽃님은 열차에 몸을 실었으며, 끝내 성진은 꽃님을 잡지 못했다. 성진은 지금 자신의 이 선택이 먼 훗날 어떤 결과를 가져올지에 대해서 가히 짐작이나 했을까? 어허— 허나 본디 인간이란 게 먼 훗날은 개뿔, 당장 한 치 앞도 제대로 내다볼 수 없는 존재일지어니, 열차가 떠난 뒤에 성진은 오랫동안 승강장 의자에 앉아 멀뚱멀뚱 눈만 끔뻑일 뿐이었다.

'거기서의 니는 니가 아닌 것 같다.'

성진이 생각을 하는 동안 어디선가 열차가 한 대 더 들어와 승강장에 사람들을 한바탕 쏟아냈다. 열차를 타고 온 사람들은 왜 열차를 타고 왔을까? 열차를 타고 간 곳에 자기가 있었을까? 이런저런 괴상한 상념에 잠겨 있던 성진은, 결국 쓸데없는 개똥철학은 그만하자고 결론을 내린 다음 의자에서 일어섰다. 어차피 꽃님과 관련한 일은 자신이 망쳤고, 고로 부산애국청년회에 붙어 있을 수도 없었다고 생각했다. 마, 무릎 꿇고 사죄해야겠다. 하지만 이 생각은 부산역을 나올 땐, 열심히 쫓아갔는데 놓쳐서 죄송하다고 사과하는 것으로 바뀌어 있었다. 걔가 임신한 게 내 잘못은 아니잖아?

부산역을 나왔을 때 밖은 어두컴컴해져 있었고, 주머니에 돈 한 푼 없던 성진은 몰래 전차에 올라탔다. 전차 안에서 졸다 깬 성진은 남포역에서 내렸다. 조금 지나오긴 했지만, 그래도 걸어서 팔선녀 요정까지 얼마 안 되는 거리였다. 걸어가면서 성진은 이렇게 허무하게 조직 인생이 끝나는구나, 하고 생각했다. 하지만 그런 생각도 잠시 요정에 다 와갈 때쯤 성진은 뭔가 일이 생겼다는 것을 느낄 수 있었다. 요정엔 사람들이 웅성웅성 몰려 있었다. 성진이 무슨 난리라도 난 건가, 하고 생각하는 순간 사람들 틈 사이로 유계장과 조직원들의 얼굴이 나타났다. 유계장은 손에 피를 묻힌 채 소리를 지르고 있었고, 조직원들은 그런 유계장을 붙잡고 차에 억지로 태우고 있었다. 유계장을 태운 차가 출발하고, 조직원들이 순식간에 여기저기로 흩어졌다. 성진은 자기도 일단 도망가려고 했지만, 이상한 기분이 들어서 사람들을 헤치고 요정 안으로 걸어들어갔다.

문이 부서진 육 번 방 안으로 엎어진 상과 창문과 벽 그리고 문지방에까지 피가 뿌려져 있었다. 그리고 그 가운데 배때기에 칼이 꽂힌 남자 하나가 쓰러져 있었다. 남자는 아직 숨이 붙어 있는 듯 몸을 꿈틀거리고 컥컥거리며 거친 숨을 내쉬고 있었다. 그 주위에서 사람들은 이걸 어쩌냐면서 우왕좌왕하고 있었고, 성진은 무서운 호기심에 앞으로 다가가 그 남자의 얼굴을 확인하였다.

─염씨 아재요!

성진이 달려가 칼을 맞고 쓰러져 있는 염씨에게 달려들었다. 그때 마침 경찰차가 도착했고, 사람들은 염씨를 들어서 경찰차로 옮겼다. 성진도 경찰차에 같이 탔다.

●

병원으로 가는 경찰차 안, 흐릿해져가는 정신 속에서도 염씨는 자신의 눈앞에 있는 성진의 얼굴을 알아볼 수 있었다. 아마도 지상에서 보는 마지막 얼굴이 성진이 될 터였다. 염씨는 격렬한 통증의 지원지인 아랫배에 꽂힌 칼을 보고는 신음 소리를 냈다.

—아흐…… 성진아, 아재 이제 죽는갑다.

—에이 씨, 염씨 아재요, 마, 마, 말을 하지 마소. 으이? 살 수 있으니께.

성진은 칼이 꽂힌 염씨의 아랫배를 꾹 누르면서 말했다. 하지만 피는 계속 성진의 손가락 사이로 솟구쳐나왔고, 염씨는 온몸을 덜덜 떨었다. 염씨는 피범벅이 된 손을 성진의 볼로 가져갔다.

—서, 서, 성지나. 내는, 내는……

—아이씨, 말하지 말라니까! 순사 아저씨요! 더 빨리 가입시더!

—마, 서, 성진아. 아지씨 말 들으라. 으, 으이?

그렇게 말하고는 염씨는 성진을 보며 몇 초간 말이 없었다. 그의 눈빛에서 노란 무언가가 피어오르는 것 같기도 했고, 또한 그 눈빛은 성진을 보고 있었지만 동시에 성진을 보고 있지 않은, 그런 묘한 느낌의 눈빛이었다. 훗날 성진은 전쟁터에서 이런 눈빛들을 자주 보게 된다. 그것은 주마등(走馬燈)이란 것이었다.

—염씨 아재요! 죽지 마소! 정신 차리소! 으이? 정신 차리소오오!

성진은 염씨를 흔들면서 고함을 질렀다. 염씨는 성진의 볼을 쓰다듬었다.

─진아, 내는, 내, 내는 사실 느그 아부지가 하는 말이 뭔지…… 뭔지 다 알았웃다. 석가가 들어오면 조선의 석가가 되지 않고 석가의 조선이 되며, 공자가 들어오면 조선의 공자가 되지 않고…… 아흐─ 주희가 들어와도 조선의 주희가 되지 않고 주희의 조선이 된다.

─갑자기 뭔 말 하는 교? 아재요, 말하지 말라니께……

─근데, 근데 이기…… 인생이 너무 먹고살기 바빴는 기라…… 으이? 니 이해하제?

하고 염씨는 잠시 말을 쉬더니 후, 후하고 거친 숨을 몇 번 내쉬었다. 그때부터 성진은 아무 말도 하지 못하고 눈물만 뚝뚝 흘렸다.

─씨팔, 이기 너무 바빴는 기라…… 너무 바빴……

염씨는 마지막 말을 잇지 못했고, 성진은 자신의 팔 아래 안긴 염씨의 몸에서 무언가 빠져나가는 듯한 느낌과 갑자기 몸이 축 늘어지는 것을 동시에 느꼈다. 성진은 입술을 떨며 울음을 삼켰고, 자신의 볼을 만지다 축 늘어진 염씨의 손을 붙잡아 얼굴에 비비며 눈을 꾹 감았다.

●

독자들이여, 나는 개인적으로 염씨의 죽음을 심도 있는 애도로써 다루고 싶지만, 안타깝게도 성진의 급박한 인생 조류가 이를 허락하지 아니한 관계로 무심히 넘어가는 점을 이해해주기 바란다. 성진은 시체 공시소에서 염씨 시체와 하룻밤을 보냈고, 태구가 다음 날 아침에 성진을 찾아오더니 애도의 말을 던질 새도 없이 성진을 데리고 시체 공시소 밖을 뛰쳐나갔다. 어허 ― 염씨를 죽여버린 유계장은 염씨 아래 있던 성진이 어릴 적에 자신의 목에 칼을 들이댄 자의 행방을 알고 있을 것이라고, 또 혹시나 그 죽일 놈의 인간의 자식일지도 모른다는 직감에 당장 성진을 잡아오라고 조직원들을 풀었던 것이다. 여기에 평소에 염씨와 같이 일하던 태구까지 얽혀진바, 길거리에서 자신을 찾는 부산애국청년회를 본 태구는 집에 염씨와 성진이 없다는 것을 알고는 팔선녀 요정으로 달려가 지난밤에 있었던 자초지종을 듣게 되었던 것이다. 그리고 시체 공시소에서 재회하니, 둘은 눈물을 훔칠 새도 없이 부산애국청년회의 눈을 피해 숨어들어가야만 했다.

처음엔 깡촌으로 숨어들었지만, 돈 한 푼 없는 열여섯짜리 두 명이서 할 수 있는 일이라곤 동냥밖에 없었고, 설상가상으로 태구의 아버지까지 이름 모를 병으로 누워 있는 판국에 어디에 손 벌릴 데도 없었다. 그리하여 그들은 거지가 되었다.

인생무상, 그것은 김가네의 가풍이었다.

전에 입던 옷들을 버리고 넝마주의 옷으로 바꿔 입었으며, 부산애국청년회 놈들이 알아보지 못하도록 산발머리에 얼굴에 목탄으로 검칠까지 마쳤다. 하지만 깡촌에서 제대로 동냥이 될 턱이 없었고, 이들은 과감하게 부산역으로 갔다. 부산역에서 기웃거리던 거지들은 부산애국청년회가 찾던 소년들이 이미 부산을 떴을 것이란 얘기들을 나누고 있었다. 일단 성진은 안도의 한숨을 내쉬었다.

성진에게는 염씨 생각을 할 여유 따위가 주어지지 않았다. 팍팍한 시절에 동냥으로 밥 빌어먹고 사는 건 쉬운 일이 아니었고, 고철 모아 팔기부터 시작해서 구두닦이까지 할 수 있는 일이란 일은 다 하고 다녀야만 했다. 그래도 결국 겨울엔 마땅히 보낼 만한 곳을 찾지 못했으니 부산역에 쪼그리고 앉아 있다 쫓겨나기를 수십 번 하며 겨울을 보내야만 했다. 태구는 차라리 여기가 하와이였으면 좋겠다는 푸념을 여러 번 했다.

천구백오십 년엔 이승만 정부가 농지 개혁을 실시했지만, 제2대 국회 의원 선거에서는 대패하고 말았다. 그것은 사필귀정이었다. 이승만이 꺾임에 따라 이를 따르던 부산애국청년회에서도 한바탕 파동이 있었고, 이러다 정권이라도 바뀌는 날에는 낙동강 오리알 신세가 되는 게 아니냐는 둥, 지금이라도 늦지 않았으니 다른 정권으로 줄을 바꿔 타야 한다는 둥의 얘기들이 오고 갔다. 유계장은 일단 조용히 지켜보자는 쪽으로 결단을 내렸다. 하지만 그러거나 말거나 내일은 하루 한 끼를 먹을 수 있을까 전전긍긍하며 역전 바닥을 누비는 성진에게 그런 고민들은 사치에 불과했고, 배고픔이 느껴질수록 유계장에 대한 분노가 농축될 따름이었다. 자리다툼으로 굴다리 밑에서 다른 거지들한테 두들겨 맞고 있노라면 성진은, 조금만 더 신체가 영글면 사시미 칼을 하나 구해서 유계장의 목을 따버리겠다는 생각을 머릿속에 꾹꾹 눌러 담았다. 하지만 성진의 앞날엔 이런 결심과 전혀 상관없는 인생이 기다리고 있었다.

태구가 역전에 누워 있던 성진을 흔들어 깨웠다. 전쟁이 터졌다고 했다.

●

천구백오십 년 유월 이십오일 한국전쟁이 터졌다. 사람들은 이 전쟁을 두고 "그 잔인성에 있어서는 이십세기의 국제전이나 내전 과정에서 발생한 다른 어떤 학살을 능가하였"고 "인간이 인간에게 얼마나 잔인해질 수 있는지를 보여준 전쟁 백화점"이었으며 "인간의 존엄성이 얼마나 무참하게 파괴될 수 있는지를 보여준 살아 있는 인권 박물관이자 교과서"
라고 했다. 거의 믿을 수 없을 정도의 폭격, 의료 시설의 태부족, 식량 부
족, 혹한, 초토화 전술 등의 요소들이 겹친 이 전쟁은 당대 인간이 만들
수 있는 가장 무시무시한 지옥도를 세상에 펼쳐놓았고, 그 전쟁의 결과
는 불모지와 전쟁 미망인 육십만 명이었다.*

전쟁 초기, 라디오에선 곧 국군이 괴뢰군을 격퇴할 것이라고 했지만,
이틀 뒤인 유월 이십칠일에 북한군은 보란듯이 서울을 점령했다. 물론
그전에 대통령은 열차를 타고 서울을 떴고, 곧 한강대교는 폭파되었다.
그것은 한국식 노블레스 오블리주였다. 이후에도 북한군은 파죽지세였
고, 곧 지도는 부산을 제외하고는 다 빨간색으로 물들었다. 라디오에선
UN군이 온다고 했고, 고로 그때까지 수단과 방법을 가리지 않고 부산을
사수하는 것이 국군의 목표가 되었다. 후퇴를 거듭하던 국군은 낙동강에
멈춰 서서 방어선을 구축했고, 모든 물자를 그 방어선에 몰아넣었다. 그
것은 배수진이었다.

부산역에서 거지 생활을 하던 성진과 태구는 여지없이 이 전쟁에 휩
쓸렸다. 학도병까지 받는 판국에 국군은 물 불 가릴 처지가 아니었고, 군
인들은 기차역과 대로를 돌아다니면서 사람들을 마구마구 지프 트럭 위
에 쓸어담았다. 군인들은 모인 남정네들에게 징집령이 떨어졌으니 탈주
하는 자는 그 자리에서 총살하겠다고 소리를 질렀다. 성진의 옆에 있던
한 아저씨는 예전에 일본 놈들이 발악을 할 때도 저렇게 핏발 선 눈빛으
로 대로를 쏘고 다니며 사람들을 잡아갔었다고 중얼거렸다. 성진은 아직

---

* 김동춘, 《전쟁과 사회: 우리에게 한국전쟁은 무엇이었나》, 돌베개, 2000, 294~295쪽.

자기는 열일곱밖에 되지 않았다고 말하려고 했으나, 태구가 입을 막았다. 그리고 손가락으로 머리가 깨진 채 거리에 누워 있는 남자를 가리켰다. 곤봉에 대가리 깨지고 싶냐, 일단 좀 가만있어봐! 참고로 훗날 태구는 그 순간에 가만히 있었던 것을 누구보다 후회하게 된다.

그렇게 좀 있으니 지프에 사람이 다 찼고, 그러자 어떤 군인 하나가 지프로 올라왔다. 그는 부릅뜬 눈으로 사람들을 바라보며 이렇게 일장연설을 했다.

—제군들! 나는 임찬휘 소위다! 이미 라디오 방송과 신문 소식들을 들어서 알겠지만, 북괴 놈들이 남침을 하는 바람에 조국이 위협에 처했다! 이에 맞서 우리 국군은 수류탄을 안고 북괴 놈들 탱크에 육탄 돌격까지 불사하며 맞서고 있으나, 인적·물적 열세로 저지가 쉽지 않은 형국이다! 이에 국가가 제군들의 도움을 필요로 하니, 민족과 조국과 여러분들 가족의 안녕 그리고 자유민주주의의 이념을 위해 그대들의 목숨들을 아낌없이 산화(散花)하길 바란다! 그럼 제군들, 모두 전장에서 만나자!

연설을 마친 임소위는 트럭에서 내려 트럭을 치면서 "출—바알!" 하고 소리를 쳤고, 그렇게 지프는 부산 북구의 낙동강 변에 위치한 구포(龜浦)로 사람들을 데려가 쏟아냈다. 그곳엔 신병 훈련소가 있었다. 하지만 마치 허허벌판에 임시로 지어진 듯한 신병 훈련소에는 딱히 훈련을 할 만한 것이 없었고, 신병들은 제대로 된 제식(制式)도 배우기도 전에 총 쏘는 법만 대충 교육받은 뒤 출소해 전쟁터로 보내져야만 했다. 훈련은 채이 주가 되지 않았고, 그 이유는 정식으로 신병 교육을 받다간 그 안에 나라가 망할 판이었기 때문이다. 모든 것은 속성으로 진행되었고, 태구는 워낙에 배운 게 없으니 이러다가 진짜 싸우는 법을 몰라서 그때 임소위가 했던 말처럼 육탄 돌격 같은 걸 하게 되는 것이 아니냐고 걱정하기도 했다. 다행히도 이 걱정이 현실화되진 않았다. 출소 전에 신병들은 자신의 머리카락과 손톱 발톱을 잘라 가족에게 보내는 유언장 봉투 안에 넣었다. 성진은 유언장을 적을 필요가 없었다.

신병들은 부산역에서 대구역으로 보내져 낙동강 방어선으로 이동했다. 부산역에서 태구는 열심히 두리번거렸지만 아버지인 허씨를 만나진 못했다. 태구는 열차 안에서 많이 울었다.

●

성진과 태구가 속한 부대는 다부동으로 보내졌다. 팔월의 뜨거운 태양 아래, 재수 없게도 다부동은 북한의 세 개 부대가 모여든 최대 격전지였다. 성진이 처음 접한 전쟁터는 매캐한 화약 냄새와 함께 웬 고등어 썩는 것 같은 고린내였다. 그 냄새의 정체가 시체 비린내라는 것을 알기까지는 그리 긴 시간이 걸리지 않았다. 실제로 강을 마주하고 파인 참호 속에는 시체 반 사람 반이었다. 강 건너 움직이는 북한군이 보일 만큼 전선이 북한군과 가까웠는데, 정말 반나절에 한 번씩 포탄이 떨어졌고 시체를 치울 시간 따위는 존재하지 않았다. 포격이 끝나도 언제 다시 포격이 시작될지 몰랐고 그리고 이따금씩 기관총까지 날아오는 판국이었으니, 참호 속의 어느 누구도 시체를 위해 시체가 될 사람은 없었다. 포탄이 떨어진 진지에선 사람들의 신체 부위들이 날아다녔다. 성진에게 내장이 하늘 위로 날아다니는 장면은 구역질이 나기 이전에, 아주 비현실적인 것으로 느껴졌다.

—이 새끼야, 정신 차려! 저기 보여? 포탄 떨어져서 좆된 진지! 저기로

가야 돼!

　신병 훈련소에서 만난 이씨가 참호 속에서 멍하게 앉아 있던 성진의 철모를 후려치면서 소리쳤다. 굉음과 비명이 교차하는 아비규환 속에서 이씨는 성진을 데리고 포탄이 떨어져 파괴된 진지로 기어들어갔다. 이씨는 한번 포탄이 떨어진 곳에는 다시 포탄이 떨어지지 않아 안전하다고 했다. 그는 태평양 전쟁 때 과달카날 섬에서 기적적으로 살아 돌아온 귀환병 출신이었다. 성진은 포탄이 떨어져 검게 변한 흙 밑으로 몸을 파고 들어가 웅크렸다. 사방에서 단말마의 비명이 울려 퍼지는 가운데 과거에 성진이 담배 점포나 부산극장 혹은 요정을 오고 가며 겪었던 고생들 모두가 일체 허식(虛飾)으로 포격의 굉음 따라 멀리 날아가버렸다. 모든 기억과 과거가 사라진 자리에서 남은 것은 그저 하늘 위에서 포탄이 떨어지지 않기를 바라는 작은 몸뚱이뿐, 성진은 자신이 옛날 하와이에서 잡고 놀았던 벌레와 같이 느껴졌다. 자기를 잡아 죽이지 말라고 간절히 기도하는 미물. 참호 속에는 정말로 무신론자가 없었다.

　포격이 끝나고 진행된 점호에 따르자면, 이날 성진이 속한 부대에서만 총 열두 명이 사망하였다. 전투 불능 부상도 스무 명이 넘었다. 성진은 여기에 다행히 태구가 포함되어 있지 않다는 사실에 안심했다. 태구는 넋이 나간 표정으로 구역질을 하고 있었다. 성진은 등을 두드려주었고, 옆에서 이씨는 살아 있기만 한다면 곧 익숙해질 것이라고 말했다. 그때 장교 하나가 성진에게 다가와 수통을 건네주었다.

　―자네 전우한테 먹이게. 그리고 자넨 목에 붙은 것 좀 떼고.

　성진은 장교의 말에 자신의 목덜미를 만져봤는데, 그제야 목덜미에 뭔가 작은 파편 하나가 꽂혀 있는 것을 발견했다. 아주 작은 알갱이 같은 것이었는데, 뽑아보니 사람 이였다. 성진은 놀라며 이를 던져버렸다. 장교는 검은 목탄을 뒤집어쓴 얼굴에 하얀 이를 내보이며 광기스러운 미소를 활짝 지어 보였다. 자세히 보니 그는 약 한 달 전에 부산역에서 만났던 임소위였다. 아마도 앞에 기수들이 죄다 전사하는 바람에 그런 모양이었지만, 그사이에 그는 임'중위'가 되어 있었다.

　─제군들, 조금만 힘내라. 우리 모두 지금 역사의 전환점 위에 서 있다.

　─예? 역사의 전환점이라뇨?

　─모든 역사는 자유 의식의 진보이며, 그 궁극적 목적은 세계에서의 자유의 실현이다. 그렇기에 우리는 지금 북한 빨갱이 괴뢰군 새끼들에 맞서 우리들의 생사를 건 투쟁을 하고 있는 것이다. 전 세계가 이 전쟁을 주목하고 있어!

　이씨는 전 세계에 있는 포탄이란 포탄은 죄다 낙동강 바닥에 쏟아부어지고 있는 것 같으니 과연 이 전쟁은 임중위님 말처럼 전 세계가 주목하고 있는 전쟁이 맞는 것 같다는 말을 하고 싶었지만, 그런 식으로 비꼬는 건 그다지 좋은 선택지가 아닌 것 같아 그냥 잠자코 있었다. 이씨는 과달카날 섬에서 장교에게 대드는 건 사병에게 딱히 이로울 것 없는 짓거리라는 걸 배워왔다.

　─목숨을 건 자 중에 노예가 없고, 빨갱이들만 빨리 소거시키면 우리들의 이념은 절대적 정신으로 귀결될 것이야. 이성적인 것은 현실적이며, 현실적인 것은 이성적이다. 고로 제군들, 좀 더 힘을 내라!

　성진은 솔직히 임중위가 무슨 말을 하는 건지 알아들을 수가 없었다. 다만 어쨌거나 빨갱이들만 빨리 절멸시키면 모든 문제가 다 해결될 것이라는 말만은 분명히 알아들을 수 있었다. 이외에 임중위가 한 말들을 곱씹어보려고 했지만, 곧 다시 포격이 시작되었다.

팔월 중순 미군 B-29 폭격기 수십 대가 하늘 위를 가로질러 날아가더니 왜관 전면의 공산군 지역에 구백유십 톤의 폭탄을 투하하여 이 지역을 초토화시켰다. 마치 그 지역 자체를 아예 지도에서 지워버리려는 듯한 폭격이었다. 야전 회의에 들어간 임중위는 이때 폭격으로 왜관에 주둔하던 인민군 사만 명 가운데 적어도 삼만 명이 죽었다는 보고를 받았다. 그러니까 대충 일 초에 스무 명, 일 분에 천백오십 명꼴로 젊은 목숨들이 사라진 셈이었다. 임중위는 병사들에게 가서 조금만 더 버티면 대반격의 기회가 찾아올 것이라고 소리쳤다.

직업 군인, 이발사, 단순 노무자, 요정집 사환, 다방업자, 중고학생, 그리고 역전의 거지새끼들까지 깡그리 모아서 철모를 씌운 국군은 꾸역꾸역 다부동을 지켜낼 수 있었다. 어느 시인은 다부동을 두고 "일찍이 한 하늘 아래 목숨 받아 움직이던 생령(生靈)들이 이제 싸늘한 가을바람에 오히려 간고등어 냄새로 썩고 있는 다부원"이라고 노래했는데, 정말 이 노랫말처럼 국군이 시체를 쌓아 참호를 만들어 참호에서 고등어 썩는 내가 진동했다는 소문이 있었다. 안타깝게도 그 소문은 과장도, 거짓도 아니었다. 시체 구덩이 속에서 성진과 태구는 부지런히 건빵을 씹었다.

구월엔 인천 상륙 작전이 이뤄졌고, 임중위의 말처럼 대반격이 시작되었다. 허리가 잘린 북한군은 북녘으로 후퇴하지도 못한 채 잡혀 포로가 되거나 산자락으로 들어가 빨치산이 되었고, 국군은 이대로 압록강까지 갈 기세로 북진을 시작했다. 이 과정에서 성진이 속한 부대도 당연히 열심히 북진을 했는데, 곧바로 서울 탈환에 합류할 것이라는 말과 달리 문경에서 잠시 멈추었다. 행군으로 문경까지 걸어올라왔더니, 문경에서 대기하고 있던 지프에 올라타 어디론가 향했다. 태구는 대구서부터 지프를 태워줬으면 다리도 안 아프고 속도도 빠르고 얼마나 좋겠냐며 불평했다. 지프는 어느 산자락 안의 초등학교 운동장으로 들어갔다.

지프에서 내린 부대원들은 초등학교 앞개울에 일렬횡대로 늘어섰다. 그러자 얼마 뒤 사람들을 잔뜩 태운 트럭 두 대가 도착하더니, 머리에 흰 띠를 매고 죽창을 든 남자들이 먼저 내려 이 사람들을 군인들 앞에 역시 일렬횡대로 세웠다. 모두 새끼줄에 손이 묶여져 있었다. 사람들은 장정부터 시작해서 아녀자, 할아버지, 그리고 아직 앳돼 보이는 학생도 섞여 있었다. 뭔가 분위기가 이상하게 돌아갔다. 아마도 이 근방 마을 주민들로 보였는데, 사람들은 일렬로 늘어선 군인들을 보고 살려달라고 소리지르기 시작했다. 임중위는 조용하라면서 하늘을 향해 권총 한 발을 쏘았다. 순식간에 주위가 쥐 죽은 듯 조용해졌다.

—저들은 북괴 빨갱이 새끼들한테 조국을 팔아먹은 파리 새끼만도 못한 빨갱이 새끼들이다! 우리 군인들이 낙동강에서 피 흘리며 죽어갈 때 북녘에 봉사한 저 개노무……

성진은 그 다음 임중위의 말을 제대로 듣지 못했다. 보도연맹 뭐시기라고 말했던 것 같은데, 성진에게 그런 말은 별로 중요하지 않았고, 중요한 것은 어찌됐든 이게 즉결 처형식으로 보였다는 점이었다. 성진은 자신의 눈앞에 있는 어머니뻘쯤 되어 보이는 아녀자를 쳐다보았다. 누런 한복에 발과 머리에 헝겊 천을 둘러맨 아녀자가 입술을 바들바들 떨며 애처로운 눈빛으로 성진을 쳐다보고 있었다. 성진은 옆의 전우들 쪽으로 고개를 돌렸고, 거기엔 '빨갱이'라는 말에 눈앞에 있는 사람이 무엇인지에 대한 상상력이 일절 사라져버린 이글거리는 눈빛들만이 있었다. 갑자기 성진은 군화 밑의 오른쪽 발가락이 간지러워졌다.

—······사격 준비— 쏴!

임중위의 사격 준비라는 말에 모두 일제히 총구를 조준했고, 곧바로 총구에서 불이 뿜어졌다. 성진 역시 자기도 모르게 방아쇠를 당겼다. 저건 빨갱이 새끼다, 벌레다, 악마다. 하지만 정작 방아쇠를 당기지 못한 것은 횡대의 맨 오른쪽에 서 있던 태구였다. 그래서 앞에 있던 마을 주민들 전부가 맥없이 고꾸라졌지만, 태구 앞의 눈을 질끈 감은 웬 할아버지만이 서 있었다. 군인들이 태구를 쳐다봤다.

—맨 오른쪽! 허태구 이병! 너 이 새끼 뭐하는 거야!

성진의 뒤통수로 목에 핏발이 선 임중위의 말이 들려왔다. 그 순간 태구의 옆에 있던 성진이 할아버지를 조준해 방아쇠를 당겼고, 할아버지는 막대기가 넘어가듯 힘없이 쓰러졌다. 성진은 곧바로 총신을 내리고 임중위에게 이렇게 소리쳤다.

—이, 임중위님! 아이고, 태구 이노마가 노리쇠에 총알이 걸릿십니더!

태구는 어버버 한 표정으로 성진을 쳐다봤고, 태구와 성진을 번갈아가며 쳐다본 임중위는 이내 태구를 향해 신경질적으로 소리쳤다.

—이 새끼가 정말! 평소에 총기 손질을 생활화하라니깐! 너 이 새낀 열외다. 너 옆으로 빠져!

●

도대체 몇 명이나 죽인 것일까? 성진은 아홉 번째 사람부터 헤아리는 것을 그만뒀다. 죽창을 든 사내들은 계속해서 지프에 주민들을 데리고 왔고, 그렇게 총살은 두 시간 내도록 이어졌다. 어쩌면 이 근방의 마을 사람들을 죄다 죽여버린 건 아닐까? 총살이 끝나고 초등학교 앞에서 점심시간이 이어졌다. 감자가 나왔는데 성진은 전혀 배가 고프지 않았다. 오히려 구역질이 나올 것만 같았다. 하지만 곧 성진은 마음을 고쳐먹고 감자를 억지로 씹으며 꾸역꾸역 목 안으로 삼켰다. 마치 구역질을 부정하려는 듯이. 내, 내가 죽인 건 사람이 아닌 기라, 사람이 아닌 기라, 사람이 아닌 기라, 사람이…… 아닌 기라.

—김성진 일병. 그러다 조국 통일을 보기도 전에 목 막혀 죽겠네.

그때 임중위가 수통을 건네면서 말을 걸어왔다. 성진이 일어나서 경례를 하려고 하자 임중위는 손짓을 하며 그냥 앉으라고 했다. 그는 성진의 옆에 앉아 담배를 꺼내 건넸다. 담배는 장교들에게만 배급되던 고급 일본 담배 '마카오'였다.

—임중위님은 안 피우십니꺼?

—나는 담배를 안 피우네. 이것도 그냥 제군 가지게.

임중위는 담뱃갑을 성진에게 넘겼다. 성진은 이런 사람이 불과 한 시간 전까지만 해도 수백 명의 총살을 지시한 사람이라고 도저히 생각되지 않아 소름이 돋았다. 하지만, 곧 방아쇠를 당긴 자신과 임중위가 전혀 다를 바가 없는 인간이라는 생각이 들었다. 예전에 유계장이 종종 했던 말처럼 일본 담배는 썼다.

—죄책감을 느끼는가?

—예, 예?

—아까 허태구 이병이 방아쇠를 당기지 못한 거, 총기 노리쇠에 총알이 걸린 게 아니라는 것 알고 있었다.

성진은 눈이 휘둥그레져 임중위를 쳐다봤다. 명령 불복종으로 군법 같은 데 회부되는 것인가? 아니면, 전시이기 때문에 즉결 처분? 하지만 임중위의 표정은 어떤 분노도 짜증도 담겨져 있지 않은 무표정이었다. 임중위는 놀란 성진의 표정을 보며 살짝 미소 짓더니 어깨를 두어 번 툭툭 쳤다.

　―괜찮네. 그걸 문제삼을 생각은 없어. 제군, 이런 얘기 들어봤나? 어느 수도원에서 수도사들은 악마가 침입하는 것을 막기 위해서 당대 존재하던 온갖 방법으로 결계를 쳤다는군. 헌데 어찌됐는지 아나? 그러자 그 악마는 그리스도의 모습으로 들어왔어. 빨갱이 새끼들도 이와 같아. 어떤 모습을 했든 다 똑같은 새끼들이지.

　빨갱이 얘기를 하자 평온하던 임중위의 눈에 다시 무서운 힘이 들어갔다.

　―우린 지금 자유 의식의 진보를 위한 운명의 전투를 치루고 있는 거야. 사실 그래서 이건 운명적인 과업이지 인간이 마음대로 시작하고 끝낼 수 있는 전쟁 따위도 아니네. 거대한 세계 이성의 간지(奸智)가 우리를 택한 것이야.

　'운명의 전투'라는 말이 성진의 뇌리에 강하게 각인되었다. 마치 지금 일어나고 있는, 자신이 아녀자에게 방아쇠를 당겼던 그 순간의 일들도 모두 어찌할 수 없는 운명인 것이었다. 그는 그 말을 조용히 중얼거려봤다. 운명……

　―그렇다, 제군. 우린 지금 거대한 세계사적 진보를 위한 과업을 수행 중인 것이다. 이 과업은 엄중하고도 잔혹한 피로를 선사하지. 나의 의무를 이행하는 가운데 얼마나 끔찍한 일을 목격해야만 하는가, 그리고 내 어깨에 놓인 임무가 얼마나 막중한가!*

---

* 한나 아렌트, 《예루살렘의 아이히만》, 한길사, 2006, 174쪽 인용.

임중위의 눈에선 어느새 증오의 핏발이 서 있었다.

―고로 자네가 전선을 뛰어다니는 그 노고의 순간이 곧 시대정신의 현현(顯現)이요, 자유민주주의 이념 그 자체가 되는 순간이며, 또한 동시에 우리 조국 그 자체가 되는 순간이기도 하네. 그러니 제군, 힘을 내게!

임중위가 일어나 성진에게 경례를 붙였다. 그러자 성진은 벅찬 가슴에 이를 꽉 다물며 일어나 임중위에게 맞경례를 했다. 그 옆, 총살이 벌어졌던 개울터에선 시신을 수습하러 온 유가족들의 곡소리가 울려 퍼지고 있었다.

●

서울로 올라가는 중엔 더 이상의 학살은 없었다. 군인들이 당도하는 마을마다 동네 주민들이 나와 태극기를 흔들며 만세를 불러줬으나, 그 얼굴들엔 극도의 긴장감이 그려져 있었다. 그리고 이상하게도 남정네들은 거의 보이지 않고 여자나 노인들의 얼굴만이 가득했다. 이씨는 북괴 놈들이 점령했을 때 인민재판이다 뭐다 해서 숙청 작업이 벌어졌고, 다음에 우리가 치고 올라갈 때 반동분자들을 골라내는 바람에 남정네들의 씨가 마른 것이라고 귀띔해주었다. 우리보다 먼저 올라간 부대에서도 이들을 초등학교 개울가에 세워놓고 총질을 했을까? 성진은 그래도 어쩔 수 없는 일이라고 생각했다. 이 모든 건 진보를 위한 과업의 하나일 뿐이었으니까.

천구백오십 년 구월 이십육일 저녁엔 한강에 도착했다. 정보가 빠른 이씨는 국군 일사단과 해병대에서 미리 도착하여 서울 시가지의 거의

181

반이 이미 수복된 상태라고 했다. 임중위가 강변에서 대기하고 있던 부대원들에게 와서 오늘은 밤이 늦었으므로 강변에 임시로 징발된 건물에서 야영을 하고, 다음 날 화력 지원에 들어간다고 했다. 강 건너 보이는 서울시가지에선 비행기가 날아갈 때마다 공습으로 인한 불기둥들이 군데군데 솟아올랐다.

그날 새벽 성진과 태구는 보초 교대를 하러 가게 되었다. 새벽인데도 서울 시가지에선 화재가 난 건물들이 타들어가고 있었고, 울려 퍼지는 총성도 간헐적이게나마 계속해서 들려왔다. 성진이 말없이 이 불타는 서울 시가지를 지켜보고 있는데, 태구가 말을 걸어왔다.

—서, 성진아…… 그땐 미안했다.

성진은 '그때'라는 말에 태구를 쳐다봤다. 멀리서 밝혀오는 불빛에 비친 성진의 얼굴은 무표정이었다.

—아이다, 마. 담부터 안 그라면 되제. 다음에도 그라면 니도 빨갱이로 몰리갖고, 그, 군사 법정인가 하는 데 오를지도 모른다. 조심해라.

태구는 고개를 끄덕이며 침을 삼켰다.

—근데, 성진아. 그때 우리가 쏜 그 사람들 있다 아이가…… 그 사람들도 빨갱이로 몰리갖고 그런 길까?

—뭐, 뭐라노? 니 미칫나?

성진이 매섭게 태구를 노려봤다.

—야, 니 내 똑띠 봐라. 으이? 우리가 쏴 죽인 건 빨갱이야, 빨갱이. 알겠나?

—성진아, 아이다 아이가. 우리가 쏜 건 빨갱이가 아니라 할아비, 할미, 엄니, 삼촌……

—이 새끼가 정말!

성진이 태구의 멱살을 잡아 올렸다. 꽉 다문 채 씩씩거리는 잇새론 침이 흘러나올 것만 같았다.

―새끼야, 잘 들어라. 우리가 죽인 건 빨갱이야. 우리가 죽인 건 빨갱이라고. 씨―뻘건 빨갱이 새끼들이라고!

―그 사람들이 죄다 빨갱이 새끼들이면, 우, 우리는 뭐고? 으이?

―우리는 자유민주주의다.

―자유민주주의가 니가?

성진은 태구에게 주먹을 날렸다. 태구는 맥없이 엎어졌다. 성진은 씩씩거리면서 태구를 내려다봤고, 태구는 그런 성진을 보며 아무 말도 하지 않았다. 다만, 그의 눈빛에 알 수 없는 연민이 가득한 것처럼 느껴졌다. 그때 강 건너 시가지에서 폭격음과 함께 큰 불기둥이 솟아올랐고, 순간적으로 주위가 붉게 환해졌다. 그 불기둥을 바라보며 붉게 물든 성진은 입술을 파르르 떨며 발작적인 미소를 짓고 있었다. 내가 조국이고, 곧 불이다―.

●

다음 날 성진의 부대는 서울 수복 작전에 투입되었다. 폐허가 된 마포를 지나던 성진은 무너진 폐허들 틈 사이로 흘러나온 핏물을 쳐다봤다. 임중위는 여기가 전날, 아래에는 대전차 지뢰에 좌우 옥상엔 기관총 진지를 구축한 북한군에 의해 진군이 쉽지 않았던 지점이라고 했다. 결국엔 미군의 박격포와 공중 폭격으로 건물 자체가 날아가버렸고, 그 폭격의 흙먼지를 뚫고 국군이 지역을 점령한 것이라고 했다. 한쪽에선 벽 앞으로 일렬로 고꾸라져 있는 북한군의 시체들이 즐비했다. 포로들을 즉결 처형이라도 한 것일까? 벽에 난 총알구멍으론 왠지 지금도 모락모락 김이 나는 것만 같았다. 그 증오의 김이 주위를 공기를 가득 뒤덮고만 있었다.

— 임중위, 유학까지 갔다 온 엘리뜨라고 하드라.

왜 인간은 이처럼 단순히 걸어가면 그만인 길거리 한 뼘을 차지하기 위해 목숨을 던지는가? 이렇게 성진이 생각할 때쯤 바로 뒤에서 걸어오던 이씨가 불쑥 말했다. 이씨는 언제나 주위 정보를 모으고 다녔다. 몇 번 대화를 나눠본 성진으로선 확실히 임중위가 구사하는 어휘들이나 말하는 연설체의 어투가 뭔가 배운 사람의 것이라고는 추측하고 있었었다.

— 진짜 웃긴 게 뭔지 아나? 그 유학을 간 기 일본이나 미국이 아니라 러시아였다는 기지.

— 쏘련 말이오?

이씨의 말에 누군가가 물음을 던졌다. 이씨는 그렇다고 했고, 자기가 장교들끼리 임중위 뒷담화하는 걸 몰래 들었다는 말을 덧붙였다. 그때 멀리서 폭발음이 들려왔다. 아마도 이제 전선에 다 온 모양이었다. 첩보에 의하면 공산군은 퇴로가 완전히 봉쇄될 것을 두려워하여 서울을 사실상 포기하고 구월 이십오일에 이미 주력을 의정부 쪽으로 퇴각시켰다고 했다. 게다가 성진이 보초를 서고 있는 구월 이십칠일 새벽에 이미 해병대들이 중앙청으로 돌입하여 태극기를 게양해버렸다는 승전보가 날아왔다. 그러니까 지금 성진의 부대가 상대하고 있는 것은 후위 부대로 퇴각에서 낙오된 패잔 부대들인 셈이었다. 시가전은 산발적이었다.

— 그라몬 뭐요? 뭐, 뭐 빨갱이 공부를 했단 말이여?

— 빨갱이 공부가 뭐여, 무식하게. 마르크스아니여, 마르크스.

다시 들려온 폭발음은 가까워져 있었고, 골목길 사이로 흙먼지가 몰려왔다. 곧 매캐한 검은 연기가 거리를 가득 메웠고, 분대장의 신호에 따라 부대가 나뉘었다. 이씨는 성진과 같이 이동하면서 자신 뒤만 잘 따라다니라고 했다. 그리고 능숙한 솜씨로 벽에 기대어 반쯤 포격으로 무너진 건물의 창문 쪽을 조준했다. 그 폐허가 된 건물 안으로 어떤 소리가 들려오는 것 같았다. 곧바로 이씨는 수류탄을 뽑아 건물 안으로 던져 넣었고, 폭발음과 함께 건물의 문으로 흙먼지가 쏟아져나왔다. 그리고 그 먼지들 사이로 기침을 하며 북한군 두어 명이 뛰쳐나왔다. 부대원들의 총구에서 불이 뿜어졌다.

—그람 전향자라는 말인데, 전향은 와 했더래요?

—빨갱이 새끼들이 좆같았나 보지.

—그래서 빨갱이들 족치는 데 그렇게 환장한 사람맨키로 달려든 건가?

분대장은 수류탄을 던진 건물 안으로 들어가서 적군이 완전히 제거되었는지 확인하라고 손짓을 보냈다. 이씨가 총구를 세운 채 건물 안으로 날렵하게 들어갔고, 이어서 성진을 비롯한 다른 부대원들도 따라서 안으로 들어갔다. 이층짜리 건물은 난장판이었다. 천장은 무너져 있었고, 곳곳에 폐허들 사이로 널브러진 신체 조각들이 복잡하게 흩어져 있었다. 살아 있는 사람이 아무도 없다는 걸 확인하자 이씨가 벽에 쓰러진 의자를 똑바로 세워서 앉았다.

—이건 그냥 뜬소문인데 말이여, 그 쏘련 놈들이 임중위 가족들을 죄다 죽였대.

—아니 빨갱이가 빨갱이를 왜 죽여?

—쓰탈린이랑 빨갱이 두목이 강제 이주 시킬 때 죽은 거 아니여?

—임자가 그걸 어떻게 알어?

—내래 예전에 연해주에서 밀품 좀 팔았거든. 그때 들었제.

—와 강제 이주를 한 기라요?

—음…… 내래 그것까진 잘 모르갓어. 어, 쉿쉿. 임중위 온다이.

부대원 하나가 신호를 보내자 잡담을 하던 부대원들은 일제히 입을 다물었다. 이씨가 탁자 위에서 일어나 임중위가 들어오기 전에 밖을 향해 "이상무!"라고 소리쳤다. 임중위는 폐허가 된 건물로 들어와 밖에 소탕해야 할 적들이 아직 많다고 빨리 나오라고 소리쳤다. 잠깐 본 임중위의 얼굴에서 성진은 문득 때때로 지갑에서 가족사진을 꺼내보던 임중위의 모습이 떠올랐다.

●

결국 구월 이십팔일 서울이 수복되었다. 시월 초하루 삼팔선이 돌파되었고, 십구일에 평양을 점령했다. 성진의 부대는 크고 작은 전투에 참가했는데, 임중위는 결코 포로를 잡지 않았다. 또한 전날 문경에서 벌어진 총살형처럼 압록강으로 가는 도중 세 번 정도의 학살이 더 있었고, 그중 마을의 굴다리 아래에서 벌어진 학살에선 시멘트벽에 총알 자국이 났다. 방아쇠를 당길 때마다 오른쪽 발가락이 간지러웠던 성진은, 다른 사람보다 조준점이 많이 흔들려 탄약을 두 배 정도 더 써야만 했다. 처형이 끝난 뒤 임대위는 뒤에 쌓인 시체들을 배경으로 계급 수여식을 했고, 여기서 성진은 상병으로 진급하게 되었다. 그것은 천구백오십 년 십이월 이십일일의 일이었다.

성진은 굴다리를 나오면서 웅덩이에 비친 자신의 얼굴을 보았다.

이마에 길게 흐트러진 머리카락. 그 밑에 우묵하니 팬 두 눈. 깎아진

볼. 날카롭게 여윈 턱. 송장처럼 꺼멓고 윤기 없는 얼굴. 그것은 까마득한 원시인의 한 사나이였다.*

성진은 군화로 웅덩이의 물을 짓밟았다.

마치 통일이라도 할 것 같았던 국군의 진격은 중공군의 개입으로 멈춰 설 수밖에 없었다. 아니, 멈춰 선 정도가 아니라 대대적인 후퇴가 벌어졌다. 두 달 만에 평양은 다시 피탈되었고, 천구백오십일 년 일월 사일의 일사후퇴 때는 결국 서울이 밀렸다. 물론 곧 재탈환하기는 했지만, 이 이후부터는 전선이 삼팔선에서 고착화되었다. 전쟁은 삼팔선에서의 끝없는 고지 쟁탈전의 형식을 띠게 되었던 것이다. 자 자, 그리하여 대한의 수많은 젊은이들이 소리를 지르며 산을 오르고 내리길 수천 번 반복하니 그렇게 쌓이는 시체가 수만이요, 팔다리가 병신이 되어 상이군인이 되어 고향으로 내려가는 경우는 더욱 많았다. 아, 물론 후자의 경우에는 아직 고향이 남아 있을 때만 유효한 얘기였지만.

유능한 병사 이씨를 따라다녀서일까, 아니면 단순히 운이 좋은 것일까? 아니, 이후 펼쳐질 일을 생각하면 그다지 운이 좋다고도 볼 수 없는 게 아닌가 하는 생각이 들기도 하지만, 어찌됐든 성진은 계속해서 살아남았고, 태구 역시도 총알이 두어 번 스쳐서 생긴 상처가 있을 뿐 몸이 성했다. 전쟁은 신기하게도 한번 요령이 붙으면 꽤나 생존율이 올라가는바, 고지를 두고 전투가 벌어질 때마다 생기는 전사자의 압도적인 경우가 신병들이었고, 성진은 그 신병들을 시체 참호로 쌓아올려 응사 사격을 했다. 그렇게 고지를 오르락내리락하면서 고지 주인을 서너 번씩 바

---

* 이범선, 〈오발탄〉, 《오발탄》, 문학과지성사, 2007.

꿔갈 때쯤 여름이 다가왔고, 판문점에서 휴전 회담이 시작되었다.

그쯤해서 대위가 된 임대위는 휴전하자는 놈들은 다 빨갱이라고 외치고 다녔다.

혹 임대위의 소원이 하늘에 닿았던 걸까? 휴전 협상은 결렬되었고 전투는 재개됐다. 전날 낙동강 방어선에서도 재수 없게 가장 최대 격전지였던 다부동으로 갔던 성진은, 이번에도 재수가 한없이 없었던 관계로 양구로 움직였다. 그렇다면 양구란 무엇인가? 지금이야 아무도 모르겠지만, 본디 조선 땅에선 쌀 하면 '양구 쌀'이 제일 유명하였다. '양구 모래 한 말은 쌀 한 말하고 안 바꾼다'는 말이 있을 만큼 땅이 기름졌던 관계로 양구 쌀은 조선 왕실에 진상품으로까지 바쳐지기도 했으니, 그 맛은 조선왕조 오백 년 동안 이미 검증된 것이었다. 헌데 이 쌀의 본고장이 천구백오십일 년엔 포탄의 본고장이 되고 말았으니, M1-81mm 박격포, M2-60mm 박격포, M19-60mm 박격포, M30-107mm 박격포, 4.2inc 박격포 등등…… 하여간 박격포란 박격포는 죄다 이 양구 주변의 수많은 무명(無名) 봉들에 포탄을 때려 박았으니— 천구백오십 년 구월 십삼일부터 시월 십삼일까지 미군이 쏘았던 포탄만 이십만 발도 넘었다고 한다. 그것은 산을 깎아내는 새로운 공법이었다.

이렇게 워낙에 격전지였다 보니 하루에도 몇 차례씩 주인이 바뀌는 처절한 싸움 속에 병사들은 수백수천씩 죽어나갔고, 이렇게 많은 사상자와 포탄을 쏟아부은 산봉우리들엔 이름이 붙지 않을 수 없으니, 그 이름도 봉우리마다 다양하여 피의 능선, 단장의 능선, 펀치볼 분지, 크리스마스 고지, 유엔 고지 같은 이름들이 줄줄이 지어졌다. 그리고 이중에서 이씨의 전사 기록이 천구백오십일 년 팔월 이십일이라고 되어 있으니, 아마도 이 시기에 전투가 벌어진 피의 능선에 성진이 있었을 것이다. 포격에 산산조각 난 나뭇조각들로 수놓아진 둥근 세 개의 언덕이 이어진 이 능선으로, 바로 그 위에 성진이 있었다.

●

　─야, 김성진이! 이노마 붓싼에서 왔단다.

　이씨가 아직 학생인 것처럼 보이는 땅딸보 이등병을 하나 데려와 소개했다. 성진은 웃통을 벗고 참호를 파고 있었는데, 한번 흘끗 보고는 대꾸도 안 하고 다시 삽질을 시작했다. 이씨가 이등병의 팔꿈치로 툭툭 치자, 이등병은 허리에 빳빳하게 힘을 주면서 자기소개를 했다.

　─이병 정! 재! 형! 소총수입니다!

　성진은 한동안 대꾸하지 않고 묵묵히 삽질을 하다가, 삽질을 멈추고 자기 삽을 들어서 이등병에게 건네주며 주머니에서 담뱃갑을 꺼냈다.

　─여서는 언제 디질지 몰라서, 이름 기억하는 게 별 의미가 없다. 특히 신뼹이들이 어버버하다가 쉽게 쉽게 죽드라고. 그니께 통성명은 한 달 뒤에도 니가 살아 있으면 하는 걸로 하자. 삽질이라 하그라.

　이등병은 냉큼 삽을 받아서는 땅을 파기 시작했다. 성진은 담뱃갑에서 담배를 하나 꺼내 이씨에게 건네주었다. 둘은 멀리 보이는 능선을 바라보며 담배를 피웠다. 능선은 둥근 세 개의 언덕이 이어진 형태로, 듬성듬성 약간의 나무와 풀숲이 우거져 있었다. 얼마 뒤 여긴 포탄 구덩이와 시체들로 얼룩지리라.

　─저기로 빨갱이 새끼들이 올라는갑네.

　이씨가 능선이 시작되는 지점을 손가락으로 가리키며 말했다.

—저짝 언덕 뒤에 북한 새끼들이 있겠지요? 은제 쳐들어올까요?

—아마 내일이나 모레쯤 오지 않겠나? 근데 능선이 좀 완만해서 지랄이네. 좀 가팔라도 막기 힘든 판국에…… 젠장.

그때 하늘에서 까마귀가 까악까악 하고 울고 지나갔다. 성진은 담배연기를 내뱉으며 하늘을 올려다봤다.

—씨팔, 재수 없게 시리……

성진이 짜증을 내며 침을 퉤— 하고 뱉었다. 이씨는 서너 모금 빨자 벌써 손끝이 따갑게 꽁초가 되어버린 담배를 입에서 떼고 버리며 말했다.

—야, 니는 전쟁 끝나면 뭐 하 끼고?

성진은 이씨의 갑작스러운 질문에 헛웃음을 지었는데, 그 담배꽁초를 버리면서 이렇게 대꾸했다.

— 행님, 뜬금없이 그게 뭔 소립니꺼? 당장 내일 뒤질지도 모르는데, 뭔 놈의 계획입니꺼. 그라고, 당장 오늘 살 것만 집중해야 된다고 말한 건 행님 아입니꺼? 낙동강에서, 벌써 잊웃으예? 으이? 그 뭐야, 내일 내일 하는 새끼는 오늘 죽는다고.

—거거는 그렇치만서도…… 새끼야, 인간이 그래도 인생에 뭐, 뭐 좀 계획이 있어야 할 기 아이가?

—나 참. 행님은 뭐 하실 긴데요?

—뭐 하긴, 여자 만나야지.

—에라이 씨, 그기 계획입니꺼?

성진이 웃으면서 이씨의 등을 장난스레 쳤고, 이씨는 멋쩍게 웃으면서 능선을 쳐다봤다. 능선 하늘 위론 까마귀가 날아가고 있었고, 이씨는 짧은 한숨 같은 날숨을 내쉬며 침을 꿀떡 삼켰다. 어느새 그는 웃음을 거두고 진지한 표정을 지으면서 이렇게 말했다.

─그니께 내는, 까마귀가 까악까악 날든 까치까치 날든, 무조건 살 기다. 으이? 무조건.

성진은 이씨의 말에 대꾸하지 않았다.

그렇다, 성진의 말처럼 전쟁터라는 곳이 으레 그러하듯 계획을 세우는 경우가 무의미해질 때가 허다한 곳이다. 당장 지금이라도 포탄이나 지뢰를 밟아서 인생이 끝장나버릴 수 있는 한계 상황에서 계획이란, 그 자체로 허식 같은 것으로 변모해버리는 것이다. 전쟁터엔 기승전결이 없었다. 매 순간이 끝으로 귀결될지도 모르는 '결'이었다. '기승전'은 채 제대로 깔리기도 전에 포화 속에서 사라져버리며, 그 안엔 비극의 다른 이름인 희망의 시체가 남았다. 그리하여 전쟁터의 인간들은 당장 몇 분 안에 손에 들어오는 순간적인 것들이나, 혹은 아주 허무맹랑한 생각들을 하면서 시간들을 버텼다. 또한 그렇기에 소망들 역시 극도로 단순해진다. 살고 싶다, 만나고 싶다, 보고 싶다……

임대위는 북쪽으로 적군의 움직임이 포착됐다는 첩보를 알려왔다. 이는 단지 철모를 쓰고 산 위로 올라왔다는 점 외엔 딱히 서로 뉜지도 모를 인생들의 끝이, 어떤 식으로든 임박해왔다는 소리였다.

●

성진의 부대가 피의 능선 위에 토치카*를 만들고 그 주위로 참호를 팠

---

* 콘크리트, 흙주머니 따위로 단단하게 쌓은 사격 진지.

지만, 그 위로 쏟아지는 북한군의 박격포가 너무 많았다. 곳곳에서 팔다리가 날아다니고, 날카로운 나무 파편들이 엎드린 병사들을 공격했다. 성진은 기어서 토치카 앞까지 갔고, 이미 토치카에 들어와 있던 이씨가 손을 뻗어 성진을 안으로 끌어당겨주었다.

—이 개새끼들이! 포격 끝나고 능선 쪽으로 기관총 배치시켜!

토치카 안에선 대대장이 작전을 지시하고 있었고, 임대위는 소총을 낀 채 포격이 멎기만을 기다리고 있었다. 포격이 끝나고 온갖 비명과 신음 소리가 참호 안에서 들끓었다. 임대위는 성진의 철모를 치면서 좌측 전방으로 달려가 무너진 기관총 진지를 다시 세우라고 했다. 능선으로 함성소리가 들리면서 북한군들이 벌떼처럼 달려오고 있었고, 포격의 연기가 모락모락 피어오르는 참호 안에선 아직 혼비백산하며 제대로 준비를 못하고 있었다. 게다가 성진이 기관총 진지로 갔을 때 기관총은 이미 포격으로 박살난 상태였다. 이런 빌어먹을! 성진은 능선을 향해서 총을 쏘기 시작했다. 다른 쪽에선 기관총 소리가 들려왔지만, 아무래도 북한군의 돌격 기세가 너무 강해 백병전이 불가피할 것 같았다. 아나나 다를까 임대위를 비롯한 장교들이 참호들을 뛰어다니며 '착검!'을 외치고 있었다.

곧 백병전이 시작되었다. 총으로 사람을 멀리서 쏘는 것과 착검을 한 상태로 눈앞에서 칼로 찔러 죽이는 것은 전혀 다른 차원의 전투였다. 그 핏발이 선 인간의 눈동자와 살고 싶어 요동치는 육체의 꿈틀거림을 향해 칼을 찔러넣고 개머리판으로 머리를 부수는 일이란, 가히 지옥도의 그것과 동일했다. 사실 이때부터 성진의 기억은 단편적이었다. 참호에 뛰어든 북한군 하나를 향해 달려가 총검으로 배때지를 쑤셔박았는데, 그때 뒤에서 누군가가 개머리판으로 머리를 내리쳤다. 철모가 흔들리면서 성진은 쓰러졌고, 돌아누우니 자신의 얼굴을 향해 개머리판을 들고 있는 북한군 하나가 보였다. 그는 아직 앳된 소년병으로 보였지만, 그 눈빛은 증오와 광기로 가득차 있었다. 헌데 그 순간 태구가 달려들어 이 개머리판을 든 북한 소년병의 가슴팍에 총검을 찔러넣었다. 그 장면까지만 보고 성진은 잠시 정신을 잃었다.

다시 눈을 떴을 땐 아직 백병전이 벌어지고 있는 듯 주위가 날짐승의 울부짖음 같은 소리로 시끄러웠다. 태구가 울먹이며 괜찮냐면서 자신의 몸을 흔들어대고 있었다. 그때 태구 뒤로 보이는 꿍음과 함께 흙이 솟아오르는 것이 보였다. 그리고 이어서 다시 포격이 시작되었다. 망원경으로 전세를 본 북한군 지도부는 돌격을 감행한 부대가 고지를 점령할 수 없으리라고 생각한 걸까? 그들은 아직 아군이 백병전을 치르고 있음에도 그 위에 다시 포격을 감행했다.

—이런 씨팔, 아군이 있는데도 포격이라니, 이런 미친 새끼들!

태구가 욕지거리를 뱉었다. 성진에게 있어선 이 모든 장면이 마치 슬로 모션처럼 움직였다. 성진은 태구의 얼굴을 봤다. 태구는 성진을 안은 채 어쩔 줄 모르는 표정을 짓고 있었다. 하지만 곧 태구의 눈동자가 또렷해졌다. 그는 무슨 결심이나 한 듯한 표정으로 성진의 눈동자를 쳐다보았다. 그리고 이렇게 말하고는 성진을 와락 안았다.

칭구야, 고마웠다잉.

친구를 칭구라 발음하는 성진의 친구 태구의 우정이란 바로 이런 것이었다. 성진은 이러지 말라는 말을 하고 싶었지만 정신이 없어 팔다리도 제대로 움직여지지 않는 마당에 입이 움직일 리 만무했다. 그리고 그때 저 멀리 하늘에서 검은 점 같은 것이 이쪽을 향해 날아오는 것이 눈에 보였다. 성진은 태구의 품 안에서 눈을 감았다.

•

　　눈을 떴을 때 성진의 주위는 시체 구덩이였다. 사방으로 핏물이 흐르
고, 공기는 매캐한 연기와 고등어 썩는 비린내가 섞인 지독한 참호의 냄
새로 가득했다. 도대체 뭐가 어떻게 된 걸까? 시체들 사이에 팔다리가
끼어져 있어 몸이 잘 움직이지 않았다. 어찌된 상황인지 몰라 겨우 움직
여지는 고개를 이리저리 돌려보는데, 문득 상황이 굉장히 이상하다는 것
을 깨달았다. 시체들은 아군도 북한군도 아닌, 아녀자, 할아버지, 그리고
아직 앳돼 보이는 학생들이었다. 자신의 바로 앞에 눈을 뜬 채로 죽어 있
는 여인네는 일전에 성진이 문경의 한 초등학교 개울 앞에서 쏘아 죽인
바로 그 어머니뻘쯤 되어 보이는 아녀자였다. 누런 한복에 발과 머리에
헝겊 천을 둘러맨 채 입술을 바들바들 떨며 애처로운 눈빛으로 성진을
쳐다봤던 바로 그 여자…… 성진은 비명을 질렀다. 시체들 사이에 끼인
팔다리는 나올 생각을 하지 않았다. 그때 저기 시체 언덕을 넘어 누군가
성진을 향해 다가왔다. 성진은 도와달라고 외쳤지만, 이 사람이 가까워
짐에 따라 입을 다물 수밖에 없었다. 그 사람은 아버지, 김무씨였다. 아
버진 한없이 어두컴컴한 눈동자로 성진을 바라보며 물었다.

　　니 요서 지금 뭐하고 있노?

　　　　　•

　　다시 눈을 떴을 땐 검은 하늘이 보였고, 주위는 정신을 잃었던 참호 안
이었다. 굳은 시체가 성진을 꼭 안은 채로 사후 경직이 되어 있었는데,

정신이 든 성진이 이 시체가 태구임을 알기까지 그리 오랜 시간이 걸리지 않았다. 새카맣게 타들어간 태구의 등허리론 수많은 포탄 쇠꼬챙이들과 나무 파편들이 박혀져 있었다. 태구의 평온한 표정에 성진은 제대로 된 울음소리도 나오질 않았다.

전투가 끝나고 한참 시간이 지났는지 어느새 밤이 된 참호 주변은 무언가 타들어가는 소리만 들려올 뿐, 쥐 죽은 듯 고요했다. 성진은 일어서보려고 했지만, 오른쪽 다리가 움직이질 않았다. 그제야 성진은 자신의 다리에 파편이 박혀 있음을 알아챘다. 하지만 아무 감각이 없이 그저 얼얼하기만 할 뿐이었다. 파편이 힘줄이라도 잘라놨는지 도저히 다리에 힘이 들어가질 않았고, 별수없이 성진은 참호 안을 기어다닐 수밖에 없었다. 그는 꾸역꾸역 토치카로 기어갔다.

토치카는 이미 박살나 있었다. 토치카 입구의 반쯤 무너진 나무 기둥 앞으로 하반신이 통째로 날아간 이씨의 시체가 벽에 기댄 채 축 늘어져 있었다. 한 번 떨어진 곳에 다시 포탄이 떨어지지 않는 것은 탄도학의 법칙이었으나, 안타깝게도 사람이 던지는 수류탄에는 그런 법칙이 적용되질 않았다. 반쯤 무너진 토치카 안으론 거친 호흡 소리가 새어 나왔고 성진은 입구의 무너진 나무 틈을 비집고 토치카 안으로 기어들어갔다. 헌데 그 순간 권총을 겨누는 소리가 들렸고, 성진이 천천히 고개를 올려보니 벽에 기대앉아 자신을 겨누고 있는 임대위의 총신이 눈에 들어왔다. 성진임을 확인한 임대위는 권총을 내렸다. 그는 왼팔은 어디론가 날아가버렸는지 없어져 있었고, 바닥엔 이미 피가 흥건했다.

─사, 살았군…….

─괜찮습니꺼?

성진은 임대위 옆의 나무 외벽으로 기어가 거기에 비스듬히 걸터앉으며 물었다. 임대위는 가쁜 숨을 내뱉을 뿐 말이 없었다. 성진은 주머니에서 담뱃갑을 꺼냈다. 일전에 임대위가 준 마카오였다. 담뱃갑을 바라보던 성진은 이내 담뱃갑을 토치카에 난 창문 밖으로 던져버렸다. 둘은 말없이 한참을 있었다.

—제군. 아니, 김성진이……

먼저 침묵을 깬 건 임대위였다.

—팔에 힘이 잘 들어가지, 않는군. 이쪽 주머니에서 사진을, 사진을 꺼내주게.

성진은 임대위의 주머니에 손을 넣어 피 묻은 지갑을 꺼냈다. 그리고 지갑에서 연로하신 어머니와 남동생이 같이 찍은 빛바랜 사진을 꺼내 임대위 눈앞에 가져갔다. 임대위는 떨리는 손을 올려 사진을 붙잡고는 허벅지에 손을 올렸다. 고개 숙인 그의 목 아래로 흘러내린 땀방울이 군번줄에 걸렸는데, 마치 군번줄이 땀방울을 흡입하는 것처럼 느껴졌다. 그는 또다시 한동안 말이 없었다.

—가족들은, 살아계십니꺼?

성진은 일전에 부대원들끼리 임대위의 가족에 대한 얘기를 들었음에도, 물어봤다.

—살아 있지…… 좀 있으면 볼 거다.

임대위의 떨리는 눈빛에선 초점이 흐릿해져가는 게 보였고, 턱이 떨리는지 입안에서 이가 부딪치는 소리가 조금씩 들려왔다. 성진은 그의 대꾸에 뭐라 말을 하려다가 결국 아무 말도 하지 못한 채 입을 닫았다. 점점 더 가빠지는 임대위의 숨소리에 성진은 하다못해 지혈이라도 해보려고 손을 뻗었지만, 임대위는 고개를 가로저었다. 손에서 힘이 풀리며 들고 있던 가족사진을 떨어뜨렸다. 사진은 바닥에 고인 홍건히 고인 핏물에 뒤집혀 떨어졌다. 성진은 왠지 그가 사진이 아닌 검붉은 핏물을 바라보는 것처럼 느껴졌다.

—난 말이야, 난…… 우리 어머니를 쏜 빨갱이들을 쏘아 죽인다고 생각했지…… 매번, 매번 말이야. 알아듣나?

—저희가 죽인 건 다 빨갱이들이었십니다.

임대위가 고개를 들어 검댕 범벅이 된 천장을 바라봤다.

—내 말을 잘못 알아듣는군. 분명 다…… 빠, 빨갱이었지. 근데, 그게, 무슨 빨갱이었느냐는 거지. 무슨 빨갱이, 말이야.

성진이 대답하지 않자, 임대위는 감은 눈을 부르르 떨며 목소리를 쥐어짰다.

—내가 죽인 건 말이지, 우리 어머니를 쏜 빨갱이었어. 내 남동생을 죽인…… 살려달라고 그렇게 애원하던 걔를 쏜, 그 빨갱이었네. 후…… 자네는, 뭘 쐈나?

퀭하게 쑥 들어간 눈두덩 안으로 보이는 임대위의 눈동자는 검댕이 잔뜩 묻은 것처럼 거무칙칙한 색이었고, 그래서 성진은 임대위가 자신 쪽으로 고개를 돌렸음에도 그가 자신을 보고 있다는 생각이 전혀 들지 않았다. 성진이 아무런 대답이 없자 순간 임대위는 희미하게 웃음 짓는 듯하다가 갑자기 기침을 했다. 몸이 심하게 흔들렸고 입에선 핏 섞인 가래 같은 덩이가 흘러나왔다. 성진이 소매 끝으로 임대위의 입가에 묻은 피를 닦으며 말했다.

—무슨 말씀을 하시는 겁니꺼. 저희가 죽인 건 빨갱이 새끼들이라니까요.

—무슨 말인지 이해하지 못하는 게 아니라, 이해하고 싶지 않은 건가?

—그, 그기…… 저희 운명이고 과업이라고 하지 않았습니꺼? 예? 자

유민주주의, 자유민주주의……

성진의 다그침에 임대위는 갑자기 헛웃음을 지어 보였다. 그리곤 그의 입에서 침과 피가 섞인 액이 새어 나왔다. 성진은 갑자기 아무런 감각이 없었던 발가락에서 가려움이 올라오는 것을 느꼈다. 군화 속의 발가락을 구부리며 전날 불타는 서울을 바라보며, 입술이 터진 태구의 얼굴 위로 주먹을 든 상태로, 그리고 태구의 맑은 눈동자 위로 비치던 붉은 빛의 원시인 얼굴을 떠올렸다. 성진은 이를 꽉 다물었다. 성진아, 아이다 아이가. 우리가 쏜 건 빨갱이가 아니라 할아비, 할미, 엄니, 삼촌……

—그래서, 그 자유민주주의가 빨갱이들을 죽였나? 아니, 아니지. 권총을 쏜 건 나였네. 나였고, 곧 자네였어. 나는, 나는…… 아무것도 후회하지 않아, 아무것도.

그리곤 임대위는 이를 꽉 다문 채로 웃기 시작했다. 하지만 곧 목에 뭐라도 걸린 듯 또다시 기침을 하더니, 이내 입에서 시뻘건 선지피를 뱉어냈다. 임대위는 거친 숨을 서너 번 내쉬더니 천천히 고개를 들어 성진을 바라보았다. 임대위의 눈빛은 한줌의 달빛도 맺히지 않을 것 같은 칠흑 같은 눈동자였다. 그리고 마치 아버지 같은, 무표정한 그 얼굴…… 임대위는 총권을 들어 자기 관자놀이를 겨누더니 망설임 없이 방아쇠를 당겨버렸다. 핏방울이 얼굴에 튀면서 성진은 눈을 한 번 깜짝였을 뿐, 아무런 움직임도 취할 수 없었다. 그렇게 성진은 바닥의 핏물에 머리를 박고 쓰러진 임대위의 시체를 오랫동안 바라보아야만 했다.

—씨, 씨발…… 이기 답니까?

그러다 성진은 임대위의 시체를 붙잡고 중얼거렸다.

—이기 다냐고요. 이릏게, 이릏게 갑자기…… 대위님 좆대로 죽웃삐면 안 되지예. 예? 뭔가, 뭔가…… 뭐라도 말을 더…… 좀 더……

성진은 임대위의 옆구리에 얼굴을 묻고 흐느꼈다. 팔로 임대위의 얼굴을 쥐어뜯으며 온몸을 부르르 떨었다. 하지만 이미 죽은 임대위는 뒤통수에 뚫린 총알구멍으로 피범벅이 된 뇌수를 뱉어낼 뿐, 아무런 대답도 하지 못했다. 성진은 아무것도 정면으로 마주할 수 없었고, 그러자 더 이상 자신이 어디에 서 있는지조차 알 수 없게 되어버렸다. 화약 냄새에 찌든 전쟁터 한복판에서 그는 자신이 뭘 해야 할지, 어디로 가야 할지 그 어떠한 선택도 내릴 수가 없었다. 메스꺼움에 구역질이 느껴질려는 차에, 발가락의 간지러움이 격렬해졌다. 성진은 모든 관절이 뒤틀린 사람처럼 몸을 발작적으로 배배 꼬며 몸을 일으켜 세웠다.

—씨, 씨발, 진짜⋯⋯

그러곤 임대위의 권총을 집어들어 간지러운 자신의 오른쪽 발을 향해 방아쇠를 당겼다.

그것은 오발탄이었다.

3

철철철

철호의 마지막 기록은 부산 금정구 두구동에 있는 영락공원 화장터의 장사 시설 사용 허가 신청서와 화장 신고서에서 찾아볼 수 있다. 어디 보자, 신고서를 어디 주머니에 넣어놨더라……

　검은 모나미펜으로 쓰여 있는 서명란엔 서명하다 눈물이라도 한 방울 떨어뜨렸는지, 그 자국과 함께 서명이 번져 있으니, 어허, 이 눈물 자국의 의미는 졸지에 미망인이 된 여인네의 슬픔인가, 아니면 뜻 모를 회한의 눈물이었을까? 어찌됐든 철호의 인생은, 아니 그의 인생은 처(妻)가 화장 신고서를 작성하기 전에 이미 끝나버렸을 터, 정정해서 철호의 '육신'은 화장터에서 그 최후를 맞이하였다. 뜨거운 불가마에서 한 줌의 뼛가루로 사라져버린 철호의 마지막은, 마치 인생살이의 수많은 시간 동안 울고불고 떠들고 웃고 화내고 허탈하고 초조하고 느긋하고 춥고 배고프고 따스하고 끈적끈적하고, 그러다 세상 단맛 쓴맛 똥맛까지 다 먹어보고 가는 기나긴 인생살이의 마지막 귀착점이 한 줌 뼛가루에 불과하다는, 인간된 삶의 불가피한 진실을 보여주고 있는 듯했다.

제14호				처리 기간
시체 화장 신고서				즉시

사망자	성명	김(金) 철호	주민등록번호	730203 — xxxxxx
	주소	부산시 동래구 xxxxx		
	사망 장소	부산시 물만골 길거리	사망 사유 사망 연월일	살해 1997. 12. 24.
	매장 또는 화장 장소	*	분묘 설치 연월일	1998. 1. 12.
신고인	성명	고미나	주민등록번호	730xxx— xxxxxxx
	주소	부산시 동래구 xxxxx	사망자와의 관계	처(妻)

장사 등에 관한 법률 제8조 및 동법 시행 규칙 제2조의 규정에 의하여
매장(화장) 신고합니다.

신고인 고 미 나 (서명 또는 인)
1998년 1월 10일

※구비서류
의료법 시행 규칙 별지 제7호 서식의 사망 진단서(시체 검안서)
또는 읍·면·동장의 확인서(화장 신고의 경우에 한합니다)

인생무상, 그것은 김가네의 가풍이었다.

　묘지 길은 산 자가 죽은 자를 보내는 길이요, 죽은 자가 산 자를 불러내는 길이라 했던가? 현대식 설비로 바뀌기 전 영락공원 화장터 굴뚝으론 날마다 육신에서 해방된 회색빛 영혼들이 모락모락 피어올랐고, 그 굴뚝으로 가는 길 따라 바닥 없는 슬픔과 야비한 통쾌와 어이없는 허무,

그리고 형체 없는 분노가 뒤섞인 인간들의 군상이 오고 가고를 반복하였다. 철호의 마지막 길도 예외가 아니었던지라, 그 육신이 화장터 가마에서 뼛가루가 되는 것을 지켜보던 사람들의 눈빛은 각양각색의 기억들을 반짝이고 있었다. 그 활활 타오르는 화장터의 불꽃을 지켜보는 사람들의 눈동자에 맺힌 철호의 삶은, 비록 짧은 인생이었지만 뭐라고 말할 수조차 없는 시꺼먼 숯덩이 같은 욕망의 울분을 토해낸, 바로 그러한 부류의 인생들이 세상을 살다 간 흔적의 편린들이었다. 그리고 화장 신고서에 적힌 사망 사유의 '살해'라는 말이 그 편린들을 하나로 모아서 완성될 삶을 다시 한 번 압축적으로 요약해주고 있었다.

철호가 태어난 것은 천구백칠십 년 이월 삼일이었다.

●

태종대는, 저멀리 바다에 옹기종기 모여 있는 오륙도가 가깝게 보이고, 맑은 날씨에는 국경 너머의 일본 쓰시마 섬이 해상 위로 검은 점처럼 희미하게 보이기도 하는 경치 보기 참 좋은 부산의 명승지이다. 영도의 남동쪽 끝에 위치한 태종대는 해발고도 이백 미터쯤 되는 구릉 지역으로, 겸재 선생이 그린 진경산수화에서 튀어나온 듯한 한 폭의 그림 같은 기암괴석으로 이어진 해식 절벽과 그 아래 부딪쳐 넘실거리는 푸른 파도가 조화를 이루니, 어허, 과연 옛날에 신선이 살던 곳이라 하여 신선대(神仙臺)라고도 불리기도 했다는 전설이 허튼소리가 아니어라.

하지만 세상사 모든 일이 명(明)이 있으면 암(暗)이 있는 법, 본디 인간의 삶이란 구질구질한 것이 전체 인생의 팔 할이기에 마지막 순간만큼은 아름다운 풍경을 눈에 담고 죽고 싶은 게 인생의 소망인바, 태종대는 이 빼어난 경치 덕분에 자살하려는 사람들이 자주 찾는 또 다른 의미에서의 '명승지'가 되었다. 오죽했으면 태종대 가장 끝자리에 박힌 바위 위에서 펼쳐지는 바다 경관이 가장 빼어났는데, 바로 그 바위 위에서 뛰어내리는 사람들이 하도 많아 그 바위 이름을 '자살바위'라고까지 부르지 않았겠는가. 물론 자살하는 사람들 중에 사연 없는 사람이 어디있겠느냐만은, 특히 이 바위에서 떨어져 사그라지는 인생들엔 한 시대가 고스란히 담겨져 있으니, 이 바위가 자살바위라는 딱지가 붙은 것은 한국전쟁 도중 일사후퇴 때 내려온 많은 피난민들, 특히 이북 사람들이 전시 임시 수도였던 부산에 대거 모여들면서부터라고 한다. 고향 떠나면서, 전쟁터로 나가면서, 피난길 중 포격을 피해 뛰어다니면서, 올라탄 열차가 엇갈리면서, 이렇게 온갖 가슴에 사무치는 사연들 속에서 막연히 훗날 부산 영도다리에서 만나자는 약속을 하고 헤어졌건만, 전쟁통에 살았는지도 죽었는지도 모르는 판국에 휴전선이 굳게 닫히니, 고단한 세상살이 속에 부모형제들을 못 만나게 된 혈육의 한이 사람들을 자살바위로 이끌었던 것이다. 워낙에 사람들이 많이 떨어져 죽으니, 천구백칠십오 년엔 죽기 전에 낳아준 엄니 생각을 해서라도 살아보라는 의미에서 이곳에 모자상(母子像)까지 세워졌으니, 이 시린 근현대사의 울(鬱)을 품에 안고 떨어진 이들의 원한을 누가 달래주리오?

천구백육십삼 년 시월 십오일 라디오에서 재작년에 군복을 입고 청와대로 밀고 들어갔던 자가 민간 정부에 정권을 양도하겠다는 약속을, 몸소 본인이 전역을 하여 민간인 신분으로 출마해 대통령에 당선되어버린, 아주 이상한 방식으로 지켰다는 소식이 흘러나오던 그 스산한 가을날, 이번에도 하염없이 자살바위의 명성을 한층 더 올려주려는 사내가 목발을 집고 터벅터벅 태종대로 올라가고 있었다. 낡아빠진 공항 점퍼에 너덜너덜한 카키색 군복 바지를 입은 사내는 헝클어진 머리카락에 얼굴이 가려 당장에 도대체 뉜지 알 순 없었지만, 곧 바닷바람이 불어와 머리카락이 걷혀 얼굴이 드러나니, 아, 그것은 세상 풍파에 훌쩍 나이를 먹은 성진의 얼굴이었다.

그는 어두컴컴한 눈빛으로 문득 아버지 김무씨를 생각해냈으니, 그 옛날 아버지가 긴또라는 일본인을 구태여 절벽 아래로 떨어뜨려서 죽였다는 점과, 또한 그 자신도 절벽으로 떨어져 생을 마감했던 것이 새록새록 떠올랐다. 성진은 자살바위에 올라서 철썩이는 파도를 보며 담배를 한 대 피웠다. 서너 번 빨자 벌써 손끝이 따갑게 꽁초가 되어버린 담배를 입에서 떼었다. 성진은 어릴 적 하와이 절벽에서 주웠던 아버지의 담배꽁초를 떠올렸다. 문득 성진은 그날의 아버지도 이렇게 담배를 피우면서 자신의 인생도 이 담배처럼 타들어가다가 마침내 꽁초로 버려져야 할 순간이 찾아왔음을 직감한 것이 아니었을까 하는 생각이 들었다. 그러다 성진은 자신의 인생이 아버지의 인생과 비슷하게 흘러간 것만 같은 느낌이 들어 허탈한 웃음이 나왔다. 그것은 부전자전이었다.

하지만 안타깝게도 딱 거기까지만 부전자전이었다. 신은 존재하는가? 어허, 안타깝게도 그것은 증명의 문제가 아니니, 다만 신이 아니면 설명이 안 되는 현상들이 몇몇 존재할 뿐이다. 그 순간 성진에게도 이와 같은 현상이 벌어졌는데, 일순간 큰 바람이 불어 성진이 뒤로 나자빠진 것이었다. 그러면서 성진은 바람결에 아버지의 목소리를 듣게 된다. 그것은 전쟁터에서 정신 잃고 꿈결에 만났던 아버지의 목소리였다.

'니 요서 지금 뭐하고 있노?'

과학을 믿는 사람들은 그것이 인간의 무의식에서 올라온 내면의 목소리가 마치 환청처럼 들리는 것이라 설명하겠지만, 그보단 세상에 자기 자식이 죽는 것을 가만히 지켜보는 부모가 없는 것처럼, 물귀신이 된 김 무씨가 자살바위에 오른 성진에게 한바탕 바닷바람을 불어서 '살아라!' 하고 외쳤다고 설명하는 것이 좀 더 인간스럽지 않은가? 낭만적인 나는 후자를 선택하겠다. 아, 물론 이때 성진이 이 기현상을 어떻게 생각했는 지에 대해선 알 수 없다. 다만 성진은 너무 놀라서 바람이 불어 사라진 뒤를 쳐다봤다는 것이다. 그리고 놀랍게도 거기엔 어떤 중년의 남자가 이렇게 외치고 있었다.

　—여보시오! 거기서 지금 뭐하고 계십니까!

●

　여기서 시곗바늘을 앞으로 팽그르르 돌려보자. 어, 너무 많이는 말고 한 열 바퀴만?

　부산의 남구·수영구·연제구·진구를 두루 걸쳐서 솟아 있는 황령산 북쪽의 중간 분지와 흐르는 계곡 사이로 '물만골'이라는 동네가 있다. 혹여나 여자 생각을 했다면 당신은 음란한 사람일지어니 반성하도록 하고, 왠지 물이 많은 골짜기라서 물만골인가 하고 생각했다면 당신은 센스가 좋은 것이니 기뻐해도 좋다. 실제로 '물 많은 동네'라서 물만골이다. 다만 여기서 물이 많다는 것이 '많'다라는 점에서 만인지, 아니면 일만 만(萬) 자를 써서 '만'인지에 대해선 이견들이 있다. 근데, 그러거나 말거나 물 많은 동네라는 뜻은 통하니 별문제가 아니라 적당히 넘어가도록 하자.

　이 물만골에 본격적으로 사람들이 모여 마을을 이루고 살게 된 것은 천구백육십 년대 동구 초량동 매축지 철거민들이 이곳으로 집단 이주하면서부터이다. 예나 지금이나 철거민에 대한 보상이 제대로 이뤄질 리 없고, 자칭 '합법'을 위해 보상비라고 몇 푼 쥐여준 돈을 가지고 사람들이 갈 수 있는 곳이라곤 산 위뿐이었으니, 그리하여 다들 물만골 골짜기로 몰려들어 산등성이를 악착스레 깎아내 거기다 게딱지 같은 판잣집들을 다닥다닥 붙여놓은 마을이 형성됐던 것이다. 옛날엔 여길 두고 해방촌이라고도 부르기도 했지만, 누가 도대체가 무엇으로부터 해방됐다기에 해방촌이라고 부르냐고 역정을 낸 뒤론 아무도 그런 이름을 입에 올리지 않게 되었다. 그리하여 산 위로 슬레이트 지붕과 판잣집으로 만들어진 마을은 그저 옛 지명 그대로 물만골이라 불리게 되었고, 이곳 주민들은 바로 아래 펼쳐진 시가지에 우뚝 솟은 건물들을 보며 알 수 없는 괴리감과 함께 하루를 시작하게 되었다.

천구백칠십삼 년 어느 늦은 밤, 여기 물만골 판자촌 위로 아주 옅은 불빛이 새어 나오는 집이 하나 있었는데, 독자들이여 시선을 구불구불한 골목길을 따라 이 집으로 이동해보자. 지붕 위로 폐타이어 서너 개가 올라가 있는 이 집엔 얼굴에 팔자주름을 보아하니 이제 중년이 된 성진과 한 중절모를 눌러쓴 노년 신사가 마루 기둥 옆에 아롱거리는 촛불 하나를 두고 걸터앉아 있었다. 그리고 그 희미한 불빛으로 어른거리는 마루 뒤의 방 안엔 어떤 처자와 웬 아기가 코, 소리를 내며 자고 있었다.

―그러면 그때 자살하려던 걸 말렸던 사람이 나란 말이니?

―예, 선상님.

서울 말투의 노신사가 '허허' 하고 웃음을 지으며 품 안에서 담뱃갑을 꺼냈다. 그 옛날 염씨가 팔던 바로 그 양담배였다. 노신사는 담배 한 개비를 뽑아 성진에게 건네주었고, 자신도 담배를 하나 꺼내 촛불에 담뱃불을 붙여 입에 물었다. 하지만 두어 모금 빨더니 몸을 심히 뒤틀면서 기침을 해댔다. 성진이 괜찮으냐고 물었고, 노신사는 괜찮다고 손짓을 하며 담배를 신발 밑창에 비벼 껐다.

　—고문에 몸이 망가져서, 이제 담배도 한 대 제대로 못 피우는구먼.

　—고생하셨습니다, 선상님.

　—어허, 이 성진아 그놈의 '선상님, 선상님' 소리 좀 그만해라. 낯간지럽다.

　—아닙니더. 선상님은 선상님이지예.

　노신사가 빙그레 웃음 지으면서 하늘을 쳐다봤다. 산동네라 그런지 별이 가깝다. 성진은 담배를 깊게 빨았다 뱉어냈다. 연기를 타고 속 안의 마른 응어리들이 누잇누잇 하늘 위로 퍼졌다 사라졌다. 노신사는 중절모를 벗었다. 삭발된 머리 위로 군데군데 흉이 져 있었고, 그 아래의 별빛과 촛불에 비친 얼굴은…… 아! 그는 정씨였다. 처음엔 너무 늙어 알아볼 수 없었지만, 그 이목구비를 보니 영판 없는 정씨이거늘, 누구 노랫말처럼 같이 늙어간다는 말이 그저 먼 미래의 일일 뿐이었는데 어느새 그의 얼굴에 솜털은 흔적도 없었다.

　—내 생각해보니 자네 얘기도 제대로 못 들어봤구먼. 태종대에서 다시 재회한 지 십 년이 지났거늘, 미안하네. 내 너무 무심했으이.

　—아닙니더, 선상님. 선상님은 바쁘셨지요. 그라고 챙겨주시기도 이미 많이 챙겨주셨지예. 취직자리도 알아봐주시고, 이 집도 구해주시고……

　—아직 거기서 일하나? 그, 경비?

　—예, 예.

　정씨는 그렇구나 하며 고개를 끄덕였다.

　—그게 벌써 십 년 전이구만. 그런데, 자네, 내가 처음 자네 봤을 때 술

210

자리에서 그동안 뭘 하고 지냈는지 물어보니까, 그냥 이리저리 떠돌고 지냈다고 말하지 않았었나?

—예, 그랬지요.

—별로 하고 싶지 않은 얘기이다 싶어서 그땐 꼬치꼬치 물어보지 않았네만, 그래도 좀 궁금하구먼.

성진은 멋쩍은 미소를 보이며 정씨를 한번 흘끗 쳐다봤다가 시선을 아래로 깔았다.

—별얘기 아닙니더. 그게……

●

여기서 잠깐! 깐깐한 독자들 중에선 지금 하와이에서 김반장과 만났던 정씨가, 그리고 염씨가 담배 사업을 할 때 하와이에서 담배 유통을 맡았던 정씨가, 그래, 바로 그 정씨가 지금 세상을 돌고 돌아 조국으로 귀국하여, 얼씨구, 게다가 그것도 하필 성진이 자살을 하려고 하는 그때 그 시간 그 장소에서 성진을 만난 것이냐고 물어볼지도 모르겠다. 아, 물론 이건 정말 궁금해서 물어보는 질문이 아니라, 그런 말도 안 되는 우연적 요소를 집어넣으니―그러면서 괜스레 신이나 들먹이고 말이야!―이 무슨 전통 소설의 전기적 구성도 아니고, 화성 거주 계획도 세우는 이십일 세기에 이런 삼류 구라 뻥을 듣고 앉아 있는 것에 대한 짜증일 것이다.

허나 독자들이여, 부디 이런 나를 용서하시라. 나도 딱히 방법이 없으니, 이런 일이 실제로 벌어졌는 걸 어찌하겠누? 독자들에게 거짓말을 할 순 없는 노릇이니, 난 그저 본 대로 씨부릴 수밖에 없다. 하기야 생각해보면 인생에 이런 우연 같은 일들이 하나도 없다면, 그것이야말로 비현실적인 것이 아니겠냐는 반문도 하고 싶지만.

사설이 길었구먼. 으흠…… 어디까지 얘기했더라? 아, 그래, 성진의 과거!

●

기, 김상병님 정신 차리십시오!

마치 흐릿한 안개 속에서 들려오는 듯한 목소리에 성진은 눈을 떴다. 그는 누군가의 등에 업힌 채 산을 내려가고 있었다. 성진은 도대체 지금 자신의 상황이 어떤 것인지 생각해보려고 노력했다. 임대위가 자살을 하고, 자신은 오른쪽 발을…… 성진은 자신의 다리를 쳐다보았다. 파편은 빠져 있었고, 다리와 발에 붕대가 칭칭 감겨져 있었다. 누군가 응급 조치를 취했고, 그리고 난 지금 누군가의 등 위……

—김상병님 정신 차리……

—알았다, 알았어.

—김상병님!

성진을 업고 가던 병사의 정체는 신병이었던 정재형 이병이었다. 성진은 그의 목소리와 생김새를 기억해냈다. 다른 부대원들은 하나도 보이지 않고, 전선에서 이탈해서 산을 타고 내려가고 있는 것을 보니 아마도 피의 능선에서 살아남은 사람은 자신과 정재형 이병뿐인 듯싶었다. 정재형 이병은 총도 지니고 있지 않았다. 성진은 쓴웃음이 나왔지만, 굳이 그걸 정재형 이병에게 말하진 않았다. 갑자기 피로감이 몰려왔고, 정재형 이병의 등에 머리를 기대고 다시 눈을 감았다. 자신을 부르는 정재형 이병의 목소리가 점점 아득해져갔다.

성진이 다시 눈을 뜬 것은 고통스럽게 살이 타들어가는 극렬한 고통 때문이었다. 어떤 차량 안이었는데, 군의관으로 보이는 자가 핏물이 튄 흰 마스크를 쓴 채로 성진의 다리에 소독약을 붓고 있었다. 옆에 있던 병사가 뒤틀리는 성진의 몸을 붙잡았다. 군의관은 "참아라, 병사. 다 끝났다!"라고 짧게 대꾸하고는 상처를 바늘로 꿰매기 시작했다. 성진은 잇몸에 피가 나도록 이를 꽉 다물다 다시 정신을 잃었다.

다시 눈을 뜬 이유는 흔들리는 덜컹거림 때문이었다. 성진은 굳이 확인하지 않고도 자신이 지프 위에 올라타 있다는 사실을 알았다. 고개를 돌렸더니 다른 부상병들이 실려 있었다. 아마도 부상병들만 따로 옮겨놓은 지프인 듯싶었다. 팔에 붕대를 감은 채 앉아 있는 병사가 눈을 뜬 성진을 보고 지금 후방으로 가는 길이라고 말해줬다.

—저기, 정재형 이병은?

—응? 누구? 아 아, 그 신삥이. 지프 출발하기 전까지만 해도 자네 옆에 있었어. 아마 우리 앞에 타고 있을 거야. 후방에서 다시 재분류돼서 전선으로 보내질 거라는군. 근데, 그쪽 부대가 거의 괴멸됐다고 하더만. 용케도 거기서 살아 내려온 걸 보니 억세게 운이 좋구먼.

운이 좋다라…… 성진은 쓴웃음이 나왔다. 하지만 성진에겐, 늘 그러하듯, 과거의 회한들을 회고할 만한 시간 따위는 주어지지 않았다. 난데없이 갑자기 폭발음이 들리더니, 타고 있던 지프가 무언가에 충돌하여 옆으로 나자빠졌다. 성진은 몸이 공중으로 붕 뜨는 것을 느꼈고, 곧 안의 사람들과 함께 튕겨져나갔다.

성진이 다시 눈을 떴을 땐 얼굴을 풀숲에 처박고 있었다. 차량 충돌로 튕겨져나간 모양이었는지, 머리는 심하게 울렸고 다리에는 격렬한 통증이 찾아왔다. 성진은 아무런 힘도 들어가지 않는 다리를 붙잡고 한참을 누워 있었다. 고통이 조금이나마 익숙해지고서야 주위 풍경이 눈에 들어왔는데, 불타는 지프와 그 지프에 충돌해 쓰러져 옆으로 넘어간 지프로 사람들이 튕겨져나와 쓰러진 채 나뒹굴고 있었다. 앞에 가던 지프가 포격이라도 맞은 걸까? 아니, 그보다는 대전차 지뢰를 밟았다고 보는 게 좀 더 신빙성이 있어 보였다. 잠깐, 아까 앞차에는 정재형 이병이 타고 있을 것이라고 하지 않았었나?

'여서는 언제 디질지 몰라서, 이름 기억하는 게 별 의미가 읎다. 특히 신뺑이들이 어버버하다가 쉽게 쉽게 죽드라고. 그니께 통성명은 한 달 뒤에도 니가 살아 있으면 하는 걸로 하자. 삽질이라 하그라.'

성진은 불타는 지프를 한동안 바라만 보았다.

얼마나 시간이 지났는지는 모르겠으나, 성진은 주위에 떨어진 나무 목책을 지팡이 삼아 일어났다. 그리고 길을 따라 하염없이 걸어갔다. 성진은 자신이 갈 곳을 알 수가 없었다. 도대체 어디로 간단 말인가? 그에겐 돌아갈 집도, 고향도, 부모도, 친구도 없었다. 그런데 지금은 어디건 가긴 가야만 했다. 그렇게 정처 없이 걷던 도중 성진은 피난민무리를 발견하게 되었다. 아마도 일대 산골 주민들인데 삼팔선 일대가 주된 전쟁터가 되자 고향을 등지고 떠나는 사람들인 듯싶었다. 성진은 갑자기 어지러웠다. 문득 피를 너무 많이 흘린 게 아닌가 하는 생각이 들었지만, 그 생각을 할 때쯤 성진은 이미 쓰러져 있었다. '이젠…… 아무것도 모르것다.' 성진은 눈을 감았다.

하지만 성진이 아무것도 모르겠든 말든 본디 세상사란 그딴 건 하나도 신경쓰지 않고 무심히 흘러가는 법. 성진은 다시 정신을 차렸고, 이번에도 덜컹거림에 잠에서 깨기는 했으나 이번엔 지프는 아니었고 짚단을 깐 소달구지 위였다. 그리고 자신을 말똥말똥한 눈으로 쳐다보는 아이가 눈앞에 있었다.

　—아부지요! 군인 아저씨 눈 떴으요!

　잠시 달구지가 멈추고 성진의 눈에 이 아이의 아버지로 보이는 사내가 나타났다.

　—괜찮으데요? 우리 지금 춘천으로 가고 있어요. 거기 군인 본부가 있다니까 일단 누워 계시와요.

　군인 본부란 말을 듣는 순간, 어디서 힘이 나왔는지 성진은 사내의 손목을 덥썩! 하고 잡았다. 그리고 천천히 고개를 절레절레 저었다.

●

　—그래서? 군부대로 복귀하지 않은 거야?

　성진은 말없이 고개를 끄덕였다.

　—그럼, 보훈 보상금은? 자네 다릿값은 받은 거야?

　—지는 그럴 자격이 없십니더.

　정씨는 뭐라고 말하려 입을 열었다가, 어두운 성진의 눈동자를 보고는 아무 말 없이 입을 다물었다. 정씨는 예전에 하와이에서 김무씨에게서도 이런 눈빛을 본 적이 있었다. 물어도 답을 들을 수 없는, 자기조차 깊이를 알 수 없는 그늘을 쳐다보는 눈빛. 그 심해에 빨려들어간 빛은 다시 지상으로 올라오려 하지 않는 것인지 아니면 올라올 수 없는 것인지 모르겠지만, 어찌됐든 다시 해상 위로 올라오지 않았다. 그것은 부전자전

215

이었다.

침묵이 이어진 뒤에 정씨가 입을 열었다.

—그럼 그때부터 내가 자네를 태종대에서 발견하기 전까지 뭘 했던 건가?

—그 부분은 저번에도 말씀드렸었죠. 이리저리 떠돌아다녔십니다.

—그 전투가 오십일 년도니까, 내가 자네를 만나기까지 자그마치 십이 년이야. 역마살에 씐 것도 아니고 십이 년간 도대체 어디를 그렇게 돌아다닌 건가? 그것도 그 다리로 말일세.

성진은 자신의 오른쪽 다리를 손으로 쓸어내렸다.

—그냥 그렇게 됐십니다.

—답답한 사람이고. 말을 안 하니 그 사정을 알 수가 있나…… 그러면 왜 태종대에 올라갔던 건가? 아무리 괴로워도 그렇지, 하늘땅보다 더 소중한 것이 사람 목숨이거늘.

정씨의 물음에 성진은 말없이 불어온 새벽바람 결에 흔들리는 촛불을 바라보았다. 그리고 그의 입가에 입꼬리만 살짝 올라간 서글픈 미소가, 아니 그보단 스스로를 비웃는 듯한, 그런 자조적 미소가 천천히 흘러 지나갔다.

—부전자전 아니것습니꺼?

—이 사람이……

정씨는 말을 잇지 못했다. 성진은 헛웃음을 짓듯 내뱉는 짧은 한숨을 쉬며 말했다.

—죽고 싶었는데…… 거기 할 수 있는 유일한 '계획'이었는데, 이기…… 이기 잘 안 되더라고요. 그저 매일매일, 한 주 한 주, 미래가 없는 현재를 이어가면서 버티는 게 고작이었십니다. 제가 할 수 있는 기, 그기

고작이었십니더. 하하하. 참 웃기지예? 숨쉬는 거랑 비슷한 깁니더. 사람이 생각을 안 해도, 언제나 폐가 다음 숨을 들이쉬게 되어 있는 거맨치로, 그거맨치로 지도…… 그냥 숨이 셔지니까 그런대로 계속 살았십니더. 선상님. 그뿐입니더.

— 이 사람아, 그런 말이 어디 있나? 사람이……

이번에도 정씨는 말을 잇지 못했다. 그러다 방 안에 자고 있는 아기를 쳐다봤다. 성진의 시선 역시도 정씨를 따라 코, 자고 있는 아기에게로 움직였다. 불룩 올라온 아기의 두 볼의 젖살이 촛불의 불빛에 탐스럽게 반짝였다. 그 빛에 비쳐 성진의 어두운 눈동자가 잠시 밝아지는 것처럼 보이기도 하였다.

— 그래도 계속 살았으니까, 아들도 보고 그러지 않나? 이름이 뭐라고 했지?

— 철호입니다. 김철호.

●

대한민국의 천구백오륙십 년댄 그다지 아름답지 않았다. 아니, 정정하도록 하자. 전혀 아름답지 않았다. 삼 년간 이어진 한국전쟁으로 전 국토가 거의 초토화되었는데, 역전으로는 상이군인과 걸인들이 넘쳐났고 멀쩡한 사람들도 일자리를 구하지 못해 모두 삼삼오오 모여 실업자 통계로 걸어들어가고 있었다. 아니, 밥을 못 먹어 걸어다닐 힘도 없었으니 '기어들어갔다'고 표현하는 게 좀 더 맞는 표현일지도 모르겠다. 역전에 앉아 오가는 사람들을 향해 폐허 더미에서 주워온 아코디언을 켜며 "세상에 버림받고 사랑마저 물리친 몸 병들어 쓰라린 가슴을 부여안고 나 홀로 재생의 길 찾으며 외로이 살아가네……"라고 애처로이 그 시절의 노래를 부르며 구걸하는 수많은 상이군인들 속에서, 모르긴 몰라도 다리를 절뚝이는 성진도 바로 그 틈에서 오랫동안 쭈그리고 앉아 있었을 것이다.

천구백오십삼 년에 한국전쟁은 끝났지만 가난은 끝나지 않았고, 이데올로기는 밥을 먹지 않아도 괜찮았지만 사람들은 뭐라도 먹어야만 했던 관계로, 이데올로기를 외치는 세상 속에서 사람들은 더욱 피폐해져만 갔다. 사람들은 나물로 만든 죽, 쑥국, 초근목피, 불에 볶은 왕겨가루, 나무를 썰어 만든 나무죽, 개구리 구이, 누르스름한 백토가루, 그리고 미군부대에서 흘러나오는 음식 찌꺼기를 물에 부어 끓여먹는 것도 마다하지 않았다.* 먹을 수 있는 것이라곤 다 먹어야만 했다. 하지만 그럼에도 먹을 것은 늘 부족했고, 거기에다가 미국의 외곡들이 싼값에 풀리자 국내에서 생산하는 농산물값이 똥값이 되어 농민들은 장리빚**에 시달려야만 했다. 농지 개혁이고 나발이고 소작의 시기가 다시 도래했고, 잠시나마 자유를 배웠던 사람들은 하나둘씩 손을 털고 서울로 몰려들었다. 하지만 서울이라고 뾰족한 수가 있는 건 아니었다. 서울의 범죄율은 증가했다.

끝나지 않은 건 굶주림뿐만이 아니었다. 권력자들의 탐욕도 끝나지 않았다. 헌법이 두 차례 바뀌었고 그중 하나는 반올림에 대한 해괴한 공식 해석으로 진행되었다. 역시 정치는 배운 사람들이 하는 것이라고, 그것은 극도로 수학적이었다. 오십팔 년 신년사에서 대통령은 지금 우리 국

---

* 강준만,《영혼이라도 팔아 취직하고 싶다 》앞의 책, 23쪽 참고.
** 돈이나 곡식을 꾸어주고, 받을 때에는 한 해 이자로 본디 곡식의 절반 이상을 받는 변리. 흔히 봄에 꾸어주고 가을에 받음.

군이 세계 모든 강한 나라의 군사들 중에서 셋째 혹은 넷째라고 말하면서 이른바 세계 사대 강국론을 떠들어댔으나, 전체 국가 예산에서 차지하는 국방비의 비율 삼십삼 퍼센트가 실업률과 거의 비슷한 마당에 이런 말은 아무짝에 쓸모없는 울림이었다. 하지만 그 공허한 울림을 타고 온갖 협잡들이 판을 쳤으니, 하긴, 정상적인 수입으로 생활비의 반밖에 충당하지 못하는 현실에서 협잡은 어떤 의미에서의 순수한 기회였던 것인지 모르겠다.

이 시기 성진의 얘기는 당사자 본인이 굳게 입을 다물고 있어 당최 알 수가 없는 노릇이나, 유계장의 인생에 대한 정보는 확실히 알 수 있다. 그건 다른 게 아니라, 유계장은 오십사 년 민의원 선거에 출마해 당선되었던 관계로 이제는 공인이 되었기 때문이다. 한때 요정 팔선녀에서 무쇠 왼팔을 걸고 나서서 국회를 평정하겠다느니 하면서 던진 농은 사실은 농이 아니었고, 기생들의 엉덩이를 더듬거리며 국정을 논하던 서의원은 노령으로 은퇴한 뒤 자신의 지역구를 유계장에게 넘겨주었다. 유계장은 배고픈 현실 속에서 민주주의도 모르는 사람들에게 푼돈 몇 푼 쥐여주고 표를 샀다. 그리고 밤이면 부산애국청년회는 야당 후보와 무소속 후보들을 테러하면서 단체의 모토인 '애국'을 몸소 실천했다. 가령 서울서 죽산(竹山) 조봉암은 등록 서류를 괴한들에게 탈취당하는 바람에 선거 입후보도 하지 못했으며, 일각에선 그게 유계장의 작품이라는 말이 나돌았지만, 그런 말일랑 항상 떠도는 수많은 찌라시의 하나일 뿐이니 선거가 끝나면서 자연스레 잊히는 것이 역사의 섭리가 아니겠는가? 그렇게 유계장은 유의원이 되었다.

하지만 인생사 새옹지마, 올라가면 내려와야 하는 법. 유의원의 정치 인생은 이 년 만에 위기를 맞이하니, 천구백육십 년 사월에 대학생들과 시민들이 거리로 뛰쳐나와 탱크를 점거하는 일이 벌어졌다. 소뼈를 쌓아 애써 우골탑(牛骨塔)을 졸업한 농부의 자식들 중 대다수는 고등 실업자 신세가 되었고, 혁명은 배운 자들의 것이었으니 이들이 민주주의를 띠에 걸고 거리로 향했던 것이다. 한때 대통령을 하와이로 보내버리기도 한 열기였으나, 안타깝게도 혁명의 열기가 실업을 구제할 수 있는 것은 아니 었고, 곧 이상론에 대한 비판이 들끓었으며, 이 혼란을 머금고 군인들의 쿠데타가 무르익었다. 총칼을 들고 국회로 들어온 이 쿠데타의 대장은 선 글라스를 낀 인물로, 그 이름이 박정희라고 했다. 시민들이 쿠데타를 뒤 엎지 않은 유일한 이유는 실업 문제를 해결하겠다는 군사 정부의 슬로건 때문이었으니, 이를 너무도 잘 알고 있는 새로운 독재자는 실업 문제에 사활을 걸어야만 했다. 그리고 유의원 역시도 끝난 줄 알았던 정치 인생 에 다시 불이 붙으니, 박정희가 사는 길이 곧 자기가 사는 일이 되었다.

박정희는 근소한 차이로 대통령 선거에서 승리했고, 인생사 새옹지마 내려오면 올라가야 하는 법, 유의원의 인생도 근소한 차이로 레일이 끊 어지지 않고 이어졌다. 그리고 이 시기쯤 해서 성진이 태종대에 올라갔 다 정씨를 만났으니, 성진의 인생도 근소한 차이로 그 레일이 끊어지지 않았던 것이다. 헌데 유의원은 이 의미를 알았을까?

●

—근데, 아까 보니까 집사람이 눈이 파랗던데……

정씨는 말끝을 흐렸다. 성진은 아기 옆에서 아이의 배에 한 손을 얹은 채 웅크리고 자고 있는 이국적으로 생긴 처자를 바라봤다.

—예, 맞십니더. 혼혈압니더.

정씨는 뭔가 사연이 궁금하다는 듯이 입을 열려다가, 그냥 입술을 곱씹었다. 성진은 정씨의 표정을 보고 쓴웃음을 짓더니, 담배를 한 대만 더 달라고 했다.

—어쩌다가 만났십니더. 선상님이 태종대에서 지 보시고, 그 냄비 공장에 경비로 넣어주신 다음에, 아부지 목소리도 들린 것 같기도 하고, 또 그서 갑자기 선상님을 만난 걸 보면 뭔가 계속 살아야 할 이유가 있는갑다 하고, 일단 계속 살기로 했십니더.

—그때 기자들 소풍을 그쪽으로 안 갔으면 정말 큰일날 뻔했군.

—이런저런 우연이 겹친 게지요.

성진은 담배를 깊게 빨아들였다. 마치 몸 안 가득찬 회한의 기억들을 연기로 다 질식시켜버리려는 사람처럼, 깊이 . 하지만 찌푸려진 미간을 보니 그게 잘 안 되는 듯했다. 이번에도 성진은 연기를 내뿜듯 묵은 기억을 꺼냈다.

—경비 일 끝나고 매일 똑같은 국밥집에 가서 저녁을 묵었는데, 쟤가 그 국밥집 딸년입니더. 어쩌다 보니까, 같이 살게 됐십니더.

—아니, 무슨 말이 그런가? 어쩌다 보니까 같이 살게 됐다니.

성진은 담배를 든 손으로 머리를 긁적였다.

—지가 말재간이 읎으갖꼬……

—그럼 그 국밥집부터 얘기해보게. 그 국밥집 딸년은 어떻게 만나게 됐나?

—그게……

천구백육십 년 사월 항쟁의 열기가 뜨거울 무렵 혁명의 소식을 접한 정씨는 오랫동안 꿈꾸던 바를 이루기 위해 그동안 하와이에서 모은 달러들을 다 환으로 바꿔 귀국했다. 그의 꿈은 사람들의 계몽과 성숙한 조국의 미래였기에, 정씨는 부산에 신문사를 차렸다. 육십일 년 군사 쿠데타가 벌어졌을 때 정씨의 신문사는 쿠데타에 대한 비판적인 기사를 쏟아냈지만, 이를 용기 있게 여긴 주민들의 지지 때문에 군사 정부는 일단 정씨의 신문사를 건드리진 않았다. 이 일로 정씨의 신문사는 유명해졌지만, 인생사 새옹지마 올라가면 내려와야 하는 법. 이승만의 퇴출로 갈 곳을 잃은 옛 자유당 세력들이 기사회생을 위해 박정희의 당선에 사활을 걸었던바, 이렇게 발등에 불이 떨어진 사람들 중에 유의원이 포함되어 있었으니, 유의원은 박정희의 눈에 들기 위해서 부산애국청년회를 움직여 정씨의 신문사를 테러하였다. 새벽에 누군가 침입해 인쇄기엔 모래를 뿌렸고, 신문사 건물에 빨간 페인트로 '빨갱이'라는 낙서가 크게 그려졌다.

　그래서 육십삼 년에 정씨는 신문사를 잠시 닫게 됐는데, 이때 박정희의 대통령 당선일에 맞추어 기자로서의 의지를 다시 세운다는 의미에서 쉬고 있는 동료 기자들을 모아서 태종대로 소풍을 떠났던 것이다. 아니, 소풍이라고 표현하는 건 좀 그렇고, 부산 지역 양심 있는 언론인들의 궐기대회랄까? 태종대에 서서 부산 앞바다를 바라보며 진리의 푸르름이 우리 사회를 정화시킨다는 뭐, 대충 그런 의미의 취지였는데, 바로 이날 정씨는 태종대에 올라가 자살하려고 했던 성진을 만나게 되었던 것이다. 거지꼴로 재회한 옛 김반장의 아들 성진을 본 정씨는 마음이 안타까워 그에게 물만골에 판잣집을 구해주고, 또한 인맥을 동원해 그를 냄비 공장 경비원으로 취직까지 시켜주게 되었다. 그것은 그 옛날 알로하농장한인독립기금회에 선뜻 기금을 투척했던 김반장의 은덕이었다.

성진이 취직한 냄비 공장은 부산 굴지의 냄비 공장으로 이 공장에서 생산한 냄비는 유독 열이 빨리 올랐다가 순식간에 식곤 했는데, 사람들은 이 점을 참 좋아라 했던 관계로 사업은 나날이 번창했다. 하지만 그러거나 말거나 회사의 번창이 일개 경비나 공장 노동자의 삶이 윤택해진다는 의미는 아니었으니, 성진에겐 별 의미가 없었다. 경비 일을 마치고 잠을 자거나 혹은 별생각 없이 라디오를 들으며 경제 개발 오 개년 계획이니, 군인들이 월남으로 갔다느니, 일본으로부터 과거를 팔아 차관을 끌어왔다느니 하는 세상 얘기를 들으며 소일하던 성진은, 거의 매일같이 경비 일을 교대하고 집에 가는 길에 저녁을 먹을 겸 들르는 단골 국밥집이 있었으니, 그 국밥집 여주인의 이름이 명숙이었다.

냄비 공장 노무자들이 대개 그 국밥집의 단골들이었는데, 사람들은 명숙을 두고 젊었을 적에 양공주 짓을 하다가 늙어서 국밥집을 차린 것으로 수군댔다. 비슷한 나이대의 성진은 이런 소문에 귀기울이지 않고 그저 묵묵히 국밥만 먹고 집에 갈 따름이었는데, 아마도 이런 묵묵함에 뭔가 느낀 바가 있었던 명숙은 처음 성진이 그 국밥집에 들어간 날로부터 대충 사 년여가 흐른 어느 날 성진을 불러 술을 한잔 먹자고 하게 된다. 사 년 단골이면 거의 친구 수준인데, 어허, 하지만 독자들이여 그렇다고 이 삼십대 중반의 남녀가 하룻밤 만에 만리장성을 쌓았다느니 하는 얘기가 이어지는 것은 아니니, 괜한 기대하지 말라. 명숙은 그저 기구한 세상살이, 신세한탄 할 사람이 필요했을 뿐이었다.

—여보세요, 김씨. 제가 고향이 북녘인데, 서울에서 한 몇십 년 살다

223

보니, 말투가 서울 사람이 돼버렸어요. 그러니까 말투가 좀 부산 사람 같지 않아도 너무 낯간지럽다 하지 말고 제 말을 좀 들어주셔요. 그거 아세요? 저도 젊었을 적엔 꿈도 있고 희망도 있었네요. 저희 집은 무슨 하늘이 알 만치 큰 부자는 아니었지만 그래도 꽤 큰 지주 집안이었답니다. 그 시절엔 경성에 가서 선글라스를 끼고 멋쟁이 신여성이 되고 싶었지요. 릴케처럼 글도 쓰고 싶었답니다. 하하. 거기 술 좀 따라주시겠어요?

하지만 인생이 제 뜻대로 흘러가진 않았어요. 전쟁이 터졌고 아버진 고향을 지키고 있을 테니 저희만 일단 남한으로 내려가라고 했죠. 통일되면 다시 만나자고. 아, 네, 그 말을 안 했네요. 집은 이남 일녀예요. 제 위로 오빠가 두 명 있었죠. 오빠들이랑 어머니랑 남한으로 내려갔습니다. 헌데, 전쟁은 끝나지 않았고 통일도 안 됐죠. 저흰 서울의 해방촌 판잣집으로 올라가 살았답니다. 어머닌 고향을 그리워하다 미치셨고, 큰오빤 계리사 사무실 서기를 구했지만 너무 박봉이었어요. 뭐라도 먹고살았어야 했습니다. 다리를 보아하니, 김씨도 그 시절을 호되게 겪었던 것은 같은데, 무슨 말인지 아시죠?

크, 술이 쓰네요. 술 좀 더 따라주세요. 결국 저는 양공주가 되었지요. 서울에 주둔하던 미군들에게 몸을 팔았는데, 벌이가 괜찮았어요. 이런 식으로 꿈을 이루고 싶진 않았지만 미군한테 비싼 선글라스도 선물받아 멋쟁이처럼 끼고 다녔지요. 근데, 이상하게 그 판잣집 해방촌에서 벗어날 수가 없더라고요. 큰오빠 올케언닌 해산하다 산통으로 죽었고, 둘째 오빤 강도짓을 하다가 교도소에 갔습니다. 네, 가정이 파탄나버렸지요. 곧게 살던 큰오빤 현실을 견딜 수 없었나 봐요. 택시 타고 나갔다 영영 집으로 돌아오지 않았어요. 혼자 남은 저는 큰오빠의 하나뿐인 딸을 고아원으로 보냈어요. 저 참 독한 년이죠? 혼자 살겠다고, 네, 제가 혼자 살겠다고 그 어린것을 고아원에 넣었습니다. 후회, 하냐고요? 하하. 잘 모르겠네요. 저 같은 년은 그때 그 순간으로 다시 돌아가도 똑같은 짓을 할 년입니다.

양공주 짓을 처음 시작했을 때만 해도 신이 없는 줄 알았는데, 아마도 있나 봅니다. 그래서 제가 큰오빠 딸을 고아원에 버린 일 때문에 저한테 천벌을 내렸나 봐요. 사귀던 미군 중위의 아이를 덜컥 임신해버렸지요. 이름이 칼슨인가 하는 백인 놈이었는데…… 어느 날 얼굴이 안 보여서 부대 위병소에 물어봤더니 미국으로 돌아가버렸다고 하더군요. 그 사실을 알았을 때는 자살하려고 했는데, 무서워서 쥐약도 제대로 못 먹겠더군요. 그러다 배가 불러 아이를 낳았는데, 딸아이였습니다. 이름이 영화인데, 지금 열다섯쯤 됐으니 시간이 참 빠르군요. 아이를 낳은 길로 서울 생활을 접고 부산으로 내려와 이 국밥집을 차렸습니다. 그다음부턴 생활에 바빠 쫓기듯 살다 보니 벌써 십수 년이 지났네요. 근데 가끔씩 고아원에 놔두고 나올 때 절 쳐다보던 큰오빠 딸아이의 눈망울이 생각납니다. 한번 그 생각이 나기 시작하면, 그…… 그 눈망울이 머릿속을 떠나질 않는답니다. 네, 지금도 보이는 것만 같네요. 흐, 흐흐으으……

성진은 술잔을 비웠다. 소주, 참 썼다.

●

―그럼 저 아인 그 국밥집 딸아이겠군.

성진이 고개를 끄덕였다.

―육십구 년도인가, 아니면 칠십 년도인가, TV에서 그, 그, 고속도로

한창 뚫는다고 할 때 국밥집이 문을 닫았십니다. 뭔 일인가 싶어서 알보니께, 주인이 병으로 입원했다고 하더라고요. 수소문해서 병원까지 찾아갔더니 자궁암이란 병이라고 하더만요. 그기…… 시간이 너무 오래 지나면 안 고쳐지는 병이라는데, 그때 시간이 너무 많이 지났던가 봅니다. 그기서 국밥집 딸년을 처음 만났습니다.

—이름이, 뭐…… 연하?

—영화입니다. 이영화.

성진이 고개를 돌려 자고 있는 영화의 얼굴을 다시 쳐다봤다.

— 한 반년쯤 지났나? 그때부터 병문안 갈 때마다 자기 죽으면 딸아이 좀 잘 부탁한다고 말하더만…… 어느 날 가보니께 고마 세상 떴더라고예. 뭐, 가족이랄 것도 읎으갖고 장례식에도 거의 아무도 안 왔십니다. 영화한테 물어보니까, 뭐, 모아놓은 돈도 병원비도 다 씁삐고, 가족도 없고……

—그래서 같이 살게 된 건가?

—예. 뭐, 그리됐십니다. 처음엔 그랄라고 한 게 아인데…… 이기 어쩌다 보니께. 예, 사람 일이 참 알 수가 읎는 거드만요. 정말 어쩌다 보니께 그래 됐십니다……

목소리가 너무 컸을까? 영화가 살며시 일어났다. 달빛에 비치니 파란 눈의 작태에 참 어여뻤다. 정씨가 자리를 털고 일어나고, 손목에 찬 시계를 쳐다봤다.

—아이구, 제수씨. 이 야밤에 죄송하네요. 이게 통금시간 전까지만 있는다는 게 시간이 지나버리는 바람에…… 이제 네 시니까 통금도 풀렸겠다, 그만 가보겠습니다. 다시 주무세요.

—아녜요. 좀 더 쉬다 가세요.

영화가 막 잠에서 깨서 그런지 목이 잠긴 목소리로 말했다. 정씨는 웃으면서 중절모를 머리 위에 쓰고 목례를 한 뒤 대문으로 걸어나갔고, 성진도 마을 밑까지 마중을 나가려고 따라나섰다. 깊은 밤, 다시 산속에서 을씨년스럽게 뻐꾸기가 울었다.

●

천구백칠십 년 이월 삼일 영화는 아직 좀 수척한 몸을 이끌고 구청에 아들 철호의 출생 신고를 했다. 아들이 태어났다는 것에 성진은 기뻐했지만 어떤 일이 있어도 관공서 쪽으론 발걸음하지 않겠다는 주의를 고집했고, 결국 영화가 해산 후 몸조리를 하다가 철호가 태어난 지 한 달이나 지나서야 출생 신고를 하게 되었다. 없는 살림에 태어난 아이였기 때문인지 철호는 딱히 많은 걸 먹을 수 없었고, 그래서 좀 자라나서도 삐쩍 마른 아이가 되었다. 물만골 사람들은 철호를 보고 어머니를 많이 닮았다고 했는데, 유일하게 아버지를 닮은 부분은 검은 눈동자뿐이었다.

철호의 어린 시절은 그다지 살갑진 않았다. 낮이면 성진은 냄비 공장으로 출근해서 늦은 저녁때가 돼서야 집으로 돌아왔고, 이는 미싱 공장에 다니던 영화 역시 마찬가지였다. 따라서 아기였던 철호를 봐준 것은 뒷집에 살던 김할머니였는데, 철호가 네 살이 될 때까지의 육 할 이상은 이 김할머니와 함께 시간을 보내게 되었다. 뭐, 딱히 학대 같은 걸 한 것은 아니었지만, 그렇다고 살갑게 대해줬던 것은 또 아니었던지라 똥 싸면 기저귀 갈아주고 밥때 되면 밥 먹여주는 것이 전부였다. 그 외 시간에 김할머니는 철호를 문을 잠근 방 안에 넣어둔 후 남새밭을 가꾸러 나갔고, 이 안에서 철호가 할 수 있는 건 기어다니거나 울기를 반복하는 것이 전부였다.

네 살이 될 때까지만 김할머니가 철호를 봐준 것은 전적으로 김할머니가 갑자기 치매에 걸렸기 때문이었는데, 자식들은 김할머니를 보호 시설에 넣었다. 그곳에서 간호사들은 딱히 김할머니에게 학대 같은 걸 한 것은 아니었지만, 그렇다고 살갑게 대해줬던 것은 또 아니었던지라 똥 싸면 기저귀 갈아주고 밥때 되면 밥 먹여주는 것을 제외하고는 김할머니를 방 안에 가둬놓고 다른 사무를 보기 일쑤였다. 인생의 나선은 사필귀정을 그리며 돌고 돈다고 했던가?

여하튼 결국 미싱 공장을 다니던 영화가 철호가 초등학교에 갈 때까지만 일을 쉬는 것으로 하고 집에 눌러앉았다. 그녀는 단칸방에 앉아 인형눈알을 붙였고, 때로는 그 인형을 가지고 철호와 놀아주기도 하였다. 철호에겐 이 시기가 가장 아름다운 시기였을 테지만, 안타깝게도 이 시절의 기억은 철호에게 거의 남아 있지 않았다. 그저 그가 기억하는 인생에 대한 첫 번째 순간이라곤 초등학교에 들어가기 직전인 일곱 살 언저리의 것이었으니, 그것은 아버지 성진이 마루 기둥에 앉아 담배를 피우는 장면이었다. 마루 위에는 '이력서'란 종이가 서너 장 놓여 있었다. 철호가 이 종이를 만지려고 할 때 성진이 철호를 만류했다.

어허, 안 돼. 이건 종이 접는 종이가 아니데이.

●

천구백칠십이 년 유신 헌법을 선포하면서 헌법 위에 군림한 박정희였지만, 안타깝게도 이 독재자가 석유 위에까지 군림하진 못했다. 칠십팔년 십이월, 중동 산유국들이 이때부터 이듬해까지 다섯 차례에 걸쳐 원유가를 올려버렸고, 그렇게 터진 제2차 오일 쇼크란 위기가 대한민국을 덮쳤다. 호황을 노래해오던 유신 정권의 경제 기조는 삽시간에 흔들리기 시작했는데, 당시 모든 물가를 통제하던 정부는 칠십구 년 삼월에 국내 석유 제품 가격을 구점오 퍼센트 인상한 데 이어 칠월에 다시 오십구 퍼센트나 올렸고, 전력 요금도 삼십오 퍼센트나 인상했다. 최종적으로 천구백칠십구 년 소비자 물가 인상률은 이십일 퍼센트나 되었는데, 이것은 굉장한 일이었다. 매일 스테이크 먹는 부잣집이 물가가 오른 관계로 당분간 탕수육을 시켜먹는 것으로 식단을 바꾸는 건 큰 문제가 없지만, 매일 라면 끓여먹는 집에선 식단을 뭐로 바꾸란 말인가? 흙이라도 파먹나?

또한 경제 계발이란 것이 으레 그러하듯 부자들이 돈을 많이 벌어서 경기 규모가 커지면 그 이득이 저소득층의 소득 증대로까지 이어진다는 단순한 논리로 투철하게 무장해 있는데, 복잡한 것을 단순하게 설명하는 것은 사기꾼들의 전형적인 수법이었다. 이 시기에도 마찬가지였는데, 나라의 GDP가 아무리 올라도 이상하게도 내가 마시는 소주가 포도주로 바뀌는 기적이 일어나는 것은 아니니, 서민들은 물가가 올라도 저축은 커녕 다달이 생계를 잇기조차 어려운 순간을 맞이하고서야 저 호황이라는 글자 앞에 사실은 '그들만의 호황'이라는 소유형용사가 있었다는 것을 깨닫게 되었다. 깨달음은 곧 투표로 나타났으니, 그것은 민주주의였다. 제10대 국회의원 총선거는 야당이 여당을 앞서는 헌정 사상 초유의 일이 벌어졌다. 체육관 선거로 대통령이 되던 독재자에게 그해 십이월은 유달리 추웠다.

하지만 이 추위는 철호에게도 마찬가지였던바, 오일 쇼크로 원자재가 제대로 들어오지 않아 부친 성진이 다니던 공장이 부도가 나버렸던 것이다. 성진은 육십삼 년에 정씨의 입김으로 들어갈 수 있었던 경비직에서 십오 년간 몸담았지만, 결국은 실업자가 되었다. 그리고 바깥에선, 멀쩡한 사람도 집에서 노는 마당에 누가 중늙은이 절뚝이를 경비원으로 써주겠으리오? 몇 번의 이력서가 휴지통으로 들어간 뒤 성진은 잠이 늘었다. 영화는 미싱 공장에 다시 나가게 됐고, 철호의 밥은 성진이 차려주게 되었다. 이따금씩 밥때가 되어서 집에 들어와봐도 부친이 집에 없는 경우가 있었는데, 그럴 때마다 철호는 마을 맨 윗자락으로 올라가 느티나무 아래 놓인 평상에 멍하게 앉아 있는 부친을 불러왔다. 그것은 부전자전이었다.

　—어이, 왔나? 아부지 요서 생각 좀 했다. 그라, 근데 밥은 무긋나?

●

　—느그 할미는 양공주 년이고, 너그 아비는 절뚝이고, 느그 어미는 반쪽이 년이라메?

　본디 인간의 심성이란 것은 남의 뒷담화를 하는 것인바, 이는 상대방이 잘나면 시기 질투로 나타나고, 반대로 못났으면 연민을 가장한 경멸로 나타난다. 철호의 경우엔 후자였는데, 낮말은 새가 듣고 밤말은 쥐가 듣는다고, 어린아이들의 귀는 참말로 무서운 것인지라 아이들은 밤에 어른들끼리 수군거리는 얘기들을 하나도 빼놓지 않고 들어놨다가 다시 낮에 떠들고 다니곤 했다. 여기서 '반쪽이 년'은 혼혈아를 비꼬는 은어로서, 그 주된 타깃은 당연히 물만골에서 유일한 혼혈아였던 철호의 어미였다. 짓궂은 아이들은 음까지 붙여가며 철호 앞에서 놀림노래를 부르고 다녔고, 골목을 따라다니며 조약돌을 던지는 것도 서슴지 않았다. 그냥 놀리고 싶어서 놀리는 아이들의 순수함은, 그 순수함으로 말미암아 가장 완벽한 악을 구현해냈다.

─벼─엉신 가족! 병신 가족! 병신 가아─족! 병신 가족 자식은 자식도 병신이래요!

철호는 다행히 눈은 어미와 달리 검은색이었지만 그럼에도 이목구비에서 백인적인 면모를 지울 수가 없었는바, 초등학교에 들어가면서부터 '반쪽이 아들 반쪽이'라는 놀림부터 반쪽이의 아들은 그 반쪽이 또 반으로 나뉘었다는 의미에서의 '반반쪽이'와 같은 별명들이 지긋지긋하게 붙었다. 철호는 키가 작고 깡말랐으며, 놀리는 아이들은 덩치도 크고 게다가 위 학년 선배들의 비호 아래에 있었다. 아이들의 놀림은 수업 시간조차도 끊기질 않았는데, 영어 시간이면 아이들은 철호에게 영어를 해보라고 말하는 장난을 쳤고, 아이들의 일심단결에 처음에 영어 선생님은 진짜 철호가 외국에서 살다 온 아이인 줄 착각했을 정도였다.

삼 학년이 된 어느 여름날 아이들이 철호의 실내화에 오줌을 싸놓았던 그날, 철호는 집으로 뛰어가 아버지를 찾았다. 성진은 마루 기둥에 기대고 앉아 한없이 어두운 눈으로 허공을 응시하고 있었다.

─아부지!

고함에 놀란 성진이 대문 쪽에 씩씩거리며 서 있는 철호를 쳐다봤다.

─와, 도대체 와 지를 낳으신 겁니꺼!

그리고 철호는 쌓였던 울분을 터뜨렸다. 그는 반쪽이보단 차라니 홍길동이고 싶었다.

─와 지 할미는 양공주 년인 것이고, 와 지 어미는 반쪽인 것이고……

231

그리고 도대체 와 아부지의 다리는 빙신인 겁니꺼! 와, 그런 겁니꺼! 지
는 와 이런 데 태어난 깁니꺼?

철호의 얼굴은 붉게 상기됐고, 눈에선 굵은 눈물방울이 떨어지고 있
었다.

—아부지, 그거 아십니꺼? 밖에서 애들이 저보고 뭐라고 하는지. 저보
고 반쪽이 자식이랍니다. 아니, 반쪽이가 낳아서 반반쪽이랍니다. 그라
고 저희 가족은 병신 가족이랍니다. 흐으…… 아닙꺼, 모릅니꺼…… 병
신이랍니다, 병신!

'병신'을 고함 지르듯 외친 철호는 집을 나가버렸다. 성진은 뭐라 한번
대꾸도 하지 못하고 철호가 소리를 지른 것부터 시작해서 골목길로 뛰
어가 사라져버리는 장면까지, 이 짧은 장면 전체에서 침묵을 지켰다. 그
시커먼 눈동자가 아들이 사라져간 골목길의 어둠을 응시하고 있었다. 아
마 그때부터였을 것이다. 이따금씩 성진의 눈동자에 반사되던 빛이 영영
사라져버리게 된 것이, 그의 시선이 심해에 완전히 잠겨버린 것이—.

●

철호가 기억하는 아버지에 대한 마지막 기억은 아버지가 집 나가기
전날 술에 취해 하던 말들이었다.

아버지에게 빽—! 하고 소리를 지르고 집을 나간 날, 열 살짜리가 가
면 어딜 얼마나 갈 수 있었겠는가? 철호는 가출한 지 겨우 다섯 시간 만
인 여덟 시가 좀 지난 저녁 즈음 집에 몰래 기어들어왔다. 하지만 영화는
저녁도 안 먹고 철호를 기다리고 있었고, 영화는 뭐하고 싸돌아다니느라

고 이렇게 늦게 들어오냐면서 종아리에 회초리를 쳤다. 헌데 그 꾸중에 아버지와의 대화 내용에 대한 것은 일절 없었다. 아버지가 아무 말도 안 할 걸까? 성진은 방 한구석에 돌아누워 있었다.

그날부터 철호와 성진의 부자 사이는 굉장히 소원해졌다. 뭐, 원래 성진이 그다지 애살 있는 아버지가 아니었던 관계로 둘 사이에서 큰 대화랄 건 없었지만, 그 '사건' 이후의 시간들에 들어찬 침묵에는 확실히 전과 다른 어떤 지독한 부분이 있었다. 이 둘 간에 사용하는 어휘는 '학교 갔다 왔나'나 '밥 먹자' 혹은 '불 끄고 자자' 따위의 아주 기초적인 어휘 몇 개로 한정되어 있었고, 그마저도 매 순간 꾸준히 사용되는 것도 아니었다. 미싱 공장을 다시 다니고부터 왠지 허리가 굽어가는 영화는 집에 들어와 입을 다물었고, 성진 역시도 원래 말수가 적은 사람이었다. 어쩌면, 그래서 철호가 그날의 이 일을 생생히 기억할 수 있었던 것인지도 모르겠다. 어느 겨울 저녁날 중절모를 쓴 노신사가 골골거리는 몸을 이끌고 집으로 찾아왔고, 그의 한 손에 들린 검은 비닐봉다리엔 빙어회와 소주가 두어 병 담겨져 있었다. 부친은 그분을 '선상님'이라고 했다.

둘은 마루에 앉아 가운데 촛불을 놓고 술상을 폈고, 안방에서 철호는 이부자리에 돌아누워 눈을 뜬 채로 바로 문 옆에서 들려오는 부친과 선상님의 대화에 귀를 기울였다. 그것은 부전자전이었다.

―오랜만이십니더.

―시내에서 횟집에 갔는데, 빙어회가 맛있더라고. 자네 부친이 회를 좋아했었는데, 문득 자네 생각나서 들려봤네. 갑자기 방문해서 미안하이.

―아닙니더. 그냥 오셔도 되는데 뭐 이런 걸 다……

―허허, 남에 집에 빈손으로 가는 게 아닐세.

소주병 따는 소리가 들리고 곧 "크― " 하는 소리도 들려왔다. 문틈으론 술내가 슬금슬금 들어왔다. 여러 가지 얘기들이 오고 갔다. 간단한 안부를 묻기도 했고, 아직 취직이 되지 않은 것에 대한 한탄과 이에 대한 '선상님'의 사과가 이어졌다. 아닙니더, 아닙니더. 아니야, 이 사람아. 세월이 더러워가지고, 내 어떻게 해줄 게 없네. 미안하네. 아닙니더, 아닙니더. 전에도 많이 도와주지 않으셨습니꺼. 선상님 도움은 충분했십니더. 그저 지가 다리 빙신이라 그런 것이지…… 철호는 아버지가 '다리 빙신'이라고 읊조리는 부분에서 침을 꿀떡 삼켰다. 이불을 쥔 손에서 땀이 났다.

산등성이에서 뻐꾹새 소리가 들리고, 문득 종이컵에 소주를 따르는 소리가 들린다.

—선상님, 저기…… 쪼매 물어볼 게 있십니더.

—뭔가?

—묘청이 뭔지 아십니꺼?

—묘청? 허허, 이거 참 웃기는구면. 몇십 년 전에 내가 하와이에서 자네 아버질 처음 만나러 갔을 때도 자네 아버진 묘청 얘기를 물어봤었지. 이것 참 부전자전이구면.

—아부지가예?

—그렇네. 자네 아버지 김반장도 같은 걸 물어봤었네. 어디 보자…… 그때가 일제 때니까 벌써 사십 년 전 일이군. 계몽운동에 쓸 독립 기금을 모은다고 김반장을 찾아갔었는데. 벌써 세월이 이렇게 흘렀구면. 허— 벌써 세월이 이렇게 흘러버렸어.

문에 비치는 그림자로 선상님이 술잔을 입으로 가져갔다.

—나도 너무 오래 살았어.

—그런 말 하지 마셔요, 선상님.

―근데 자네는 왜 묘청을 묻나?

―아, 그기…… 실은 그기 아부지가 지한테 마지막으로 한 말이었십니데이. '니는 꼭 묘청이 되그래이'라고…… 지금 다시 생각해이 꼭 유언 같기도 해가지고요.

―김반장이 그런 말을……? 뭐, 다른 얘기는 없었나?

―예, 딱히 뭐…… 아부지가 워낙에 말수가 적으셨던 분인지라.

―그래, 그랬지. 김반장은 말수가 적었어…… 어, 어디 보자. 묘청이라. 묘청은 말이야, 고려 시대 사람이네. 자네 고려 시대는 아나?

―예, 선상님. 신라 백제 고구려 고려 조선 해가지고, 조선조 전 시대가 아닙니꺼? 지가 그래도 소싯적에 중학교를 한 중간까지는 다녔십니다.

―허허, 미안하이. 내 그건 몰랐네. 음, 이 묘청은…… 사실 나도 잘 몰랐는데, 단재 선생께서 역사책을 펴면서 알게 된 사실이었지. 혹시 《조선사연구초》라고 아나? 아, 뭐 모를 수도 있지. 하긴 나도 다 읽어보진 않았네. 그저 그 시절에 팸플릿 같은 걸로 담겨졌던 내용들을 달달 외워서 마치 내가 이걸 다 아는 것처럼 사람들에게 떠들고 다녔었지. 허허, 지식인 흉낼 내겠다고…… 내가 그랬었네.

―지금도 선상님은 선상님이십니다.

―이 사람, 그 선상님 소리 좀 그만하라니까…… 난 자네가 아는 그런 사람이 아니야. 남산에서 한번 거꾸로 매달린 뒤로는 곤봉이 무서워서 글 한 줄 제대로 못 쓰는 못난 인간이지. 사람이 몸에 신나를 붓고 불을 붙여도…… 나는, 나란 인간은…… 여기에 대한 글 한 줄 제대로 못 쓰는 인간이네. 어용 언론이지, 어용 언론……

―선상님……

'선상님'의 그림자는 종이잔을 입으로 가져가 한입에 털어넣었다.

—크, 쓰군. 아, 잠시 내 정신 좀 보게. 묘청 얘기를 하고 있었는데, 잠시 얘기가 좀 샜군. 묘청이라…… 단재 선생은 묘청의 난을 두고 조선사 일천래 제1대 사건이라고 말했었지. 아직도 암송했던 그 구절이 생각나는군. 그것은 아와 비아의 투쟁. 우리 조선은 석가가 들어오면 조선의 석가가 되지 않고 석가의 조선이 되며, 공자가 들어오면 조선의 공자가 되지 않고 공자의 조선이 되며, 주희가 들어와도 조선의 주희가 되지 않고 주희의 조선이 되려 합니다. 그리하여 도덕과 주희를 위하는 조선은 있고 조선을 위하는 도덕과 주희는 없으니, 오호통재라…… 지금 와서 생각해보면 이걸 어떻게 외웠는지 모르겠구먼. 뭔 뜻인지도 모르고 그저 줄줄 외웠어. 아와 비아의 투쟁이라니. 이런 말을 외우면 뭐하겠나? 정작 나는 아가 아니거늘. 이젠 아가 뭔지도 모르겠다네……

'선상님'의 그림자는 다시 소주병을 잡았고, 성진이 이를 만류했다.

—선상님, 너무 많이 마셨습니다.

—놓게. 제발 놓아주게. 내, 술이라도 마시지 않으면……

'선상님'은 말을 잇지 못했고, 성진의 그림자는 고개를 숙이더니 이내 자신이 소주병을 들어 정씨 술잔에 소주를 따라주었다. 둘은 한동안 말이 없었다.

—그나저나, 자넨 여기서 뭐 하고 있나?

정씨가 혀가 꼬부라진 목소리로 물었다. 성진의 그림자는 한동안 같은 자세로 움직이질 않았다. 철호는 문득 한없이 어두운 눈빛으로 허공을 응시하던 아버지의 표정을 떠올렸다. 아버진 무엇을 보고 있는 것이었을까? 철호는 눈을 감았다.

그것이 철호가 본 아버지의 마지막이었다. 다음 날 성진은 방 안에 없었고, 그렇다고 마루에 걸터앉아 있지도 않았다. 그날 저녁에도, 그다음 날에도, 그다음 날에도 성진은 집으로 돌아오지 않았다. 철호는 마치 자신이 아버지에게 퍼부은 말들 때문에 아버지가 집에 돌아오지 않는 것만같이 느껴져 손에 땀이 났다. 밑에 전빵*집 주인아저씨가 말하길 성진이 택시를 타고 어디론가 가는 것을 보았다고 했는데, 그것이 성진의 마지막 모습이었다. 영화는 경찰서에 가서 실종 신고를 하려고 했지만, 경찰은 실종 신고는 사망으로 생각되는 경우에 하는 것이니 이런 일은 처리해줄 수 없다고 했다. 영화는 한동안 술을 마셨다.

　　하지만 세상사는 성진이 집을 나가든 객사를 하든, 그딴 건 하나도 신경쓰지 않고 무심히 흘러가는 법. 시간은 지나갔고, 이상한 일들은 여지없이 신문을 장식했다. 광주에서 사람들이 총에 맞았고 신문은 이들을 '폭도'라고 했다. 처음에 사람들은 이 '폭도'라는 말에 약간의 의심을 품었지만, 그러거나 말거나 이 역사는 승자의 편이기에 사람들은 자연스럽게 승자의 언어를 따라갔다. 이 국방색 언어는 사람들의 소주잔에 '전라도 새끼들'이라는 지역 감정과 함께 녹아들어가 목구멍을 타고 꿀떡꿀떡 넘어갔으며, 그렇게 이 사회는 간경화에 걸려버렸다. 시속을 따라 영화도 한동안 간경화로 병원을 들락날락거려야만 했다.

　　영화는 한동안 미싱 공장을 나가지 못했다. 마루에는 고지서들이 쌓이

---

* 전방(廛房). 물건을 늘어놓고 파는 가게(같은 말: 전포).

기 시작했고, 어느 날인가부터 검은 양복을 입은 사내들이 와서 철호에게 영화를 찾았다. 영화는 철호를 붙잡고는 누가 엄마를 찾아오면 엄마 집에 없다고, 그리고 어디로 간 줄 모른다고 말하라고 했다. 철호는 그렇게 했다. 영화는 담장 너머로 까치발을 들어 집 안에 사내들이 있는지 없는지를 확인하고 집에 들어오곤 했고, 항상 새벽에 들어왔다 새벽이 채 끝나기 전에 밖으로 나갔다. 철호는 집에서 혼자 라면을 끓여먹는 날이 많아졌다.

어느 날 새벽인가 영화와 철호가 방 안에서 자고 있는데 사내 두 명이 들이닥쳤다. 영화는 소리를 지르며 도망가려고 했지만 머리채가 잡혀 넘어졌다. 사내 한 명이 영화를 붙잡았고 철호가 울면서 그만하라고 달려들었지만, 사내에게 뺨을 맞고 벽으로 날아가 부딪쳤다. 사내는 영화가 비명을 지르지 못하도록 주먹으로 배를 세게 쳤고, 고꾸라진 어머니를 보며 철호는 맞은 뺨이 너무 얼얼하여 다시 일어설 엄두를 내지 못했다. 사내는 넘어진 영화의 머리채를 붙잡아 올려 뺨을 서너 차례 내리쳤고, 지켜보던 사내가 말렸다.

—그만해라. 얼굴 상하면 상품으로 못쓴다잉.

—하, 이 쌍년. 내가 이 반쪽이 년 때문에 뺑이 친 걸 생각하면 진짜, 좆같았어서 증말. 밤에 자야 하는데 잠도 못 자고……

—어이. 양키 처자. 씨—팔, 이 동네가 오죽 높아? 돈을 빌렸으면 착실히 갚을 생각을 해야지, 우릴 이렇게 오르락내리락 똥개 훈련시키면 안 되지이. 으이?

사내는 손으로 헝클어진 영화의 머리를 빗어주며 말했고, 영화는 몸을 바들바들 떨면서 아무 말도 하지 못했다. 사내는 벽에 가만히 쭈그리고 앉아 떨고 있는 철호를 한 번 바라보고는 다시 영화를 보며 입을 씰룩였다. 사내는 품 안에서 어떤 종이와 동그란 도장 인주를 꺼냈다. 사내는 영화의 턱을 잡아 얼굴을 들며 입맛을 다셨다.

—그래도 혼혈이라 얼굴은 참 반반허네. 이 정도면 애 딸렸어도 미시가 아니라 미스로 써도 되겠어. 안 그래? 그 알아보니께, 뭐, 뭐 어디서 일한다고 했더라?

—국밥집입니다, 행님.

—아, 그래 국밥집. 씨—팔, 이 반반한 얼굴을 가지고 뭔 놈의 국밥을 나르노? 어이? 그렇게 국밥 날라가꼬 받은 돈으론 우리한테 빌린 이자도 못 갚아요. 아니지, 이자가 뭐꼬? 이자의 이자도 못 갚지. 어이? 젊은 처자가 와 이렇게 대가릴 못 굴리노?

사내는 손가락으로 영화의 머리를 쿡쿡 눌렀다. 그러고는 영화에게 꺼낸 종이를 들이밀었다. 영화는 떨면서 철호를 한 번 쳐다보고는 다시 자신을 향해 비열한 미소를 짓고 있는 사내를 번갈아 쳐다보다 이내 눈을 질끈 감았다. 영화는 종이에 도장을 찍었다.

●

동서고금을 막론하고 패가망신의 지름길은 술·여자·도박으로 귀결되는바, 이것이 진실로 무서운 이유는 이 짓을 하기 위해서 사채를 끌어다 쓰게 된다는 점에 있었다. 돈이란 게 참 묘해서 처음엔 돈을 빌린 사람보다는 빌려준 사람이 더 전전긍긍하는 것이니, 이는 돈을 빌려서 다 쓴 사람은 갚을 돈이 없으니 배 째라, 하고 드러누우면 그만이기 때문이었다. 따라서 돈을 받기 위해선 진짜로 칼로 배를 쭉 찢어주는 승냥이 같은 놈들이 필요했으니, 이들이 바로 사채업자였다. 집 안을 들어 엎든, 주먹 찜질을 해주든, 소리를 질러 동네방네 망신을 주든, 아이를 납치하든, 야산에 얼굴만 남겨놓고 묻어놓든, 장기를 하나 꺼내 팔든, 그도 아니면 젊은 처자를 술집으로 팔든, 어찌됐든 빌려준 돈을 받기 위해서라면 이들에겐 인간된 도리의 한계선 따윈 아무래도 상관없었다.

어허, 허나 사채란 게 아무리 열심히 일해도 갚을 수 없도록 되어 있는바, 그것은 원금에 비해 터무니없이 올라가는 이자율 때문이었다. 따라서 원금이 이자를 낳고 그 이자에 원금에 더해져 또 다른 이자를 낳으니, 이런 식으로 이자가 자꾸 새끼를 쳐서 마침내는 원금은 아예 갚아보지도 못하고 이자만 갚다가 인생 끝나는 것이 사채를 빌린 사람들의 운명이었다. 그렇지만서도 이런 사채를 빌리러 온다는 것 자체가 이미 바닥에서 기어다니는 인생이라는 뜻, 사채를 빌리는 사람들은 어찌할 수 없는 불가항력으로 사채를 끌어다 쓸 수밖에 없는 처지가 대부분이었다. 영화도 그러했으니, 간이 아프면 병원에 가야 하는 것이고, 병원에서 약을 먹으라면 약을 사 먹어야 하는 것이었으며, 또한 전기세·물세·밥값도 필요한 것이었다. 그들의 세상은 해야만 하는 것을 했을 때 파탄으로 내몰리는 이상한 나라였다.

—내가 니 때문에, 돈, 돈, 돈…… 돈, 돈, 도온.

도장을 찍은 뒤 영화는 노란색으로 머릴 염색을 했고, 다시 술을 먹기 시작했다. 영화는 새벽이면 하이힐에 무릎 위로 올라오는 검은색 반짝이 치마를 입은 채 비틀거리며 집으로 올라왔는데, 이마저도 나중엔 집에 아예 안 들어오는 날이 더 많아졌다. 철호는 은근히 어머니가 집에 들어오지 않기를 바랐는데, 영화가 집에 들어오는 날이면 잠자던 철호를 깨워서 술주정을 했기 때문이었다. 레퍼토리는 항상 똑같았는데, "내가 니 때문에"로 시작해서 온갖 세상살이의 억울한 점들을 토로하다가 마지막에는 "돈, 돈, 돈"을 외치면서 나자빠졌다. 철호는 처음엔 소리 없이 눈물을 흘렸지만, 나중에 익숙해지고부터는 무표정한 표정으로 어머니의 술주정을 듣곤 했다. 열한 살짜리에겐 이 모든 것이 가혹한 현실이었지만, 그러거나 말거나 세상은 무심히 흘러가는 법이고, 인간은 가혹하면 가혹한 대로 적응하는 법이었다.

철호에게 있어 그 무표정 안으로 굳어진 것은 무엇이었을까?

●

—마, 빙신 가족. 느그 아부진 니가 빙신이라서 집 나가고, 느그 반쪽이 에미는 몸 판다메?

판자촌에는 비밀이 없었고, 영화의 사정은 곧 굽이굽이 골목길을 따라 사람들에게 퍼졌다. 그리고 역시나 소문이 퍼진 그다음 날 아이들은 철호에게 달려가 새로운 놀림을 시작했다. 아이들은 몸을 판다는 말의 의미가, 창녀의 자식이라는 말의 의미가, 도대체 이 세상에 존재하지 않았으면 하는 이 비극들의 의미가 어떤 것인지 알기나 했을까? 그날 그 무표정한 얼굴 뒤로 영글었던 철호의 분노가 폭발했다. 작은 키에 깡마른 철호는 자신보다 덩치가 커서 늘 묵묵히 놀림을 견뎌야만 했던 아이들에게 달려들었다. 그리고 그날 물만골의 헐벗은 오스트랄로피테쿠스는 호모사피엔스가 되었으니, 철호는 덩치가 큰 녀석과 싸울 때는 도구가 필요하다는 사실을 깨달았다. 그의 손엔 큰 돌멩이가 쥐어져 있었다.

—이, 이, 씹새끼야!

환경이 곧 그 인간을 만든다. 판자촌의 아이들은 욕설을 빨리 배운다. 일은 순식간에 벌어졌다. 철호는 번개처럼 뛰어가 아이들 중 뚱뚱한 전빵집 아들 머리를 내리쳤고, 둔탁한 소리와 함께 전빵집 아들은 나자빠졌다. 전빵집 아들은 머리를 붙잡고 울기 시작했고, 철호가 든 돌멩이엔 피가 묻어 있었다. 아이들은 와— 하고 도망갔고, 자신이 저지른 일을 보고 스스로가 놀란 철호는 피 묻은 돌멩이를 아무 데나 던져버리고 집으로 도망갔다. 숨도 쉬지 않고 뛰어갔다.

—철호 엄니!

철호가 집에서 전전긍긍하고 있는데, 일이 벌어진 지 채 한 시간도 지나지 않아서 전빵 아저씨가 문을 쾅쾅 치며 머리에 붕대를 댄 아들을 데리고 찾아왔다. 철호가 문을 열지 않자 전빵 아저씨는 대문을 열고 들어와버렸고, 마침 마루에서 신발을 신고 도망갈 준비하던 철호와 눈이 맞았다.

—이 새끼!

철호는 도망가려고 했지만 전빵 아저씨가 대문을 막아섰다. 전빵 아저씨는 상당히 화가 난 듯 씩씩거리며 철호를 잡아먹을 듯 쳐다봤다.

—야 니가 팼나? 니가 무슨 깡패가?

—저, 점마가 먼저 지보고……

떽! 이노무 자슥 어른 말하시는데 땍땍 대드는 거 보소. 그리고 내가 주먹으로 쳤을 땐 애새끼들끼리 놀다가 그랄 수 있다고 쳐도, 이기는 뭐, 돌멩이로 찍웃다메? 이거는 무슨 깡패도 아이고, 살인날 뻔했네, 살인. 이리 살벌한 짓은 어디서 배워먹었노? 가정 교육을 어떻게 받은 기고? 으이? 하기야 양공주 년에 그 반쪽이 년 하는 걸 보면 모자가 또—옥같구만. 그서 무슨 교육을 받았겠노.

철호는 전빵 아저씨의 윽박 지름에 아무런 말도 하지 못했다. 그저 너무 억울하여 눈물만이 떨리는 입술을 타고 흐를 뿐이었다. 헌데, 그때였다. 갑자기 전빵 아저씨가 픽! 하는 소리와 함께 앞으로 넘어졌고, 그 육중한 육체가 사라진 문으로 빛이 들어오면서 한 사나이의 그림자가 당당한 발차기 포즈로 서 있었다.

─뭐고 이 돼지 새끼는.

그 사내는 곧 철호의 영웅이 될, 두한이었다.

●

사내가 양장을 벗자 쫙 달라붙는 반팔 쫄티 안에서 다부진 육체의 선이 보였고, 무엇보다 반팔로 삐져나온 팔의 청룡 문신이 전빵 아저씨를 압도했다. 사내는 딱히 몇 마디도 하지 않았다. 그저 노려봤을 뿐이다. 전빵 아저씨는 눈치가 빨랐고 엉덩이를 털지도 못한 채 일어나서 아들을 데리고 대문을 나갔다. 그는 몸에 그림 그린 사람들과는 최대한 멀리 지내야 한다는 것을 무엇보다 잘 알고 있는 사람이었다. 전빵 아저씨가 나가자 사내는 추웠는지 다시 양장을 입었고, 앞에 서 있는 철호를 쳐다봤다.

─니 누꼬? 그 아들내민가?

철호는 그렇다고 고개를 끄덕였다.

─어허, 새끼. 어른이 말하는데 대답을 해야지, 버르장머리 읎게. 그니께 저런 돼지 새끼가 니보고 뭐라 뭐라 한 때까리를 하는 거 아이가?

사내는 웃으면서 장난스럽게 말했고, 쪼그리고 앉아 철호와 눈높이를 맞췄다.

—뭔 일이고?

철호는 우물쭈물했다. 그러자 두한은 웃으면서 품 안에서 담뱃갑을 꺼냈다. 영어로 적힌 담배의 이름은 '럭키스트라이크'라는 담배였는데, 사내는 한 대를 꺼내서 철호에게 건네주었다.

—한 대 피울래? 좆겉는 일엔 미제 담배가 참 좋거든. 요거 한 대면 어려븐 얘기 꺼내는 데 조까 도움이 된다잉.

—서, 선생님이 담배는…… 담배는 안 좋은 기라 했십니더.

철호가 우물쭈물거리며 대답하자, 사내는 철호에게 건넨 담배를 자신의 입에 물며 라이터로 불을 붙였다. 그리고 대뜸 손을 뻗어 철호의 머리를 쓰다듬어주었다.

—하, 새끼. 학교에서 교육을 잘 받았구마잉. 으이? 선상님 말을 다 듣고. 근데, 아까 그 돼지 새끼는 와 이런 좋은 아한테 가정 교육을 어떻게 받은 기니 나발이니 하는 개소리를 찍찍 뱉노 이기야. 이 행님이, 나중에 나가면서 확 밟아삣가?

철호는 고개를 절레절레 저으며 "아, 아니요"라고 말을 더듬으며 대답했다. 사내는 빙그레 웃으면서 "이 새끼, 착한 새끼였네"라고 말하곤 담배 연기를 철호에게 뿜었다. 철호는 기침을 하며 손을 저었고, 이를 보면서 사내는 웃으면서 일어났다. 철호는 왠지 이 사내가 그렇게 싫지만은 않았다.

—느그 어무니 어디 계시노?

—빚쟁입니꺼?

—아이다 인마. 어…… 그니께 너그 어무이 친구다.

—예전에 빚쟁이 아이씨들도 그렇게 말했십니더.

—하, 새끼. 당돌하네. 마, 그리 못 믿겠으면 난중에 너그 어무니 들어오시면 낮에 '두한'이라고 왔다 갔다고 전해라. 으이?

이렇게 말하고 사내는, 아니 두한은 대문을 나갔다. 철호는 너무 어벙벙해, 갑자기 나타나서 자신을 구해주고 간 영웅의 뒷모습을 보며 제대로 인사도 하지 못했다. 나중에 이 일을 영화에게 말하니 영화는 아무런 표정 변화도 없이 그저 아는 사람이라고 했을 뿐, 친구라고는 말하지 않았다. 철호는 그 말을 전날 찾아오던 그 사채업자와는 다른 부류의 사람이라고 알아들었다. 그는 내심 그게 다행이라고 생각했다.

그 뒤로 생긴 한 가지 재미있는 사실은, 아이들이 절대 철호를 건드리지 않게 되었다는 점이었다. 물론 그렇다고 철호에게 친구가 생긴 건 아니었지만, 그래도 적어도 괴롭히는 아이는 없었다. 나중에 알게 된 사실이지만 그날 두한이 물만골을 내려가면서 전빵에 들렀고, 전빵 주인에게 몇 마디 당부를 해놓았던 것으로 밝혀졌다. 며칠 뒤 물만골 판자촌에선 영화의 기둥서방이 부산에서 알아주는 깡패 두목이라고 소문이 났다.

●

두한이 누구냐? 그로 말하자면 그 이름만 대도 부산 깡패 업계에선 누구 모르는 사람이 없을 정도로 유명한 부산 깡패들의 자랑이자, 무쇠 같은 왼팔로 팔씨름에서 져본 역사가 없는 황소 같은 기력에, 술을 마시면 무조건 한입에 털어먹어야만 하는 성격, 게다가 여기에 의리파이기도 한, 그러니까 한마디로 사나이다움의 결정체 같은 사나이였다. 좋은 싹은 떡잎부터 알아본다고, 대구의 어느 한 고아원 출신이었던 두한은 어린 시절부터 타고난 근육과 특유의 깡다구로 똘똘 뭉쳐 두각을 나타냈던 아이였다. 이 미래의 꿈나무를 알아본 위기의 청소년들은 두한을 데리고 고아원을 뛰쳐나가 싸돌아다니며 온갖 비행에 대한 비기(秘記)들을 전수해주었다.

청소년 비행에 잔뼈가 굵었던 두한은 열아홉으로 나이가 차자 더 큰 물에서 놀기 위해 부산으로 내려갔고, 무서운 속도로 부산 깡패판을 휩쓸며 화려한 신고식을 하더니 이윽고 부산에서 제일 잘나가는 단체였던 부산애국청년회로 스카우트되기에 이르렀다. 여기에는 두한이 어느 부둣가 창고에서 싸우던 장면을 멀찍이서 검은 세단을 탄 채 지켜봤던 유 의원의 지지가 아주 절대적이었다.

—뭉치야, 점마가?

—예, 의원님.

—이야, 새끼. 왼쪽잡이네. 완 펀치로 한 방에 보내는 게…… 내 젊은 시절 같구만. 점마 지금 어디 있노?

—쌍가마파 쪽에 있다고 들었십니더.

—쌍가마? 에라이, 애들 불러서 거기 시마이시키고, 점마 영입하그레이. 물건이다, 물건.

그리하여 두한은 부산애국청년회에 들어오게 되었다. 주먹뿐만 아니라 머리까지도 잘 돌아갔던 두한은 맡은 임무들을 잘 수행해서 빠른 승진을 거듭하더니, 서른 살도 되기 전에 물장사 중간 관리직에 올랐고, 이후 술집, 나이트, 호텔, 카지노, 히로뽕, 디스코텍, 도박, 불법 이민 등등 도대체가 대한민국 경찰이 싫어하는 모든 직종을 두루 거치면서 그 능력을 유의원에게 인정받기에 이르렀다. 그러니까 그는 일종의, 깡패 업계의 엄마 친구 아들이었다.

뭐, 근데 철호가 이런 두한의 뒷배경을 알게 된 것은 나중 일이고, 지금으로서 두한은 그저 어머니의 좋은 친구이자, 닮고 싶은 우상일 뿐이었다. 두한은 삼사 일에 한 번꼴로 꼭 철호의 집에 들렀는데, 올 때마다 무언갈 손에 들고 왔다. 처음엔 고등어로 시작하더니, 굴비 세트, 야구 배트, 축구화, 와인, 파인애플, 선풍기, 겨울 점퍼, 그러다 결국 컬러TV까지 사들고 올라왔다. 이쯤부터 철호는 두한을 삼촌이라고 불렀는데, 골목길에서 만나는 아이들마다 삼촌을 자랑하고 다녔다. 이제 마을의 아이들은 철호를 반반쪽이라고도, 다리 빙신집 아들이라고도 부르지 않았다. 어느 날인가 철호는 영화에게 두한이 자기 아빠였으면 좋겠다는 말을 했었는데, 이때 영화는 일찍이 본 적 없는 매서운 눈빛으로 절대로 그런 말도, 그런 생각도 하는 것이 아니라고 했다. 철호는 어머니 앞에서 다시는 그런 말을 꺼내지 않았지만, 그래도 그런 생각이 머릿속을 떠나진 않았다. 두한이 웃으면서 집에 자주 올수록, 그리고 아이들이 자신을 괴롭히지 않을수록 더욱 그런 생각이 강해졌다. 늘 마루 기둥에 기대앉아 담배를 피우며 한없이 검은 눈동자로 허공을 응시하던 다리 병신은, 이젠 그만 잊고 싶었다.

●

어머니도 오지 않은 중학교 졸업식에 두한이 검은 세단을 타고 왔다. 그날은 비가 왔는데 옆에 수행원으로 보이는 운전기사가 먼저 나와 차 문을 열어놓더니 검은 우산을 폈다. 그리고 그 수행원이 씌워주는 우산을 쓰고 두한이 운동장을 가로질러 학교로 들어왔다. 아이들은 반 창문에 들러붙어 저 사람이 부산 최고의 주먹이니, 칼잡이니, 깡패이니 하는 얘기들을 쏟아냈고, 아무도 오지 않는 졸업식에 홀로 덩그러니 졸업장만 안고 있던 철호는 뛰어나가 복도에서 두한에게 안겼다.

—아, 이 새끼! 강아지 새끼맨키로 뛰어나와갖고 뭐하노! 히히. 그래 좋나? 마, 일단 어서 반에 들어가래이. 선상님 사회 보는 데 이기 뭔 짓이고? 졸업식 해야지 인마. 그라고, 졸업식 끝나고 짜장면이나 무그러 가자이. 으이?

이날 졸업식에선 문신을 한 사내 서너 명이 두한과 함께 철호의 교실 뒤에 서서 졸업식을 지켜보는 진풍경이 펼쳐졌고, 졸업식이 끝난 뒤엔 수행원 하나가 품에서 일회용 카메라를 꺼내서 기념 촬영까지 마쳤다. 철호는 세단을 타고 중국집으로 갔고, 난생처음 탕수육이란 음식을 먹어보게 되었다. 입에서 사르르 녹는 고기 맛에 철호는 그간의 서러움이 갑자기 사무치는 듯한 감정을 느꼈다. 어허, 그리하여 이 무슨 장발장이 눈물 젖은 빵을 씹는 것도 아니고, 철호는 탕수육을 먹으면서 눈물을 뚝뚝 흘렸다. 그때 바로 앞에서 같이 탕수육을 먹던 두한은 웃으면서 손수건을 건네주었다.

—새끼. 마, 싸내 자식이 탕수육 좀 묵웃다고, 그래 질질 짜면 우짜노? 니 깐풍기 무그면 기절하는 거 아이가? 하하하.

—아입니더. 이기, 기, 김이 눈에 들어가가지고……

—마, 됐다.

두한은 웃으면서 배갈을 마셨고, 철호는 눈물 닦고 웃는 표정으로 탕수육을 먹었다. 식사를 마친 두한은 담배를 피우면서 철호와 이런저런 대화를 나누었다. 그것은 뭐, 집에 무슨 일 없나부터 시작해서 다리 병신이라던 아버지는 어떤 사람이었는지, 어떤 일 때문에 집을 나갔는지, 여기에다가 엄마가 좋아하는 음식이 뭐냐는 등에 대한 자질구레한 질문들까지 모두 포함된 종합적인 대화였다. 여기서 유달리 철호의 기억에 남았던 대화는 다음과 같다.

—야, 니 중학교 졸업했으면 이제 고등학교는 어디로 가노?

—상고 갑니더.

—상고가 뭐고?

—삼촌 그긋도 모릅니꺼. 상업고등학교의 준말 아입니꺼.

두한은 철호의 이마를 장난스레 쥐어박았다.

—하, 새끼. 어른이 말하는데, 말뽄새하고는. 삼촌이 학교를 안 나와갖고 그런 걸 잘 모른다잉. 근데, 그 상고라는 데 가면 대학은 우째 가노?

—대학은 무슨. 상고는 고등학교 졸업하고 빨리 취직할라고 가는 뎁니더.

—아, 그래? 그러면 대학은 누가 가노?

—대학은 인문계 아들이 가지요.

—마, 그라면 니도 인문계 가라. 대학 가야 출세하지.

—내는 공부를 몬해서 안 돼요.

—니 공부 몬하나?

—공부 몬하니까 상고 가는 거 아입니꺼.

—하, 이 빠가 새끼.

두한은 다시 철호의 머리에 꿀밤을 놓았다. 그리고 담배를 한번 깊게 빨아 꽁초로 만들어버리고는 재떨이에 비벼 껐다.

—야, 하나만 더 묻자. 그러면 니는 상고 나와서 뭐 할 기고?

—공장 가야지요. 빨랑빨랑 돈 벌어야 하니께.

—돈? 그래, 돈 중요하지. 근데, 뭐 공장 종류가 존나 많다 아이가. 어

디 가노?

철호는 두한의 물음에 머리를 긁적였다.

—음…… 그까지는 생각 안 해봤는데요.

—하, 새끼. 뭐 인생이 좀 구체적인 뭐가, 좀, 으잉? 그런 게 좀 있어야
할 기 아이가.

—교과서에서 보니까 노동자들은 쇠 같은 거 만들고 자르고, 뭐 그러
드만. 저도 그런 거 하지 않겠습니꺼?

—허허, 뭐, 쇠? 새끼, 니 이름이 '철호' 아이가? 딱 이름대로 가구마이.
마, 혹시 그 철 자가 진짜 쇠 철(鐵) 자 아이가?

—으…… 그것도 잘 모르겠는데요? 쇠 철 자? 삼촌 학교 안 나왔다면
서요. 한자는 으이 압니꺼?

—마, 하, 이 새끼 사람 무시하네. 뭐, 뭐 학교 안 나오면 다 까막눈이
가? 내도 고아원에 있을 때 글자는 좀 배웠거든. 신문 보면서 한자도 쪼
매 익혔고. 하, 이 새끼 지는 자기 이름 한자도 모르는 기. 마, 니보다 학
교 안 나온 내가 더 똑똑하겠다. 니가 깡패해라. 내가 교복 입고 학교 갈
란다.

두한은 웃으면서 철호에게 달려와 교복 단추를 벗기려는 장난을 쳤고,
철호가 도망가는 바람에 둘은 그렇게 중국집 탁자를 빙글빙글 돌면서
대치했다. 그러다 철호가 말했다.

—사, 삼촌도 이름 따라가네요. 두, 한. 그, 전설의 주먹 김두한이도 이
름이 두한 아닙니꺼. 삼촌도 부산 바닥에서 전설의 주먹이니까 이름 따
라갔네요. 히히.

중학교 졸업식이 끝난 그날 저녁 영화는 삼겹살을 사왔고, 이상하게 도 그날 두한은 철호를 집에 데려다주고 집에 바로 가지 않은 채 같이 방 안에 앉아 삼겹살을 먹었다. 영화는 두한에 대해 아무 말도 하지 않았 지만, 철호는 마치 두한이 자기 아버지가 된 것만 같아서 기분이 좋았다. 두한은 마을 전빵으로 내려가서 소주 두어 병을 사왔다(물론 이걸 전빵 아 저씨에게 돈을 주고 가져온 건지 아니면 그냥 가져온 것인지는 알 수 없지만). 삼겹 살을 구워 먹으면서 두한은 소주를 땄고, 영화에게 잔을 건넸으나 영화 는 거절했다. 결국 사온 두 병 전부를 두한 혼자 비우게 되었다.

　—이제 집에 가세요. 저녁 늦었어요.

　—영화, 내 좀 자고 가면 안 되겠소? 술 때문에 걷기가 힘드이. 영화도 알잖아? 이 동네 경사 어떤지. 걷다가 굴러떨어질까 봐 그러쏘.

　영화는 몇 번이고 두한에게 집에 가라고 했지만 두한은 내심 그러기 싫다고 했고, 여기에 철호까지 두한 삼촌이 자고 갔으면 좋겠다고 거들 었다. 결국 영화는 알겠다며 예전에 성진이 쓰던 이부자리를 꺼냈다. 영 화의 표정엔 체념이 묻어났다.

　그날 밤, 철호는 이불이 뒤적거리는 소리를 들었다. 살며시 눈을 떴을 땐 두한의 벗은 등 근육이 보이고, 그 아래 이불 자락 사이로 벌려진 영 화의 종아리가 삐져나와 있었다. 이불 안에서 뒤엉킨 둘은 천천히, 하지 만 격렬히 움직였다. 철호는 이불 틈으로 영화의 얼굴을 본 것 같기도 했 지만, 그냥 다시 눈을 감았다. 오래전부터 철호는 늘 두한이 아버지였으 면 좋겠다고 생각해왔었다. 이불을 쥔 손에서 땀이 났다.

　아침에 일어났을 때 철호는 왠지 어젯밤 영화의 표정이 참 행복해 보였던 것만 같다는 생각이 들었다.

●

상고에서의 첫 번째 여름방학을 맞이했을 때쯤, 두한은 철호의 집에
잘 오지 않았다. 영화는 몇 번이고 삐삐를 치거나 전화 수화기를 들었
고, 그러다가 집을 나가서는 밤늦게까지 들어오지 않다 새벽에 잔뜩 술
에 취해 비틀거리며 들어오기 일쑤였다. 처음에 철호는 사랑 싸움 같은
걸 하는 건가 보다 하고 생각했지만, 이런 일이 계속되자 심각해졌다.
영화는 집에 와서도 자꾸 술을 마셨고, 그러면 그럴수록 얼굴이 누렇게
되었다가 어떨 때는 잿빛이 되기도 하였다. 하지만 영화는 어릴 때처럼
철호에게 술주정을 하진 않았다. 그저 술을 마시고 벽을 보며 울 뿐이었
다. 철호는 그것이 예전에 다리 병신이던 아비가 보여줬던 모습과 비슷
한 것 같아, 심히 마음이 불편했다. 곧 이는 사춘기의 호르몬 장난과 뒤
섞여 그저 "이놈의 집구석!" 하고 집을 뛰쳐나가고 싶은 충동이 되어 나
타났다.

하지만 여름이 끝나갈 때쯤 두한은 다시 철호의 집에 나타나 영화와
어떤 말을 주고받더니 화해하는 것처럼 보였고, 철호에게 "어머니 잘 모
시그라"라는 신신당부를 했기 때문에 철호는 가출을 할 수도 없는 노릇
이 되어버렸다. 하지만 그것도 순간이었을 뿐이다. 낙엽이 다 지고서부
터 두한의 발걸음은 다시 뜸해졌다. 본래 남녀 관계라는 것이 아무리 만
리장성을 쌓았어도 그 만리장성이란 게 길기만 길 뿐, 정작 앞에 가보면
높이가 낮은 성인지라 마음만 먹으면 쉽게 넘어갈 수 있는 것인지도 모

른다. 아마 두한도 그러했으니, 안타깝게도 영웅호걸이 하나의 여자로 만족하지 못한다는 것은 이미 역사적으로 증명된 사례였다.

하지만 그것이 자살로 이어질 것이라고는, 두한도 전혀 상상하지 못했을 것이다.

철호가 연락 받은 것은 학교에 있을 때였다. 수업 중에 잠시 복도로 나와보라던 담임 선생님의 말, 지금부터 하는 말 놀라지 말고 들으라던 말, 그리고 이어진 어머니가 자살을 해서 지금 그 사체가 병원에 있다는 말…… 철호는 갑자기 세상이 멈춘 것만 같은 느낌을 받았다. 그것은 여러 가지로 현실감이 없는 말이었다. 하지만 담임 선생님과 함께 병원으로 가는 택시에 올라탔을 때, 그러니까 그 자동차의 진동에 문득 철호는 현실로 돌아왔다. 갑자기 울음이 터져 나왔고, 덕분에 병원에 도착해서는 오열을 할 힘도 남아 있지 않았다. 병원에 도착하자 경찰로 보이는 사내가 다가와서 호적에 등록된 직계 가족이 학생뿐이라면서, 집 안에서 목을 맸는데 정황상 자살이 확실하다고 했다. 병원 지하의 시체 안치실에서 본 영화의 시체는 현실감이 없었다. 철호는 목에 시퍼런 피멍으로 새겨진 밧줄 자국을 만져보았다. 얼마나 아팠을까? 옆에서 경찰은 최초 발견자는 연탄을 배달하러 온 사람이었다고 했고, 유서는 없었지만 사체에 어떤 저항 흔적도 남지 않은 것으로 보아서 스스로 목을 맨 것이 확실하다고 했다. 또 옆에 서 있던 의사는 자기가 최초로 병원에 실려 온 사체를 접수한 사람이라며, 처음에 실려 왔을 때부터 이미 술에 많이 취한 상태였고, 또한 황달이 진하게 온 것으로 보아 간이 매우 안 좋은 상태라고 했다. 어쩌면 급성 간염이 의심되는데 혹시 간암일지도 모른다고 했다. 철호는 문득 어머니가 양공주였다던 할머니의 병간호가 끔찍했다고 했던 얘기가 떠올랐다.

철호는 부검을 원하지 않는다고 했다.

어머니가 목을 맨 그 집에, 도저히 들어갈 수가 없었다. 그날 철호는 중환자실 의자에 앉아 밤을 새웠다. 다음 날 두한이 찾아왔다. 영화의 시체를 확인하고 나온 두한은 철호에게 다가와 오해가 있었다고 했다. 사업차 일본에 갔다가 일이 길어지는 바람에, 그리고 영화가 이따금씩 배가 아프다고 했지만 화장을 진하게 해서 간에 그렇게까지 문제가 있는 줄 몰랐다고 했다. 그때 왜였을까? 철호는 두한의 말을 믿었던 걸까, 아니면 그저 그 말을 믿고 싶었던 걸까? 철호는 두한을 탓하지 않는다고 말했고, 그 말을 듣자 두한은 철호 앞에 울면서 무릎을 꿇었다. 그는 시간을 다시 돌리고 싶다고 했다.

다다음 날 철호는 경찰이 가져온 건강 악화와 생활고를 비롯한 신변을 비관한 자살에 대한 말들이 적힌 어떤 서류에 지장을 찍었고, 그 외에도 몇몇 서류에 지장을 찍어야만 했다. 두한은 장례 절차를 밟았다. 두한이 데리고 있는 동생들 몇이 장례를 도왔지만, 딱히 연고가 없었던 영화의 장례식에는 거의 사람들이 오지 않았다. 영정 사진을 보며 철호는 어머니가 자살하기 직전에 한 마지막 말을 기억하려고 애썼다. 무슨 대화라도 하지 않았을까? 하지만 아무 대화도 없었다. 어머닌 술에 취해 자고 있었고, 철호 자신은 집이 단칸방인 걸 욕하며 대충 세수를 하곤 학교로 뛰어갔다. 그 흔하디흔한 학교 다녀오겠습니다, 라는 말조차 하지 않았다. 철호는 마치 자신이 어머니에 대한 추억 자체가 없는 사람처럼 느껴졌다.

발인을 끝마치고 나오던 날 철호는 이제 어디로 가야 하지 하는 생각이 머릿속에 떠올랐는데, 그 순간 이 세상에 자신이 혼자 남았다는 사실을 깨달았다. 아비는 행방불명이요, 어미는 세상에 없는 사람이 되어버렸다. 그는 천애고아였고, 그것은 철호의 아버지에서부터 이어져 내려오기 시작한 김가네의 새로운 가풍이었다. 발인까지 같이한 두한이 화장터를 나오면서 철호에게 물었다.

—니 갈 데는 있나? 느그 집으로 가나?

—이제 그기는 못 가겠십니더.

—아……

두한은 담배를 물었고, 그 담배를 다 피울 때까지 말이 없었다. 철호의 시선은 화장터의 굴뚝에서 피어오르는 연기를 보다가 천천히 땅 아래로 내려왔다.

—친척 같은 사람도 읎으니께…… 아마 고아원 같은 데 가야 하나 싶네요.

—고아원? 그는 안 된다.

두한이 목소리에 힘을 줬다.

—일단 내랑 가자.

그렇게 철호는 두한과 지내게 되었다. 두한의 집은 시청 주변에 있는 아파트였다. 그는 혼자 산다고 했다. 두한은 키를 복사해서 철호에게 하나 던져주었다. 철호는 방이 여러 개인 가정집에 처음 들어와보는 것이었는데, 이상하게도 두한의 아파트는 두한이 쓰는 안방과 거실을 제외하고는 아무런 물건도 들어와 있지 않았다. 마치 새로 분양받은 아파트 같았다. 두한은 여기에 대해서 씁쓸한 표정을 지으며 이렇게 말했다.

—아, 그거. 원래 너그 어무이랑 들어와 살라꼬 산 긴데. 너그 어무이가 한사코 이사를 안 올라꼬 하더라고. 걔 뭐, 그래서 텅텅 빗다. 아무 데나 니 꼴리는 데 가서 지내그라.

철호는 베란다로 나갔다. 주위로 온갖 콘크리트 건물들이 올라가 있었는데, 이런 도시 뒤의 산으로 물만골이 보였다. 멀리서 보니 물만골의 판자촌은 파란 슬레이트 지붕이 올라가 있는 게딱지들의 집합으로 보였다. 지금 있는 두한의 아파트나 주위 도시와 너무 비교가 되는 풍경들이었다. 철호는 베란다를 나와 거실창문에 달린 커튼을 신경질적으로 쳤다.

●

학교 생활은 예전과 같지 않았다. 그래서 철호는 학교가 마친 뒤 제철 공장에 나가기로 했다. 담임 선생님은 아무 말 없이 그것을 허락해주었다. 이는 고등학교 이 학년 때의 일이었는데, 돈을 벌고 싶다는 철호의 요구에 두한은 자기가 아는 공장을 소개해주었다. 그것이 제철 공장이었다. 털털털 하는 소리와 덜컹덜컹 하는 소리가 그다지 매력적이지 않는 리듬을 그리며 나는 제철 공장의 일은 강철을 녹이는 작은 용광로의 더운 입김과 섞여 진행되었기에 그다지 쉽지 않았다. 원래는 사 조 삼 교대로 진행되어야 할 일이 노동 효율을 높이겠다는 명목하에 삼 조 이 교대로 돌아가고 있었고, 일에 지친 철호는 저녁부터 밤까지 죽도록 일하느라 낮에 학교에 가서는 대부분의 시간을 잠으로 보내야만 했다. 이 작은 제철 공장은 어떤 큰 기업의 하청업체라고 했는데, 구리나 아연부터 시작해서 온갖 작은 고철을 가져와 용광로에 부어 쇳물로 만드는 일을 하고 있었다. 철호는 같이 일하는 노동자에게 이걸 쇳물로 만들어서 뭐 어떻게 하느냐고 물어봤더니, 이후 다시 제련 작업을 통해서 이 쇳물을 강판으로 만드는 작업을 하는 것이라고 했다.

공장 일을 하면서 노동자들끼리 어울릴 시간은 없었다. 그들은 식사

시간으로 겨우 삼십 분을 주면서 십 분 동안 식사하고 남은 이십 분 동안 서로 공을 차라고 했다. 공장은 노동자들에게 일방적으로 원하기만 했는데, 탁한 공기와 소음 그리고 온갖 야간 작업들이 강행되었고, 게다가 이런 악조건에도 불구하고 그 속에서 묵묵히 땀을 흘려봐야 그 월급으로 자기들이 만든 강판 하나 못 산다는 것을 알았을 때의 허탈함은 아무리 소주를 마셔대도 잊히질 않았다. 폐철들은 강판이 되지 못했다.

용광로 주변에서 일하는 노동자치고 집에서 자기 별명이 빨갱이나 도깨비 따위가 아닌 사람이 드물었는데, 이는 용광로 열기에 매일같이 피부가 벌겋게 달아올라 일을 마치고 집에 가서도 당최 벌건 피부가 가라앉을 기미를 보이지 않기 때문이었다. 딸아이는 그런 아비를 보면서 빨간 도깨비 같다고 놀려댔고, 일꾼들은 뻘건 녹이 쓰는 것만 같다는 자조 섞인 농담들을 주고받았다.

공장주는 우사장이란 사람이었는데, 머리가 벗겨지고 똥배가 튀어나온 인간이었다. 간혹 부당한 처사에 대해서 우사장에게 따지러 오는 노동자들이 있었는데, 그런 날이면 우사장은 노동자들을 불러모아놓고 하청을 받을 때 받는 임금이 너무 적으니 나도 어찌할 도리가 없다는 둥, 여러분들 봉급을 올리면 납품 물품의 단가가 오르는데 그러면 경쟁하는 다른 하청업체에게 하청을 빼앗기게 된다는 둥, 그리하여 하청을 뺏기면 딱히 다른 루트도 없는 우리 회사는 문을 닫을 수밖에 없다는 점들을 연설했다. 이것은 노동자들이 가장 무서워하는 말이었다.* 우사장은 그것을 잘 알고 있었다.

---

* 조세희, 《난장이가 쏘아올린 작은 공》, 이성과 힘, 2000, 107쪽 참조.

우사장은 벤츠 타고 출근했고, 불만 제기를 한 노동자는 쥐도 새도 모르게 쫓겨났으며, 폐가 다 익어버릴 고온 속에서 받는 쥐꼬리만 한 봉급은 계속되었다. 그것은 '합리적인 인간'이라는 자가 지니는 이 시대의 훌륭한 합법이었다. 아, 물론 그렇다고 합리적인 인간들임을 자처하는 경영자들이 그 밑의 노동자들까지 '합리적인 인간'이 되기를 바란 것은 아니었는데, 그것은 마치 주인이 가축에게 생각을 묻지 않는 것과 마찬가지인 이치였다. 회사 사람들은 노동자들이 생각하는 것을 싫어했다.*

내가 니 때문에, 돈, 돈, 돈…… 돈, 돈, 도온.

철호는 세상이 어떻게 돌아가는지 알 수 없었고, 그가 원하는 것은 그저 묵묵히 용광로 위에서 제철을 옮겨 돈을 받는 것뿐이었다. 그는 자신의 발아래 뜨거운 용광로를 바라보고 있노라면 어머니의 육신이 최후를 맞이했을 화장터의 불가마가 떠올랐다. 순간 철호는 다리에 힘이 풀릴 것 같아 난간을 잡으려고 했지만, 용광로 위엔 난간이 없었다. 그때 옆에 있던 노동자가 철호를 잡아주었다.

—야, 신입! 미친 거 아이가?

—죄, 죄송합니다. 머, 머리가 어지러워가지고.

—인마, 조심해라. 저 아래로 떨어지갖고 무슨 에밀레종 만들 일 있나? 저 떨어지면 살이고 뼈고, 삭신이 죄다 녹아삐갖고 시신도 못 찾아요. 으이? 정신 똑띠 차리라.

* 조세희, 《난장이가 쏘아올린 작은 공》, 앞의 책, 108쪽.

용광로 위에서 휘청거리면서 번 첫 봉급은 반밖에 들어오지 않았다. 우사장은 철호에게 회사 사정이 안 좋으니까 조금만 더 참고 일하면 다음 달에 이번 달에 못 받은 월급을 넣어서 같이 주겠노라고 했다. 철호는 믿었다. 아니, 좀 더 정확히 믿는 수밖에 없었다. 하지만 다음 봉급날이 됐을 때 철호가 받은 건 못 받은 월급이 같이 담긴 두툼한 돈봉투가 아니라, 우사장의 술잔이었다. 봉급날이 되었을 때 우사장은 철호를 따로 불러내 닭똥집 집으로 갔고, 거기서 미안하게 됐다는 말을 하며 잔에 소주를 부었다. 닭똥집 집엔 벤츠를 타고 갔다.

　―김군. 고등학교 다닌다고 했나? 허, 내 미안하이. 이번 달엔 좀 괜찮아질 것 같았는데, 이기 그릏지가 않네. 자네같이 밑에 경력 없는 초급자들 봉급까지 다 챙기주면, 회사가 망할 판이여. 조금만 더 참아주게나.

　철호는 아무 말도 하지 못했다. 우사장은 조금만 더 기다려주면 회사 사정이 나아질 것이고, 또 다음 달에 무슨 대기업에서 새로운 하청 주문이 들어오기로 했으니, 그때 크게 돈 들어오면 꼭 밀린 봉급을 다 챙겨주겠다고 했다. 그러면서 자기는 철호를 유심히 보고 있다는 둥, 몇 년만 더 착실히 일하면 경력직으로 누구의 다음 자리에 앉힐 것을 염두에 두고 있다는 둥, 자기 젊었을 때 눈빛을 닮은 것 같다는 둥의 이런저런 여러 얘기들을 쏟아내다가, 테이블에 소주병이 서너 병 쌓일 때쯤엔 밖에선 본사 눈치 보고 안에선 노동자들 눈치를 보느라 수명이 다 줄어들 판국이라며 인생이 눈치만 보다가 끝날 것 같다며 신세한탄을 했다. 닭똥집과 벤츠는 그다지 좋은 조합이 아니었지만, 그러거나 말거나 철호는 연신 "아, 예, 사장님. 힘드셨겠어요"라면서 우사장의 빈 잔에 소주를 따르기 바빴다. 테이블엔 총 빈 소주병이 여섯 개나 쌓였다.

　─어이, 김군. 자네 말이야. 어? 자네 말이야…… 이 사회가 뭔 줄 아
나?

　─지는 잘 모르겠십니다.

　─이 사회는 말이야, 어이? 사회는 돈이야, 돈. 그 시팔놈의 돈. 으이?
니 알았나?

　─사장님 많이 취하셨습니다.

　─다, 씨팔 돈이야, 돈. 이기 돈이면 동네 개새끼부터 시작해서 차, 기
집, 여자, 집 뭐, 씨─팔 전부 다 살 수 있거든. 그니게 인간들이 돈에 환
장하는 기야. 뭐? 짜본주의가 돈을 추구해? 아니여. 그건 인생 몇 년 안
살아본 잔챙이들이나 하는 말이고, 사실은 말이여. 짜본주의가 돈이 아
니라, 인간이 곧 돈이여. 돈. 돈. 돈. 도온.

　─사장님 그만 드십시오.

　─마, 우리가 돈을 왜 버냐? 어이? 왜 벌긴 왜 벌어. 밥 묵을라고 벌지.
그라면 밥은 왜 묵나? 왜 묵긴 왜 묵어. 돈 벌러 나갈라고 묵지. 김군아,
그라몬 우리는 밥 묵을라고 돈을 버니느 기가, 아니면 돈 벌라고 밥 먹는
기가? 으이? 하하하. 젠─장.

　─사장님 그만 일납시더. 밤 늦었십니다.

　─김군아. 잊지 마라. 인간과 돈. 그라고 밥과 돈. 다 돈 돈 돈이다. 이
거 말곤이 세상에 믿을 게 읎으요. 믿을 게.

　─사장님, 일나자니까요. 제, 제 목에 팔 두르세요.

　─돈 읎으면 사람 취급을 못 받는 기야. 돈 읎으면 약한 놈이고, 약한
놈은 강한 놈한테 조─온나게 짓밟히거든. 약육강식. 그래, 약육강식이
다! 밑에 새끼들이 올라와도, 절대로 돈을 뺏기면 안 되는 기다. 으이? 주

260

머니에 돈 떨어지는 순간, 그 밑에 새끼들이 승냥이가 되거든. 으이? 흐호흐, 하하하.

●

　그날 택시를 불러 우사장을 보내고 집에 들어온 날, 철호는 처음 먹어본 소주에 머리가 아팠다. 두한의 아파트 현관엔 빨간색 하이힐이 벗어져 있었고, 안방에선 살이 뒤섞이는 소리가 났다. 아마도 두한이 여자를 데려온 모양이었다. 철호는 냉장고에서 물을 한 컵 마시고는 곧바로 자기 방으로 들어가 양말도 벗지 않고 그대로 매트리스에 누웠다. 울렁거리는 속을 붙잡았고 눈을 꾹 감고 있으니 곧 잠이 찾아왔다.
　그리고 평소엔 꾸지도 않던 꿈을 꿨다.
　꿈엔 예전 물만골 집에 있을 때 어머니가 두한과 동침하는 장면이 나왔다. 뒤적거리는 이불 밖으로 두한의 벗은 등 근육이 보이고, 그 아래 이불자락 사이로 벌려진 어머니의 허벅지가 삐져나와 있었다. 그때 철호가 고개를 돌려 두한을 쳐다봤는데 놀랍게도 두한이라고 생각했던 남자는 두한이 아닌, 그렇다고 사람도 아닌 무엇이었다. 거기엔 그저 어둠이 있을 뿐이었다. 달걀귀신 같은 어둠. 그 어둠은 마치 심연과도 같았고, 그 심연의 밑에서 어머니가 철호를 쳐다봤다. 어머니는 돈 바닥에 누워 있었고, 또한 그 목에는 밧줄 자국이 선명했다.
　―내가 니 때문에, 돈, 돈, 돈…… 돈, 돈, 도온.

●

　—으허어어!

　충분히 예상된 수순을 밟아, 철호는 비명을 지르면서 잠에서 깼다. 귓가에 어머니의 목소리가 선명하게 들리는 것만 같았다. 아침인가? 등은 식은땀으로 범벅이 되었고 속이 쓰렸다. 철호가 목이 몹시 타 물을 마시러 매트리스에서 일어나려는 순간, 방문을 열고 웬 젊은 처자가 들어왔다. 분홍색의 홑옷만 걸치고 있었는데 노란색 염색 머리였다.

　—오빠, 얘 깼어.

　철호는 어제 집에 들어올 때 현관에 있던 빨간 하이힐을 생각했다. 그때 부스스한 머리의 두한이 노랑머리 옆으로 나타났다.

　—니 어제 늦게 들어왔더라? 술 무웃나?

　—공장 사장님이랑 쫌……

　두한은 그렇구나 하고 고개를 끄덕였다.

　—미나야, 냉장고에 콩나물 있으니께. 해장하게 콩나물국 좀 끓이라.

　—오빠, 내 그런 거 할 주 모르는데?

　—모르는 기 어딧노. 그냥 파랑 콩나물이랑 넣고 물이랑 끓이면 된다. 모르면 이참에 좀 배우든지. 아, 그라고 니는 씻고 천천히 나온나.

　그러고 두한은 방을 나갔고, 미나라는 이름의 노랑머리도 두한을 따라 나갔다. 나중에 식탁에 앉았을 때 철호는 미나라는 여자아이가 채 고등학교나 졸업했을까 싶은 매우 어린 나이라는 사실을 깨달았다. 이런 애도 삼촌이 돌리는 물장사에서 노래방 도우미 하고 술 따르고, 뭐 대충 그런 건가? 하지만 철호는 구태여 이 부분을 묻진 않았다. 그저 어젯밤에 두한이 이런 어린 여자의 가슴을 떡 주무르듯 만지면서 잤다는 사실에 아랫도리가 조금 단단해지려고 할 뿐이었다. 참고로 철호가 미나가 자신과 동갑이라는 사실과 그리고 가출해서 노래방 도우미로 일하다가 두한과 엮이게 되었다는 사실을 알게 된 것은 좀 더 시간이 지난 후의 일이다.

콩나물국은 썼다.

두한은 철호에게 미나와 함께 살기로 했다고 말했다. 두한은 뭔가 미안했던지 철호의 얼굴을 제대로 쳐다보지 못한 채 베란다에서 담배를 피우면서 철호를 등지고 말했다. 미나는 거실 소파에 앉아 다리를 꼬고 있었다. 철호는 공교롭게도 바로 어젯밤 자신이 어머니 꿈을 꿨다는 것이 참 얄궂다는 생각을 했다. 한 일 년쯤 머물렀나? 생각해보면 애초에 철호가 공장에 다닌 것도 계속 두한에게 신세 지는 것도 미안했고, 또한 거기에 왠지 어머니의 옛애인과 산다는 것도 좀 껄끄러운 면면들이 있어 공장에서 봉급만 받으면 그 돈으로 혼자 나가 살려고 계획했기 때문이었다. 고로 철호는 다만 그 순간이 생각보다 좀 더 일찍 온 것에 불과한 것이라고 생각했다.

— 하하, 삼촌, 신혼살림에 지가 끼면 안 되지예. 어차피 곧 나갈라고 했었십니다. 근데 삼촌, 공장이 좀 어려워갖꼬, 봉급을 못 받고 있십니다. 봉급만 들어오면 혼자 단칸방이라도 구해서 나가겠십니다.

식탁에 앉아 있던 철호가 멋쩍게 웃으면서 말했다. 이에 미나가 좀 미안했는지 "오빠, 내는 괜찮은데?" 하고 연민 어린 표정으로 철호를 쳐다보며 거들었지만, 철호는 고개를 절레절레 저었다.

— 아입니다, 괜찮십니다. 이기……

— 철호야, 그라면 삼촌이 일단 보증금이랑해서 원룸 하나 잡아주꾸마.

두한은 그제야 죄책감을 덜 수 있을 만한 구실이 생겼다는 것인지, 피우던 담배를 베란다 난간 아래로 던져버리고는 뒤돌아서서 철호를 쳐다봤다.

그렇게 두한은 철호에게 냉큼 반지하방을 하나 구해다주었다. 두한은 무슨 일이 생기면 곧바로 삐삐를 치라고 말했고, 아파트 키를 돌려주는 철호의 손을 만류하며 혹 급한 일 있으면 곧바로 자기 집으로 오라고 했다. 그것은 옛정에 대한 마지막 흔적이었다. 두한이 떠난 자리에 홀로 남겨진 철호는 마치 자신만의 작은 세상이 생긴 것 같다는 생각이 들었지만, 곧 지독한 외로움이 몰려왔다. 반지하방 창문으로는 사람들의 오가는 발이나 자동차 타이어밖에 보이지 않았고, 새벽 어스름이면 뭔지 모를 시궁창 냄새가 새어 들어왔다. 그래도 철호는 두한의 아파트 베란다에서 보였던 물만골 판자촌의 풍경보다는, 이 풍경이 더 좋은 것이라고 생각했다. 그쯤 해서 철호는 담배를 배웠다.

●

인생사 새옹지마라고 했던가? 하지만 철호의 인생을 보고 있노라면 꼭 그런 것 같지도 않다는 생각이 드노니 — 하긴 뭐, 모든 법칙엔 예외라는 게 있는 법, 철거촌 출신에, 다리 병신 아비와 반짝이 치마로 술집 나가는 반쪽이 어미, 헌데 그 아비는 집을 나가 행방불명이요 어미는 자살을 했으니, 주민등록증도 받기 전에 인생의 팔 할이 파탄 난 것처럼 보이는 철호의 인생은 계속해서 삐걱거렸다. 아마도 그리하여 어떤 철학자가 신은 죽었다고 말하고 다니는 것이, 도대체 무슨 의미에서 그런 말을 했는지는 모르겠으나 그래도 상당한 설득력을 지니는 것처럼 느껴지는 이유가 바로 이러한 인생들이 있기 때문일 것이다. 물론 희망을 말하는 몇몇은 바닥에 떨어지면 그 바닥을 치고 올라가면 된다고들 말하고 다녔지만, 안타깝게도 지옥엔 바닥이 없는 것이니, 철호의 삶은 헤어나오려고 하면 할수록 계속해서 바닥으로 떨어졌다. 흡사, 철호에게 세상은 하나의 깊은 늪이었다.

어느 날, 그날도 똑같은 시간에 일을 하기 위해서 출근한 아침이었는데, 노동자들이 공장 안으로 들어가지 않고 공장 대문에 모여 있었다. 별로 예감이 좋지 않았던 철호는 그쪽으로 달려갔다. 들었어? 우사장이 튀었대! 야반도주라는데? 공장문에 자물쇠가 걸려 있어! 부도났대, 부도! 빌어먹을! 그럼 우리 돈은 어떻게 되는 거야? 어떻게 되긴 다 공중에 날아가는 거지! 이런 씨—팔……. 거의 넉 달치 임금을 받지 못한 노동자들의 수군거림은 순식간에 아우성으로 바뀌었고, 그중에 누군가가 렌치로 잠긴 자물쇠를 박살내면서 공장 문을 열었다. 하지만 공장엔 아무도 없었고, 원자재가 없어서 돌아갈 수 없는 기계만이 을씨년스럽게 자리를 지키고 있을 뿐이었다. 게다가 그 기계들에는 빨간 압류 딱지가 붙어 있었다. 노동자들은 행정과에서 일하던 사람들의 멱살을 잡았지만, 그 사람들도 당최 우사장이 어디로 도망갔는지 모른다고 했다. 그저 회계랑 짜고 고의로 부도를 낸 것 같다고 말할 뿐이었다. 멱살을 내려놓고 보니 회계가 출근하지 않았다는 사실을 알게 되었다. 용광로에서의 모든 것이 끝나버렸던 것이다.

인생무상, 그것은 김가네의 가풍이었다.

사람들은 우사장을 사기죄로 고발하겠다고 했지만, 그렇다고 우사장이 언제 잡힐지는 아무도 장담할 수 없는 것이었다. 하지만 반대로 만일 철호가 밀린 삼 개월치 월세 중 한 달치라도 넣지 않으면 주인아저씨가 월세방을 뺄 것이고, 그러면 졸지에 거리에 나앉게 된다는 것은 확실히 장담할 수 있는 사실이었다. 이런 젠장. 철호는 머리가 복잡해졌다. 정말 당장에 돈 나올 곳이 없었다. 어머닌 이런 상황에서 사채를 썼던 것일까? 헌데 바로 그때 철호는 거의 유일한 것처럼 보이는 해결책이 떠올랐다.

그것은 두한을 찾아가는 것이었다. 아파트가 아니라, 사무실로.

●

경찰 발표에 따르자면 천구백팔십칠 년에 어떤 학생이 경찰이 탁자를 탁! 치자 억! 하고 죽었고, 그렇게 참아왔던 사람들이 벌떼처럼 일어나 정권을 뒤집었다. 그것은 민의(民意)였다. 하지만 혁명의 성취는 대통령병에 걸린 사람들의 욕심 앞에 무산됐고, 정권은 독재자의 오랜 친구에게 넘어갔다. 그것은 희극이었다. 하지만, 세상이 바뀌었다는 것쯤은 누구나 다 알고 있었다. 세월은 자꾸 흘러 팔팔 년엔 올림픽이 열렸는데, 이때 세상은 다 팔팔로 변해버렸다. 도로 이름도 팔팔이었고 휴게소 이름도 팔팔, 음료수 이름도 팔팔, 과자 이름도 팔팔, 그리고 하다못해 동네 슈퍼 이름도 팔팔슈퍼였다. 이렇게 세상이 빨리 바뀌니, 모두가 유토피아로 갈 수 있는 좋은 세상으로 빨리 바뀔 것만 같은 기분이 들었다.

하지만 사람들은 곧 유토피아라는 말의 뜻이 왜 '세상 아무 데도 존재하지 않는 곳'인지를 깨닫게 된다.

천구백구십 년대에 접어들면서 부산에 개발 붐이 불었는데, 이는 낡은 것들을 청산하고 새로운 건물들을 올려 도시의 기능과 미관을 개선하여 지역 경제에 활력을 불어넣자는 취지였다. 아, 물론 언제나 그렇지만 재개발 승인서의 양식 속에 '미관'이란 단어가 도대체 누굴 위한 것인지에 대한 소유형용사 따위는 쏙 빠져 있었지만 말이다. 이 미(美)에는 탐욕스

266

러운 추(醜)가 한가득 넘실댔다. 뭐, 아무튼 간에 이런 재개발 열풍에 물만골도 예외가 아니었으니, 부산 행정의 중심이어야 할 시청 쪽으로 대대적인 개발 공사가 들어갔다. 물만골 주민들에겐 철거 소식과 함께 각종 보상비에 대한 행정 문서나 공소장 따위가 날아왔고, 삼십 년 전에도 재 개발로 떠나왔던 사람들은 다시 보따리를 꾸릴 수밖에 없었다. 정착된 문명사회의 정부는 이들에게 삼십 년 간격으로 유목민 생활을 강요했다. 물론, 보상비에는 토지 보상비, 지장물 보상비, 이전비, 영업 보상비 등등 각종 제도들이 구비되어 있었으나, 본디 예로부터 법이란 게 있는 자들의 것이니 이 법들은 무허가 건축물에 살고 있는 물만골의 이천여 세대의 사람들에겐 일절 적용되지 않았다. 그것은 그들만의 미풍양속이었다.

물론 이때 철거에 대한 공식 문건 따위는 존재하지 않는다. 왜냐하면 '공식'이란 것은 철거민의 단어가 아니었기 때문이다. 철거민의 단어는 비공식이었고, 따라서 이들의 언어는 폐허가 된 철거 더미에서 땅을 치고 우는 한풀이 울음과, 저녁노을 아래 부딪히는 쓴 소주잔 아래에서의 넋두리와, 창문에 테이프를 붙이고 아들딸들에게 미안하다는 말을 적은 유언장과, 그리고 쭈그리고 앉아 피우는 담배 연기들 사이에 있었다. 팔팔 년 올림픽 개막식 노래 중에 손에 손잡고 벽을 넘어서, 뭐 대충 이런 말이 있었던 것 같은데, 안타깝게도 이 손잡는 사람엔 물만골 사람들은 포함되어 있지 않은 모양이었다. 아니, 생각해보면 적어도 공식적인 거주 등록부에서 이들은 세상에 존재하지도 않는 사람이었으니 이는 그다지 놀랍지 않은 일인지도 모른다. 존재하지도 않는 인간이랑 어떻게 손을 잡을 수 있겠는가?

스스로가 여기에 존재하지 않았음을 증명하기 위해 대부분의 사람들이 짐을 쌌지만, 그중에서 정말 갈 곳 없이 억울한 사람들은 여기에 남겠다고 선포했다. 그것은 존재하는 자의 존재 증명을 위한 몸부림이었다. 시청에선 이들을 '무허가 점거'라고 표현했고, 시청에서 고용한 용역 업체에선 '개긴다'고 표현했으며, 철거민 스스로는 '저항'이라고 표현했다. 물론 이중에서 맨 후자의 어휘는 언론에서 일절 다뤄지지 않았다.

정권 바뀔 때마다 열리는 연례행사차 경찰이 범죄와의 전쟁을 선포하는 바람에 물장사에서 별 이득을 거두지 못하던 깡패들이 대거 용역 사업에 뛰어들었다. 대한민국의 자본은 건설업체를 타고 넘실거렸고, 콩고물을 얻어먹으려는 파리들이 꼬이기 마련이었다. 게다가 원래 더러운 일이란 게 자기 손에 피 묻히는 방향보다는 남에 손에 칼 쥐여주는 쪽으로 진행되는 게 인간사의 생리인바, 시청도 딱히 다를 바가 없었다. 시청은 교묘한 방법으로 용역 깡패를 고용하였다. 공식적으로 그들은 용역 깡패가 아니라 경비 업체들이었다. 그리고 이들에게 쥐여준 돈은 시청의 돈이 아닌 건설사의 돈에서 나왔는데, 본디 재개발 사업에선 시간이 곧 돈인지라 건설사 측에서 빨리 철거민들을 몰아내고 건물을 올리고 싶어 했기 때문이었다. 그리하여 시청—건설사—용역 깡패의 완벽한 삼위일체가 갖춰졌다.

그렇게 뛰어든 수많은 용역 업체들 중 하나가 바로 두한경비였다. 암흑가에서 사업 수완이 빠른 두한은 용역 사업의 밝은 청사진을 내다보았고, 곧바로 하던 물장사와 중국집 따위를 정리하고 용역 사업에 뛰어들었다. 고아원 시절의 각종 비행들과 젊은 날 깡패 바닥에서 배워 온 갖 전문기술들로 무장한 두한경비는 곧 용역계의 풍운아로 떠올랐다. 그렇다면 그 구체적인 방법은 무엇이었는가? 아, 그것은 심리학과 물리학과 미학의 접목이었으니, 일단 밤에 파이프 들고 질질 끌고 다니는 것에서 시작했다. 그러면서 괜히 집 대문을 쾅쾅 치기도 하고, 그래도 계속 안 나가고 있으면 문짝을 때려 부수고, 새총을 쏘고, 페인트로 벽에 죽여 버리겠다는 낙서를 하고, 대낮에 팬티 바람으로 목검을 들고 뛰어다니며 회를 쳐버리겠다고 소리치고, 점심때부터 한 열 명 정도씩 시커먼 옷을 입고 모여 동네를 쏘다니고, 식당에 아무 메뉴나 시켜놓고 음식에 벌레가 있다고 소리를 지르며 영업을 방해했다. 그리고 미리 손을 써놓은 경찰은 항상 일이 다 끝나고서야 출동했다. 철거 사업이 시작되는 날이면 두한은 먼저 관할 경찰서 정보계장을 찾아가 '우리가 이날 이러 이렇게 하겠십니더'라고 말했고, 그러면 경찰은 '적당히 살살 하그라' 하고 부탁했다. 경찰의 배후엔 건설사와 유의원이 있었다.

자, 상황이 이러하니 이 위대한 삼위일체에 감히 대든 이단들은 모두 화형대로 갔다. 이런 이단들을 잡아내는 이단 심문관들 중에서 발군이었던 사람이 두한 밑에서 뛰어다니던 젊은 피 철호였다. 계속 커지는 사업판에서 기존에 데리고 있던 조직원으로 부족해 체대생들까지 아르바이트로 고용하는 마당에 두한이 다부진 체력에 마치 믿을 수 있는 식구 같았던 철호를 마다할 이유가 없었고, 두한은 마치 스승이 제자에게 자신의 모든 기술들을 전수해주듯 철호에게 자신의 모든 비기들을 가르쳤다. 철호는 하나를 배우면 열을 아는 유능함을 보여줬고, 만족한 두한은 육칠 년쯤 두고 보다가 철호를 자기 자리에 앉혀야겠다는 생각을 했다. 물론 이 생각은 당분간 속마음으로만 품어놨지만.

―와, 새끼, 완벽하네. 씨―팔 니 그 철자가 쇠 철(鐵) 자가 아니라 철거할 때 그 철 자(撤)인가 보다. 이리 온나, 아이구 귀여운 내 새끼!

＊

'돈 읎으면 사람 취급을 못 받는 기야. 돈 읎으면 약한 놈이고, 약한 놈
은 강한 놈한테 조—온나게 짓밟히거든.'

철호는 곱씹으면 곱씹을수록 우사장의 말이 옳다고 생각했다. 세상은
돈 없는 사람들을 정말 사람 취급해주지 않았다. 나라에 다리 한쪽을 바
친 아비는 판자촌에서 가정을 가져야만 했고, 그 속에서 어미는 반짝이
옷을 입고 들락날락했지만 결국 그녀에게 남은 것은 간질환과 빚줄뿐이
었다. 철호가 쇠망치를 들고 만나는 사람들도 다 이와 마찬가지인 인생
들이었다. 월남 갔다 팔 병신 된 김상사와 폐병쟁이와 소년 소녀 가장과
독거노인과 노래방 도우미와 그의 뽕 맞는 기둥서방과 난쟁이와 주머니
가 없는 옷을 입고 다니는 아이들……* 철호는 이 나약한 것들이 너무 싫
었다. 그들은 세상과 자기 인생에 패배했음을 알고 사는 패잔병들이었고,
수많은 날들을 그들과 같은 인생 속에 산 자기 자신에 대한 분노가 끓어
올랐다. 철호는 이젠 우사장이 밉지 않았다. 그는 진리의 스승이었다.

'약육강식. 그래, 약육강식이다!'

세상은 우사장의 통찰대로 흘러갔다. 적어도 철호가 거의 이 년 동안
철거판을 뛰어다니면서 본 세상의 풍경이란 약육강식, 동물의 세계 그
자체였다. 재개발 지역 골목에서 지나가던 모녀 앞으로 뛰어가 딸아이가
예쁜데 밤길 조심하라고 소리를 지를 때, 그 어머니로부터 뺨따구니를
맞았을 때, 바로 그때 철호는 세상사란 것은 이렇듯 힘과 힘의 대결이라

---

* 조세희,《난장이가 쏘아올린 작은 공》, 앞의 책, 107쪽 인용. "어머니는 주머니가 없는 옷을 우리들
에게 입혔다."

는 약육강식 세계의 다름이 아니라는 것을 몸소 깨달을 수 있었다. 어차
피 이런 세상이라면 낙타가 되기를 선택하기보단 사자가 되는 것이 현
명했다. 철호는 주먹으로 그 어머니를 후려 팼으며, 경찰서에 가서는 쌍
방과실을 외쳐댔다. 그렇게 고소는 취하되었고 모녀는 재개발구역을 떠
났다.

'밑에 새끼들이 올라와도, 절대로 돈을 뺏기면 안 되는 기다. 으이? 주
머니에 돈 떨어지는 순간 그 밑에 새끼들이 승냥이가 되거든.'

오 년 동안 두한경비에서 본 두한의 모습은 우사장과 크게 다를 바가
없다는 생각이 들었다. 용역 업체 사장 자리는 현장에 나가지 않으면서
도 이윤의 칠십 퍼센트를 가져갈 수 있는 전지전능한 기적이 벌어지는
자리였다. 나머지 이십오 퍼센트는 깡패들 월급, 오 퍼센트는 고용한 알
바생들 시급이었다. 사무실에 있는 두한의 개인 금고에 돈다발이 쌓여
있었지만, 철호는 불평하지 않았다. 그것은 누구라도 똑같이 했을 약육
강식 세계에서 계속 살아남기 위한 삶의 지혜일 뿐이었다. 다만 용역 깡
패짓에 익숙해지면 익숙해질수록 두한에 대한 신비감 따위는 죄다 사라
져버렸다. 한때의 영웅은, 그저 언젠가는 늙어서 누군가에게 밀릴 초원
의 사자 같은 존재로 다가왔다. 나이가 들어서 그런지 비가 오면 허리가
찌뿌둥하다면서 의자에서 일어나 허리를 돌리는 두한을 보면서, 철호는
천천히 담배를 피웠다.

―으이? 흐흐흐. 하하하.

철거일은 거의 날마다 있었다. 철거 용역을 뛴 지 대략 오 년쯤 되던
해 철호는 남들 집 부숴 번 돈으로 이사를 갈 수 있게 되었고, 좀 더 넓은
지상 위의 셋방으로 집을 옮겼다. 물론 창문을 열었을 때 물만골 판자촌
이 보이지 않는 곳으로 방을 구했다. 그 방에선 물만골 대신 그 반대편에

271

있는 우뚝 솟은 시청 건물이 보였다. 일을 마치고 집에 돌아온 날 성진은 그 거대한 관공서 건물을 보면서 담배를 피우곤 했는데, 그날도 일을 끝내고 밖에서 직원들이랑 소주 두어 병 하고 집에 돌아와 담배를 피우고 있었다. 그때 문득 휴대폰에 진동이 울렸다. 두한이었다.

—여보세요.

—성진아, 내다. 두한이.

—아, 삼촌. 웬일십니꺼?

—아, 별거 아니고 내일 말해도 되는데, 그냥 생각난 김에 전화로 말할라꼬.

—뭔데요?

—이기 저번에 물만골 판자촌 쪽 있다 아이가. 거기 작업하던 반장놈이 맹장이 터지갖고 갑자기 입원했다네. 지금 그쪽 반장으로 돌릴 만한 인원이 읎으갖고. 내일 하루만 좀 도와줄 수 없나?

—못할 건 또 뭐 있겠십니꺼. 낼 아침에 사무실로 나가겠십니더.

—어이, 고맙다잉. 그럼 쉬그라.

전화가 끊어졌다. 아마도 삼촌은 그 철거 작업을 한때 물만골에 살았던 철호에게 맡기는 것이 참으로 껄끄러웠을 것이다, 하고 철호는 생각했다. 하기야 자기 고향을 부수러 올라간다는 것이란…… 요지경 같은 세상 속에 일이 참 우습게 되었다고 생각하던 철호는 문득 그런 거 하나 얼굴 보고 똑바로 말하지 못하는 두한의 모습 역시도 참 우습다고 생각했다. 철호는 창 너머로 보이는 시청과 그 주위를 둘러싼 빌딩들을 보면서 담배를 마저 피웠다. 창문엔 왠지 사자의 얼굴이 비친 것 같기도 했다.

●

　컨테이너 박스 두 동을 아무렇게나 붙여 만들어진 두한의 용역 사무실. 철호는 사무실로 걸어 들어가면서 판자로 '대충' 만들어진 건물들을 부수러 가는 사무실이 이렇게 '대충' 만들어져 있다는 것이 왠지 우스웠다. 빌딩에 사는 누군가가 철거를 의뢰하고 그러면 '대충' 생긴 놈들끼리 집을 부수네 마네 하며 싸움을 벌인다는 것, 그것이 용역판의 생리였다. 철호가 사무실에 출근해 형님들에게 인사를 했고, 이와 동시에 철호보다 밑의 애들이 일어나 철호에게 인사를 했다. 사무실 가장 안쪽에 있는 책상이 두한의 자리였고, 그 자리에서 두한이 철호에게 손을 들며 "왔냐?" 하고 인사를 했다. 철호는 가볍게 목례만 했다.

　―인사해라.

　두한의 말에 옆에 서 있던 고등학생으로 보이는 남자아이가 철호에게 넙죽 인사를 했다. 철호는 그 아이가 머리를 샛노랗게 염색한 것으로 보아선 아마도 자퇴생이 아닐까 하고 생각했다.

　―이노마는 뭡니꺼?

　―어으. 이번에 새로 뽑은 앤데, 이름이 기한이라고. 괜찮은 놈이다.

　―삼촌, 이런 애새끼 써도 되는 겁니꺼?

　―야 야, 인마 뭔 놈의 애새끼고 이 정도면 다 컸지. 그라고 니도 이제 스무 살 넘은 지 몇 년 됐다고, 스무 살 반은 꺾잇나? 벌써로 나이 먹은 사람 행세고? 으이? 끌끌. 그건 그렇고, 니 몇 살이랬지?

　―열아홉입니더!

　기한이라고 불리는 아이가 바짝 군기가 잡힌 듯한 말투로 대답했다.

　―마. 그라면 니랑 네다섯 살밖에 차이 안 나네. 그라고 열여덟 살만

넘으면 다 성인 아이가? 그럼 애새끼처럼 보여도 법적으론 애새끼가 아이다, 이기야.

두한이 웃으면서 담배를 꺼냈고, 기한에게도 한 대 권했지만 기한은 담배를 피우지 않는다고 했다. 그는 사무실에서 담배를 피우지 않는 아주 극소수의 사람들 중 하나였다.

—야, 이래 보여도 벌써 소년원까지 갔다 온 놈이야. 뭐라고 했지? 절도?

—아, 예. 주거침입입니더.

—이래이 도둑노무 새끼. 요서 이 쇠망치를 들고 진정한 남자로 거듭나는 기지. 사무실 나온 지 한 일주일 됐는데, 이노마가 망치질을 잘해요, 낄낄.

두한은 쇠망치를 들어서 장난스럽게 기한을 툭툭 쳤다. 철호는 이걸 보면서 아마도 일을 좀 가르쳐볼 생각이 있어서 자기 밑으로 데려온 건가 보다, 하고 생각했다. 두한은 철호를 보더니 미리 책상 위에 올려져 있던 서류 몇 개를 들이밀었다. 아마 이번에 부숴야 할 집들의 주소와 혹시 모를 사태에 대비한 철거 승인에 대한 공문서들이 들어 있을 터였다.

—뭐 이미 돌아가는 꼬라지 다 알겠지만, 지금 가는 동네가 워낙에 가팔라가지고, 그리고 길도 개떡 같아가지고 포클레인이 잘 못 드간다네. 씨—팔, 이래서 너무 위에 있는 집들은 쇠망치로 손작업을 하게 된 거여. 거의 막바지 단계니께, 몸 안 다치게 빨리빨리 마무리짓자고잉.

철호는 서류를 집어들었다.

—그리고 철호야. 니가 이노마 기한이보다 사오 년 먼저 들어왔으니께, 싸게 싸게 일 좀 가르쳐주고, 좀 챙기고 그래라. 뭔 말인지 알제?

—예, 삼촌.

철호는 목례를 하고 뒤돌아서 오늘 물만골 작업 가는 인원들은 봉고에 타라고 말했다. 얼굴에 칼자국이나 문신 자국이 없는 청년들이 일어나 사무실을 나갔다. 이미 매매 계약서가 다 쓰이고 철거 승인까지 난 상태였기 때문에 굳이 깡패들을 데려가서 주민들을 겁줄 필요가 없었다. 주민들은 철거 통보일에 맞춰서 이미 집을 비운 경우가 많았고, 설령 집에서 버티는 경우라 해도 이 정도 작은 규모의 판자촌에선 사람들을 끌어내는 데 굳이 깡패까지 필요하진 않았다. 또 깡패들은 시급이 세기도 했고…… 그래서 대개 이런 일에는 알바로 고용된 체대생들을 데리고 다녔다.

철호가 마지막으로 나가기 전에 뒤에서 두한이 말했다.

─아 맞다. 그기에 진짜 이상한 놈들 있거든. 난쟁이 새끼랑 그 가족들인데, 씨─팔 어찌나 개기던지. 매매 계약서 쓰는 데 제일 오래 걸릿다 이. 오늘 가서 그 썹새끼들 집, 시원─하게 완전히 다 뿌사삐고 오그라이. 으이?

─알겠십니더.

철호는 봉고에 올라탔다.

●

쇠망치를 들고, 육 년 전 어머니가 자살하기 전까지만 해도 세상에 하나뿐인 보금자리였던 물만골 판자촌으로 가는 철호의 발걸음은 묘했다. 반쯤 철거가 진행된 마을의 폐허 잔해들을 밟으며 집 앞으로 갔을 때, 이제 그저 공터가 되어버린 이 자리 위로 누군가의 집이 있었고, 또 저쪽에

275

는 전빵이 있었으며 그 사이사이로 골목길들이 있었다는 생각이 들었다. 아니, 비단 생각뿐만 아니라 마치 그 시절의 마을 모습들을 눈으로 볼 수 있을 것만 같은 착각마저 들었다. 철호는 오늘이 지나면 마치 마을이 철거되는 것뿐만 아니라 자신의 머릿속 기억들마저 철거될 것만 같은, 그런 기분을 느꼈다.

　—기한이 니는 애들 데리고 저 위에 난쟁이 집으로 가고, 성환이 니는 서쪽으로, 그리고 나머지는 내 따라 남쪽으로 가자. 번호수 잘 확인하고, 어떻게 하지 알제?

　아마 이전 반장도 벌써 열흘째 똑같은 시간에 모여서 똑같은 주의 상황을 말했을 것이다. 반장이 바뀐다고 달라질 건 없었다. 쇠망치를 든 용역 직원들은 새로운 반장인 철호의 지시에 따라 일사불란하게 움직였다. 철거할 집의 번호수를 확인한 철호는 참 얄궂은 운명의 장난이라고 생각했다. 오늘 남쪽에서 철호가 처리할 집은 다른 집도 아니고, 바로 자신의 집이었다. 쇠망치를 들고 예전 자신의 집으로 가는 철호는, 마치 자기가 자기가 아닌 것만 같은 혹은, 자기가 가는 집이 자기 집이 아닌 것만 같은 그런 느낌을 받았다. 나는 지금 무엇을 부수러 가는가?

　집에 도착하는 데는 십 분도 걸리지 않았다. 용역 직원들은 능수능란하게 쇠망치를 휘두르며 집을 철거하기 시작했다. 직원 하나가 쇠망치로 마루 기둥을 내리쳤다. 지붕이 흔들렸고, 그 위로 올려져 있던 폐타이어가 바닥으로 굴러떨어졌다. 철호는 품에서 담뱃갑을 꺼냈다. 돗대였다. 철호는 쇠망치가 부딪히는 둔탁한 음을 들으면서 돗대에 불을 붙였다. 그러다 문득 마루 기둥에 눈이 닿았다. 용역 직원이 망치질하는 마루 기둥은 한때 다리 병신이었던 아버지가 종종 담배를 피우던 바로 그 자리였다. 그는 지금 어디 있을까? 살아는 있을까? 철호는 담배를 발로 밟아 껐다.

―비키라.

―예?

―비키라고!

철호는 쇠망치로 마루턱을 내리치기 시작했다. 몇 번이나 찍어댔을까, 마루 기둥이 찌그덕 소리를 내며 부러졌고, 곧바로 지붕이 반쯤 내려앉았다. 큰 먼지가 일어나 철호의 얼굴을 덮어버렸다.

●

철거촌의 맨 위의 집에서 쇠망치를 든 용역 직원들이 집 안으로 들어가지 않고 서성이고 있었다. 자기 집을 막 부수고 온 철호는 멀뚱멀뚱 서 있는 직원들을 보고는 침을 퉤― 하고 뱉더니, 빈 공터를 가로질러 그곳으로 달려가 소리쳤다.

―야, 마 씨―팔 뭐하고 있노! 안 들어가노?

―그기 행님예, 저기……

마스크를 벗으면서 기한이 앞으로 와 손가락으로 쇠망치에 무너진 시멘트 담벼락 사이를 가리켰다. 그 사이론 평상 위에서 쇠고기를 구워 먹는 가족들의 모습이 보였다. 일전에 두한으로부터 들은 그 난쟁이 가족들인 듯싶었다. 그들은 마치 최후의 만찬이라도 하는 것처럼 담담한 표정으로 평상 위에 앉아 밥을 먹고 있었다. 담 밖으로 고기 굽는 냄새가 흘러나왔다.

―마, 저거 뭐꼬?

—고, 고기를 먹고 있십니더.

—뭐? 고기? 와— 완전 미친 새끼들 아이가?

그때 이 가족들이 식사를 마쳤는지 상을 물리고 미리 준비해놨던 짐들을 들고 대문 밖으로 나올 채비를 했다. 이불과 옷가지를 싼 보따리를 등에 멘 남자가 대문을 열고 나오자 용역 직원들은 말없이 자리를 터주었다. 이때 철호는 쇠망치로 바닥을 내리치며 카랑카랑한 목소리로 소리쳤다.

—이 개새끼들아, 일 안 하나! 어? 여기 놀러 왔어? 빨리 움직이라!

철호의 말에 쇠망치를 든 용역 직원들이 쭈뼛쭈뼛 눈치를 보았다. 철호가 다시 "야!" 하고 소리를 지르니까 그제야 한꺼번에 집으로 들어가 쇠망치질을 시작했다. 여기저기서 둔탁한 소리와 함께 뿌연 시멘트 먼지가 뿜어져나왔고, 직원 하나가 북쪽 벽을 치자 지붕이 내려앉았다. 지붕이 내려앉을 때 올라온 먼지에 철호는 눈을 가리며 뒤돌아섰다. 이때 철호가 살짝 뜬 실눈으론 이 집의 가장이라던 난쟁이의 모습이 들어왔다. 난쟁이는 먼지에도 눈 한번 감지 않고 이 모든 광경을 말없이 지켜보고만 있었다.

큰 먼지바람이 가시자 난쟁이의 옆에 있던, 그의 자식으로 보이는 한 사내가 손에 들고 있던 책을 난쟁이에게 넘기더니 기한을 향해 걸어갔다.

—방금 무슨 일을 하셨습니꺼?

사내의 물음에 기한은 몇 초 후에야 말을 알아들을 수 있었다.

—사, 삼십 일까지 철거하게 돼 있지 않았십니꺼? 시한이 지났으요. 행정대집행법에 따라 철거 작업을 했십니더. 더 이상 할 얘기도 읎십니더.

사내의 눈빛에 기가 죽은 것인지, 아니면 마지막 철거 작업에 와서 뒤

278

늦은 죄책감이라도 느끼는 것인지 기한은 살짝 말을 더듬으면서 대답했고, 게다가 빨리 자리를 피하려고 돌아서려고 했다. 하지만 사내는 기한이 그러기 전에 재빨리 말을 던졌다.

—지금 선생이 무슨 일을 지휘했는지 아십니꺼? 편의상 오백 년이라고 하겠십니더. 천 년도 더 될 수 있지만. 방금 선생은 오백 년이 걸려 지은 집을 헐어버렸십니더. 오 년이 아니라 오백 년입니더.

—그 오백 년이란 게 도대체 뭡니꺼?

—모르겠습니꺼?

—그만 비키소.

—당신들이 여기 덫을 놓았십니더. 당신이 아니라면 당신 상부에서. 백여 세대 이상이 여기다 생활 터전을 잡고 산다는 거, 그거 몰랐습니꺼? 이게 덫이 아니면 뭡니꺼? 가서 말하시오, 내가 치더라고.*

사내는 말을 끝내자마자 주먹으로 기한의 안면을 정통으로 꽂았다. 기한은 두 손으로 얼굴을 감싸며 상체를 수그렸고, 코피라도 터졌는지 두 손 사이로 피가 철철 흘러내렸다. 사내가 기한을 주먹으로 또 쳤고 기한은 앞으로 푹 쓰러졌다. 철호가 말릴 사이도 없었다. 너무 갑작스러운 일이었다.

—이, 미친 새끼가!

순간 나갔던 정신이 돌아온 철호가 달려가 주먹으로 사내의 얼굴을 내리쳤다. 그러곤 곧 주변에 있던 용역 직원들이 한꺼번에 달려들어 치고, 받고, 밟았다. 철호는 주먹이 오가는 틈에서 이 장면을 지켜보던 난

---

* 조세희, 《난장이가 쏘아올린 작은 공》, 앞의 책, 2000, 124쪽 참조 인용.

쟁이의 얼굴을 봤다. 아무것도 비치지 않을 어두운 눈동자에, 그의 내려앉은 눈매는 너무도 피곤해 보였다. 그는 이 싸움에 끼려는 자기의 다른 아들의 팔을 잡아끌며 이렇게 말했다.

—놔둬라.

철호는 무슨 생각을 했을까? 거기서 옛날 다리 병신 아버지의 표정이라도 떠올려냈던 것일까? 그는 "그만!" 하고 소리쳤고, 일제히 주먹질이 멈췄다. 그 목소리에 난쟁이가 뭐라고 말한 말소리가 묻혀버렸다. 얻어맞은 사내는 머리에서 얼굴로 피가 흘러내리고 있었고, 주위는 이미 다 무너져 있었다. 한쪽에선 난쟁이의 아내로 보이는 여자가 몸을 떨면서 울고 있었고, 난쟁이가 얻어맞은 사내에게로 걸어와 부축을 하며 그를 일으켜 세우려고 했다. 하지만 난쟁이는 너무 키가 작아 부축을 제대로 할 수 없었고, 곧 그의 아들들이 달려와 사내를 부축했다.

—씨팔, 내가 진짜 너네 새끼들 인생이 불쌍해서 고소는 안 한다.

철호는 이렇게 말하고는 바닥에 침을 퉤— 뱉고 품에서 담뱃갑을 꺼냈다. 하지만 담뱃갑에는 담배가 없었다. 철호는 신경질적으로 담뱃갑을 땅바닥에 내팽개쳤다. 주저앉은 채 기한은 일어날 생각도 하지 않고 멍한 표정으로 방금 전까지 멀쩡하던 집의 무너진 폐허를 쳐다보고 있었다.

—야! 두 대 맞고 뇌진탕이라도 걸렸냐?

철호의 목소리에 기한은 고개를 돌리며 "아, 아닙니더" 하고 말하며 자리를 털고 일어섰다.

—다들 뭐하노. 가자.

철호의 말에 용역 직원들은 쇠망치를 들고 우르르 철거촌을 내려갔다.

●

　철호가 일을 끝내고 사무실로 돌아온 날, 두한은 철호에게 사우나 가서 땀 한번 쫙 빼고 양장 갖춰서 일곱 시까지 사무실 앞에서 보자고 했다. 그는 갈 데가 있다고 했다. 철호는 두한의 말대로 했고, 두한은 철호를 데리고 자신이 몸소 운전대를 잡아 으리으리한 대궐 같은 집들이 있는 동네로 데려갔다. 차 안에서 철호는 부산에 이런 동네도 있나, 하는 생각을 했다. 근데 왜 삼촌이 이런 데로 나를 데려오지?

　—삼촌, 어디 갑니꺼?

　—의원님 만나러.

　—의원니임?

　—유의원이라고, 저—기, 국회에서 우리가 하는 재개발 사업 허가 낼 수 있게 해주는 높으신 분이다. 또 경찰이랑도 적당히 연결해주시는 분이기도 하고.

　—그런 사람한테 와 지를 데꼬가 싶니꺼?

　—그냥 마 그냥 식사 함 하자는데, 가족이나 친한 사람 데려오라길래. 내가 뭐 씨—팔 돌아보니께 니 말곤 가족이랄 게 읎드라고, 허허. 뭐, 또 니도 높이 올라갈라면 높은 사람들을 함 봐야 하지 않겠냐? 얼굴은 터야지. 너무 긴장하지 마라.

　세단은 어떤 대궐의 정문 앞에 멈춰 섰고, 삐— 하는 소리가 들리더니 거대한 쇠창살로 된 대문이 자동으로 열렸다. 철호가 태어나서 유일하게 본 자동문은 아파트 엘리베이터 문이 전부였는데, 이제 거기에 하나 더 첨가할 수 있게 되었다. 집 안은 더욱 대단했다. 흰색 대리석으로 만든 기둥은 박물관 같은 데서나 있는 건 줄 알았는데, 유의원의 집에도 있었다. 들어가는 방마다 어디서 가져온 것인지도 모를 장식품들로 치장되어 있었고, 집 안에 복도가 따로 있을 정도였다. 그 복도가 철호의 원룸 크기보다 더 크다는 사실에 철호는 기가 죽었다. 복도로 들어서자 검은 양복에 깡마른 체형의 중늙은이 하나가 두한에게 다가왔다.

─오랜만이네.

아 ─ 독자들은 이를 기억하는가? 그 옛날 부산극장 앞에서 유의원이 유계장이던 시절에 유계장의 자동차를 몰던 그 멸치를! 자그마치 사십 년의 세월이 흘렀음에도 그는 이제는 유의원이 된 유계장의 비서 같은 존재로 남아 있었던 것이다. 두한은 멸치의 인사를 본체만체했다. 못 들었을 리 없지만 멸치는 다시 두한에게 인사를 했다.

─아, 행님. 잠시 딴생각 좀 한다고요. 잘 지내셨습니꺼?

두한은 멸치를 노골적으로 무시했던 것이다. 두한을 쳐다보는 멸치의 눈이 잠시 좁아졌지만, 이내 다시 밝은 표정으로 돌아왔다. 그것은 수많은 세월을 거치며 만들어진 처세의 기계적인 표정이었다.

─요새 철거 사업 잘된다고 하던데. 너무 기고만장하지 마라.

멸치는 생글생글 웃으면서 비수 같은 말을 아무렇지도 않게 던졌다.

─이 나이 먹도록 은퇴도 몬하고, 누구 뒤치닥꺼리나 하면서 사는 따까리 인생한테 들을 말은 아닌 것 같네요.

─말 좆까이 하는 건 여전하네. 밑에서 하청이나 받아먹는 주제에.

두한이 멸치를 노려봤다. 금방이라도 잡아먹을 듯한 눈빛이었지만, 이를 쳐다보는 멸치는 여전히 생글생글한 웃음을 짓고 있었다. 철호는 이 견딜 수 없는 분위기 속에서 어쩔 줄 모르고 눈치만 보고 있었다. 그때 복도 끝으로 어느 노인이 나타났다. 그는 가벼운 일상복을 입고 있었다.

─어이, 자네들 왔나? 들어오지 않고 복도서 뭣들 해?

복도의 끝에서 끝으로 들려오는 이 목소리는 살짝 연로한 듯 들렸지만, 그럼에도 그 안엔 뭔지 모를 힘의 우렁참이 담겨 있었다.

—인사해라 유의원님이시다.

두한이 철호에게 작은 목소리로 말했고, 두한과 철호는 일제히 구십도 인사를 하면서 "반갑십니더"를 큰 소리로 말했다. 거의 칠십 대에 육박한 노인인 유의원은 웃으면서 괜찮다고 했고, 식사가 준비됐으니 빨리 들어오라고 손짓하며 벽 뒤로 사라졌다. 두한은 양장 단추를 고쳐 채우며 멸치에게 이렇게 말했다.

— 행님, 내는 하청 받아먹어도 사장이고, 유의원이 읎으도 제 조직원들 데리고 물장사를 하든 뭘 하든 해서 계속 사장질 할 수 있는 그런 사람이오. 근데, 행님은 뭐요? 행님은 그저 따까리요. 유의원 읎으면 아무것도 몬하는. 행님, 따까리는 따까리처럼 사는 깁니더.

그러곤 멸치 옆으로 지나쳐 복도를 빠른 걸음으로 걸어갔다. 철호가 두한을 따라가면서 얼핏 본 멸치의 표정은 여전히 생글생글 웃고 있었지만, 이를 꽉 다문 채였다.

●

이번 재개발 건도 제대로 시마이됐다메? 이기 무슨 일만 생기면 니한테 맡기면 확실하다니꺼. 으흐흐, 뭉치야 안 그렇나? 그렇습니다, 회장님. 두한이가 똑 부러지지요. 아휴, 아입니더, 의원님. 다 시절이 좋고, 밑에 식구들이 괜찮고, 그라도 또 결정적으론 의원님이 든든하게 뒤에 계시니까 그런 깁니더. 다, 의원님 덕입니더. 감사합니데이. 야, 두한이 이 새끼

이제 보니께 정치하는 새끼들보다 혓바닥이 일품일세. 흐흐흐, 하하하하하. 그래 그래 계속 잘하고 있어. 앞으로도 그런 그지새끼들은 쫙 다 밀어뿔 끼니께, 내 앞으로도 자네만 믿네. 아, 근데 같이 온 이 젊은 친구 누꼬? 아, 이노마. 야 뭐하노 인사하그라. 하하, 이노마가 제 밑에 있는 동생인데, 이기 물건입니다. 용역판에서 이노마보다 일 잘하는 놈이 없다니까요. 그래갖고 의원님이랑 위에 행님들 좀 소개시켜줄라꼬 함 데려와 봤십니다. 아 그래? 반갑네, 젊은이. 이런 젊은 꿈나무랑 저녁을 다 먹어보고 말이야, 아주 영광이여. 하하하하하. 그런데 두한아. 예, 의원님. 니는 마 이제 나이가 마흔줄 다 돼가는 거 아이가? 만나는 가씨나는 읎나? 아이고 마, 의원님 두한이 이노마가 청년회 들어왔을 때부터 만난 여자가 사열종대 앉아 번호로 연병장 두. 바낍니다. 하하하. 야 야, 진짜 농담하지 말고, 만나는 아 없나? 저번에 보니께 무슨 어린아랑 같이 살드만? 그, 뭐야…… 미나? 그런 이름이었던 것 같은데, 아무튼 뭐 노래방 도우미 하던 애라메? 으뚱노? 결혼까지 가나? 아이고 마 회장님, 아입니다. 한 삼 개월 전에 헤어졌십니다.

철호는 잔에 물을 따랐다.

와? 예쁘드만. 허허, 뭐 한 삼 년 사니까 이것저것 볼 꺼 다 보니까 지긋지긋하기도 하고, 뭐 그래서 그랬십니다. 에헤이, 우리 두한경비 사장님 나쁜 남자 스타일이네. 그래서 뭐 지금 만나는 아는 없나? 허허, 부끄럽십니다. 에헤이, 우리끼리 와 그라노? 아, 새끼 있나 보네. 누꼬? 하하, 그 해운대 룸에서 일하는 안데, 주희라고. 만난 지 한 한 달쯤 됐십니다. 몇 살이고? 스무 살이라는데, 룸에서 일하는 년들은 나이가 오락가락해가지고. 와, 씨—팔 이 중늙은이가 스무 살을 만나나? 원조 교제 아이가? 하기야 여자는 어린 게 야들야들하이 좋지. 하하하하하. 마, 그래도 이제 결혼해서 아들 볼 나이 아이가? 시마이 대충 보고 장가나 가그라. 예, 의원님. 빨리 청첩장 들고 찾아오겠십니더. 그래 그래.

철호는 마시던 물을 꿀꺽 삼켰다.

●

세상에서 가장 무서운 비극은 어디에서부터 비롯되는가? 그것은 여자에서부터이다.

다음 날 철호는 아는 형님들에게 수소문해 두한과 헤어진 미나가 어디에 있는지 알아냈다. 남포 어느 노래방에서 노래방 도우미도 하고 때때로 이차도 나간다고 했다. 철호는 오 년 전 우사장하고 처음 술을 먹고 집에 들어온 다음 날 자신의 방문을 열고 들어왔던 호리호리한 홑옷의 노랑머리를 잊지 않고 있었다. 해가 지고 저녁이 되자 철호는 잔뜩 돈을 뽑아서 그 노래방으로 찾아갔고, 미나를 지명해 한바탕 노래를 부르고는 나중에 긴 밤이 얼마냐고 물었다. 미나는 긴 밤은 이십만 원이라고 했다. 철호는 미나가 자신을 완전히 잊은 것처럼 보였다. 철호는 실장이란 사람을 불러서 이십만 원을 건네줬다.

하지만 미나는 노래방에 들어간 순간부터 두한을 삼촌이라 부르던 철호를 기억해냈었다. 그리고 두한이 철호에 대한, 철호 자신도 모르는 얘기를 들려줬던 기억 역시도 같이 떠올렸다. 하지만 그녀는 모든 걸 모른 척하고 철호와 놀아주다가 결국 모텔까지 같이 들어갔다. 관계 중 철호가 유달리 가슴을 세게 움켜쥐는 바람에 미나는 고통을 호소해야만 했지만 모든 것을 감내했다. 미나에겐 장차 오 년간 동거하면서 자신을 두

285

번이나 낙태시켰음에도 결국 자신을 헌신짝처럼 내다버린 두한에게 복수를 해야 할 원한의 몫이 있었기 때문이다. 여자가 한을 품으면 오뉴월에도 서리가 내리는 법이라 했던가?

정사가 끝난 후 철호는 알몸으로 베란다에 기대어 담배를 피웠다. 이때 미나도 알몸으로 같이 나와 철호에게 담배 한 대를 달라고 했다.

—나 니 기억한다. 니 두한 오빠 조카제?

철호는 눈을 크게 뜨며 살짝 놀라는 눈치였지만, 그래도 딱히 내색하지 않고 창문을 보며 말없이 담배만 피웠다. 그의 침묵은 대략 이런 의미였다. 그래서 뭐 어쩌라고?

—이름이 철호였던가? 오빠가 니 얘기 많이 해서 기억하고 있다.

철호는 여전히 대꾸하지 않고 담배를 피울 뿐이었다.

—너그 어무니 반쪽이였다메? 이름이 영화라고.

철호가 대꾸하지 않자 미나는 곧바로 대꾸를 할 수밖에 없는 수위가 높은 얘기를 꺼냈다. 철호는 물고 있던 담배를 입에서 떼며 미나를 쳐다봤다. 한쪽으로만 치켜 올라간 철호의 눈썹은 미나에게 도대체 무슨 소리를 하는 거냐, 그리고 그걸 네가 어떻게 알고 있는 것이냐고 말하고 있었다. 미나는 빙그레 웃으면서 창문으로 담배 연기를 뱉어냈다. 그때 미나가 그저 담배 연기만 뱉었으면, 미래가 어떻게 변했을까? 하지만, 역사에 만약에가 무슨 소용이 있겠으리오? 미나는 담배꽁초를 창문 아래로 던지고는 철호를 쳐다보며 작정하고 말을 쏟아냈다.

—두한이 오빠한테 들었다. 니가 두한 오빠 예전 여자 아들이라꼬. 혼혈이라…… 그래서 니가 이리 콧날이 오똑했구나. 잘생깄네. 근데, 니 너그 어무니랑 두한 오빠랑 어떤 사이였는지 아나? 표정 보이 잘 모르나 보네. 두한 오빠가 예전에 물장사하면서 실장님이었거든. 아, 실장님이

라고 하면 모르나? 포주, 포주. 그때 너그 어무니가 두한 오빠 밑에 있던 아가씨였다. 와? 두한 오빠가 이런 말 안 하더나?

철호의 담배가 다 타들어가서 손가락이 담뱃불에 지져지기 시작했다. 하지만 철호는 손가락의 담배꽁초를 버리지 않은 채, 이를 꽉 다문 상태로 이렇게 말했다.

—니 뭐라캤노? 다시 말해봐라.

미나는 희미하게 웃어 보였다.

●

—반쪽이랑 자면 어떤지 궁금해서 만났다고 하더라. 나중엔 결국 질렸다고.

철호는 뛰고 또 뛰었다. 많은 것들이 한꺼번에 생각났다. 다리 병신이던 아비보다 동네 모든 사람들이 슬금슬금 눈치를 보는 두한이 더 좋았다. 졸업식날 검은 양장을 차려입고 교실에 들어와주었던 두한이 자신의 아버지였으면, 아니 이미 그가 자신의 진짜 아버지라고 생각했었다. 문득 철호는 어미에게 무심코 두한이 자기 아빠였으면 좋겠다는 말을 꺼냈을 때 일찍이 본 적 없었던 그 매서운 눈매가 생각났다. 어미는 절대로 그런 말도, 그런 생각도 하는 것이 아니라고 했었다.

'미안허다, 철호야. 내는 영화 꼴이 이런 줄 정말 몰랐다……'

철호는 숨이 찼다. 전봇대에 손을 짚고 거친 숨을 들이쉬었다. 병원 시체 안치실에서 봤던 어미의 목에 난 선명한 밧줄 자국을 떠올렸다. 그리고 그다음 날 두한이 와서 무릎을 꿇고 눈물을 흘리던 기억이 떠올랐다.

고아원은 절대로 안 된다던 두한은 철호를 자신의 집으로 데려갔었다. 그 모든 건 그저 죄책감일 뿐이었나? 노래방에서 마신 술 때문인가, 갑자기 구역질이 올라왔다.

　─와 간이 아픈 걸 몰랐겠노? 물장사하면 간 안 좋아져서 황달 걸린 사람들 보는 게 일상인 사람인데. 질리기도 질렸고, 또 어차피 니그 어무닌 빚으로 묶인 몸이기도 했으니께, 계속 영업 시킨거지 뭐. 뻔하다 아이가. 그래도 니한테 해주는 거 보니께 아주 금수 새긴 아닌가 보더라고. 물론 그래도 죽일 놈의 씹새끼이기는 하지만.

　철호는 속에 있던 모든 것을 게워낸 뒤, 입을 슥 닦고는 다시 달리기 시작했다. 기억도, 꿈도, 오해도, 모든 것이 선명해졌다. 그날 밤 땀이 송골송골 맺힌 두한의 벗은 등 근육 밑으로 보였던 어머니의 표정은, 행복한 표정 따위가 아니었다. 포주에 억눌린, 그저 순간의 욕정일 뿐인 승냥이의 헐떡임을 받아내는 체념의 표정이었다. 그리고 그런 자신을 쳐다보는 아들과 눈이 마주쳤을 때, 그리고 그 아들이 그저 이불을 덮고 아무일 없다는 듯이 잠을 청했을 때, 바로 그때 그녀의 얼굴은 심연이 되었다. 철호는 그날 이불을 쥐었을 때 손에서 나던 땀을 기억해냈다. 철호는 갑자기 뛰다 멈춰 담장에 대고 다시 헛구역질을 했다.

　'하기야 여자는 어린 게 야들야들하이 좋지. 하하하하하.'

　철호는 두한의 아파트 앞에 도착했다. 그리고 주머니에 손을 넣어서 열쇠 지갑을 꺼냈고, 그 안에서 두한의 아파트 열쇠를 골라냈다. 반지하 방으로 이사 가던 날, 아파트 키를 돌려주는 철호의 손을 만류하며 혹 급한 일이면 자기 집을 아니까 곧바로 자기 집으로 오라고 말하던 두한의 얼굴이 생각났다. 급한 일. 철호는 고개를 들어 아파트를 올려다봤다. 두한의 아파트 층엔 불이 꺼져 있었다. 아파트에 들어갔을 때, 두한은 아파트 안에 없었다. 새로 사귀었다는 그 애인 년이라도 만나는 건가……

'따까리는 따까리처럼 사는 깁니더.'

철호는 신발도 벗지 않은 채 부엌으로 걸어갔다. 그리고 주방 문을 열어 사시미 칼을 뽑았다. 그것은 부전자전……일 뻔했으나, 갑자기 철호는 멈칫하더니 이내 사시미 칼을 뽑았던 자리에 도로 꽂아넣었다. 철호는 시대가 더 이상 사시미 칼의 시대가 아니란 것을 잘 알고 있었다. 이시대는 머리와 돈의 시대였다. 머리와 돈을 먼저 쓴 다음에 칼을 뽑아들어야만 했다. 철호는 아파트에 자신이 들어온 흔적을 지우고 아파트를 나갔다. 그리고 일전에 두한이 데려다줬던 유의원의 저택으로 향했다.

철호는 두한을 쳐다보던 멸치의 이 꽉 다문 미소를 잊지 않고 있었다.

●

철호가 찾아오고서부터 멸치는 머리가 빠르게 돌았다. 멸치는 일단 철호에게 두한의 사무실에서 장부를 빼오라고 했다. 회사 식구들끼리 단체 회식이 있던 날, 철호는 그렇게 했다. 장부를 입수한 멸치는 장부를 조작했고, 그 조작한 장부를 유의원에게 가져갔다. 그 장부상으론 건설사에서 유의원에게 돌아가야 할 돈 삼억을 두한이 중간에 착복한 것으로 되어 있었다. 오랫동안 정치에 몸담았던 유의원은 쓸쓸하게 웃으면서 이렇게 말했다고 전한다.

'어허, 옛말에 머리 검은 짐승은 거두는 게 아니라고 했던가?'

그다음부턴 일이 더욱 빨리 진행됐다. 멸치는 철호에게 유의원이 뒤를 봐주고 있으니, 날을 잡으라고 했다. 평일 일을 끝내고 철호는 기한과 단

289

둘이 술을 마셨다. 그 주 주말에 두한은 철호와 단둘이 술을 마셨다. 영화의 기일이 일주일 앞으로 다가온 시점이었다. 철호는 생각했다. 이자는 기일을 기억이나 하고 있을까? 두한은 옛날에 젊은 시절 부산에서 활약했던 얘기들을 구라 뻥을 섞어서 떠들어댔고, 철호는 웃으면서 자꾸 술잔에 술을 따라주었다. 새벽 두시 어스름쯤 되어 술자리를 파하고 철호는 비틀거리는 두한을 집으로 데려다주었다. 두한이 아파트 문을 열고 비틀거리며 부엌으로 걸어갈 때 갑자기 화장실에서 기한이 튀어나와 야구 배트로 두한의 머리를 내리쳤다. 두한이 머리를 잡으며 나자빠졌다. 그는 기어가 벽을 붙잡고 기대어 돌아누웠다.

두한의 시선엔 자기 뒤에서 따라오던 철호가 품 안에서 사시미 칼을 꺼내들고 뛰어오는 모습이 보였다. 철호는 두한의 목을 끌어안으며 그 배때기에 사시미 칼을 쑤셔넣었다. 피가 철호의 얼굴에 튀었다. 두한은 제대로 비명도 지르지 못한 채 입을 헤벌린 채 자신의 배에 깊숙이 박혀 있는 사시미 칼과 철호의 얼굴을 번갈아 바라보았다. 철호는 두한의 눈을 똑똑히 쳐다보며 칼날을 잡아 뺐다가 다시 한 번 더 배 안으로 깊숙이 찔러넣었다. 그리고 그 안에서 칼날 방향을 꺾어 한 번 더 깊숙이 찔러넣었다.

—니, 니가 왜?

그게 끝이었다. 두한의 몸이 축 늘어졌다. 그 이름만 대도 부산 깡패 업계에선 누구 모르는 사람이 없을 정도로 유명한 부산 깡패들의 자랑이자, 무쇠 같은 왼팔로 팔씨름에서 져본 역사가 없는 황소 같은 기력에, 술을 마시면 무조건 한입에 털어먹어야만 하는 성격, 게다가 여기에 의리파이기도 한, 그러니까 한마디로 사나이다움의 결정체 같은 사나이였던 두한은, 그렇게 자신을 삼촌이라고 부르던 동생의 손에 비명횡사했다.

두한의 배때기에 사시미 칼을 찔러넣을 때 철호는 무슨 생각을 했을까? 두한의 마지막 순간을 자신의 눈에 똑똑히 담아두려는 듯 맹렬하게 열려 있던 그 떨리는 동공엔, 불안과 환희와 비참과 광기가 전부 담겨져 있었을 터, 글쎄 그것들이 죄다 뒤섞인 무언가는 뭐였을까? 그가 찔러 죽인 것은 두한의 육신인가, 우상인가, 추억인가, 복수인가, 어머니의 소망인가, 아니면 따까리 인생이었나? 모를 노릇이다. 다만 확실한 것은 그 순간부터 철호의 눈동자에 빛이 사라져버렸다는 것이다. 어두운 심연처럼.

야구 배트를 떨어뜨린 기한이 손을 덜덜 떨며 부엌 식탁 의자에 쓰러지듯 앉았고, 철호는 두한의 양장 속주머니에서 담뱃갑을 꺼냈다. 미국 담배 럭키스트라이크였다. 철호는 럭키스트라이크를 한 대 입에 물고 베란다로 걸어갔다. 그는 주머니에서 지갑을 꺼냈고, 거기서 사진 한 장을 빼냈다. 옛날 중학교 졸업식날 두한과 함께 찍은 사진이었다. 철호는 무표정한 얼굴로 라이터를 켜 그 사진에 불을 붙였다. 그리고 그 사진에 붙은 불에 담배를 갖다댔다. 웃고 있는 중학생 철호와 두한의 얼굴이 불에 검게 일그러졌다. 담배를 깊게 한 대 빨고는 불타는 사진을 베란다 밖으로 날려보냈다. 느릿느릿 넘실거리는 담배 연기 사이로 폐허가 된 물만골의 전경이 보였다.

—하하하, 씨—팔.

●

멸치는 조직원들을 데리고 두한의 회계사를 찾아갔다. 들은 말로는 사무실로 찾아간 것이 아니라, 그의 가정집으로 찾아갔다고 했다. 그리고 곧 두한의 계좌에 있던 돈이 깡그리 유의원의 차명 계좌로 들어갔다고 했다. 삼 일 뒤 철호의 계좌엔 오억이 입금됐다. 도대체 두한은 용역 일로 얼마를 벌었던 걸까? 자세한 건 알 수 없었다. 철호는 기한에게 오천만원을 입금했다. 기한의 아비는 진폐증이라고 했다.

그해 TV에선 백화점이 무너지고 다리가 무너졌다고 했다. 이제 뭐가 더 무너질 게 남았을까? 무너뜨리는 데 이골이 난 철호는 철거판을 떴다. 우주로 간 무궁화 위성처럼 철호도 어디론가 가고 싶었다. 철호가 철거판을 뜰 때쯤 반쯤 진행된 물만골 산 위에 있는 마을까지에 대한 재개발 사업은 잠정 중단되었다. 지역 주민들이 일대 부지를 공동 매입하여 거주권을 지켜냈다는 소식이 들려왔지만, 이제 그런 건 철호와는 아무런 상관이 없는 일이 되어버렸다. 철호는 낮엔 파친코를 하거나 경마를 하며 소일했고, 때로는 어머니의 납골당을 찾아갈까 하다가 그냥 노래방으로 향하곤 했다. 두한이 죽은 지 두어 달쯤 지나서 미나도 이 소식을 접하게 됐다. 미나는 노래방에서 혼자 술을 마시던 철호에게 다가갔다.

—고마워.

—술 한잔 받을래?

철호는 미나의 빚을 갚아주었고, 둘은 동거에 들어갔다. 미나는 미용사가 되고 싶다며 미용 학원에 다니기 시작했고, 철호는 고깃집을 차렸다 넉 달 만에 말아먹었다. 세상살이가 그렇게 쉬운 것이 아니었으니, 아무런 배운 기술도 정보도 없는 철호는 딱히 남은 돈으로 뭘 해야 할지 모르겠다고 생각했다. 아니, 좀 더 정확히는 딱히 하고 싶은 것도 없었다. 그저 돈을 가지고 있으면 뭐든지 살 수 있으니 그 '뭐든지 할 수 있음'을 만끽하는 상태로 있기로 했다. 헌데, 철호는 그 '뭐든지'에 정확히 무엇무엇들이 있는지에 대해선 떠올리는 것이 쉽지가 않았다. 철호는 자꾸 허기가 진 것만 같았고, 그래서 그런 느낌이 들 때마다 파친코 머신에 돈을 넣었다. 미나는 괜히 돈 까먹지 말고 자기 미용실이나 하나 차려달라고 했고, 철호는 그렇게 했다.

천구백구십사 년에 은행에 다닌다는 남자 하나가 철호를 찾아왔다. 그리고 무슨 금융 상품에 대한 얘기를 해주었는데, 그냥 약간의 투자만 해도 두어 달 뒤엔 거의 원금의 반에 육박하는 배당금을 받을 수 있다고 했다. 그것의 이름은 주식이었다. 은행원은 못 믿겠으면 우선 소액으로만 투자를 하라고 권했고, 철호는 혹시나 싶어서 백만 원을 투자해보기로 결정했다. 두어 달은 너무 긴 시간이었고 이윤 소식은 겨우 한 달 만에 도착했으니, 철호는 앉아서 원금의 두 배인 이백만 원을 벌게 되었다. 그길로 철호는 그 은행원을 찾아갔고, 은행원은 이게 잘나가는 IT산업의 위력이라면서 종이에 보이는 그래프가 위로 올라가면 올라갈수록 주식 배당금이 높아지는 것이라고 설명해주었다. 은행원이 보여준 그래프는 거의 수직 상승을 하고 있었다. 철호는 남았던 돈 전부를 주식 투자에 밀어넣었다. 철호는 술값과 파친코와 경마 그리고 각종 합의금으로 날린 돈을 만회하고 싶었다. 그런 식으로 날려먹기엔 대가가 너무 큰돈이었기 때문이다.

은행원의 말은 적중했다. 그래프는 나날이 증가했고, 철호는 원금의 네 배를 벌었다. 철호의 자산은 십억 원대를 육박했고, 친구들에게 물만 골 판자촌에서 거지새끼처럼 살던 인간이 출세했다고 자랑하고 다녔다. 그는 운전면허증도 없으면서 벤츠를 샀고, 해운대에 전망이 좋은 빌딩으로 집을 옮겼다. 게다가 그쯤 해서 미나가 임신을 했다. 세상이 좋아져서 낳지도 않은 아이의 성별을 알 수 있는 세상이 되었으니, 병원에선 딸이라고 했다. 이름을 미리 '유진(有眞)'이라 지었다. 구십오 년 봄에 딸아이가 나왔고, 늘 늪에만 있을 것 같았던 철호의 인생은 그 순간 잠시나마 늪에서부터 빠져나와 정점을 찍었다. 병원 인큐베이터에서 코 — 하고 누워 자는 아이를 쳐다보던 철호의 눈빛엔, 불룩 올라온 아기의 두 볼의 젖살이 철호의 심연 같은 눈동자를 밝히는 듯 새하얀 빛이 맺혔다. 그것은 부전자전이었다.

　—하하, 아주 인생이 밝네, 밝아. 내 이름 철 자가 알고 보이 밝을 철 (哲) 자였으, 밝을 철!

●

　집에 누워 고추를 긁으며 TV를 보던 철호는, 대한항공 801 보잉747기가 괌으로 가던 중 추락했다는 속보를 보고 있었다. 철호는 이제 떨어질게 없어서 비행기까지 떨어지는구나 하고 생각하고 있었는데, 그때 모르는 번호로 전화가 왔다.

　—김철호씨 되십니꺼?

　—예, 그렇습니다만, 누구십니꺼?

　—아, 네. 지는 예전에 제철에서 일하던 사람인데, 우사장이 잡혔십니더.

　—예? 우사장요?

　인생사 새옹지마 올라가면 내려와야 하는 법, 우사장은 회사를 부도내고 도망다닌 지 근 십 년 만에 꼬리가 잡혔다. 멍청하게도 지명 수배가 내려진 줄 모르고 공항에서 귀국하다 잡혔다는데, 모인 사람들의 말을 들어보니 홍콩에서 사업하다가 크게 날려먹고 한동안 외국에서 잠적하다 몰래 국내로 귀국하려고 했다는 것이었다. 그의 외가 쪽에 연결된 사람이 있다는 말도 있었지만, 우사장이 구속되어 유치장에 갇혀 있다는 말을 듣고는 발길을 끊었다고 했다. 철호는 벤츠를 끌고 경찰서 갔는데, 도주의 우려가 있다고 궐석 재판으로 진행될 것이기 때문에 보석금을 내고 빼줄 수는 없다고 했다. 별수 없이 철호는 면회 신청을 해서 우사장을 만났다. 외국 생활이 그리 녹록하지만은 않았는지 우사장은 얼굴에 살이 많이 빠져 있었다.

　—우사장님, 아니, 우사장. 내 기억하소?

　양장을 쫙 빼입고 온 철호가 철장을 톡톡 치며 말했다. 우사장은 한동안 쳐다보다가 '아' 하는 표정을 지었다.

　—이기, 내 보석금이라도 내줘서 잠깐 빼줄라고 했드만. 벤츠 타고 닭똥집 집에 가서 소주나 한잔하게 말이지예. 으이? 옛날처럼.

　철호는 양장 단추를 풀더니 앉아 있는 우사장의 눈높이에 맞게 쪼그리고 앉았다. 그러곤 감옥 안의 우사장을 보며 이죽거렸다. 우사장은 말이 없었다.

　—그거 아시오? 내는 당신을 원망하지 않아. 아이고, 어떻게 원망을 할까? 오히려 고마워해야지. 내는 아직도 잊을 수가 없어, 그 말을. 돈 읎으면 사람 취급을 못 받는 기야. 돈 읎으면 약한 놈이고, 약한 놈은 강한 놈한테 조—온나게 짓밟히거든. 약육강식. 그래, 약육강식이다! 흐흐흐. 하하하. 으이? 우사장 말이 딱 맞았어. 이 봐봐. 지금 어찌됐는지. 인자 그쪽은 돈이 읎으니게 승냥이들한테 뜯어묵힐 거여. 으이? 으이? 으이!

　철호는 목소리가 높아지다가 결국 손으로 철장을 내리쳤다. 지켜보던 경찰관이 자리에서 일어났고, 철호는 경찰관을 보고 웃으면서 일어나 목례를 하고는 감옥에서 한 발자국 뒤로 물러났다. 그는 양장 단추를 고쳐 매며 헛기침을 했다.

─흠흠. 내 낯짝 한번 보고 잡아서 왔으요. 그라면 앞날에 무운을 비오. 그럼 이만.

그렇게 말하고 철호가 뒤돌아섰을 때 갑자기 우사장이 입을 열었다.

─김군아.

철호는 걸음을 멈춰 뒤돌아섰다. 우사장은 썩은 동태 눈깔 같은 눈빛으로 철호를 노려봤다.

─니 그거 아나? 돈 없으면 사람 취급 못 받는 거, 맞는 말이다. 근데, 돈 많다고 다 사람 새낀 건 아니드라. 개새끼가 사람대접 받는다고 사람새끼 되드나?

철호는 바닥에 침을 퉤─ 하고 뱉으려다가 경찰 눈치를 보고 다시 침을 삼켰다. 우사장은 입술을 실룩였다.

─옷 보니까, 니 좀 출세했나 보네. 그래 김군아, 돈 많으니께 어뚱노? 허허허.

우사장의 웃음에 철호도 덩달아 웃으면서 우사장을 향해 손가락질했다.

─허허허? 이 새끼, 이 새끼. 실성했소? 하하, 걱정 마소. 내 옛정을 봐서 구치소 가면 영치금이라도 좀 넣어줄 테니. 내 예전에 들어보니께, 그서도 하루 세 끼 밥 잘 나온다드만?

철호는 다시 뒤돌아서서 유치장 문으로 걸어갔다. 그때 우사장이 뒤에서 소리쳤다.

─인간과 돈? 아이다. 그땐 내가 잘못 알았어. 김군아─! 사람 새끼는 돈이지만, 돈은 사람 새끼가 아니더라. 돈은 그저 돈인 기라.

철호는 잠시 멈춰 섰다가, 이내 뒤돌아보지 않고 유치장을 나갔다.

천구백구십칠 년 늦여름, 기한이 오랜만에 철호에게 술을 마시자고 전화를 했다. 철호는 기한의 아버지에 대한 생각이 떠올라 진폐로 고생한다던 아버진 좀 괜찮으시냐고 물어보려다가, 그냥 만나서 하기로 했다. 철호는 기한에게 아파트 동 호수를 가르쳐주면서 집으로 놀러 오라고 했다. 운동장같이 넓은 아파트와 거실 밖으로 보이는 해운대 바닷가의 절경을 자랑해주고 싶었다. 철호는 미나에게 저녁만 차리라고 했고, 술은 밖에 나가서 마실 거니 술상은 보지 말라고 했다.

　—반갑십니더, 행님.

　기한은 예전과 별로 변한 게 없어 보였다. 기한이 들어왔을 때 유진이 울기 시작했다. 미나는 웃으면서 애가 똥을 싼 모양이라고 기저귀를 갈러 들어갔고, 철호는 웃으면서 이제 저녁 먹을 건데 하필이면 이때 유진이가 똥을 싸냐면서, 애가 엄마를 닮았다고 농을 던졌다. 이때 기한은 좀 놀란 듯한 표정이었으니, 곧 언제 아이를 가졌냐고 물어봤다. 철호는 태어난 지 칠팔 개월쯤 됐다고 자랑스럽게 말했다. 미나가 기저귀를 갈고 유진을 안고 나왔고, 유진은 철호를 보고 손을 흔들면서 알아듣지 못할 언어를 어바바버바거리다 곧 빙그레 웃으면서 아기들 특유의 탄성을 까아— 하고 내질렀다.

　—내가 이노무 자식 때문에 요즘 잠을 제대로 못 자겠어. 이상하게 잘 때만 되면 울어젖히니. 고놈 참, 울음소리만 들으면 천하 여장군이야, 여장군! 하하하. 어이구, 내 정신 좀 봐라. 밥 묵자. 니 온다고 집사람이 쇠고기 구워놨다잉.

　기한과 철호 그리고 미나는 넓은 식탁에 앉아 쇠고기를 먹기 시작했다. 철호는 먹으면서 우사장이 결국 교도소로 갔다는 말을 했고, 미나는 옆에서 그런 놈은 교도소에 들어가도 싸다면서 맞장구쳤다. 기한은 화제를 돌릴 겸 아기가 예쁘다는 말을 했고, 딸아이라는 말에 제수씨를 닮았으면 나중에 탤런트 시켜도 되겠다며 칭찬을 했다. 미나는 어머 그런 소리 마세요, 라고 말하면서 웃음을 감추지 못했고, 그러다 다들 배가 부르자 굽다 남은 쇠고기의 절반을 그냥 음식물 쓰레기통에 버렸다. 철호는 담배나 한 대 피우자며 기한을 베란다로 데리고 나갔다.

―행복해 보이십니다.

대뜸 기한이 말했다. 철호는 멋쩍은 웃음을 지으며 담배에 불을 붙였다.

―그냥 뭐 그렇지. 니 아부지는? 내 사는 게 바빠서 물어보지도 못했네.

―아, 예, 작년에 마 돌아가셨습니다.

철호는 담배 연기를 후― 하고 뱉어냈다.

―아, 그래? 그랬구만…… 아버지가 페인트칠 하싯다고?

―예.

―그라믄, 이제 어이 되노? 니랑 어무니랑 뭐, 뭐 그때 여동생 두 명 있다고 하더만.

―그렇습니다. 하나는 중학생이고 하나는 이제 고등학교 올라갑니다.

―고등학교 올라가는 갸는 뭐, 어디 가노?

―인문계 갑니다.

―아, 그래? 대학 가겠네. 공부 열심히 하라고 해라잉.

―예.

기한은 담배를 깊게 빨아들이고 뱉었다.

―아까 애 이름이……?

―유진이. 김유진.

―아하. 아까 웃는 게 참 예쁘드만요.

―뭐 애새끼들이 다 예쁘게 생깃지 뭐. 부러우면 니도 결혼해서 하나
낳던가.

기한은 '하하' 하고 웃으면서 담배 연기를 뱉어냈다.

―근데 참말로 웃는 모습이 예뺏십니다. 그 까아, 할 때 말이지예.

철호는 기한을 한번 흘겨보고는 담배를 쥔 손으로 미간을 긁었다.

―뭐…… 다 약육강식이지. 사실 내는 그리 생각한다. 애가 웃는 게 웃
고 싶으갖꼬 웃는 게 아이라, 웃으야 되게 웃는 게 아닌가 하고……
와, 웃으니까 지금 니도 좋다 하고, 집사람도 좋다 하고, 또 내도 좋다 하
거든. 그른 거 아닐까?

그리고 철호는 장난스러운 표정을 지으며 기한의 어깨를 툭 쳤다.

―크크, 씨팔 니 지금 좀 이상하다고 생각했제? 예쁜 딸아이 냅두고
뒤에서 이런 좆겉은 생각이나 하구 있다고 말이야. 으이?

기한은 손을 절레절레 저었다.

―아, 아입니다. 일리가 있는 말이라고 생각했십니다. 증말입니다.

철호는 소리 없이 빙그레 웃으면서 다 피운 담배꽁초를 손가락으로
튕겨 베란다 밖으로 던졌다. 그리고 다시 거실로 들어가려고 베란다 문
을 열었다. 철호는 문지방에 걸터 서서 이렇게 말했다.

―뭐, 어려운 일 있으면 언제든지 연락하고 그래라. 으잉? 항상 열려
있다.

어려운 일이 있으면 언제든지 연락을 달라라…… 그래, 말 나온 김에 덧붙이자면 이미 기한은 "어려운 일"을 해결하기 위해서 "항상 열려" 있는 철호의 집을 찾아간 것이었다. 어허, 이게 뭔 말이냐고? 눈치가 빠른 독자들은 기한이 철호에게 좀 놀란 듯한 표정을 지으면서 언제 아이를 가졌냐고 물어보는 대목에서, 이거 뭔가 이상한 느낌인데, 하는 낌새를 잡아챘을 것이다. 그래, 확실히 기한은 철호에 대해서 뭔가 해결해야만 하는 일이 있었고, 그건 애가 있는 자리에서 차마 할 수 없는 부류의 일이었다.

이야기는 기한이 철호에게 술을 마시자고 연락하기 일주일 전으로 돌아간다. 전날 저녁 친구들과 모여 질펀하게 술을 퍼마시고 새벽에 원룸으로 돌아온 기한은 테이블에 쌓였던 소주가 열두 병이 넘어갔던 관계로, 굉장한 숙취를 느끼며 정오쯤에 눈을 떴다. 속이 쓰라니까 뭐라도 해장을 해야겠다 싶어 해장 라면을 끓이는데, 갑자기 핸드폰에서 진동이 울렸다. 멸치였다.

―여보세요?

―니 집이가?

―예? 예.

―전화로 하기 뭐한 얘기이니까, 꼼짝 말고 그 있으라.

그리고 전화기가 툭, 하고 끊기는데, 기한은 어벙벙한 표정으로 끊긴 휴대폰을 바라보다가 이내 다시 라면 끓이기에 집중했다. 그렇게 면발을 다 먹고, 국물에 밥까지 말아 먹으려고 밥통을 열었는데, 안타깝게도 거기 밥이 없다는 것을 알았을 때, 그래서 아이 씨, 하고 라면을 끓이기 전에 밥통을 확인해보지 않은 자신을 자책하고 있을 무렵, 도대체가 엑셀을 얼마나 심하게 밟았기에 이렇게 빨리 자기 집에 도착했는지 잘 모르겠지만, 어쨌거나 멸치가 원룸 문을 주먹으로 쾅쾅, 두드리는 소리가 들려왔다. 그제야 기한은 아까 멸치의 전화 속 음성이 굉장히 다급했었던 것 같다는 생각이 들었고, 문을 열고 들어온 멸치가 꺼내놓은 말은 역시나 심각하고도 심각한 일이었다. 아니, 단순히 심각한 걸 넘어서, 기한은 멸치가 하는 말 자체가 제대로 이해조차 되질 않았다.

—마 마, 내도 자세한 건 잘 모르겠고. 일단, 무조건, 응? 무조건 철호, 그 새끼를 쥑이야 한다이. 그래야 니가 산다.

—혀, 형오 행님. 그게 무슨 말입니꺼? 좀 알아듣게 설명을 해주십시오. 난데없이 지가 와 철호 행님을 죽입니꺼?

—마, 시바, 내도 자세한 건 모르겠다, 안 했나. 엊그제 의원님이 고혈압으로 쓰러지싯는데, 의식 찾고도 안면마비 와갖꼬 얼굴 근육 존나게 떨면서도 처음으로 한 말이, 저번에 두한이 담근 새끼들 다 쥑잇삐라고 하시드라.

—예? 쥑잇삐라고예? 와, 와 그렇습니꺼? 그거 의원님이 허락한 일이 아니었습니꺼?

—그랬지. 씨팔, 그래서 내도 바로 물어봤다 아이가. 근데, 그게…… 물어보니까, 언제부터 뭐 일 시킬 때 내한테 일일이 다 설명하고 해야 했냐고…… 잔말 말고, 그냥 하라네.

기한은 해장으로 라면에 밥을 말아 먹었든 말든 간에, 그런 게 전혀 중요하지 않은 문제라는 것을 너무도 생생히 체험하고 있는 중이었다. 철호를 죽이라는 멸치의 요구는 뜬금없었고, 그 논리는 더 난데없었다. 자세한 건 하나도 알 수 없는 상태에서, 고혈압으로 쓰러졌다가 안면마비가 온 의원이 두한을 죽였던 작자들을 모두 죽이라고 명령했고—노인네, 무슨 노망이라도 난 건가?—그리고 여기서 두한을 죽이라는 명령은 자기 스스로가 허락했던 부분이었음에도 불구하고, 윗선에서 하라는 것에 토달 수 없다는 조직 묵계에 따라 진짜 철호를 죽여야만 하는 것이 되었다. 이는 기한 입장에서는 어처구니없는 부조리였지만, 어쨌거나 그 속에서도 다행인 점 하나는 멸치가 두한을 죽인 자가 오로지 철호라고만 보고했다는 사실이었다.

  —철호, 그 새끼가 다른 새끼한테 잡히갖꼬, 어? 혹여나 니랑 내 이름 불럿삐면, 그때부턴 아주 그냥 좆되는 거야, 좆. 니 무슨 말인지 알제? 내가 내 쪽 애 하나 붙여줄 테니까, 철호 그 새끼한테 연락 넣어갖꼬, 빨리 담가삐라. 니가 친하니까, 쉽게 쉽게 불러낼 수 있을 기다. 마, 그게 시바, 니도 살고 내도 사는 길인 기라.

●

  인생사 새옹지마, 올라가면 내려와야 하는 법…… 아주 잠시나마 위에 있었던 인생의 황금기를 뒤로하고 철호의 인생엔 내려가는 시간이, 아니 아예 곤두박질치는 시간이 도래했다. 철호 인생에서의 좋은 시절이란 마치 운명이 사, 오층에서 떨어지면 기껏해야 다리가 부러지기밖에 안 하니, 철호의 삶을 완전히 끝장내기 위해서 그를 이십층 꼭대기까지 올려놓은 것만 같았다. 허나 요동치는 것은 인간의 감정일 뿐 인생의 법칙은 지엄하기 그지없는바, 뿌린 대로 거둔다는 멈출 수 없는 인과율의 바퀴가 철호를 엄습해왔다.

그해 구십칠 년 십이월에 IMF 경제 위기가 터졌다. 상황은 대략 이러했으니, 경제 개발 과정에서 너무 많은 외국 자본을 끌어다 쓴 결과 외환 관리 정책에 구멍이 났고, 그러다 외환 보유고가 바닥났으니 국가 신용도가 떨어지는 것이 자명한 이치가 되었다. 국가 신용도가 떨어지니 너도나도 대한민국에서 돈을 빼내려고만 했지 돈 내주려는 나라가 아무도 없게 되었다. 사정이 이러하니 빚 갚으려고 원화를 아무리 찍어대도 그것은 그저 종이에 불과한 것으로 치부되었고, 그래도 어떻게든 난관을 타개해보겠다고 별수없이 계속 돈을 찍다 보니 원화의 화폐 가치와 주식이 밑바닥까지 떨어졌다. 수출로 먹고사는 나라에서 국제적 경제 활동에 제동이 걸렸고, 돈이 돌지 않자 돈 돌리는 걸로 먹고사는 은행이 망하기 시작했다. 아니, 그럼 은행은 왜 은행일 수 있는가? 그것은 은행에 돈을 예금하는 일반 시민들이 있기 때문이지. 그럼 그런 은행이 망하면 일반 시민들의 돈은 어떻게 되는가? 어떻게 되긴 어떻게 돼, 철새 따라 훨훨 멀리멀리 날아가는 거지.

철호의 돈도 마찬가지였다. 그가 넣었던 IT주식은 휴지조각이 됐고, 투자하던 다른 사업들도 다 망해버려 빌린 어음을 갚을 길이 막막해졌다. 그래서 철호는 마치 이솝우화에서 황소보다 더 커지기 위해 피부가 늘어날 수 있는 데까지 한껏 몸을 부풀리다 결국 터져버린 개구리처럼 모든 재산이 다 터져버리게 됐는데, 덕분에 집엔 빨간딱지가 붙으며 압류가 들어왔고 빚쟁이들이 몰려들었다. 철호와 가족들은 일단 있는 현금만 가지고 야반도주를 할 수밖에 없었다.

인생무상, 그것은 김가네의 가풍이었다.

어허— 그런데 이거 참, 인생은 참으로 얄궂다. 철호가 가진 돈을 가지고 도피 생활을 위해 구할 수 있는 셋방이라곤 부산에서 물만골 판자촌의 셋방밖에 없었다. 그곳은 철호가 용역 깡패들과 휘젓고 다니던 시절에 기적적으로 지역 주민들이 일대 부지를 공동 매입하여 거주권을 지켜냈다던 바로 그 산마루의 마을이었다. 철호는 자신이 태어났고 또한 지긋지긋하게 벗어나고 싶어 했던 그곳으로 제 발로 걸어 들어가야만 했다. 십이월의 산마루에는 칼바람이 불었다. 미나는 문틈으로 찬바람이 들어온다고 테이프를 붙이고 있었고, 철호는 답답한 마음에 밖으로 나갔다. 눈앞에 느티나무 아래 평상이 보였다. 그곳은 예전 다리 병신이던 아비가 앉아 있곤 했던 바로 그 자리였다. 철호는 거기에 앉아 담배를 피웠다. 내일이 크리스마스이브인 관계로 평소보다 유달리 반짝이는 산 아래 시청 주변의 도시를 보면서.

그때 휴대폰에 진동이 울렸다. 기한이었다.

●

어느 포장마차 안. 기한은 철호에게 돈다발 서너 덩이가 든 종이가방을 넘겨주었다.

—고, 고맙데이!

철호는 돈봉투가 든 종이가방을 받으면서 허리까지 굽혀가며 말했다.

—아입니다. 저희 아부지 입원해 있으실 때도 행님이 주신 그…… 그 일 때문에 급한 불 끌 수 있었십니더.

기한은 철호의 집에 찾아갔더니 집에는 빨간딱지가 붙고 야반도주까지 한 상태라는 걸 확인하고는 걱정돼서 전화를 했다고 했다. 그 전화를 받은 철호는 머뭇거리면서 삼사백만 원만 좀 융통할 수 없겠느냐고 물었고, 기한은 당연히 그렇게 하겠다며 근처 포장마차에서 만나기로 했다. 한때 동생이자 후배였던 사람에게 도움을 받는 것이 쪽팔린다고 생각했을까? 포장마차에서 철호는 술을 많이 마시면서, 빚쟁이에게 쫓기면서 쌓였던 스트레스를 빛나던 예전 시절의 추억들로 풀어보려는 애달픈 노력들을 이어갔다. 주로 철거 시절에 겪었던 온갖 야비하고 비열한 일들이 화려한 전투였던 것처럼 포장되었고, 기한은 "예, 예, 허허 그랬십니꺼?" 하고 웃으면서 계속 철호의 술잔에 술을 따라주었다.

술을 또 한 잔 마시는데, 기한이 갑자기 이런 말을 툭 꺼냈다.

—행님, 그때 얘기들이 나왔으니까 하는 말입니데만. 그때 금마 기억합니꺼? 난쟁이.

—하몬. 씨—팔, 평상에서 고기 꾸워 묵던 똘게이 새끼들. 그노마들을 어찌 잊겠노. 미친 새끼들.

기한은 술잔에 술을 따랐다.

—그때 일 다 끝나고, 행님이 갑자기 은퇴하시는 바람에, 이기 말할 타이밍을 놓치갖고 말을 몬했었는데. 그 일 있고 얼마 안 돼서 그 난쟁이 죽었뺐십니더.

—응? 와?

기한은 술잔을 원샷했다.

—굴뚝에서 떨어지갖고 자살했답니더.

—자살? 굴뚝? 흐흐흐. 미친 새끼구마이, 미친 새끼.

철호는 씁쓸하게 웃으면서 입에 술을 털어넣었다. 기한은 한동안 철호를 쳐다보다가, 눈을 한번 끔벅이고는 손목시계를 봤다.

—행님. 이제 벌써 새벽 두 시입니더. 이제 가입시더.

—아, 그래? 니는 우짜노?

—행님 데려다주고, 택시 타고 가면 됩니더.

　—아, 내 혼자 가도 된다.

　철호는 그러면서 혼자 일어섰다가 비틀거리며 다시 의자에 주저앉았다. 그리고 헛웃음을 지으며 기한을 쳐다봤다. 기한은 빙그레 웃으면서 철호를 부축하고 자리에서 일어났다. 밤길은 추웠지만, 거리에는 반짝이는 전구를 단 크리스마스트리들이 반짝거리고 있었다. 그걸 본 철호는 문득 무슨 생각이 났는지, 잠깐 편의점에 들렀다 가자고 했다.

　—와 그러십니꺼? 숙취 음료라도?

　—에이, 아이다. 내일 크리스마스이브 아이가. 그 뭐, 딸에 작은 선물이라도 하나 사다줄라꼬. 음…… 뭐, 휴대폰에 다는 쪼끄만 인형 같은 거. 헤헤. 전에 보니께 귀엽드만. 그런 거 하나 주면 좋아하지 않겠나?

　기한은 바람이 추운지 고개를 숙였다.

　그날이 새벽 세 시 어스름이니, 그것은 천구백구십칠 년 십이월 이십사일이었다. 빚에 쫓겨 도망다니는 깡패 아빠와 크리스마스트리가 반짝이는 거리, 그리고 주머니에 든 딸아이 선물…… 대충 이 정도면 삼류 깡패 영화에서 나올 법한 비극의 모든 조건이 완비된 것 아니겠는가?

●

　아무래도 기한은 창의력엔 별 소질이 없는 것처럼 보였다. 하긴, 이런 일에 창의력이 있으면 그것은 그 자체로 끔찍한 재능일 테지만. 철호가 딸아이를 줄 토끼 모양의 작은 휴대폰걸이 인형을 사들고 편의점을 나온 뒤, 그다음부턴 일이 더욱 빨리 진행됐다. 철호가 기한의 부축을 받고

산동네 계단 위를 걷고 있을 때쯤, 어떤 발걸음 소리가 들리더니 전등불이 켜지지 않은 어두운 골목 속에서 어떤 남자가 야구 배트를 들고 불쑥 달려들었고, 이것과 타이밍을 같이 맞추어 기한이 부축하고 있던 철호를 밀어버렸다. 그리고, 퍽.

철호는 머리를 잡으며 고꾸라졌고 아래로 계단을 몇 번 구른 뒤 멈춰 섰다. 머리에선 얼굴로 피가 흘러내리고 있었고, 철호의 시선엔 칼을 든 채 계단을 타고 자기에게로 내려오는 기한의 모습이 들어왔다. 기한은 철호의 목을 끌어안으며 그 배때기에 사시미 칼을 쑤셔넣었다. 피가 종이가방에서 쏟아져나온 돈다발에 튀었다. 철호는 제대로 비명도 지르지 못한 채 입을 헤벌린 채 자신의 배에 깊숙이 박혀 있는 사시미 칼과 눈물을 흘리고 있는 기한의 얼굴을 번갈아 바라보았다. 기한은 철호의 눈을 제대로 쳐다보지 못한 채 칼날을 잡아 뺐다가 다시 한 번 더 배 안으로 깊숙이 찔러넣었다. 그리고 그 안에서 칼날 방향을 꺾어 한 번 더 깊숙이 찔러넣었다.

─니, 니가 왜?

─미안합니데이, 미안합니데이, 미안합니데이.

그게 끝이었다. 그것은 오묘한 인과응보의 이치였다. 철호의 몸이 축 늘어졌다. 기한은 철호의 시체 옆에 앉아서 연신 "미안합니데이"를 중얼거렸고, 이를 쳐다보던 야구 배트를 든 사내가 기한에게 달려가 뭐라 뭐라 말하더니 주변을 한번 두리번거리고는 골목 속으로 뛰어가 사라져버렸다. 기한도 눈물을 닦고 칼을 뽑아 품 안에 넣은 채로 골목 안으로 뛰어가 사라졌다. 눈을 뜬 채 늘어져 있는 철호의 시선은 크리스마스트리로 반짝이는 을씨년스러운 산 아래 도시의 풍경을 향하고 있었다. 바람이 불고 그 풍경 앞으로 피 묻은 돈들이 휘날리며 지나갔다. 그리고 곧

그 풍경이 마치 담배 연기가 느릿느릿 넘실거리듯 뿌옇게 변하더니 이
윽고 영원한 암흑이 찾아왔다.

　—하하하, 씨—팔.

4
에필로그; 묘청

독자들이여, 드디어 길고 긴 계보의 말미에 도달했다. 어허 — 여기저기서 아쉬움의 탄성이 쏟아지는 건 잘 알겠지만, 독자들이여 본디 모든 일엔 시작과 끝이 있는 법. 그리하여 무상한 인생은 항시 무로 귀결되지만, 그럼에도 동시에 인간에게 끝이란 끝나기 전까지 끝이 아닌 관계로 우리는 항상 이 무 앞에서 발버둥치는 운명 속을 산다. 여기서 유진의 이야기가 짧은 것은 간단히 말해서 그녀의 인생이 아직 끝나지 않았기 때문이니, 아직 증명해야 할 것들이 무수히 많은 그녀의 인생에 사족을 달기엔 아직 너무 이르지 아니한가? 고로 길게 쓰고 싶어도 길게 쓸 얘기가 없는 것이니, 독자들은 나를 원망하지 말도록.

각설하고, 어쨌든 그녀에 대한 첫 기록은 산부인과에서 수간호사가 휘갈겨 쓴 출생 기록부에서 시작하니, 그녀가 세상에 태어난 시각은 천구백구십오 년 삼월 십칠일 공일 시 사십 분이었다. 유진이 세상과 처음 만났을 때 그녀를 기다리던 것은 차갑고 어색한 공기와 분만실의 밝디밝은 전구빛이었고, 곧 그 위로 유진은 울음을 터뜨렸다. 헌데 이 핏덩이는 알았을까? 대학교를 졸업하기도 전에 자신에게로 삼대를 거슬러 올라가는 계보와, 역사와, 욕망과, 시대와, 한과, 애환과, 허무와, 그리고 타는 갈증이 밀려올 것을.

●

하느님이 태초에 남자를 진흙에서 빚어 올림에 있어 그에게 두 개의 뇌를 주었는데, 하나는 머리에 달아주고 또 하나는 아랫도리 방울에 달아주셨다. 하지만 불행히도 하느님은 남자에게 이 두 머리를 동시에 사용할 수 있는 권능은 주지 않으셨는데, 여기서부터 인류 역사의 거의 모든 비극들이 잉태되었다 — 참고로 이 문제에 비한다면 선악과는 그저 부차적인 차원에 불과하다. 미나의 부친이자 존경받은 교감 선생님이었던 서교감 역시도 이 유구한 전통과 역사를 자랑하는 비극의 한 장면인바, 일반 교사 시절 동료 여선생과의 부적절한 관계로 사생아를 낳고 말았던 것이다. 그는 생물 선생으로 수업 시간마다 학생들에게 호르몬이 가진 위력을 열심히 설명했지만, 정작 본인의 불방망이를 휘감는 호르몬의 괴력에 대해서 너무 안일한 생각을 가지고 말았다. 이성을 잠재운 술값과 모텔비는 이십만 원 안팎이었지만, 이 때문에 추문에 대한 기록을 지운다고 장학사 주머니에 찔러넣어야만 했던 뇌물은 이천만 원이 넘었다.

하지만 곧 그는 금전적으로 백배의 대가를 치렀음에도 이보다는 그 이후 다가올 대가가 천배 만배 더 가혹하다는 것을 깨닫게 됐는데, 기실 그것은 아이를 낳은 여교사가 다른 남자와 결혼을 해서 외국에 나가 살게 되는 바람에 아이를 서교감의 집에 일방적으로 던져놓고 떠나버렸기 때문이다. 이는 인간이나 뻐꾸기나 그다지 다를 바가 없다는 것이 증명되는 순간이었다. 서교감은 곧바로 소송을 걸려고 했지만 그녀는 이민자로 등록되어 소송 절차가 굉장히 복잡했고, 또 이미 많은 돈을 장학사 주머니에 넣지 않았던가? 일개 교사에게 소송 비용이란 건 퍽이나 부담이었고, 결국 서교감은 그 아이를 자신의 호적에 올려 키울 수밖에 없었다. 아이들을 가르치는 교육자로서, 물론 모텔방에서 여교사와 뒹구는 순간부터 그런 자격 운운하는 것이 우스워지긴 했지만, 그래도 교육자였던 서교감은 차마 자신의 혈육을 고아원에 보내버릴 수 없었다. 그것이 바로 인간된 삶의 인지상정이었고, 그렇게 자라난 딸아이가 바로 미나였다.

하지만 서출된 자의 삶은 한국 사람이라면 누구나 다 알고 있는 홍길동이가 잘 요약해주고 있는바, 물론 그렇다고 이 말이 서교감이 미나에게 아버지를 아버지라 부르지 못하게 했다거나 혹은 서교감의 부인 박씨가 신데렐라나 콩쥐 팥쥐의 계모처럼 미나를 괴롭혔다는 말은 아니었지만, 그럼에도 뭔가 서출이기에 느낄 수밖에 없는 시선이란 게 존재하기 마련이었다. 그 시선은 곧 눈칫밥이 되었고, 이것이 사춘기의 격동 치는 호르몬 장난과 엮이면서 가출로 이어졌다. 중학교 때부터 가출을 밥먹듯이 하던 미나는 결국 고등학교를 중퇴했고, 독립하겠다고 나간 뒤 오 년 동안 깜깜무소식이었다. 그것은 가출 청소년의 전형적인 인생 스토리였다.

그랬던 미나가 어느 날 아침 서교감이 출근하려고 대문을 열었을 때, 갑자기 아기를 안고 눈앞에 나타났다. 서교감을 본 미나는 털썩 무릎부터 꿇었다. 아버지, 제가 잘못했습니다. 서교감은 입을 다물지 못했는데, 딸아이가 무사하다는 안도감과 함께 딸아이 등에 업혀 있는 아기에 대한 뭔지 모를 감정이 마구 뒤섞였기 때문이다. 서교감의 장남은 군대에 있었다. 쟤, 쟤는 누구 아이냐? 그것은 안 봐도 비디오였으나, 막상 당사자가 되면 사람 마음이 그게 아닌지라, 서교감은 알면서도 혹시나 하는 마음에 물어봤다. 죄송합니다, 아버지. 그 아기의 이름은 유진이었고, 또한 딸이라고 했다. 서교감은 그날 병가를 냈다.

서교감은 딸아이에게 아침밥을 먹이면서 '자식은 부모 따라간다'는 말이 이리도 무서운 말이었나…… 하고 생각했다. 서교감은 딸아이에게 이런 몹쓸 짓을 한 남자 놈을 찾아 한바탕 호통이라도 치고 싶었으나, 아이 아빠가 어디 있냐고 묻자 미나는 그 남자는 이미 죽었고 또한 그의 하나 남은 유일한 혈육인 부친은 행방불명 상태라고 했으며, 게다가 지금 당장 경찰서로 가서 시신을 인계해야만 한다고 했다. 서교감은 다시 학교에 전화를 걸어 경조 휴가로 사유를 수정했다.

그렇게 서교감은 얼굴도 본 적 없는 사위의 장례식에서 영정 사진으로 사위의 얼굴을 처음 만나봐야만 했다. 그것은 묘한 상견례였다. 사위는 유달리 콧날이 오뚝했는데, 딸아이에게 물어보니 백인 혼혈이라고 했다. 훤칠하게 생긴 사위는 모델 같은 걸 하면 좋겠다는 인상이었지만, 그런 인상과는 달리 깡패짓을 하다가 골목길에서 칼 맞고 죽었다는 사위의 사인(死因)은 서교감에겐 좀처럼 현실감이 없게 느껴졌다. 하지만 이런 생각은 몇 명씩 검은 양복 위로 문신 자국이 삐져나온 사내들이 문상을 오면서 금세 날아가버렸다. 사위는, 아니 딸아이에게 몹쓸 짓을 한 나쁜 놈은 역시나 나쁜 깡패노무 새끼였어. 서교감은 어쩌다 자기 인생에 이런 일이 생기게 된 건지, 마치 만감이 교차하는 듯한 느낌을 받았다. 영락공원 화장터로 사위의 육신을 넣은 날 미나는 주저앉아 울었고, 아기는 제 아비가 뼛가루가 되는지도 모르고 순진한 표정으로 화마를 바라보고 있었다.

그 애는 어떻게 할 거냐?

화장을 마치고 나오면서 서교감이 미나에게 물었다. 눈이 부은 미나는 고개를 숙인 채 말이 없었다. 미나에게 제대로 된 아비 노릇을 하지 못했다는 죄책감 같은 것이었을까, 아니면 손녀에 대해 으레 할아비들이 가지기 마련인 감정 때문이었을까? 서교감은 대뜸 자기가 그 아기를 거두겠다고 했다. 교단에서 사십 년을 넘게 몸담은 서교감은 환경이 한 인간의 대부분을 결정한다는 사실을 잘 알고 있었다. 손녀까지 딸아이처럼 인생을 망치게 할 순 없었다.

●

서교감의 부인 박씨는 자신의 팔자가 너무 사납다고 원망했다. 서교감은 밖에선 존경받은 교감 선생님이었지만, 박씨 눈에 서교감은 그냥 개노무 자식이었다. 그가 폭력을 휘두르거나 그런 것은 아니었지만, 젊은 날에는 누군지도 모를 애를 데려와 자기 호적에 올리겠다고 통보하면서 정말 미안하다고 했다. 이미 배 안에 자식새끼까지 들어선 마당에 이혼을 할 수도 없는 노릇이었고, 그렇게 박씨는 뉜지도 모를 뻐꾸기 자식을 같이 키워야만 했다. 게다가 이 뻐꾸기 자식은 자라면 자랄수록 어긋나 가출을 밥먹듯이 하더니, 결국 또다시 뉜지도 모를 손녀를 데리고 집으로 돌아왔다. 이에 서교감은 이 딸도 자기가 거둬서 키우겠다고 통보하니, 이번에야말로 박씨는 황혼 이혼이라도 불사하겠다는 강경수를 둘 수밖에 없었다.

─미안하오. 정 이혼을 원한다면, 내 서류에 사인을 하겠소, 부인.

하지만 서교감의 뜻은 확고했다. 그는 얌전하고도 체념한 어투로 박씨를 바라봤고, 자신이 강경수를 두면 뜻을 굽힐 것이라 생각했던 서교감이 이런 식으로 나오자 박씨는 더 이상 할 게 없어졌다. 한 두어 달 각방 쓰던 박씨는 결국 어느 날 아침 서교감에게 아침밥을 차려주면서, 자신은 대학교 문턱까지만 키워주겠으니 그 이후 혼사 문제 같은 것에 대해선 일절 손을 대지 않겠노라고 선언했다. 서교감은 박씨의 손을 잡으며 고맙다고 했다.

개 뭐, 사실 박씨가 그렇게 나쁜 사람은 아니었다. 그렇다고 또 모진 사람인 것도 아니었으니, 그녀는 유진에게 밥때 되면 하루 세 끼 먹이고, 똥 싸면 기저귀 갈아주고, 울면 천장에 모빌을 툭 쳐서 빙그르르 돌려주었다. 계모의 학대는 예전 구전 설화부터 시작해서 오늘날의 TV 뉴스의 사건 사고 보도까지 이어지는 유구한 전통을 자랑하는 인류의 자랑이었는데, 사실 그것은 지극히 생물학적인 이유였으니 뻐꾸기 자식이 뻐꾸기 자식인 줄 몰랐다면 또 모르겠지만 뻐꾸기 자식임을 뻔히 알면서도 그 자식을 키우는 것은 모든 생물종에게 가혹한 처사였다. 종달새는 자기 둥지에 있는 뻐꾸기 자식이 뻐꾸기 자식인 줄 모르니까 열심히 그 아이를 키우는 것이 아니던가? 많은 경우 행복은 무지에서 오는 법이다. 아아, 그래서 여차여차하여 내가 말하고픈 것은 박씨가 계모 생활을 두 번이나 하면서도 딱히 학대랄 건 전혀 저지르지 않았다는 말이다. 윤리학은 생물학보다 우월한가? 어떤 경우에는 그러했다.

어허— 하지만 인간이란 본디 누구 말마따나 밥만 먹고 사는 건 아니듯, 유진은 하루 세 끼 먹으면서도 박씨로부터 까닭 모를 낯섦을 느꼈다. 특히나 그것은 시선이었으니, 박씨는 유진이 유치원에서 볼에 묻히고 온 밥풀을, 놀이터에서 친구랑 놀다가 팔에 생긴 작은 생채기를, TV 위에 올려놓은 종이접기를, 양발 밑창에 난 구멍을, 한쪽 대가 부러진 우산을 그리고 박씨를 쳐다보는 유진의 말똥말똥한 눈빛을 잘 보지 못했다. 어미인 미나가 있었지만 미나는 미용실에 일하러 나갔다 밤늦게 들어오기 일쑤였고, 그마저도 아직 한창일 나이대의 젊은 싱글 맘에겐 집보다 밖이 더 머무르고픈 곳이었기에 유진은 압도적으로 많은 시간을 박씨와 보내야만 했다.

그리하여 박씨가 이렇게 나오면 나올수록 유진은 알 수 없는 애정에 목말라갔으니, 어느 날인가부터 유진은 할머니가 좋아하는 것들을 물어보기 시작했다. 할머니 무슨 색깔 좋아해? 파란색이란다. 할머니 무슨 음식 좋아해? 할미는 무말랭이무침에 밥 먹는 걸 좋아한단다. 할머니 무슨 운동 좋아해? 운동은 무슨, 집에 가만히 있는 게 좋단다. 할머니는 뭐 하고 놀아? 너 유치원 보내면 장보러 가서 아줌마들이랑 수다 떨고 논단다. 근데, 유진이 이제 유치원 갈 시간 아니니? 빨리 옷 입어야지.

그날 유치원에선 자기가 좋아하는 색깔을 적는 시간을 가졌는데, 유진은 파란색 크레파스로 '파란색'이라고 적었다.

●

공부 열심히 해라.

책 많이 봐서 훌륭한 사람 돼야지.

공부를 열심히 해야 의사도 되고 판사도 되고 그런 거란다. 뭐? 선생님이 되고 싶다고? 허허. 그래 그래, 선생님이 되려고 해도 열심히 공부해야지.

엄마 왔다. 어? 유진이 공부하나? 으이구, 예쁜 내 새끼 열심히 하라잉.

아이고, 유진이 수학도 백 점 영어도 백 점이네! 국어에서 두 개 틀렸네. 잘했는데, 더 열심히 해서 다음엔 국어도 백 점 맞으려무나. 허허.

유진아, 여기 이 수학 문제 좀 가르쳐줘. 하, 내는 인수분해가 너무 어렵다. 니는 우째 이리 잘하노?

뭐? 독서실을 좀 끊어달라고? 어이구, 벌써부터 이렇게 대견한 생각을 다 하고. 암, 끊어주고말고. 한 달에 얼마라니?

야 야, 들었어? 김유진 학원도 하나 안 다닌데. 집에서만 공부한다는데, 와……

주목, 주목. 우리 반에서 올 백 점이 나왔다. 김유진 일어서. 축하한다. 모두 박수!

허허허, 내 손녀. 역시 내 손녀야!

유진아, 이대로만 가자. 삼 학년도 이렇게 보내면, 음…… 수상 경력이 좀 모자라서 민사고는 어렵겠지만, 그래도 국제고나 외고에 원서를 넣어볼 수 있을 것 같다. 좀만 더 힘내자. 응?

여보세요? 어이, 구교장! 나 서교장이야. 허허허, 잘 있었나? 아아, 다름아니고 내 손녀가 그 학교 다니는데, 이게 학교장 추천으로 외고를 좀 보내고 싶은데 말이지……

내일이 면접이네. 가서 긴장하지 말고. 응? 잘하고 와! 우리 딸 화이팅!

●

그렇게 이천십일 년에 유진은 외국어고등학교에 입학하게 되었다. 오, 왠지 이 대목에서 독자들이 너무 한 사람의 생애를 압축하는 것이 아니냐는, 그러니까 이게 무슨 시(詩)도 아니고 너무 통편집을 하는 것이 아니냐는 불만을 쏟아낼지도 모르겠다. 어허 — 하지만 독자들이여, 사실 이렇게 몇 장 안에 요약되는 인생을 살 수밖에 없는 것이, 즉 그러니까 생활 기록부 안에 일목요연하게 요약 정리된 내용 바깥으로 한 발자국도 나갈 수 없는 인생들을 사는 게 대한민국 학생들의 현주소이니, 낸들 어찌할 도리가 없다. 하지만 불만이 아우성치니 일화 하나를 풀어보자.

유진에게 중학교는 전교 일등으로 빛나던 시기였지만, 이상하게도 딱히 기억나는 추억들은 없었다. 물론 운동회 하고 학예회도 하고 소풍도 가고 수학여행도 갔겠지만, 이상하게도 유진에겐 그런 날의 추억들이 흐릿하게만 날 뿐, 과거를 떠올리고 있노라면 그저 독서실에서 교과서와 참고서를 펼쳐놓고 공부를 하는 모습만이 떠오를 따름이었다. 유진에겐 조용히 책장 넘기는 소리와 종이에 슥슥 하고 무언가 적히는 소리만 들려오는 독서실이 편했다. 어두운 방 안에 책상머리 앞에 전등만 켜진 그곳은 마치 자궁과도 같은 공간이었고, 참고서에서 푼 문제를 빨간펜으로 채점하는 과정에서 자신이란 존재의 태동 소리를 들을 수 있었다.

하지만 그런 그녀의 반복되는 시간표 속으로도 한 번씩 침투하는 괴이한 사건 하나가 있었으니, 그것은 바보 부처 내지 부처님이었다. 아아, 여기서 부처님은 여러분 생각하는 그 석굴암 본존불상이 아니다. 그 부처님은 기원전 오 세기에 이미 죽었다. 여기서 말하는 부처님은 유진의 동네에 살았던 바보 형의 별명을 말한다. 어느 동네나 한 명씩 있다는 그 바보 형 말이다. 아니, 그렇다면 왜 별명이 부처님인가? 그것은 그가 무슨 짓을 해도 부처님 미소처럼 빙그레 웃기만 하기 때문이었으니, 이로 말미암아 그는 짓궂은 동네아이들의 표적이 되곤 하였다. 그는 점심 이후 종종 놀이터에 출현했는데, 그때마다 아이들은 와 — 하고 달려들어

흙덩이를 뭉쳐 던지거나, 물총을 쏘거나, 조약돌을 던지거나, 하여간 자기네들이 손으로 던질 수 있는 건 죄다 던졌고, 그러다가 한 번씩은 바지를 내리고 도망가기 일쑤였다. 그 놀이터는 유진이 학교를 마치고 저녁을 먹으러 집으로 가는 길에 있었고, 덕분에 유진은 중학교를 다니는 삼년 내도록 잊으려고만 하면 벌어지는 장난들을 볼 수 있었다. 하지만 유진의 인상에 유달리 기억에 남았던 것은 아이들의 온갖 상상력이 총동원 된 장난들이라기보다는, 그 장난에 미소 짓는 바보 부처의 표정과 유달리 까만 그의 동공이었다. 그 검정색은 마치 눈을 뜨고 있지만 사실은 아무것도 보고 있지 않는 것만 같은, 그런 느낌을 주었다.

간혹 유진은 이쯤 해서 교감에서 교장으로 승진한 서교장에게 이 바보 형에 대해서 얘기하곤 했는데, 그럴 때면 서교장은 그 아이가 고엽제란 것에 있는 다이옥신 때문에 바보가 된 것이라고 했고, 괴롭히는 아이들이 보이면 그러면 안 된다고 말해주어야 한다고 했다. 좋은 세상에 태어난 유진은 곧장 인터넷에 고엽제를 검색해봤고, 검색창엔 마법처럼 월남파병에 대한 얘기들이 등장했다.

월남에서 돌아온 새까만 김상사 이제서 돌아왔네
월남에서 돌아온 새까만 김상사 너무나 기다렸네
굳게 닫힌 그 입술 무거운 그 철모 웃으며 돌아왔네
어린 동생 반기며 그 품에 안겼네 모두 다 안겼네

안타까운 것은 그렇게 돌아온 김상사가 자신의 정액 속에 다이옥신이란 독이 있는 줄 모르고 아이를 가졌다는 것이었다. 유진의 동네에 있는 김상사는 날마다 술을 마셨고 종종 놀이터 벤치에 누워서 자기도 했는데, 그럴 때면 아이들은 김상사를 무서워하며 그 주위를 빙 둘러서 집으로 들어가곤 했다. 이제 김상사의 새까만 얼굴은 술에 취한 검붉은 빛이었고, 아무도 그를 기다리지 않았으며, 입술에는 병나발이, 무거운 철모는 숙취의 한 수사법이 되었다. 그리고 바보 부처는 김상사에게 달려가 안기지 않았다. 그는 그저 빙그레 웃을 뿐이었다. 아주 고전적인 수순이긴 하지만, 복장이 터진 김상사는 그런 바보 부처를 때리곤 했고, 너무 심할 때 바보 부처는 내복 바람에 놀이터로 쫓겨오곤 했다.

여기서 유진이 기억하는 가장 강렬한 일화는 독서실에서 공부를 다하고 집으로 가는 길에 보이는 놀이터에서의 한 장면이었다. 그 장면은 대략 이러했으니, 김상사는 놀이터 모래사장에 주저앉아 있었고, 한쪽에선 내복 바람의 바보 부처가 미끄럼틀 위에 올라가 쪼그리고 앉아 있었다. 유진은 곧바로 술에 취한 김상사가 바보 부처를 때렸고, 그래서 바보 부처가 놀이터로 도망가 미끄럼틀 위로 올라가 있는 것임을 알아챘다. 김상사는 술에 취해 몸을 가눌 수가 없는지, 아니면 아예 체념해버린 것인지 미끄럼틀까지 올라가지 않고 모래사장에 주저앉아 있었다. 그는 술주정을 하듯 이렇게 소리질렀다.

—이, 이…… 이 바보 새끼! 너 이 바보 새끼는, 내가 처음엔, 으이? 처음엔 아비 에미를 모르는 줄 알았는데, 어이? 이제 보니께 아니었어! 니 노무 새끼 눈깔엔 아비 에미가 안 보이는 거였어! 어? 이, 이 후레자식 같은…… 내가 안 보이냐? 어이?

바보 부처는 새까만 눈으로 빙그레 웃고 있었다.

●

　　외국어고등학교는 기숙사가 있었고, 유진은 다시는 바보 부처의 얼굴을 볼 일이 없게 되었다. 그가 어디론가 이사를 갔다는 말만 들었을 뿐, 이후의 소식은 들을 수 없었다. 하지만 그렇다고 유진이 바보 부처의 얼굴을 잊을 수 있게 되었다는 말은 아니었으니, 그녀의 외고 생활은 그의 아무런 생각 없는 미소를 부러워하게 만드는 일상의 연속이었다. 동네에서 가장 똑 부러지는 전교 일등이었던 유진은, 안타깝게도 전국에서 날고 긴다는 애들을 모아놓은 외국어고등학교에선 그저 아무것도 아닌 평범한 아이에 불과했고 성적은 결코 전교 일등일 수 없었다. 영어 전공이었던 그녀의 반에는 외국에서 살다 온 애들만 전체 인원 스물네 명의 반수가 넘었고, 또 그렇지 않은 아이들 중에서도 단기 연수나 원어민 과외를 받는 아이들이 반수가 넘었다. 어허, 그렇다. 인생사 새옹지마, 올라가면 내려와야 하는 법이었다. 영어에 대해서 본 거라고는 영어 교과서와 관련 참고서가 전부인 유진에게 외고 시절은 내리막이었다.

　　십사 등……이구나. 거기 외국에서 살다 온 애들이 많지? 좀 더 열심히 해서 천천히 성적을 올려보자꾸나.

　　십칠 등? 저번보다 성적이 떨어졌네. 좀 더 분발해야 해. 주말에 과외라도 붙여줘야겠구나.

　　후…… 과외를 붙여줘도 십구 등이라니. 이렇게 바닥을 찍어서 어떻게 하자는 거니. 이럴 바에는 차라리 일반고를 가서 내신을 챙기는 게 나았을 뻔했구나.

　　중학교 때와 달리 아무도 유진의 이름을 불러주지 않았다. 반에서 그녀의 이름은 출석부를 부를 때나 한 번씩 불렸을 뿐, 그 외 시간엔 마치

투명 인간처럼, 마치 교실의 한 풍경인 것처럼, 마치 스물네 명 반 정원 수를 채우기 위해 존재하는 것처럼…… 그런 것들처럼 취급되었다. 마치 그녀는 자기가 세상에 아예 존재하지 않는 것처럼 느껴졌다. 그런 느낌이 심해질 때면 수업 중에라도 화장실에 가서 세수를 하곤 했는데, 찬물이 피부에 와 닿는 느낌과 세면 거울 앞에 비친 자신의 얼굴을 보아야만이 그 불안감에서 잠시나마 해방될 수 있었다. 어느 순간부터 유진은 웃지 않았고, 이따금씩 바보 부처의 빙그레 웃는 미소를 떠올렸다.

아마, 그쯤부터였을 것이다. 간혹 주말에 집에 가던 유진은 매주 주말마다 집에 왔고, 그러곤 집안에서 거의 금기시되는 아버지에 대해서 캐물었다. 마치 애초부터 존재한 적도 없었던 것 같은 아버지. 도대체 아비는 어떤 사람이었는지, 어떻게 해서 죽은 것인지, 또한 왜 우리 가족들은 아무도 그의 제사를 지내지 않는 것인지…… 하지만 미리 약속이라도 된 듯 가족들은 유진에게 아무런 말도 해주지 않았고, 그저 병으로 죽었다고만 둘러댔다. 결국 유진이 알아낸 것이라곤 아버지가 부산 금정구 두구동에 있는 영락공원 납골당에 있다는 사실뿐이었다. 그래서 그녀는 주말이면 입이 있으면서도 아무도 불러주지 않는 속세를 떠나 말없는 망자들의 쉼터로 향했다. 아무도 찾는 이 없는 아버지의 유골함을 보고 있노라면, 묘하게 마음이 위로받는 느낌이 들었다.

그러던 어느 날 일요일, 유진은, 그날도 다른 주말과 마찬가지로 납골당으로 갔다. 하지만 그날 아버지의 유골함이 있는 자리에는 어떤 할머니가 와 계셨다. 희끗한 머리의 할머니는 유진을 쳐다봤고, 유진은 자기도 모르게 목례를 했다.

─김……철호씨 친지분이신가요?

─딸입니다.

—아, 네……

—실례합니다만, 누구시죠? 아버지를 아는 분인가요?

●

그녀의 이름은 꽃님이라고 했다.

독자들이 생각하는 그 꽃님, 천구백사십구 년에 팔선녀 요정에서 유계장의 아이를 임신하고 도망갔던, 그때 성진이 부산역에서 고민하다가 결국 보내줬던 바로, 바로 바로 그 꽃님이었다. 자글자글 주름진 얼굴은 육십여 년이라는 강산도 여섯 번 바뀐다는 기나긴 세월을 따라, 선녀같던 그녀의 인생이 이젠 그 끝자락에 달했음을 말해주고 있었다. 그렇게 아름다운 얼굴이었건만, 역시나 인간의 삶은 인생무상으로 귀결되는바…… 그 무상함의 끝자락에서 꽃님은 죽기 전에 자기 아들을 죽인 사람을 보고 싶었다고 했다. 끝에 가서 이미 죽은 망자에게 용서라도 할 생각이었나? 잘 모르겠다. 꽃님은 그저 그 사람을 보고 싶었다고 했다. 거기서 유진은 가족들이 아무도 해주지 않았던 아비에 대한 얘기를 듣게되었다.

솔직히 이 비극이 어디서 시작됐는지는 좀처럼 가늠하기 어렵지만, 어찌됐든 직접적인 발단은 칠 년 늦여름 꽃님이 유의원을 찾아가면서 시작되었다. 천구백사십구 년에 부산을 떠나 대구로 향한 꽃님은 그해가 끝나기 전에 그곳에서 해산을 했지만, 천구백오십 년에 곧바로 전쟁이 터졌고, 다행히 대구에 있었던 관계로 목숨은 건졌지만 그것이 이후 생활까지 보장해주던 것은 아니었다. 오히려 목숨을 건진 다음 지옥도가 펼쳐졌다고 해야 하나? 여자 홀몸으로 살기에 어려운 시대였고, 곧 지독한 가난이 그녀를 엄습했다. 아무런 기술도 배경도 모아놓은 돈도 없었던 그녀는 반반한 얼굴이 다 지기 전에 결혼이라도 해야 한다고 생각했지만, 그때마다 항상 딸린 애가 문제였고, 결국 오십이 년에 아이를 고아원에 보내는 모진 선택을 내렸다.

하지만 세월이 지나고 지나 원래부터 사무쳐왔던 혈육의 정은 육십대에 이르러서 각혈을 한 뒤로 완전히 폭발해버렸고, 죽기 전에 꼭 고아원에 버리고 온 아이를 만나보고 싶었다. 그리하여 꽃님은 간혹 TV에서 보곤 했던 유의원을 찾아갔다. 그것은 근 사십여 년 만의 해후였다. 꽃님은 유의원에게 실은 당신의 아이를 가졌었다고 옛일을 고백했고, 그 아이를 꼭 찾고 싶다고 했다. 유의원은 이름을 물었다.

꽃님은 두한이라고 답했다.

●

유진은 머리가 복잡했다. 유진의 가족이 아버지에 대한 얘기를 금기시한 데는 다 그만한 이유가 있었다. 아비는 살인자임과 동시에 피해자였다. 아니, 살해자였다는 점에서 그의 최후를 피해자라고 말할 수 있는 것인지 의문이었다. 철호가 죽은 뒤 대략 일 년여 년쯤 흘렀을 때 유의원도 죽어버렸다. 사인은 뇌출혈이었다. 얄궂은 것은 정작 꽃님이 그 이후로 근 이십 년을 더 살았다는 것이었다. 현대 의학은 결핵보다 강했다.

그날 유진은 어머니가 집에 들어오길 기다렸고, 그녀가 집에 들어오자 방문을 잠갔다. 그리고 유진은 꽃님에게 들었던 얘기를 어머니에게 했다. 어머닌, 아니 미나는 침대에 주저앉아 바닥을 내려다보았다. 그러다 눈물을 한 방울 두 방울 흘리며 흐느끼다가 유진이 가져온 손수건에 눈물을 닦고 유진을 쳐다봤다.

너희 아버지는 말이야……

유진의 코나 얼굴형이 마치 백인 느낌이 드는 것은 결코 우연이 아니었다. 유진의 친할머니는 혼혈이었고, 할아버지는 행방불명인 상태였으며, 아비인 철호는 그런 세상 속에서 삶의 대부분을 보내야만 했다. 가난과 사채와 술과 담배와 반짝이 미니스커트와 용광로와 우상과 허상과 돈과 판잣집과 쇠망치와 도시와 탐욕과 진실과 그리고 살인에 대한 아비의 짧았던 인생 얘기가 시대를 타고 철철철 흘러갔다. 얘기가 다 끝났을 때 유진은 눈물을 흘리고 있었고, 미나는 그때 자신은 너무 어렸고 도대체 뭘 어떻게 해야 할지 몰랐다고 읊조렸다. 하지만 그것이 모든 일에 대한 정당한 변명이 될 수 있는 것은 아닐 터, 미나는 메워지지 않을 회한을 안고 살아가야만 했다. 미나는 일어나 화장대 서랍을 열더니 거기서 작은 토끼 인형 휴대폰걸이를 꺼내 유진의 손에 쥐여주었다.

●

수능 치기 서너 달 전에 납골당에 간 유진은 아버지의 유골함 앞에서 흐느끼는 군인을 만났다. 그는 유진을 보더니 눈물을 닦곤 서두르듯 어디론가 빠른 걸음으로 나가버렸다. 유진은 구태여 그를 잡지 않았다. 언젠가 그가 준비가 되면 다시 만날 수 있으리라.

이천십삼 년 추운 겨울, 하기야 수능날은 하나같이 다 추운데, 바로 그

추운 겨울날 유진은 수능을 쳤다. 잘 쳤는가? 이 질문은 애매하다. 한 만큼 친 것을 잘 쳤다고 한다면, 그녀는 잘 쳤다. 하지만 서교장이 생각하는 기준에서는 결코 잘 친 것이 아니었다. 서교감은 서울의 명문대학들 중의 하나를 보내고 싶었고, 안타깝게도 유진은 서울의 명문대는 아닌데 그렇다고 또 명문대가 아니라고 말하기에도 애매한, 뭐 대충 그런 대학에 갈 수 있는 성적이었다. 유진은 재수를 할 생각이 없었고, 그래서 이 대학 국어국문과에 원서를 넣었다. 그보다 서열이 낮은 대학의 인기과인 영어교육과를 넣을 수도 있었지만, 요새 신문을 보니 딱히 밥먹여주는 것 같지도 않은 대학 간판이 서교장에겐 아주 지엄한 권위를 발휘했으니, 그것은 자기네 손녀가 '빵빵대 국어문학과를 다닌다'에서 '국어국문학과'를 쏙 빼고 '빵빵대에 다닌다'라고 말하고 다닐 수 있기 때문이었다. 그것은 듣는 이로 하여금 손녀가 경영학과에 다니는지 아니면 철학과에 다니는지 알 수 없게 만드는 일종의 열린 결말이었다.

그리하여 유진은 그냥 보다 서열이 높은 대학의 비(非)인기과인 국어국문학과에 지원하였고, 물론 그것은 외국어고등학교에서 영어를 전공한 것이랑 상당이 모순됐음에도, 그러거나 말거나 보다 서열이 높은 대학의 보다 서열이 높은 과에 성적 맞춰 들어가야 하는 것이 위대한 대한민국 교육의 탁월한 성취였다. 다 같이 기립 박수를―!

매년 새내기들이 들어오는 캠퍼스의 봄은 항상 젊다. 무슨 닭장의 닭도 아니고 삼 년 내도록 책상머리에 앉아 강박증처럼 몰아치는 기형적인 고교 교육을 꾸역꾸역 잡수시던 학생들은, 그 갑작스러운 끝이 만들어내는 미어터지는 과잉된 활력들을 학내에 분출했다. 하지만 도대체 그 활력이 어디로 가는가? 이들은 삼 년 내도록, 아니 요즘 세태를 반영하자면, 중학교에 들어가면서부터 OMR카드에 마킹하는 것을 제외하고는 활력을 분출할 만한 기회 자체가 없었던 이들에게 활력이란 곧 고삐 풀린 망아지가 되었고, 이리저리 뛰어다니던 망아지는 결국 제 자신이 가장 익숙한 짓거리로 회귀하게 되었다. 그것은 과시였으니, 무슨 소도 아닌데 마구 찍어대던 성적 등급에 대한 욕망은 곧 서열과 과시에 다름이 아니었고, 고교 생활 내도록 익숙했던 이 서열과 과시의 자리에는 수능 대신 연애가 자리잡았다. 그리하여 얘들아 내가 대학 와서 이런 예쁜 여자친구도 사귀고 있고, 얘랑 같이 자취방에서 뒹굴면서 한바탕 질펀한 캠퍼스 라이프를 즐기고 있어, 고로 나는 행복한 거야—라고 SNS에 도배를 하기 시작하니, 도대체가 행복한 것이 아니라 행복해 '보이려고' 발악하는 청춘들의 연애상은 이 시대의 비희극이었다.

어허— 하지만 이런 식의 연애라는 것이 그저 여기저기 서로 만지고 물고 빨다 보면 어느새 싫증나는 법이니, 한 학기 즈음 지나면 취직 걱정을 하는 이 학년 선배부터 시작해서 졸업하고도 아르바이트를 전전하는 졸업생 뒷담화, 취직을 못해 부끄러워 술자리에도 나오지 않는 고학번 선배들 근황 얘기 혹은 술자리에 나와서 딱히 천국 가려는 것도 아닌데 낙타가 바늘구멍 들어가는 것보다 더 좁은 취업 구멍에 대한 신세한탄의 목소리들이 귀에 들어오기 시작한다. 이거, 이거 생각해보니 지금 자기가 여자친구 젖통 만지면서 전기장판 위에 누워 있을 때가 아니니, 벌떡 일어난 청춘은 인터넷 검색에 취업 스펙이니 공무원 시험이니 하는 키워드들을 열렬히 검색했다. 그때부터 대학가의 청춘들은 캠퍼스를 걸어다닐 때마다 어떤 유령이 자신의 주위를 맴도는 것만 같은 느낌을 받았으니, 그리하여 하나의 유령이 한국을 배회하고 있었다. 바로 실업이라는 유령이—.

일 학년 때는 그저 덮어놓고 술 마시고 노래하며 논다는 말은 아련했던 옛 운동권 시절에나 먹힐 법한 추억이 되었고—아니 도대체 잔디밭에서 소주를 깐다는 게 무슨 소리야?—이제 캠퍼스에 불어닥치는 칼바람에 학생들은 일 학년 때부터 삼삼오오 모여 독서실로 가고, 토익 학원으로 가고, 가슴도 뛰지 않는 공모전 준비를 하고, 정식 채용도 되지 않을 인턴을 전전하고, 취업 설명회에서 면접 때 어떤 넥타이를 메야 하는지 배우고, 추가적으로 억양과 시선과 걸음걸이와 그리고 구두 안의 발가락을 몇 번 꼼지락거려야 하는지를 배우고, 그러다 힘들면 아프니까 청춘이라는 청춘 콘서트에 가서 위로를 받고, 또 그러다 집에 가는 버스 길에 아프면 청춘이 아니라 환자가 아닌가 하는 생각을 하다가 내릴 정류장을 놓치고, 그렇게 시간을 보내고 보내다 불현듯 이것이 청춘의 길이 아니라 생각하며 아무 동아리에나 가입해서 그와 비슷한 놈들끼리 모여 술자리에서 도원결의를 하고, 다음 날 술 깨고 나서 깊은 죄책감과 불안을 느끼며 다시 컴퓨터에 앉아 공무원 시험 준비를 검색한다. 대학생은 자기 인생을 사는가? 하하하. 내 생각에 대학생의 '대' 자는 큰 대(大) 자가 아니라 대신할 대(代) 자가 아닌가 싶으니—그들은 아버지의 소망을 살고, 어머니의 바람을 살고, 선생님의 상담 내용을 살고, 취업 박람회의 홍보 문구를 살고, 취직했다는 옆집 맏딸의 성공 스토리를 살고자 한다.

낙엽이 떨어질 무렵 유진은 휴학을 했다.

●

예전에 본 영화 중에서 이런 대사가 있다. "이 줄은 세상인데 이 세상 아무 곳에다 작은 바늘 하나를 세우고 하늘에서 아주 작은 밀씨 하나를 뿌렸을 때 그게 그 바늘에 꽂일 확률. 그 계산도 안 되는 확률로 만나는 게 인연이다." 독자들이야 어떻게 생각할지 모르겠으나 나로선 이 말을 전적으로 믿으니, 왜냐 허니 세상에 실제로 그런 일들이 벌어지기 때문이다. 휴학 이후 집에서 유진은 침묵을 지켰고, 박씨는 시큰둥했으며, 서교장은 한숨이 늘었다. 유진은 거의 매일같이 납골당으로 나갔다. 영락공원 주위를 걷고, 밥을 사 먹고, 사람들의 곡소리를 듣고, 그러다 다시 아비의 유골함 앞으로 가 시간을 보냈다. 그러던 어느 날 유진은 아비의 유골함에 서 있는 어느 노인, 그러니까 목발을 짚고 있는 낯선 할아버지를 만나게 됐다.

　유진을 본 노인은 유진을 바라보더니 목발을 짚은 채로 절뚝이는 다리를 끌고 반대쪽으로 나가려고 했다. 절뚝이는 다리. 그 순간 유진은 미나가 말했던 철호의 행방불명 됐다던 아버지가 떠올랐다.

　―하, 할아버지!

　노인의 뒷모습이 멈칫했다.

　―아버지…… 김철호씨 아버지, 맞으시죠? 그 행방불명 됐다던.

　노인은 유진의 목소리에 뒤돌아섰고, 깊고 어두운 눈동자는 천천히 유진을 훑었다. 그리고 노인은 철호의 유골함 쪽으로 시선을 옮겼고, 이내 바닥으로 고개를 떨어뜨렸다. 유진은 떨리는 입술을 살짝 깨물었다가, 침을 한번 꾹 삼키고는 다시 입을 열었다.

　―도대체 어딜 가셨다 이제 오신 거예요? 도대체…… 아버지가 항아리에 뼛가루로 담기기까지 도대체 어딜 그렇게……

　유진은 거기까지 말하고 한숨을 내쉬며 바닥을 내려다보았다. 노인은 말이 없었다. 그 침묵에 기나긴 세월의 이야기들이 압축될 수 있는 것일까? 다시 침을 꾹 삼킨 유진은 고개를 들었다.

　—할아버지 이름이 김……

　유진은 말을 잇지 못했다. 김……철호는 미나에게 아비의 이름을 가르쳐주지 않았다. 그저 다리 병신인 아비가 하나 있다고만 했을 뿐이었다. 노인은 말을 잇지 못하는 유진을 향해 고개를 들었다. 긴 세월이 유진을 바라봤다.

　—김, 성진이라고 합니다.

　하늘에서 떨어진 밀씨 하나가, 바늘에 꽂혔다.

●

　성진이 막걸리를 한잔 내려놓을 때마다 삶이 요동쳤다.

　하와이의 작열하는 태양과, 그 속에서 일하던 조선인들의 등허리 위에 맺힌 땀과, 눈물과, 애환과, 노래와, 미션 스쿨에서 암송하던 출애굽기와, 진주만의 포성과, 그 사이로 사라져버린 어머니와, 아들을 들쳐 메고 야자숲을 달렸던 아비와, 김장사, 김반장, 아버지…… 장례식의 향내와, 어두운 아비의 눈동자와, 친구를 칭구라 발음하던 친구 태구의 웃음과, 멸시의 돌멩이와, 절벽과, 그 아래 파도와, 그 파도가 삼킨 아비와, 어른들의 웅성거림과, 또다시 맡은 향내와, 염씨, 염씨 아재, 아니 염씨 아버지, 해방된 조국의 함성과, 뱃고동 소리와, 부둣가의 짠내와, 양담배와, 수많은 정치 피켓들과, 함성과, 주먹과, 배고픔과, 다방과, 골목길에 쓰러져 있던 태구와, 수레에 실려 온 염씨와, 빼어들었던 사시미 칼과, 부산 극장의 에로영화 포스터와, 중절모를 벗던 유계장과, 떨리던 칼을 든 손

과, 여유 있는 웃음과, 무(武)와, 권투 교본과, 아령을 들던 조직원, 만두
를 먹던 조직원, 걸레질과, 빗질과, 팔선녀 요정과, 진짜 선녀 같던 꽃님
의 작태와, 이불을 뒤집어쓰고 하던 수음과, 술내와, 발가락의 간지러움
과, 요정에 찾아온 태구와, 조직이 곧 너나는 물음과, 답할 수 없었던 답
답함과, 볼록 튀어나오기 시작한 배와, 초조함과, 택시를 따라 밟던 자전
거 페달과, 부산역과, 또다시 찾아온 발가락의 간지러움과, 갑작스러운
염씨의 죽음과, 향내를 맡을 겨를도 없이 도망 다니던 시절과, 구걸과,
추위와, 그리고 전쟁.

성진은 여기서 뚝 멈추고는 말없이 잔에 막걸리를 부어 마셨다.

절대정신과, 자유정신과, 이성의 현현(顯現)이 불타는 총구를 따라 탄
환을 타고 두 손 묶인 아녀자의 심장을 뚫고, 그 많은 시체들과, 광기와,
폭격과, 증오와, 참호 위를 날아다니던 살점과, 눈물과, 후회와, 거기서
다시 도래했던 빨갱이, 빨갱이, 빨갱이, 완벽한 세상을 위해 이들을 깡그
리 다 박멸시켜야 한다는 사명감과, 구멍 뚫린 철모와, 구토와, 뒤집혀진
시뻘건 눈동자들과, 어둠과, 참호 위의 시체들에서 새어 나온 핏물 따라
동해물과 백두산이 마르고 닳도록 무궁화 삼천리 화려 강산, 아비의 물
음과, 태구의 죽음과, 깨져버린 허상과, 임대위의 자조와, 그리고 오발탄.

성진은 막걸리를 한입에 털어먹으려다 목에 걸려 기침을 했다.

정재형 이병의 이름과, 아코디언을 켜던 상이군인과, 구걸과, 역전의
다리 병신, 팔 병신들과, 배고픔과, 미군들이 버린 음식물 쓰레기들과, 꿀
꿀이죽과, 걷고, 걷고, 걷고, 걷고, 또 걸었던 십 년도 넘은 방랑길, 태종대
의 아름다운 경치와, 절벽 밑으로 철썩이던 파도와, 정씨의 목소리 혹은
아버지의 목소리와, 냄비 회사 경비와, 이따금씩 정씨에게 물은 아비에
대한 기억들과, 국밥과, 일꾼들의 신변잡기와, 명숙과, 양공주의 한과, 쓴

소주와, 사무치는 회한과, 파란 눈동자의 이국적인 소녀 영화와, 눈치와, 영영 돌아오지 않을 줄 알았던 두근거림과, 그 살내음과, 그리고 내 아들 철호―.

유진은 성진에게 입을 닦으라고 휴지를 주고는 물잔에 물을 따라주었다.

철호를 볼 때의 환희와, 그 동시에 밀려드는 전쟁의 기억들과, 눈물과, 후회와, 평상 아래서 바라본 야경과, 나는 이 모든 것을 누릴 자격이 있는 사람인지에 대한 부끄러움과, 그러면서도 뭔지 모를 허무와, 역사와, 실직과, 무의미한 이력서와, 자신을 왜 세상에 내놓았냐는 아들의 말 말들, 정씨의 회고와, 고백들, 그리고 소주 몇 잔에 떠오른 묘청이 되라는 아비의 유언.

니 요서 지금 뭐하고 있노?

●

성진은 물을 꿀꺽꿀꺽 삼켰다. 유진은 물만골 산등성이 옥탑방에 앉아 이 얘기들을 밤새 들었다. 성진과, 또한 성진이 정씨로부터 들은 얘기들을 통해 하나하나 펼쳐진 김가네의 기나긴 계보가 유진의 귓가로 하나도 빠짐없이 흘러들었다. 유진은 거대한 강물 속에 있었고, 그 대하(大河)에 휩쓸렸던 작은 모래 알갱이들의 아우성에 가슴이 먹먹해졌다. 어떻게든 그 무언가가 되고자 했던 따까리 인생들의 몸부림과, 그들을 휘감던 역사와, 내 것 아닌 수많은 욕망들…… 유진은 칠흑같이 어두운 성진의 눈동자를 바라보았다.

─할아버지. 아와 비아의 투쟁…… 우리 조선은 석가가 들어오면 조선의 석가가 되지 않고 석가의 조선이 되며……

성진이 더듬는 유진의 말을 이었다.

─……공자가 들어오면 조선의 공자가 되지 않고 공자의 조선이 되며, 주희가 들어와도 조선의 주희가 되지 않고 주희의 조선이 되려 한다. 그래…… 이 말이었지. 세상을 돌며 수없이 되뇐 말이웃다. 그래, 수없이 떠올렸지. 헌데, 아무리 생각해도 도대체가 내가 요서 뭐하고 있는지 모르갓더라. 으이? 도─저히 모르갓어. 그저 매 순간 오발탄이 되기를 선택하는 거 말고는, 이 할애비한테, 아니, 내한테, 가지고 있는 선택지가, 뭐가 읋드라. 읋어.

─묘청은, 묘청이 되라는 증조할아버지의 말은……

유진은 말을 잇지 못했다. 성진은 술잔에 담긴 마지막 막걸리를 마시고는 자조적인 미소를 띠며 말했다.

─묘청은 김부식이한테 살해당했다. 역사적으로 성공한 적이 읋었지. 성공한 적이……

●

성진이 마지막 막걸리를 마시고 술상은 끝났다. 비틀거리는 성진은 누웠고, 산바람 부는 십이월의 옥탑방은 쌀쌀하기 그지없었다. 유진은 그 위로 담요를 덮어주었다. 유진은 가만히 쪼그리고 앉아서 성진의 바람에 쪼그라든 피부를 오랫동안 바라보았다. 오래전부터 붉어져 있던 눈시울에선 다시 눈물이 맺혔고, 잠시 손으로 피부를 쓰다듬어보려 했지만, 이내 그냥 손을 접었다. 그 나이테는 유진이 감당할 수 있는 무게가 아니었다.

그날 유진은 꿈을 꿨다.

유진은 구름 한가득한 하늘 위에서 자신을 부르는 목소리에 잠에서 깼다. 자신은 구름 위에 누워 있었는데, 자신을 부르는 목소리가 들려오는 쪽으로 고개를 돌리니 열댓 명의 알록달록한 관복을 입은 사람들이 서 있었다. 그중 한가운데 흰 수염을 드리운 사람은 손에 도끼를 쥐고 있었는데, 그 도끼에는 시뻘건 핏물이 떨어지고 있었다. 유진은 단번에 그가 김시홍이라는 것을 알아봤다. 도끼의 핏물은 묘청의 피이리라. 김시홍은 천천히 유진에게 다가왔고, 그 눈빛은 사납기보다는 그저 일그러진 눈매에 어둡고 깊은 눈이었다. 김시홍이 유진에게 도끼를 내밀며 물었다.

—니는 와 내가 니를 쫓아다닌다고 생각하노?

수십 년을 돌고 돌아 눈앞에 온 질문 앞에 유진은, 눈을 한번 끔벅이고는 김시홍이 내민 도끼를 집어들어 있는 힘껏 김시홍을 내려치는 것으로 답했다. 도끼가 자신의 가슴에 내리 찍힐 때 김시홍은 잠시나마 희미하게 웃었던 것만 같았다. 그리고 마치 유리창이 깨지듯 김시홍이 박살났고, 곧 그 뒤에 있던 관복을 입은 사람들도 덩달아 산산조각 났다. 그 조각들은—개천의 용만 바라보는 어머니와, 뒷집 신가네 길수의 장가와, 유구한 전통을 자랑하는 김녕 김씨 가문과, 일등 시민과, 제 땅마지기 하나 없는 가난과, 백인 감독관과, 오지랖이 넓었던 오반장과, 하와이 특급 서씨와, 중절모에 회색 양장을 입고 담배를 피우던 유계장과, 부산 바닥을 휘어잡았던 애국청년회와, 포화 속의 이데올로기와, 총탄 위의 절대정신과, 시체 위의 시대정신과, 다리 병신 아비 너머의 우상과, 돈, 돈, 돈…… 돈, 돈, 도온—, 자본주의의 야릇한 속삭임과, 어머니와 헐떡이던 등 근육과, 그 끝을 알 수 없는 심연과, 서교감의 목소리와, 박씨의 기호와, 전교일등을 찾는 아이들의 시샘 어린 시선과, 그리고 이 모든 역사와 세계의 우선순위들이 되어 사방으로 널브러졌다.

그리고 그 위로 내복 바람의 바보 부처가 걸어왔다. 바보 부처는 새까만 눈으로 빙그레 웃고 있었다. 그는 발밑으로 폐허들을 사뿐히 지르밟으며 걸어와 유진 앞에 섰고, 그 까만 동공 위로는 아무것도 비치지 않았다. 그가 조용히 입을 열었다.

—그래서 그기에 니가 있드나?

그 순간 유진은 꿈에서 깨어났다.

유진은 그때 자신이 도끼를 들어 올렸었는지, 아니면 내려놓았었는지…… 기억이 잘 나질 않았다.

●

유진은 다음 날 성진의 옥탑방을 나왔다. 나오면서 성진에게 앞으로 어떻게 할 것인지를 물었고, 성진은 다음 달이면 옥탑방에서 나와 어디론가 가버릴 것이라고 했다. 그러면서 자신은 길에서 죽을 것이라는 말을 덧붙였다. 유진은 말없이 고개를 끄덕이고는 집으로 갔다. 유진은 방안으로 들어가 컴퓨터 앞에 앉았고, 한글 이천칠을 켠 다음 흰 여백 위로 깜박이는 커서를 바라보았다. 깜박, 깜박, 깜박. 그러다 유진은 조심스럽게 자판을 눌러 "우리는 우리의 인생을 사는가?"를 적었고, 그 뒤로부터 쉴 새 없이 자판을 두드리기 시작했다. 손가락으로 자판을 뜯어먹을 기세였다.

그렇게 유진은 장차 십오 일을 제대로 먹지도 않고 자지도 않고 그저 글만 적어 내려갔다.

글이 완성되자 유진은 아무 옷이나 집어 입고 집을 나갔고, 인쇄소에 가 글을 출력했다. 두툼했다. 그것을 안고 집으로 돌아오는 길에 유진은 불현듯 휴학하기 전에 어느 선배가 내년 신춘문예를 준비한다던 얘기가 생각났다. 신춘 새로운 봄. 유진은 인터넷에 신춘문예를 검색했다. 여러 신춘문예들 중에서 장편을 찾는 신춘문예가 하나 있었다. 그리고 유진은 책상 위의 두툼한 인쇄물을 쳐다보았다. 그 글자로 빽빽한 이야기 더미의 첫 장 첫머리 위로는 제목이 없었다. 한동안 그 여백을 바라보던 유진은 볼펜을 집어 들어 이렇게 적었다.

열등의 계보. ■

작가의 말

장편소설을 사랑하는 사람으로서 공모전 홍보를 위해 한 번 더 적는 말이지만, 이 소설은 한국경제신문 신춘문예 장편소설 부문에 뽑힌 소설이다—소설가 지망생들이 장편소설 공모에 좀 더 열을 올리기를 고대한다. 이런저런 소감과 감사의 인사는 시상식 때 많이 했으니까, 구태여 여기서 또 반복할 필요는 없다고 생각한다. 또 그렇다고 작품에 대한 이런저런 말을 붙이는 것은 "소설가는 소설이 다 쓰인 다음엔 죽는 것이다. 소설은 독자의 것이다"라는 소설의 진리값을 어기는 행동일지어니, 난잡한 유세가 불과할 것이다. 그럼 무슨 말을 할까? 그냥 떠오르는 대로 잡담이나 해보자.

어…… 무슨 얘기를 할 거냐면,

어떤 일화에 대한 얘기를 하나 하자. 일전에 후배가 이 소설을 읽고 할아버지가 쓴 작품 같다고 웃은 적이 있었는데, 이건 내가 24살에 쓴 작품이다. 나는 내가 그 누구보다 젊다고 생각하는데―당연히 내 작품도 어느 소설보다 젊다고 생각한다―아무래도 그 후배와 내가 생각하는 '젊음'의 정의가 다른 모양이다. 내 생각에 세상을 얼마나 알고 말고의 정도는 젊음과 아무런 하등의 관계가 없다. 적게 안다고 젊은 게 아니고, 많이 안다고 늙은 것도 아니다. 젊음은 근본적으로 활력인데, 생각을 어떤 식으로 하던 간에 계속해서 움직이는 것이 중요하다. 여기서 관념은 역동성의 명분이지, 동력일 수 없다. 아무리 말끔한 논리를 세운다고 사람들이 거기에 감동하거나 세계평화가 이룩되는 것이 아니란 사실은, 구태여 내가 여기서 이렇게 일일이 말하지 않더라도 그동안의 역사가 매번 증명해온 사실이다. 감동은 언어에서 오는 것이 아니라 활력에서 온다. 좀 더 정확히는 삶 그 자체에서 온다. 이걸 이해하지 못하는 자들이 쓸데없는 감정과잉이나 어설픈 경구를 갖다 바른 미문(美文)으로 뭘 어찌해보려고 헛구역질을 하는데, 안타까운 일이다. 그들은 삶과 문학을 이해하지 못하는가? 그렇지는 않다. 많은 경우에 있어서 이해하지 못하는 것은 무지가 아닌 그렇게 이해하고 싶지 않은 무기력에서 비롯된다. 따라서 빈약한 서사의 근본에는 문학적 기술의 부재가 아닌, 그걸 감당하지 못하는 나약한 몸뚱이의 피로감이 자리잡고 있을 따름이다. 그리고 이것이 바로 늙음이다. 이들이 감동을 주지 못하는 이유는 젊지 못하기 때문이다. 감동은 역동성 그 자체에서 오며, 이걸 이해하지 못하는 자는 삶의 환희에 대해서 아는 바가 없는 자다. 그자는 지극히 이성적이며, 또한 이성이 불안과 타성을 합리화하기 위해 움직이는 것임을 그 누구보다 잘 이해하고 있는 자다. 또한 동시에 이것을 칠흑의 밤 속에 잊은 자다. 지루함에 대한 다른 설명은 무의미하다. 그 외에 다른 이유는, 곁치레다.

또 무슨 얘기를 할까?

그래, 그 얘기를 하자. 간혹 어떻게 소설을 쓰는지 묻는 사람이 있는데, 여기서 일목요연하게 답변하겠다─고로 이제 그런 질문은 삼가하라 (지루하다). 굉장히 간단하다. 그냥 머릿속에 떠오르는 것들을 A4용지에 쭉쭉 적은 다음, 그것들을 말이 되게 번호 붙여서 하나의 이야기로 엮으면 된다. 뭐라고? 머릿속에서 번개가 치지 않는다고? 그럼 번개가 치는 곳으로 당신이 직접 가면 된다. 발로 써라. 작법 끝.

또, 또…… 또,

그래, 끝으로 백 편집장님에게 감사하다는 말을 하자─'님'이란 호칭을 붙여다는 것에 주목하라. 왜냐하면 당선소감을 발표할 땐 편집장님에 대해서 아는 바가 없었기 때문에 감사하다는 말을 못했기 때문이다─인식론적 한계였다. "감사합니다." 북극에 얼음이 녹아서 그런지 날로 날씨가 '야시꾸리'해지고 있다. 우리나라에 가을이 없어진 지 꽤 오래됐으니, 곧 겨울이 올 것이다. 편집장님이 감기를 조심하셨으면 한다.

물론, 독자들도 마찬가지다.

이만 마친다. 총총.

2015년 가을
홍준성

340